GAEA

GAEA

Compossibility
of Parallel Universes

彷彿與共在

文學與文化政治

Views on Literary and
Cultural Politics
on Speculative Fiction,
Paraliterary Writings and Queer Theory

洪凌 —— 著

幻設、罔兩、共可能性
墨鏡凝視雙重鏡面,深淵凝視彼之形影

　　約莫二十年前,接下《黑暗的左手》(*The Left Hand of Darkness*)翻譯工作 ❶。以後見之名審視當時至此刻的歷程,或許像姜峰楠(Ted Chiang)在《你的生命故事》(*Story of Your Life*,改編電影為《降臨》*The Arrival*)所闡述的彼方(異星)訪客書寫模式:第一筆描繪的當下就朝著最後一筆蔓延,既是註定,也是各條件共組的「耦合」(contingency)。書寫者本身未必知覺、甚至無法思量,在這一篇(一段)的最後句號之前,尚有斟酌更改的餘地。

　　回歸四次元的線型時間理解來說,完成《黑暗的左手》譯稿後,繆思出版的總編給予慷慨的字數額度,於是我認真又任性地寫了一篇可稱為期刊論文草稿的「導讀」。在書籍將近出版、久未碰觸正式會議發表的契機,受到中研院民族所在 2004 年的學術會議邀請,以「數位、塞薄空間、擬真」等關鍵字集結的精彩提案 ❷。思忖甚久、

---

❶ 目前《黑暗的左手》、《一無所有》、《世界的誕生與諸故事》最新版本是由木馬出版,這篇導讀在新版本亦能保持原來的長度,在此致謝。

實在不想推卻的癥結主要有二：在1998年初完成碩士學位後，一頭栽進長篇小說系列的撰寫與從事喜愛作品的評論與翻譯，經過整整六年，已經有種薪柴盡情燃燒到極致的地步，似乎該做些「什麼別的」。再者，這段漫長的六年，無論是會議或期刊論文，都沒有足夠的推動（momentum）讓我從「有點想寫」支撐到完成，但在寫《黑暗的左手》導讀稿過程，某種稱爲「起心動念」或稍嫌輕浮的「技癢」情念，就這樣生成湧現。以正式的學術語彙來說，這股趨勢不完全只是書寫者的「主體自主性」，更像是不由自已地，偕同集體企劃、相涉夥伴們共有互享的「共生發」（sympoiesis）。

於是，本書收錄的第一篇論文能夠產出，是在這兩次經驗的基礎上得以成立。繼在2004年堪堪順利寫出久未操持的會議論文，在衝動下、緊接到香港中文大學的文化研究所攻讀博士學位，當另一個與研究方向非常契合的專題主編邀約時，我毫無考慮地接下任務。在極短的時間，以中譯本導讀爲基底，用英文寫完這篇，並且幸運找到優秀的英翻中譯者。在此之後，無論是本書的任何一章，都是發生於「在終點句之前就別無選擇，第一筆就承載結論」的模式。

構成《彷彿與共在》的主調，就目錄看，是分析科奇幻作品與「外於常態現實」議題的期刊與專書論文，也就是吻合「文學與文化研究的政治」。在揀選與檢視這二十年的研究生涯，割捨了一半左右的學術出版，讓此書成爲一本專獻給幻設文學（Speculative Fiction）、罔兩理論，以及企圖含括「無外」（without boundaries）概念的「共可能性」（compossibility）。

對於這三股論題，我密切接觸的時間段正好組成了此生至今的一半歲月。正式將科奇幻恐怖（Science Fiction, Fantasy, and Horror，或以「旁若文學」統稱）視爲學術領域的首要功課，起點是二十世紀的最

後幾年。當時的我熱衷於大量閱讀英美（與一些）蘇聯東歐的科幻－奇幻小說，構成了主要以寫書評與綜合引介來實踐的「練筆階段」。

第二階段的重點，則以莊子的「罔兩篇」、「逍遙遊」、「應帝王」等篇章來追索（包括但不止於）酷兒理論新可能性。在這段時期，我的鑽研並非純然與學術有關，而是在竭力思考何謂邊界與疆界、帝國與邊陲的科幻創作時，到處搜羅閱讀的「副作用」❸。在這段時期（從2002年左右到2007年），同時處於論述與被論述的位置，既是中文酷兒領域重要著作《罔兩問景》的分析對象，亦是（在邊側）研讀之前幾乎未涉足的中文哲學，思考「框內有框、夢在夢自身的複數形」。在閱讀三位作者（丁乃非、白瑞梅、劉人鵬）的個別與合寫論文時，從他們的蜿蜒曲折路徑得到的初步啟發，簡略地說，就是「共而不必然同，群非個體之敵」。對於一個從小就受到「科學主義」浸染、自認「個體獨一無二」信念至上的我，得到了幾乎是粉碎而後重構的快樂。

當《罔兩問景》於2007年出版時，也是我所處的地緣（台灣與香港）興起劇烈意識形態變動的契機。如何讓中文學術領域的酷兒理論不只是第一世界的「文化翻譯與仲介」，從莊子到《罔兩問景》八篇論文的閱讀－回饋軌跡，影響了本書當中被作者「我」好奇推敲的諸形與眾影，以及那些外於形影之「不相隨者」。

在此，對於「旁若－彷彿」的看法，在我與同儕暨朋友的廖勇超

❷ 感謝民族所研究員司黛蕊的邀請，這次的會議對我來說是非常重要的契機，催生出強烈的動力與情感。

❸ 「罔兩」的概念與開展，可參考以下二書。前者是《罔兩問景：酷兒閱讀攻略》（2007，中壢：中央大學性／別研究室）；後者是《罔兩問景 II：中間物》（2022，新竹：陽明交通大學出版社）。

的對談文章〈旁若的多重宇宙／語奏〉❹，是迄今最完整的耙梳。以下引用的篇幅是截至目前、將「旁若」作為命題與中介的重要觀點：

廖：我自己是觀察到 "para" 這個字首幾個有趣的意義：第一個是 "side by side"，也就是在某一個「正典」或是「宿主」的旁邊。第二個是 "beyond" 或 "pass" 的意思，也就是一種擦邊球、從旁側飄過的概念。而我自己比較關注的是所謂「字序的顛倒性」（the transpositionality of words）這問題。這牽涉的是當「旁若」作為文字、符號、影像，甚至聲音之表意系統時，它開啟了將表意系統重新排列組合的潛能。同時，這也連結到「旁若」可以殊異化正典的文法系統；也就是說，它在排列組合的過程中，其實會組構成獨樹一格，卻又同時貼近、寄宿在原宿主旁側的「非（正典）文法系統」。

洪：（……）講到表意置換的時候，我想到在寫中文科幻小說的時候，（作者們）常常會置入「台灣」想像的「台」或是「中文」想像的「中」。而這之內，何為宿主、何為寄生者呢？或許可以回應到你剛剛談到「字序顛倒性」的問題。譬如，假如有一天我們讓「寄生蟲」變成一個俯視眾生的邪神，或是讓酷兒（queer）因為翻譯而有了「可談性」（意思是，讓它在華文的可談性變得不同於英文），形成的是對字義的意識性轉換。

至於談到 "para" 的中文翻譯「旁若」，首先出現在劉人鵬的論著〈在「經典」與「人類」的旁邊：1994 幼獅科幻文學獎酷兒科幻小說美麗新世界〉。起初我聽她說應該如何翻譯 "para" 的概念時，本是思考是否採用類似將 "cyborg" 翻譯為「賽伯格」的音譯法。後來她用中文系的敏感度指出，「旁若」的翻譯不只是音譯而已，更隱含既是在旁邊、又是「彷彿」（也就是「若」的意思）、似是似非（almost yes and almost not）的意譯。

我認為，台灣在二十世紀末到二十一世紀初的這段時期，尚且願意接納一些不太屬於「原生種」的外部成份。所以，在那時候對一位中文系做科幻的學者來說，劉人鵬處理的是純粹中性的「中文」而已嗎？是「中文」裡面的何種中文呢？她在〈在「經典」與「人類」的旁邊〉除了分析一些科幻作品，也向莊子《齊物論》中「罔兩問景」篇取材。「罔兩」就蠻符合你剛提到「旁若」作為「擦邊球」式的概念。

　　廖：科幻小說中，當情慾被提及到一定的程度時，科幻便變得不再似「科幻」。除了剛剛提及的形式之外，是否還有能夠突破文類定義的內容、要素或內在於旁若文學的能量？比如說，當這些要素被放在科幻中，便會讓「科幻」不像「科幻」？放在寫實中會讓「寫實」也不再「寫實」。

　　洪：對啊，這種「不再……」就是超出了。而這種文類的超出（excess）不但不會被讚許，反而不是被視若無睹，就是被認為不該如此。有個例子，我們以前在看哥德式小說（gothic novel）時，有一個很小的文類叫做「低俗恐怖」（penny dreadful）。它的廉價主要來自它的驚悚感好像不及那種正典的恐怖小說，也同時來自它有點灑狗血。美國在二十世紀三、四十年代，無論再怎麼把「怪譚」放入學院的殿堂，只會把這類小說歸入「低俗小說」（pulp fiction）一類，即使它有多「科」或有多「幻」，因為它很廉價、不夠高貴。

　　在這類型當中，有一篇後來被視為「怪譚」很重要的著作是莫爾的〈殺怖洛〉（"Shambleau"）。莫爾在裡頭改寫了蛇髮女妖的故事。這位蛇髮妖在故事中被一個來自星際駛來的、具有黑色電影

---

❹ 此篇文章收錄於《中外文學》的「旁若文學」專輯當中。完整的專輯文章可見：https://www.airitilibrary.com/Publication/alPublicationJournal?PublicationID=03030849&IssueID=201912230001

（film noir）非正典英雄式的走私者——男主角西北史密斯（Northwest Smith）——撿回去。本來看似是一種強者救援弱者的權力關係，然而那個「強」在故事中卻不斷受到「高熱夢」（fever dream）侵襲，以至於最後當他進入蛇髮妖視線所製造的「旁若」地景（para-landscape）、並向蛇髮妖俯首稱臣的一剎那，就出現了文類之間不該有的成份：假設你寫的是正統的「科幻」時，那照理說「強」的角色應該是比較「外」的，但事實上最彰顯「強」的反而是那個蛇髮妖，因為它看似粗而鮮紅的頭髮，其實是一條條又滑又會流動的觸鬚（tentacles）。這些觸鬚到最後滑入了那位冷硬男主角的毛孔裡。這種冷硬陽剛被異物的黏滑性觸動的情狀，就類似旁若書寫本身的「寄生蟲—旁若域」意義：它侵入且控制、主宰了被侵入者（宿主）。

　　順道一提，還未熟諳（發想）以上的理論之前，叩問「形」與「影」的關鍵早在1997年。彼時在英格蘭的我，站在支援公娼工作權的位置，後知後覺（充滿時間差 Time Lag）地得知，原來有某種將「不乾淨、沒尊嚴（恰如非主流文壇認可的類型文學）」的性／別位置與倡議者視為「寄生蟲」（parasite），並且感到理所當然的女性主義「高層」。若說當時年少火爆的自己並未感到義憤，類似從事造假的自白書；然而，除了義理層次的反感與單純的震驚，我這個自私的研究位置，得到了至今仍樂此不疲的論證靈感與暢快追問。

　　從 para 這個字根，既造出看似負面的「依附」與「次要」等字彙，卻也造出閃耀詭譎的風景。它們是這個處處缺漏、猶待補完的「現實層」可能掙脫桎梏的線索：「平行並置（但不相同）的宇宙」（parallel universes）、終其一生或以多重生命建模來探究的「弔詭」（paradox），以及，在台北市長陳水扁上任後拍板廢除公娼的幾年之後，作家與評論家狄蘭尼（Samuel R. Delany）在1999年出版的

文集《短小觀點：酷異思考與旁若的政治性》（*Shorter Views: Queer Thoughts and the Politics of the Paraliterary*）所闡述的論述核心：不人類、不未來主義、不輕蔑歷史、不非此即彼。被主導文化政治視為「旁邊」（支線）與「寄生」（低端）者，是朝向毫無反思（形）與振振有辭（影）的「形影不離」詰難，激發「微暈光景」的密碼與鑰匙。

最後與最近期的理論影響，來自閱讀趙汀陽的「新天下主義」❺。在他的專書，趙提出不同於單子化奪掠式生存（如「社會達爾文主義」或更近期的「新自由主義」）、資本主義代議制度、強制壓境的強權（帝國主義）對世界的管控。對他來說，「世界化生」（worlding）最佳的狀態在於運用非零合遊戲模式的「兼容」與「共存」，亦即天下是屬於「世界（的共容）」：「天下概念假定，必定存在著某種方法能夠將任何他者化入共在秩序中，即使某個他者堅決拒絕加入天下體系，也必定存在能夠相安無事的共在方式。」❻趙的題綱指出，多重化的共體（co-beings）為無邊際的天下體系，同時包含「最好與最壞」的可能。最好的可能是沒有被排除者的兼容並蓄，任何事物彼此化合的「相互變成」(becoming-with)；最壞的可能是互不干涉，但在這個不強行分界的體系內，無法產生絕對的制高點。

---

❺ 關於趙汀陽的「新天下主義」，詳細論點可參考《天下的當代性：世界秩序的實踐與想像》（2014，北京：中信出版社）

❻ 在 2018 年開始與呂東昱（Tony）一起開啟後宮電視劇的分析工程。在這段愉快的時光，趙汀陽的理論是啟發他這本優秀碩士論文的重要基礎世界化構築（world-building）參照之一。此部論文《後宮無內、天下無外：以《後宮甄嬛傳》與《如懿傳》的視覺文化政治探究「性／別─家／國」構想與「物種─王土」編碼》（交通大學視覺文化研究所，2022）將旁若影視作品的政治與天下（兼容）哲學相互交織，從事細緻入微、深具說服力的辯證。

從這個論證來推演，眾物種的「屬」（genus）與書寫的「文類」（genre）在非對立的條件來琢磨各自出路，並不堅決對立，但也非全然「同質」（即使在最心靈互通的集體超意識 Hive-Mind, Overmind，也存有複數的微調）。在拒絕「敵我絕對化」的前提，競逐與合作世界（們）的「之間」，覓出非主導文學與文化政治（旁邊與仿若）的「共在」。或許，這些操作是讓各系統逐漸質變，終究不可能產生唯一主導性與「正統經典」的與路徑。

本書能夠完成與出版，堪稱艱難綿長，過程卻不時體會甘美餘韻。在我的寫作生涯從未遇過這麼多重的自我提問，陷於美好的未解之謎，演算到「幾乎、仿若」有答案但相差些許的況味。陪伴至今，首先要感謝近兩年來、從初步規劃到完成編輯的蓋亞出版社，尤其是常智與育如，本書篇章歷時的二十年亦是我與蓋亞合作的二十年。再者，非常感念專書外審們細緻的閱讀，給予讚賞與評論。在從事學術研究，必須孤絕但與志同道合的同儕「共有互涉」，無論在無外的天下或最好／最不欲的世界，同領域學者就像魯迅的期許，錯落地走出路徑❼。在這個結社裡，能與白瑞梅、丁乃非、林純德、林建光、楊乃女、廖勇超從事不含蓄智識與後／非人類的棋局遊戲，在多重宇宙的各處交換虫洞的座標，大概只有從事幻設與旁若文學小團體纔有的趣味？我工作的世新大學研究所，無論是同事或學生，在這段時間給予共同「之間」的支持，義氣相挺。身為認識二十年以上的好友，宋總是以各種安撫順毛來支援毫無「老大」經典範式的我，在校對過程大力協助、提供好看資料的 wolfenstein 是擁有碳基軀殼的塞薄空間精靈。在我思考到很想關機的時候，愛徒們（Tony、然兒、耿民）給予許多奧援，如照料貓皇、徹夜聊談、遞送酒茶咖啡點心等。如果我所處的宇宙─天下是個刪除這些 chosen kinship 的界域，大約不會有寫出這些作品的「我」。

從二十一世紀初至今，於太陽系第三行星認真鍛鍊的白鷹，是我在探索闖蕩告一段落後、不時前往憩息的所在。世情萬千如修真千劫，無法不坦然承接。在道阻且長、瞬間辯證等同萬載試煉的每一刻，唯有摯愛的小貓神皇們——以太（Ether）與阿烈弗（Aleph）——與我一同創造與嬉戲，在始終，在過往與其後。

---

❼ 原來的完整句子：「我想：希望是本無所謂有，無所謂無的。這正如地上的路；其實地上本沒有路，走的人多了，也便成了路。」參見魯迅的短篇小說〈故鄉〉，收錄在短篇小說集《吶喊》。

目次 Contents

目次
Contents

目次
Contents

跨性為王，胎生陰陽
娥蘇拉‧勒瑰恩「瀚星系列」的跨性別閱讀 ❶

Kings Who Engender Yin and Yang:
A Transgender Reading on Ursula K. Le Guin's Hainish Tales

‧本論文以英文書寫，中譯者是周瑞安

瀚星系列的性與性別異端

　　娥蘇拉‧勒瑰恩的科幻小說可以獨立為單部小說與短篇故事來閱讀，或者集結成一個故事鏈結，一個名為伊庫盟 ❷ 的星際評議會則為諸故事的中心。「瀚星系列」由幾部出色的小說和短篇故事集結合而成，其處理議題包括性、性別、階序，以遠未來的星際動盪與鬥爭為背景，在該設定中，宇宙乃由野心勃勃、高度敏銳、擁有極致文明的伊庫盟所創建，其祖星「瀚星」則為其根基。

　　短篇〈冬星之王〉中的其中一個段落鮮明地描寫了瀚星伊庫盟的本質、動機、夢想與視界，該段亦是兩個擁有相異性別的個體之間的鮮烈對話，交換並思慕著彼此的特異 ❸。其中，洞見灼灼的詢問

❶ 本論文能夠以現今的面目現身登場，最要感謝的是我的「黑暗反掌、光之天后」── 中央大學英文系白瑞梅（Amie Parry）教授，花費許多的時間與作者討論修訂原先的英文版本；再者要感謝瑞安用心的翻譯為流利精確的中文版本。對於此專題的主編，丁乃非與劉人鵬長期的「罔兩行蹤」與「合奏為道（路）」，在此一併致意。

者是中間性別、雙性同體的年輕格森星王，而較年長的男性瀚星使者，則以真摯的誠懇與思慕之情答覆這位敏感優雅的多星之王。阿格梵十七世雖身陷宮廷陰謀與某種程度的心智操控，卻是位聰慧的青年；他❹和表親格瑞爾之間熱情悲壯的關係，和國王之耳席倫‧埃思特梵與其長兄艾瑞克的關係不無雷同，皆可讀為跨性別Ｔ之間椎心刺股的愛情故事。國王和使者艾思特之間的親密，乃認同彼此的相異與複雜性，由欣賞「相異的美感」❺而滋生的友誼。這篇較後期的故事可與《黑暗的左手》中的主角之一真力‧艾作為強烈對照，後者作為一個地球出身的男性使者，當面對多星個體基進的他者性別時，他採取的不僅是排外，更是恐同的態度。

除了異性戀男性思維恣意投射的恐懼症外，真力‧艾心中也暗藏對神祕晦澀、卻風采迷人的埃思特梵抱持的衣櫃欲望。太極圖上陰陽匯聚，演繹著作為故事主旨的忠誠與背叛的二重奏，其中亦存在著愛慾與憾事的拉鋸，彰顯著未可言說的熱情，這份熱情同時受到異星、異性戀地球男性的否定，也被本地、雙性同體並互久欲望著同源手足（同為「肉身血親（即母親」所孕生）的埃思特梵所否定。該故事也可以讀為一則同志寓言，其中作為異類的異性戀者同時憎厭著永遠將他排除在外的社群、卻又夢想成為其中一份子；然而，相對於通常在結局時、讓性別模糊的主角改變性向的傳統敘事，這則故事的挪用與融合與之完全相反。在後者的敘事中，即使語帶保留，獲得最終勝利的其實是異性戀男性角色對於他者無能言說的愛意，只有透過「心念交談」的對話方式才得以發聲。故事中的重大轉折，乃真力‧艾承認並「接受」埃思特梵的「雙重」性別身分，亦即**他**實則為「她／他」（s/he）。然而，這個**他**在書中位居於一個沒有生理男性能篡奪的跨性別身分；書中甚至暗示，真力‧艾的苦痛與嫉妒都來自於對於跨性別客體無法言說的性愛驅力。

❷ 「瀚星系列」包含了幾本並無緊密關聯的單部小說和短篇故事。以下是根據出版日期排序的粗略書單：

【流刑與幻魅世界】（三部曲）

《羅卡南的世界》（*Rocannon's world*）（1966）

《流刑之星》（*Planet of Exile*）（1966）

《幻魅之城》（*City of Illusions*）（1967）

《黑暗的左手》（*The Left Hand of Darkness*（*Remembering Tomorrow*）（1969）

《一無所有》（*The Dispossessed: An Ambiguous Utopia*）（1974）

《流風十二季》（*The Wind's Twelve Quarters*）（1975）（短篇故事集）

《名叫森林的世界》（*The Word for World Is Forest*）（1976）

《四種寬恕之道》（*Four Ways to Forgiveness*）（1995）

《敘說》（The Telling）（2000）

《世界的生日與諸故事》（*The Birthday of the World: And Other Stories*）（2002）（短篇故事集）

❸ 「你曾說過，艾思特爵士，縱使我與你差異如此，我的子民與你等也如此不同，然吾等皆源相同的原初血族。這是道德性的事實，或是物質界面的實情呢？」

艾思特微笑，莞爾於少年君王的卡亥德區分法。「兩者皆是，吾王。至今我們所知者，雖然對廣邈宇宙而言只不過是個微不足道的塵埃角落，但我等所遭逢到的智慧族類全都是人類血緣演化的種族。然而，同血脈的始初源頭遠在一百萬年或更許久之前，回到瀚星的遠古世代。太古的瀚星曾建立了一百個不同的行星世界。」

「我們稱呼我等阿格梵王朝之前的世代為『太古世』，但也才七百年前而已呢！」

「我們也把大敵世代稱為『太古世』呢，吾王，但那也才將近六百年前。時光伸展又收縮，物換星移的歷程盡在眼底、在世代，在星辰之間；這些變換道盡一切，偶爾逆轉自身，或是重複既往。」

「伊庫盟的夢想是要重建太古原初的同源，要讓所有的異星種族共處於同樣的爐灶之下？」

艾思特點頭，咀嚼著麵包蘋果。「至少呢，在彼此之間織造出某種和諧。生命本身熱愛著知曉自身的過程，探索自身的極致；擁抱複雜性是生命本身的喜悅，我們彼此的差異就是我們各自的美。這所有的世界、互異的心智與肉身與生命之道 —— 整個加成起來，將會形成壯麗的和諧性。」

「哪有永久恆持的和諧喏。」

「的確，這等成就尚未出現。」星際使節如是說：「光是嘗試，伊庫盟就已經倍感愉悅。」（引自《流風十二季》收錄的短篇〈冬星之王〉）

書中的歷史（**他**的故事）以及瀚星系列皆揭示了跨性別身分將佔據陽性語言的願景，但自該書出版的六〇年代後期以來，在語言、性別與權力鬥爭上，這仍然是無解的議題。

眞王乃扮裝王：（可能）懷孕的國王的身體展演與語言轉喻

《黑暗的左手》作爲以精準思辯的語調探討非傳統性別議題的經典科幻小說之一，在各種性別／性論述觀照下，本書是一個兩極化的例證。本書獲得極高評價，並與卓安納‧拉斯（Joanna Russ《女身男人》）、珊慕‧狄鐳尼（Samuel Delany《特利呑》）、西奧多‧史達貞（Theodore Sturgeon《更超過的維納絲》）齊頭並置，較諸類型小說，本書亦獲得更多主流文學的賞識。然而，它也因此較同代作品受到更嚴苛的檢視。它承受大量來自女性主義的批判，這些指控包括它對中間性與異類性別的保守觀點，以及對女性／男性墨守成規的二元想像：

一個男子會想要他的男子氣概得到認可，一位女子會想要她的女性氣質受到讚賞；無論那樣的認可或讚賞是以多麼間接或微妙的方式呈現。在冬季星上，沒有這種事物存在。她們看待每個人的方式，都只當對方是一個人類個體來尊敬或進行評價。這真是驚人的經驗。（p. 95）

由於本書的女性人類學家觀察者做出如此刻板形象的主張，女性主義評論家要批判其「驚人」的性／性別典範只能說是太過合理，包括本書性別歧視的弦外之音，也被作者技巧性地歸咎於書中無可救藥的老古董地球直男主述者。我們不能否認，既然作者自我認同

為昂‧托‧歐朋這個女性、愛好和平的人類學家，而後者在其田野筆記中隱含著無可否認的性別歧視和對異邦人強烈的恐懼症，那麼無可避免的，這種態度其實是在替作者的焦慮和恐慌發聲，而這種焦慮恐慌，則正是來自冬星人民的異端性別身分。對於任何以女性主義為本的批評而言，這種「驚人的經驗」不過是理想之路的開端，更不消提即使在這些以女性主義為本的未來願景當中，雖然是泛性或多重性別的理想狀態，卻仍有許多逾越行為是被認為無法想像、或甚令人反感。在本書初出版時，對於本書以它者性別如中性或雙性同體為名，卻行反女性主義之實之類的指控，是非常正確的；在這些議題中，最具爭議性、至今仍適用的，是關於第三人稱性別代名詞。

至於作者對抗批判指控的回應，由於它歷經多年發展，已可視為一位受到高度評價的文學作者對於性別相關主題的「進化」過程。在一九七六年〈性別有必要嗎？〉（Is Gender Necessary?）一文的第一版中，勒瑰恩以刻意突顯的諷刺立場，對批判觀點激烈地反唇相譏。在作者一九八八年的修訂〈性別有必要嗎？重新省思〉（Is Gender Necessary? Redux）中，也許並不令人驚訝地，她澄清了先前在《黑暗的左手》中使用男性代名詞的決定，同時並懊悔當時沒有意識到，自己其實是受到語言／性別的詭計操弄：「若我當初能體認到，我使用的代名詞會如何型塑、指示、控制我的思想，我會更『機敏』些。」（p. 15）

---

❹ 在本段中，我刻意以他作為第三人稱代名詞，藉以強調跨性別角色之間的歧異性；但在第二、三部分，我用黑體字**他**強調酷兒陽剛主體與異性戀生理男性之間顯著但微妙的差異；同時，我也用黑體字**她**來指稱類婆的角色。

❺ 〈冬星之王〉詞句。

不幸的是，即使由勒瑰恩穩固的女性主義新立場出發，她的懺悔宣言達成的也不過是保守女性主義計畫中的主流政治正確，將生理男性和陽剛特質貶到無底深淵，並將許多性別身分與陽剛連續體掛鉤。如此對生理男性和社會性別中的陽剛特質再次連結，是相當驚人的謬誤，而指稱男性代名詞「他」「就是它所指涉的東西，沒有多出啥，老天在上，也沒有少了啥！」的說法也相當匱乏，讓這個代名詞依然滯留在子虛烏有的包裝中，在其中，生理男性佔據了確保語言和性別正典的雙重鏈結。為反駁此一謬誤的語言和性／性別鏈結，在此我將提出一種跨性別閱讀，或能對這業已脫落的鏈結加以從事進一步的拆解。

　　雖然小說中的人類學家堅稱「使用這個代名詞本身導致我一直忘記：我所面對的卡亥德人不是個男性，而是個生理雙性綜合體。」（95），這個宣言是如此模稜兩可，它不但忽略了性別歧異的複雜度，也證明了性別認同受語言宰制的程度之深。假設以酷兒讀法歪讀這段話，句中的男性其實比較是「生理雙性綜合體」（或是Ｔ）而非典範男性。我的策略是聚焦於文中「生理雙性綜合體」的陽剛氣質，這麼做不是要迴避它的生理男性，而是要將它的陽剛氣質歸因於酷兒化的超陽剛。藉由這種閱讀策略，我企圖將它讀為神祇或任何神聖／邪惡的「他者」：這種存在體，由於祂們的陽剛如此華麗且超凡，那份陽剛已全然超脫生理人類男性所能據有的地位。書中的地球使節懷抱極端的恐懼症和性別歧視，既然他能引用任何性別刻板印象去攻擊非傳統的男性身分——如陰鬱卻世故的埃思特梵、或瘋狂國王阿格梵十五世，那麼他唯一的偏見就是後者的性別無法「適用」於女性／男性的二元類目。因此，倘若指控代名詞「他」乃將格森星人民的性別歸類為生理男性，將會是不證自明的矛盾。唯有以食古不化的異性戀思維看待性別與性的讀者，才會忽略在《黑暗的

左手》以及其他處理酷兒陽剛主體的文本中，這個「他」絕非部分女性主義論述強烈反對的「偽擬男性」，而是自成一格的獨特性別身分❻。即使它是某種男性身分，它也永遠已經是異端的酷兒陽剛，像是可能懷孕的國王。

至於關乎神祇或他者的書寫，大寫的**他**或斜體字的**他**皆自外於正常體制，因此，要將「指涉超凡神祇的陽性代名詞」（94）的轉喻鏈與任何常態生理男性作連結，都是不可能的。正因為這「超凡神祇」（Trans-cendent God）是如此「跨」性別（Trans-gendered），**他**只能（變成）是自外／超脫正常異性戀體制的酷兒陽剛主體。由於無論是神祇、或是極度曖昧不明的冬星之王，他們**真正的**本質是如此神聖而他者，他與任何生理男性之間，因此有著根本性的斷裂。歷史（**他的故事**）只能藉由虛幻和超量的陽剛類別來加以體現——唯有透過這種閱讀策略，我們才能讓《黑暗的左手》免於幾乎完全出自僵化的異性戀生殖架構的失當解讀。這些酷兒陽剛主體在相對較開放的跨性別身分的大傘下，大致上形成了一種褻瀆的兄弟關係，佔

---

❻ 在當代關於女性陽剛氣質的論述中，雖然女性主義者和酷兒陽剛主體之間的對話仍舊主導許多重要場域，在陽剛連續體的多種聲音中，有一種爭論亟需學術與運動者注意。冬星人民的性別轉換與體現造成的身體性別分化，其實可閱讀為在酷兒陽剛社群中，造成分化和緊張拉鋸的性別歧異的譬喻。在這些議題中，最足以代表此種緊張拉鋸的乃朱諦斯・哈柏斯坦（Judith Halberstam）所提出的「Ｔ／ＦＴＭ邊界戰」，發生在女同志的Ｔ與跨性別男性之間，形成酷兒兄弟鬩牆的局面，彼此爭奪陽剛戰場的主體正統性：
當二十世紀末，跨性別社群逐漸浮上檯面，而ＦＴＭ在社群內的可見度亦提升的同時，關於酷兒Ｔ身分可行性的問題變得不可避免。有些Ｔ認為ＦＴＭ是相信生理論的Ｔ，而有些ＦＴＭ認為Ｔ是沒有勇氣從女性「轉化」成男性的ＦＴＭ。跨性別Ｔ和ＦＴＭ間的邊界戰有個預設立場，那就是陽剛特質是一種有限的資源，不斷在消耗，而且只能為少數人取用。（144）

據並型塑了互相關聯的親屬身分，如石牆硬漢Ｔ、酷少（Tomboy）❼、扮裝王、中間性、易裝、扮裝女性（passing woman）、跨性別男性（trans-man）；在這些身分中，最適任的候選人莫過於自傲浮華的扮裝王，以**他**對陽剛逾越的誇張實踐，**他**在幻景虛迷的真實場域當中，體現了真正的多星之王。

重新敘說*他*的故事：《黑暗的左手》與其瀚星親族的Ｔ／婆閱讀

　　這個故事具有更豐富閱讀的可能性：不只將它讀為字面上的生理他者，更讀成酷兒身體的寓言。在某些女性主義的脈絡下，它們對格森星的性與性別的不滿，可能來自於懷疑這種敘述會將酷兒性別／性的優勢置入「男性陣營」，因而剝奪了中性或雙性同體的生理女性本源；或者它也可能是異性戀思維的遲疑，以至於這種批判典範無法將這個複數性別社群置入酷兒性別／性的脈絡當中探討。既然連作者本人，在一九六八年第一版的序中，都敏銳地強調讀者應當將多星人民的性／性別以隱喻的方式閱讀，我們絕對有必要明白到，這個具有指標意義的故事不僅是遠未來的幻想，同時也是某種同時代生活的寫照❽。在本段中我將論證，這種出自Ｔ／婆與跨性別論述的閱讀，與奠基於異性戀生殖假設的閱讀，是一樣的「寫實」。根據他們歧異而離經叛道的身體性別，格森星人佔據了月週期的不同部分；他們「除了一個月的幾天以外，基本上都是無性狀態，在那幾天中，他們則變得高度分化為男性或女性，是這樣的種族。」（《黑暗的左手》一九九四年新版的後記）我們不該將雙性同體或是多種可能的身體性別讀為字面上的直意思，而應以轉喻的閱讀方式，透過它的意義、它的逾越，以及自外於正常表意體系的身體形貌，所操作帶入的剩餘價值。假如我們以酷兒光譜解讀這些性

與性別的展現，無論是高度陽剛或陰柔的身體、或是它們的格森星特質，都能被合理化為特殊的展演，同時又是「真實」的：T或婆乃藉此發展特殊「性別分化」的自我。

在寫實和隱喻的軌跡上，這個以身體作為他者性別的寓言提出了一個「無法再現」的轉喻衣櫃，在此跨性別主體的身體、性、語言同時被監禁和流放，如同主劇情架構下寓言的意義和隱喻，特別是〈在冰雪暴之內〉和〈背叛者埃思特梵〉。這些故事旁生於主要敘述，如同宿主體內的寄生物；它們製造出照亮四周的火花，闡明故事主線小心翼翼掩藏的痛苦。這些寓言有著驚人力量與嚴峻的態度，它們處理禁忌欲望、亂倫渴盼（「手足」成為愛侶，或跨世代的性）、或是悲劇性的分離。它們彷彿受詛個體潛意識的殘餘，目的在於寓言式地帶出個體不可說的創傷，不管是罪惡的過去、或是致命的祕密，並以正常體制禁止的方式釋放這些創傷。因此，對於本書一般的閱讀，就像「正常」性別的身體一樣保守收斂。然而，在具有意識的跨性別閱讀之下，這些特異性別的個體有著**他**或**她**的故事，終自異性戀霸權解讀中解脫，他們反抗權威的主體性不再被否定；他們終能重新得回原始的真實，同時指涉著他們自外於法律的位置及其難以抹滅的事蹟，正如黑暗而反英雄的埃思特梵，以自我放逐的奧妙方式釋放**他**的聲音。

---

❼ 在華文（或更特定而言，台灣華文）脈絡之內，一般以「湯包」為英文 tomboy 的約略同義詞。在此處我不沿用這個在地辭彙，而以個人詮譯的「酷少」取代，著重於酷兒性與某種不等於生理年紀、由 boy 這個字辭所散逸張揚的「少年感」。

❽ 「以邏輯來定義，我唯一能夠理解或表達的真實，是個謊言。以心理學來定義，則是某個象徵。若是以美學來定義，那是暗喻……我並非在預告，或是診斷，我只是在描述。以小說家之道，我描述的是心理真實的某些特定切面。」（《黑暗的左手》作者序）

因此，在Ｔ／婆解讀架構的鎂光燈下，我們可以將這些角色讀進一個酷兒氛圍之類，在其中，酷兒性別／性將他們編織成一幅燦爛的織毯。在這幅織毯上，多種Ｔ／婆獨特性格鮮明地現身，圍繞著核心人物：邊緣、幽暗的埃思特梵。他揹負著祕密的悲劇過去、以及一副筋肉結實的肉體；這樣的埃思特梵可被視爲一個類希茲克利夫（Heathcliff-esque）的叔叔Ｔ❾。在同一閱讀架構之下，埃思特梵的長期愛誓伴侶芙芮思・倫—耶・歐絲柏思，以及**他**的長兄艾瑞克，則分別代表兩種Ｔ／婆次類型。前者的形象和性格恍如機鋒尖銳、拒絕服從的悍婆，而後者則同時可爲未發育的中性青年，或是英年早逝的酷少。即使在格森星自由流動的性脈絡中，仍有可資譴責的逾越行爲，因此埃思特梵痛苦地思慕、哀悼死去的兄弟，便揭露了兩個酷少相愛的可能性，並製造了一個謎樣的禁忌，其中，同一「肉身親代」所生的兄弟間的亂倫愛情將被禁止、且遭到嚴厲處罰。至於在《黑暗的左手》與〈多星之王〉中分別出現的兩個王者，前一位乃典型的不可理喻、極度負面的阿格梵十五世，**他**暴露在一個揹負恐懼的外邦者的凝視，其低落的男性特質、和污穢的女性特質被無情地指責。然而，超凡的力量正生自這個低劣國王下流粗野的性格：阿格梵十五世以小丑般的手勢和敢曝（campy）的姿態，表露扭曲的、「類扮裝皇后」的超額陰柔特質，這個政治不正確的「陰柔」國王同時被主述者和（可能是）作者的潛意識所憎恨。正由於**他**做得如此囂張，以致**他**不只擾亂了來自異性戀生理男性使節恐慌的惡意凝視，更藉敢曝作爲一種反向凝視，成功地翻轉了凝視者和被凝視者之間的合法權力位置，並因此將凝視者置於無助的下級地位。

　　幾乎是相反地，阿格梵十七世是位令人目眩神迷的永恆少年，也是美麗的悲劇英雄，對於同情**他**的瀚星男外交官和其他角色而

言，他們以珍愛的眼光注視著**他**；**他**的故事、**他**的怪物嬰孩後代和微妙的「反向伊底帕斯情結」，皆鮮明地描繪了一個貴族Ｔ從父親角色那裡遭受的創傷苦難。至於那對「預言師—隱者」伴侶——身為教師的首席預言師斐珂瑟，以及學徒古絲，則是兩種迷人的婆類型：古絲是個機敏慧黠的年輕婆，而斐珂瑟則是年長、精通魔法的高檔

---

❾ 以下是一段關於台灣Ｔ（接近 tomboy 但並不完全一致）形成的鮮明描述，用以強調「家畜—猛獸」的兩極特質和雙向變動。由於在這段文章中，這種酷少的 tomboy 類型屬性被形容為擬似希茲克利夫型（Heathcliff-like），我引用這段文字以擴大多樣化的文本變化，但並非主張這種人格與埃思特梵完全一致。

我先說一下我最近想到這個類型的原因，是小殼叫我看一個電影版的咆哮山莊，那個魔獸般的主角希茲克利夫就是那個英倫情人的主角演的。

他先是有一個很明確的外在身分：非純正血統，後來他們的父親死後，他就被貶為（貶回）奴僕階級；但這個時候他是個純樸的勞動青年與他所愛的人分享跨越階級的愛，這是我稱為的「獸」。他一輩子因為這個身分不能跟所愛的人結婚，又因為在廚房聽到他愛的人談論到，嫁給另一個貴族他會非常幸福（對比於他自己的低下身分），於是成為他心中永遠的傷口。他從軍、後來經商致富（又有傳說他是娶了有錢的太太，謀財害命），就是為了回來報復這兩家人，並且最後害死了自己所愛的人，致死方休，這是我稱為的「魔」。

也就是說，一開始他就不是「人」，而很容易被辨別為「非人」（獸），但也是因為這個「非人」，非社會化，因此可能有另一種天真或是天賦。（在我看的電影裡，他可以感應到大自然的變動，可能也是因為他不在那個追求金錢財富的序列裡，因此注意到大自然。）

他的「非人」狀態是非常清楚的，也造就他未來的傷口。

可是，你所說的，關於謠言與耳語，如果一個人能夠處在謠言與耳語中還成為法師，那麼，應該是那個污名不是太清楚，只是有種種線索吧？因此人們還「必須」編造她犯下逾越禁忌的不名譽行止，才能把他從某種社會位置上拉下來，可是，希茲克利夫「本身」就是一個不名譽的「東西」，人們不需要任何證明，就立刻把他驅除出境，從房子趕到僕人房。

（原作者為陳鈺欣，本文取自於「罔兩問景」站的Ｔ婆／跨性別討論區：http://penumbra.cl.nthu.edu.tw/read.php?f=1&i=460&t=445）

婆，身懷雙性同體的美學。她／他們在多星人民間是個特例；她／他們未遭受真力‧艾的批判態度，反被後者善意以對。鬼靈精學徒是個纖細的青少女，她／他逗弄真力‧艾這個異性戀男性，讓他鬆懈、不具敵意，而教師則擁有預知的極致能力，以及深邃的智慧。書中最懾人魂魄的篇章之一，便是斐珂瑟幻化為「光之天女」一段，而她／他所代表的是陰之神祇。那一幕中，她／他以「神聖之光」為甲冑，預言著令人震驚的未來。正由於她／他體現了至聖的「神聖的婆」形貌，斐珂瑟得以碰觸到被性別盲點所箝制的地球使節的內心深處，因而釋放了救贖的光輝。

無論這種閱讀如何以異議的挑釁姿態反對「傳統的」女性主義，我的目的並非要推翻它的成就，或否定它對於《黑暗的左手》中潛在的偽擬男性之怪奇化聲音的正當批判。同樣值得一提的是，這本書乃出版於一九六九年，亦即石牆事件剛發生後的翌年，而石牆事件解放了同性、雙性戀團體，以及跨性別主體壓抑已久的憤怒。自然，這股反撲的憤怒不只針對所謂的白種異性戀男性的沙文主義，也同樣來自異性戀的女性主義者的歧視與不認同 ❿。在此時期，將跨性別主體的酷兒陽剛氣質置於某些女性主義論述的罪惡大傘下，是歷史的無可避免，然而事實是，跨性別敘事中的**他**的故事不但擾亂了部分生理直男建構的同一性和排他性，更代表了一種迷人的異議氣質的**陽**（太極陰陽的 Yang）；這種**陽**是沒有生理男性能夠展現的。女性主義與跨性別主體間的權力鬥爭，是正統母神和私生子之間的長期抗戰；在這塊戰場上，母神如同族長般偏私地保衛疆土，而反叛之子成為流放之王，以他肆無忌憚的酷少氣質，叛離了異性戀生殖的二元版圖，同時拒絕被性／性別兩極的正常想像系統所解析，也抗拒母系傳統中，以「正確的」女性特質為名的同一性想像。

因此，本論文的主要目的，是藉由以上的閱讀，揭露總是已經

存在的反叛陽剛氣質的異議印記／差異。它在光明與黑暗之外，但同時也在其中，它像是某種半月蝕，如同勒瑰恩「光中有影，影下有光」的哲學主題。在這塊半月蝕的光影中，與直系統的「男性（化）／女性（化）」之制式二元對立相當的不同，Ｔ／婆組合是一個圓形的太極圖，在這其中，陰與陽形成一個清楚區隔但不斷變動的關係；當類扮裝王與Ｔ的陽剛特質如同華美黑暗般地燃燒，以類婆角色為代表的陰柔特質便是典型的閃爍光輝的**陰**（Ying），如同深不可測的黑暗滋生出的極光。如同書中的中心「詩句」所優美地揭示，那道光便是黑暗的左手，而黑暗則是光的右手，陰與陽正「如緊握的雙手，如同終點與道路」，而正是它們跨越了強制異性戀系統的標準二元，將後者也「跨了性別」。這種跨性別閱讀讓國王和他們的酷兒同志們得以禮讚並發展出一套奢華、拒絕服從的陽剛氣質，而這種氣質正是**陽**的體現。而另一方面，至聖的**陰**總是已經存在，以逾越叛離的婆為代表，它擁抱、而非否定陽，它酷兒的黑暗左手，它的對手與伴侶，永遠在漫遊中追尋彼此。在黑暗之光與魔幻黑暗結合成的永無邊迴圈，它們攜手共舞。

---

❿ 值得一提的是，勒瑰恩在反駁針對《黑暗的左手》有（直）男性認同和異性戀思維的指控之後，她逐漸發展出一種特殊而優雅的酷兒聲音；在她的作品中，這種聲音逐漸豐盛，《世界的生日與諸故事》中的幾個故事是最佳代表。在〈卡亥德成年式〉中，讀者被引介到一個令人目眩神迷的泛性筵席，其中描寫了類似Ｔ／婆配對，以及在一位格森星青少年與「卡瑪屋」（一種公共空間，讓任何想有無特定對象性愛的人使用）的初次接觸中，亦有鮮明的同性別蕾絲邊性愛場景。在同一選輯中的另一個故事〈山脈之道〉，則描繪了特異但可信度甚高的婚姻制度，其中兩個生理女性和兩個生理男性，一共四人參與婚姻。這個故事最迷人的一點在於，由於一位悍婆的要求，**她**的學者Ｔ愛侶嚴肅地挑起丈夫之一的角色，而這個扮演的過程是劇情的核心。作者以精巧而充滿同情的優雅，書寫了每個角色的內在掙扎與複雜性。

引用書目

Judith Halberstam. *Female Masculinity*. Durham, N.C.: Duke University Press, 1998.

Ursula Kroeber Le Guin. *The Left Hand of Darkness*. New York: ACE Books, 1969.

--. *The Wind's Twelve Quarters*. London: Orion Publishing Group, 1975.

--. *The Birthday of the World: And Other Stories*. London: Orion Publishing Group, 2002.

http://penumbra.cl.nthu.edu.tw/list.php?f=1

幻異之城‧宇宙之眼‧魍魎生體
分析數部台灣科幻小說的幻象地景與異端肉身

Crumbling Cities, the Cosmic Eye, Cyborgs with Monstrous Flesh: Analyzing Landscapes of Phantasm and Transmogrified Bodies in Taiwan Science Fiction

摘要

本論文將側重於分析數部台灣科幻小說，追究其中鋪陳的劫後幻設地景與（跨）性別書寫。滿溢奇觀的末世都會既是人形機體、異類肉身與宰制大歷史架構傾軋拉鋸的背景，也是寓言的前景、森羅客體眾象的幻境與集體意識之慾望化身。論文首先以班雅明著作為分析素材，閱讀兩篇科幻小說（郝譽翔與張系國所著）的歷史寓言特質。第二節著眼於探討太空歌劇〈雙星沉浮錄〉與《時間龍》所呈現的都會（宇宙）之眼，接合後拉岡精神分析論述的觀點，梳理主體掙扎其中的曖昧與兩難。在論文的第三節，將以跨性別理論與「動物—機體—人」（cybernetic organism, cyborg）論述，以《不見天日的向日葵》為分析文本，重新閱讀行走於廢墟與光電幻境之上的異質肉身，對照赫勃思坦（Judith Halberstam）、波瑟（Jay Prosser）等人的酷兒／跨性別論證，探討台灣科幻敘事的陽剛跨性別人物的基進身體美學。

關鍵字

寓言（allegory），劫後（after-holocaust），歷史天使（angel of history），大異己（the Big Other），酷兒（queer），異質肉身（the other-bodied），上帝／神怪物（God as the Thing），跨性別（transgender），跨（變）性男（trans-man），跨性別 T（transgender butch），「動物—機體—人」（人形機體獸身）（cyborg）

第一節、回返凝視歷史的天使：重讀〈二三○○‧洪荒〉與〈傾城之戀〉

在《科幻百科全書》（*The Encyclopedia of Science Fiction*）引介的〈末世災難與劫後〉（Holocaust and After）一節，編者強調此種典型具備下列的特色：「災難乍過之後，隨之而來的是權力結構僵化的封建城邦模式，最常見的就是中古世紀典型……在失落與獲取之間角逐張力，形式成熟的劫後科幻故事發展出某種聲調（resonance），新秩序的單純無法彌補泰半遺忘的榮光與過往的安逸。」（581）就為數甚多的此類文本而言，末世災難是早已寫成的「楔子」，故事透過遭受精神外傷的敘述者開展，回顧或重返破敗的歷史殘垣，整肅或改變既定的權力結構。在這個號稱「科幻小說諸譜系當中最盛行風靡」的次文類（sub-genre），著名作品包括瑪麗‧雪萊的《最後之男》（*The Last Man*）、狄克（Philip K. Dick）的《人造人是否夢見電動羊？》（*Do Androids Dream of Electric Sheep?*）、察納斯（Suzy McKee Charnas）的【霍德費斯特組曲】（Holdfast Chronicles），以及寒特（Elizabeth Hand）的《漫長的冬季》（*Winterlong*）等作品。

在此類文本中，敘事者的凝視並不朝向重構秩序的未來，反而不斷回返災厄的原始場景，企圖透視不可還原的時空斷裂，與外在殘骸對話，更與內在的精神創傷交互感應❶。就當代華文科幻小說來說，敘事者可能是放浪形骸的（女性）漫遊者（〈二三○○‧洪荒〉，以下簡稱〈洪荒〉）、遠未來的史學家（〈傾城之戀〉，以下簡稱〈傾城〉）、流離逐放的男性政治家（〈雙星沉浮錄〉、《時間龍》），或是具備超能力的心念感應者（《不見天日的向日葵》）。這些角色凝視歷史的視線與線性時間剛好相反，奇妙呼應了班雅明（Walter Benjamin）在〈歷史哲學的論證〉（"Theses on the Philosophy of History"）描述的克利天使圖隱喻：

由畫家克利（Klee）命名為〈新天使〉（Angelus Novus）的畫作，那位天使似乎將從它持續沉思的事物拖曳而去。它的眼神瞪視，嘴唇張開，羽翼伸展開來；這是你會畫出的歷史天使圖。天使的面容朝向過往。我們看到的是一連串的事件，然而它看到的是純粹單一的大劫，將斷垣殘瓦不斷堆疊在腳邊。天使想要停駐，喚活死者，弭合遭到粉碎之物。然而，風暴從天堂吹起，暴烈的風攫住天使的羽翼，使得它的翅膀無法收攏。風暴將無可抗拒的天使吹向它背對的未來，它眼前的殘骸往天際高升，我們稱呼這風暴為「進化」（progress）。（257-8）

根據這段引文，天使看到的「過往」並非線性時間（linear temporality）呈現的一連串序列性災難，而是啓示錄般的時間觀（apocalyptic temporality）。我將此觀照稱爲班雅明的「啓示錄時間觀」，在於它將時間當作物質宇宙的基礎磚塊，拾取蔓生散逸於總體歷史（不只是線性時間的「過去」）的各色毀壞傾頹，凝聚爲一幅龐大（但並非完全）的末世繪圖（picture of eschatology）；經由克利天使的凝視，敗壞破滅的種種痕跡凝聚結合，成爲一則類似織錦（tapestry-like）、與三次元流動時間對立的劫難景觀。就以下所分析的幾部科幻小說，它們所體現的天啓性意義，正說明了何謂班雅明

---

❶ 在英文科幻小說的陣營，深具性別意識的作品窮究探索、並且檢視大劫創傷的核心，例如卡特（Angela Carter）的《新夏娃激情》（*The Passion of New Eve*）、或者寒特（Elizabeth Hand）的《漫長的冬季》（*Winterlong*）。前者的中心人物是一個平凡無奇的生理男性，經由神性力量轉化爲女性，就此周遊末日浩劫之後的地景；後者以一位少年精神感應者，跨裝（cross-dress）爲少男演員，在經歷摧殘的西北美國大陸經歷神異超凡的際遇。

的歷史天使所背對（且反向而行）的「進化」（progress）。

這類型科幻文本羅織的未來圖像，總是奠基於「發生於未來的過往」的大劫。劫難將時空的斷垣堆疊成藩籬，時間連續性因此遭到軋斷。對照於讀者座落的「現在此際」，這三道時間點（文本的此刻、文本的時間斷裂點，以及敘事聲音緬懷的遙遠往昔）組成一座並不處於同一界面的三角形 ❷。此時間結構既非某些女性主義科幻作品創造的環狀時間模式（circular-temporality mode）❸，亦非直線系統的時間性（diachronic temporality）。在這些充滿「末日劫後」次文類元素的科幻景觀，敘事主線必須重訪關鍵性的災厄，從過往開始說故事；這場災厄撕裂了常態時間的流轉，從此形成浩劫後的「去時間性」凝固狀態，天啓浩劫劃分了秩序／混沌、記憶／失憶、直線時間／共時性的割裂點。在這些類型文本中，浩劫發生於設定的「很久之後的某一段時間之前」（sometime before our not-so-near future），然而，如同克利天使圖所化身的借喻，天使的雙眼回返注視著全史視域，「未來」的劫難並不真正存在於歷史時間的「往後」（after present, future scene），而是矗立於象徵系統的邊陲，處於無時間性的象徵系統邊界。殘敗的後繼狀態（aftermath）同時居於真實與象徵性的洪荒遺跡，透過文本敘事一再發生，成為現在；**過往**（the past tense）並不停留於直線時間的任何片剪，而是定格於雜沓無明的歷史物質淺灘、班雅明的寓言式過去（allegorical past）。

在主流文學創作者郝譽翔迄今唯一發表的科幻小說〈洪荒〉，敘事者小雨的視線就是違反常態時間、「朝向過往」的歷史天使凝視。此視線珍視眼前的斷垣殘體、崩解的過往，與新秩序所倡導的價值系統背道而馳，註定她與妹妹小雪的飄泊離散（diaspora）行旅。在文本中，以座標「w173.tp.tw」地理位置命名的台北西門町，成為劫難與城市的共同象徵。劫後死城的二十世紀末都會是2300年的永恆

過往、標本化的考古活體，藉由時空再現裝置，主角在這個凍結於過去的標本廢墟進行「追隨古人」的同步遊戲。對於新興的權力系統，過去與「動物腥羶氣息」互為指涉，與三百年前的災劫相互背書；純淨的「現在」是一座透明玻璃帷幕包裹的博物館，乾淨無菌的模樣是「發出光亮的蠶繭」，也是帷幕底下「灰濛濛的砂石廢土」（444）。

在故事當中，作者巧妙地將占卜星象等過往的「陰柔娛樂」改寫為新世紀的天啓命律。諷刺的是，崇尚和諧溫婉的意識形態包藏了不露稜角的歧視與打壓，將不服膺體制的人們冠以「擾亂天體」的罪行。

十五年來，我和妹妹被安排在療養院的病患中長大，每天早上背誦過《星律》，吃五種有機蔬果穀類攪拌成稀糊狀的早餐之後，便按照不同的星座接受教育。院中的病患都是因為對自我認知發生誤差，所以才被星象學派把持已久的教會送到這裡接受治療。（448）

---

❷ 天劫災難把時間的流動性橫加腰斬，在這個三角形架構之中，&點到 ω 點是常態線性時間的流程，ω 點之後就是與常態時序斷裂的末世狀態（δ 點表示去時間性的凝結狀態）。簡單地說，這三個節點組成的三角形並不處於同一個時空平面（temporal-spatial plane）。

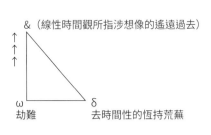

❸ 在女性主義科幻小說當中，最明顯的去線性時間設定就是娥蘇拉・勒瑰恩（Ursula K. Le Guin）在《黑暗的左手》（*The Left Hand of Darkness*）的冬星。冬星的時序變化缺乏往前延伸的紀元性（chronological order），每一年的命名都是去時間性的「恆始年」（year one）。

彷彿停格在往昔的時空，敘事者（小雨）與妹妹（小雪）無法擁有本然合法的身分（在星圖找到存在的理由），漫遊在時空與物質都敗壞荒圮的西門町廢城，這兩人既是局外異人（the eccentric outsider），也是類似超自然神鬼的使者。然而，這對雙胞胎不只是旁觀注視的歷史天使，也是參與歷史沿革與朽毀的神話創構者；剛好與提倡「純淨、無菌、規律與安寧」的進化視野反其道而行，她們蠻荒的原欲（primordial drive）顛覆了十二星座為分門別類的象徵秩序。在這篇故事中，西門町是具象的地景表徵（landscape as icon），既是班雅明筆下的漫遊者淺灘，也是二度降臨（the second coming）的場所。小雪具備創生神與原始的娼妓屬性，其肉體化身為破敗與繁華並存的過往，神話的活生生化身。在此我要強調，非建制的邊緣性（與性別）並不等於陰慘或失格（degrading）。將本文編選入《台灣科幻小說選》的編者向鴻全，在導讀時提及〈洪荒〉是「透過一對身世與遭遇**淒慘**的姊妹來具現世紀末都市的**冷酷**異境」（18），我的觀點剛好相反：由於某些身分政治的平板或僵化詮釋，主角因此受到誤讀，成為直系統貶抑且平板化的「不潔淫婦」。評論者沿用主流論述看待異於常軌之外的女性**性**（feminine sex），輕易地在她們身上投擲或黏貼「悲慘」的標籤。然而，本文在神話創構（mythopoeic）的層次寫出性與性別的刻印或烙痕（emblem），體現出末日漫遊的泛性愛（pansexual）能動主體，不但不悲慘，反而成功改寫了通常由直系統父權機構所掌握的創世神話原型。

　　透過小雨的視線，小雪的性啟蒙是穿越幻境的跨性別愛欲，脫出了異性正典系統的「男女」交配模式。實際上是性別曖昧主體的療養院院長看似對體制歸順膜拜，「展現處女座應有的服務與順從的性格」（448），但在關鍵場景卻從肉身衣櫃現身。透過精細、超寫實的筆觸，作者寫出了超現實風味的跨性別肉身與異端少女交合的

場景：

> 那天晚上山頂的空氣格外稀薄，一枚渾圓的銀白月亮恰好懸在寶藍色天幕的正中央。院長沐浴後，走到床前。掀開了睡袍，竟然現出了一隻巨大的陽具，正挺立在她蒼白赤裸的身軀上。她朝妹妹撲過去，我立即爬起身，看小雪陷在床褥之中掙扎，而院長卻像是一隻巨大的老鷹，展翅將她完全掩埋在底下。（451）

在揭露院長跨性別異質肉身之前，讀者很難讀出端倪，在揭露之後，跨性別的隱密並不全然透露。院長的「陽具」究竟是生物陰莖，還是精神分析語言系統的陽物（phallus）呢？由於文本意象的超寫實，我將配備陽具的院長讀成衣櫃跨性 T（closet transgender butch），其陽具與「射精」欲力是介於寫實與幻設之間的「多出物」（outgrowth），裝置於肉身上的陽剛屬性（phallic sexuality）。文本敘述稱之為「她」的院長平常沉默保守，但作者描述院長侵略強暴摯愛之物的光景卻充滿欲力（drive），暗示超額放大（larger than life）的情境，釋放出跨性男的極致力能（the ultimate libido of a trans-man）。接下來的西門町廢墟漫遊，與其說作者把小雪描述為境遇不堪的落翅仔，毋寧是肉身普渡的寓言，讓陰性超異肉體與凡世男體的交媾成為再創世的動力。在結局時，透過小雪的神幻創生（fantasmatic [pro]creation），從下體湧出的血水呈現性的爆發力，超現實地轉化為一場「漫天洶湧而來的洪水」。歷經這一場澎湃的創世洪水，輻射塵瀰漫的高山療養院轉化為二度創世紀的**真實**原鄉：

> 從她的私處開始不斷湧出血水來，起先是緩緩的細流，源源不絕，沿著岩石的細縫淌流下去，然後越湧越盛，直到最後變成一條河

流，嘩啦啦的響著。一路奔騰到山下的城鎮，有如決堤的洪水，席捲過每一粒沙土，每一個石頭。我看到山下的居民站立在路中心，抬頭望著漫天洶湧而來的洪水，驚恐得動彈不得。（455）

此場景翻轉且改寫了舊約的天火焚城借喻。豐饒的陰性神蹟取代了異性生殖的正典男神鎮壓。將非常態生殖的血水轉喻為暴烈洪水，放縱過度的女性等同於劫後之神 ❹，乾渴的焦土化為「洪水滋潤而長出花草樹木的蒼翠大地」。〈洪荒〉的劫後之城把再度降臨的過往與創生神話連結，在陰性神勝利結果的同時，本篇故事的索多瑪子民（nation of Sodom）得到的神諭並非天罰，而是超越平反的償贖（redemption）。

透過浪遊奔放的女性主體，翻轉異性常態生殖的二度創世因此降臨；早於本篇作品發表約二十年、堪稱張系國科幻短篇早期傑作的〈傾城〉，叛離常態性（別）的焦點恰好形成對比，不在於再創世，而是對於毀滅的追求與成全。早已崩毀全滅的呼回族索倫城不但是故事背景，更是男主角成就逾越之愛的背景。主角企圖與早已覆滅於過往的城一起殉情，換取無法與常態正典體系（normative straight system）相容的情慾實踐，代價與酬勞是一場超越異性生殖系統的「第二度死亡」（the second death）。作者迄今最具企圖心的作品當是以《五玉碟》、《龍城飛將》與《一羽毛》組成的「城」三部曲，此作品的故事設定與【索倫城系列】互通聲息，可讀成長篇三部曲的獨立外傳；另一方面，本作與張愛玲著名的短篇小說同名，文本亦以（香港）城的淪陷為背景與重心，亦可視為某種程度的互文。相較於「城」三部曲堅持建構「中國風」科幻、罹患國族想像強迫症，顯得大而無當的窘境 ❺，〈傾城〉以古典科幻作品經常出現的時間機器為主道具，為歷史天使化身的視線提供了合理且完整的共時性場面

（synchronic scenario）。

正如同呼回人發明的全史，故事敘述的每個時間點都各自佇立於四次元的支架，如同一頁頁切入不同軸心的書頁。「簡直像黃金砌成的天上宮殿，華美壯麗無與倫比」（84），索倫城的全盛樣貌是豐饒的世界都會，但對於來自未來世代的見證者、男主角王辛而言，真正讓他蠱惑的景觀並非其正面的壯觀豐美，而是在蛇人侵略、彷彿遭遇天啟災難 ❻（apocalyptic catastrophe）的末日景觀。比起在〈洪

---

❹ 從本篇的結局，可以見證以下的論點。如同齊傑克（Žižek Slavoj）所言，出軌「放蕩」的淫妓式主體接合異己與神性，是透過極致淫樂（ultimate enjoyment/jouissance）的實踐：「對於拉岡式的精神分析論述而言，證成異己之所以存在的憑據，就是**它者**的*極樂*（以基督教精神而言，就是神祕絕倫的神聖之愛）……要如何在原真的它者體內，穿越語言之境與她相逢，並非在我足以描繪她、知曉她的價值與夢幻等層次，而是當我終於逼視她處於至極淫樂的當下，邂逅她真正的存在。」（Žižek , 1997: 25）

❺ 關於張系國科幻作品（尤其是「城」三部曲）所透露的政治與國族意識形態之文本分析，請參考林建光的論文，〈政治、反政治、後現代：論八〇年代台灣科幻小說〉。

❻ 在張系國的設定，蛇人這物種儼然呼應〈啟示錄〉（Apocalypse）的脈絡：天使吹響號角，天降神譴的災難具現，而且是索多瑪暴民的異變版本：「相傳是神與人雜交而生的異種。三眼，六足，肉食，卵生，性狡獪，喜獨居。安留紀時繁衍於呼河流域，一度曾嘯聚攻陷索倫城。城陷後不久，蛇人突然絕種，相傳為神降天火所滅。」（78）蛇人是介於神、獸、人之間的魔怪物種，一方面扮演不知緣由的天劫使徒，卻在歷史的攻防任務完成之後，經由大敘事（神諭）遭致走狗烹的剷除處置。類似的例子在英文科幻小說也屢見不鮮，最知名的近代作品之一出現於丹・西蒙斯（Dan Simmons）名作《太陽神星》（*Hyperion*）的 Shrike——身高三公尺，昆蟲複眼，類似人形的全身是荊棘刀俎纏繞的超金屬軀幹，別名為「痛苦王者」（Lord of Pain）。此類介於人神、魔獸之間的幻異怪物經常扮演天啟大劫的操演使者，具備超越象徵系統的存在性。它們居於「兩種死亡之間的中介層，神怪物（The Thing）的地基。在那地方充滿昇華華極致的美與悚然的怪物……透過這個非歷史性的創痛核心，象徵網絡因此得以鮮明呈現。」（Žižek , 1989: 135）

荒〉，敘事者只能旁觀監控定格於過去的人事物、無法從事 VR 式的投入互動（許多保存於全視博物館的歷史遺跡還遭到當權機構的封鎖），在〈傾城〉的未來與過去並沒有斷層或封鎖機制，彼此的關連是血肉淋漓的攻伐辯證。來自未來的觀察員（研究生）能夠融入定位的歷史，以超擬真實的參與（化入 jack in）模式與攻城的獸人軍團搏鬥。

套用齊傑克的後拉岡精神分析著作、《意識形態的崇高客體》（*The Sublime Object of Ideology*）的說法，男主角王辛對於索倫城的執迷呼應著象徵系統的缺口。透過時間機器的無數次造訪，重複遭到劫難洗禮的索倫城是「象徵化／歷史化」的至高空缺，反面的應許之地，也就是「處於象徵體系之內的創痛核心（kernel）」（135）。王辛在時間交會點邂逅的遠未來「守護天神」梅心，滋生出難以自拔的迷戀，由於時間悖論的不容許而讓這份慾念更形激烈。無論是耽迷於早已隳壞的索倫城、或是可望不可及的未來天神（天使），逾越的驅力讓主角跨越管轄時空規範的「自然機器」。在以下的篇幅，作者淋漓盡致地描寫幻色燈景（phantasmagoria）的致命吸引力，義無反顧（或是執迷不悟）的主體朝向「小客體」（*objet petit a*）撲顛前進，在夢魘與幻境當中，毀滅之城與他的慾望對象儼然交纏合一：

> 古城陷落的一幕從此如夢魘般緊隨著王辛……一閉上眼，金光閃閃燃燒著的索倫城就出現在腦海裡。他一次又一次溜到安留紀去觀察古城的陷落，起初他僅是觀察者，但他對古城的感情越來越濃，竟無法制止不參加索倫城的防禦戰……汗流浹背的與蛇人作殊死戰。（84）

定格於過去的歷史雖然早已註定，但也與幻境相通。文本主角

所干涉的時空所連接的地帶並非歷史現實，而是拉岡精神分析所謂的**不可能的**（the impossible）真實層：無法在現世（象徵網絡）取得欲求物的主體，將慾念固定焦距於「古城陷落的一幕」。套用精神分析論述的閱讀，這樣的「殊死」是窮途末路的主體拒絕壓抑，也抗拒昇華，憑藉著死亡驅力來抵擋摧枯拉朽的大自然（大異己）。

座落於全史關鍵位置的索倫城早已敗亡，卻並未消失，故事中的時間訪客可以藉由時光旅返模式，閱讀它每一瞬間的樣貌。雖然主角不斷干涉，在攻城存亡的當下殺死不少蛇人，但索倫城的滅亡（與其「堅實的存在」）在「真正的結局」（文本最後的終極全滅）到來之前，同時存在於象徵網絡與現實，透過未來的視線而彰顯出過去的存在性。如同齊傑克所論證的「兩種死亡」，索倫城的滅亡場景一再復返，切入時間點的主角視線，其實等於從未真正滅絕，從未在歷史記憶死去；直到主體在結局取消了回返所在時空的設定，真正與屠戮遍野的故城接合，歷史天使的視線終於真正扭轉，讓徹底的滅絕「弭合遭到粉碎之物」。過往不再是提供幻境劇場的電玩式背景，而是貨真價實的前景，取消了自然機制永無止境的循環，這才是真正「一了百了」的死與完成 ——

（第一種死亡）是自然性的死滅，屬於自然本身創發與腐敗的循環，也是自然持續性的變異；至於絕對的死亡 —— 銷毀且註銷了自然循環本身 —— 將大自然從自身的律令解放出來，從虛無之境開啟了創造新生命模式之道。（Žižek, 1989: 134）

在絕對的死亡（讓死亡欲力取消所有象徵系統的存續）到來之前，再強大的災厄都不足以撼動大歷史主導敘事，龐然如索倫城銅像的機構反覆剝削歷史。它無須擔憂一座城的滅亡，更甚者，進而

挪用這樣的奇觀，製造無數次的官方言說。滅城的註定性就是敘事框架的前提，比起〈洪荒〉第二度創世，〈傾城〉的版本更為決絕，毫不妥協──自取滅亡的男主角以自身（對大敘述的反抗）為誘惑，吸引了立場超然、居於歷史流變之外的天使（外邦者）。在毀劫的當下，主角（主體）與見證的天使一起投入全史注視的原初場景（the primal scene），讓自身唯一瞬間的存在性瓦解了無常渾沌的象徵體系。他們實踐了最徹底的死亡欲力，否決了代表繁衍流變的進化與未來，也隨之否定了異性生殖系統。就以下這段精彩的描述，可以佐證上述的論點：

> 「城陷了，走吧。」柔和的聲音在他的耳邊輕輕說。他猛回首，她正站在他身後。
> 「妳來這裡幹什麼？」
> 她緩緩脫去珠玉串成的長袍，他明白這意味著甚麼。他不能再回去，她為了他也不回去了。在浩瀚宇宙無數星球之中，在億萬光年無邊的歲月裏，他們偏偏選擇了這一刻活著，沒有過去，也不再有未來，僅只有這一刻。（89）

如果以酷兒論述來閱讀並解套這樣的宰制／反抗模式，兩名主角的禁忌戀情模式可以重新詮釋為性／別的換喻位置。在生物屬性層次上，來自（近）未來的王辛（設定上是一般生理男）與遠未來的梅心符合一般想像的異性戀模式，但實則不然。由於時間弔詭律的干涉，如果將這兩人放置於交配生殖、繁衍後代為前提的直系統結構，兩者不相容（無法交配）的程度並不遜於異種生命或同性戀人。由於她們與生殖體系無法妥協的程度如此之甚，非得與大歷史體系傾軋扞格，造就出駁斥生命延續的結局。當我們將梅心與王辛讀成

一對不見容於直體系的情人，這份戀情就脫溢出常態的羅曼史，而是以科幻架構、傷感抒情口吻、與張愛玲的「寫實小說」諧擬互涉的「跨換性」（gender-crossing）❼ 主角，從事駁斥大體系的生殖（延續）架構。也就是說，若要讓這樣的「異性戀」的冒犯性徹底成立，代價是要以整個人類生殖傳承的存續來換取。在時間重疊（銷融了「過去—現在—未來」的線性序列）、背向未來的當下，主角以絕對性的銷亡來換取毫無功能、背棄繁衍的慾念，投奔向念茲在茲的幻境。在「時間堅實的存在」（88）的共時性刹那，歷史的天使卸去了翅膀，投向棄絕傳承綿延的死欲，與焚燒的城共有索倫城「金黃色的火海」（90）。於是，就在傾城大劫的當下，現實時間與象徵體系在「沒有過去、也沒有未來」（89）的瞬間為之分崩瓦解。

第二節、宇宙之眼，怪物大異己，犬儒主體：〈雙星沉浮錄〉與《時間龍》

　　錫加利殿，全基爾千萬人類信仰的幾何中心，位於基爾首都近郊的廣大草原中央。像一面龜殼的扁平建築吸附在基爾星的地表，整個建築由七塊主要部分結合而成：六塊體積均等的六角形金剛烏石構成微穹形巨殿的周壁，穹頂是一塊相同大小的月晶石⋯⋯鑲嵌於六塊烏亮巨壁頂端的月晶石如同金色的瞳孔，**整座神殿就像是一顆巨大無比的獨眼**，無休止地瞠視著宇宙變化，監督著金、綠、黃三種色系的衛星繼續它們在軌道上宿命式的循環運動。

---

❼ 在張愛玲的版本，故事剛好相反。執拗倔強的女主角白流蘇執意留在必然破滅的跨世紀荒城（香港），男主角范柳原在機緣湊巧、天命難違的情況下，如同張系國的未來人梅心，最終成全了白流蘇（架構於執念與幻象）的激烈愛情。

在科幻小說的數種典型次文類當中，「太空歌劇」（Space Opera）的曖昧尷尬位置是其中之最；從黃金世代（Golden Age）至今的代表作品可看出此文類的反挫態度❽，鮮少出現具有認真反省力的作品，不假粉飾地呈現權力宰制的痕跡。弔詭的是，「太空歌劇」雖然難以自我除魅，以強迫症的拘執揪住過時想像（例如孜孜不倦地羅織性／別刻板框架、看似中立的權力盲姿態、人類中心本位），在某些最惡劣的文本範例中，竟會同時彰顯露淫敢曝（camp）的性少數張狂特質。最有名的範例莫過於賀柏特（Frank Herbert）的巨型史詩作品、【沙丘星系列】（Dune）的 Harkonnen 伯爵，其身軀肥腫膨脹如氣球，姿態惡質，再現（操演）出龐然猙獰的假仙娘娘腔扮裝后（campy sissy drag queen）身段。雖然 Harkonnen 伯爵這角色以毫不含蓄的「怪胎異形母怪」（queer alien matri-monster）上演奇觀場面，不過這個角色並無性別情慾身分的戰鬥性。這樣的基姥逾越姿態如同羅馬盛宴助興的開胃菜，（看似）男同性戀社交的戲碼並無基進反省性，反而強化了一個極端壓抑女性與性少數的回教星際帝國之權力宰制機器❾。然而，若要從此類文本讀出顛覆趣味，可以挖掘它的「宇宙帝國之眼」與「變態」的性少數角色，進入這兩者不正確的勾搭（incorrect flirt），從而進行分析。

林燿德的科幻創作生涯起始於發表〈雙星沉浮錄〉（以下簡稱〈雙星〉），此作在1984年得到「73年度科幻小說獎」佳作。在此作之後，作者延續本文的基礎，寫出企圖心浩大、情節人物更爲繁複壯闊的《時間龍》（1994）。對比同時得獎的另一篇作品、張大春的〈傷逝者〉，可以清楚看出作者無意對星際帝國結構的文類框架進行質疑檢視。〈傷〉一文以冷調苦澀的語言，沿襲抵烏托邦文類

（dystopia）的傳承，敘述存疑自身正當性的陽痿男性探員回歸原鄉，偵查畸零族裔涉嫌的謀殺案，對自己與大體制之間的齟齬與共謀進行一場嚴苛的分析，剖現出國族身分與邊緣畸零人的精神外傷。如同林建光的分析，〈傷〉的成就在於讓正典的男性探員進行一場招魂儀式，讓鬼魅歷史「重返創傷現場的過程」（151）。〈傷〉的敘事者穿越魍魎（遺忘）的重重錯置誤識，正視自身與大歷史宰制機器毫不光榮的串聯，看到主體（國族）企圖排除到「（無意識）**溝渠的記憶廢料**」，抹殺（清除）集體歧視化身投射惡意與壓迫的畸人。原先正典的探員終究發現自己一如畸人，同時被大體制收容（排擠），最後探員安大略體認到這一點，體認到自己與畸人同時都被排斥於「人類」中心結構之外，終於能夠學習「如何哭泣」（79）。

　　相較於緊張森冷、以批判國族與宰制機器為敘事關懷的〈傷〉，〈雙星〉是一篇意圖說出動人故事、以通俗類型科幻敘事為基礎的作品。它包含了太空歌劇必備的元素，例如壯麗的星際帝國、兩造（或更多方）對立政治的干戈齟齬、激烈（但缺乏性別思考）的常態異性戀情慾、宮廷（或權力內閣）的密謀鬥爭等等。正如同〈雙星〉，通

---

❽ 在二十世紀上半期的英美科幻小說譜系，「太空歌劇」傳統的代表性作品甚多，例如 E. E. Smith 的《雲雀系列》（*The Skylark Series*）、John W. Campbell 的《星際島嶼》（*Islands of Space*）、C. L. Moore 的《西北史密斯系列故事》（*Northwest Smith Stories*）、Isaac Asimov 的銀河帝國故事《星辰如塵》（*The Stars like Dust*）。

❾ 在這系列當中，除了在《沙丘星》與續集《沙丘星彌賽亞》出現如 Harkonnen 伯爵這樣的負面女性化男同角色，還有別的後續發展。在此系列後期的《沙丘星神皇》，作者以曖昧不明的性別政治立場寫出以女性為尊的改造（改良）後回教星際社會，由巨大沙蟲化「神皇」所遴選的親衛軍團「魚群言說者」（the fish speakers）不乏陽剛洋溢、驍勇氣魄的 T 戰士，拉子情慾也從背景點綴的功能一躍為作者闡述新世紀宗教神學的代言者。不過，這樣的敘事篇幅似乎只是作者借用酷兒性主體的叛逆屬性，為文本艱澀難解的「彌賽亞」思維權充引路角色。

常以太空歌劇為基調的科幻小說不外以對抗當權機制、爭取個體（或受壓迫者）自由為劇情橋段，但在此類文本中，無論作者自覺與否，到最後呈現出的「真相」卻是神殿所具現的巨大獨眼：那枚縱橫上下360度、環顧宇宙的大異己之眼／自我（the Eye/I of the Big Other）。比起有形權力機制，宇宙（異己）才是文本真正的「靈魂」，天真犯難的主角竭盡所能想推翻壓迫勢力，但終究會潰敗於這一枚巨大的異己視線。

帝國之眼必須建構出形形色色的小異己（others）來維繫其運作。架構遼闊壯觀、以跨星系風光（雙星即為基爾星與地球）為故事背景的〈雙星〉遵照此公式，經營出許多的奇觀。在不長的篇幅中，文本竭力描繪各種龐大星（國）族政治機器的表裡邊緣人，收羅各種充當奇形異色景觀的「廢料」與「畸人」：

> 一個機械人端來兩杯酒，如果不是在眉心部位鑲著一些突出的機件，以如此**自然**的體態與**亂真**的皮膚，幾乎使盧卡斯誤其為真人。
> ……
> 「……你不了解柴基達人，他們不僅僅是一群農奴，當一百多年前我們從麗姬亞人手中接管柴基達人時，他們就已經是家畜了。柴基達是麗姬亞語，它的意義就是高級家畜，他們天生有著服從與被管束的基因，家畜是不可能背叛主人的。」（113）

可惜的是，在林燿德的鋪陳之下，這些「自然、亂真」的機械人與非（次）人畜奴僅有片面平板功能，稍微點綴星際帝國的談判桌，無法揭露批判權力機構將它們貶抑為渣滓（abjection）的空間。較為值得一提的是在這場談判，舞台前的假面語言與敢曝言說交互出現，例如地球執行長把六百萬名「正常人類」設想為掌權體系即將面

臨、非要處理的廢料，曝露出某種程度的反諷：

> 「如果他們只是安分地按期領取失業津貼與難民救濟金，然後躲在大廈中的三流出租套房裡，重複著他們的性愛遊戲，那倒也罷了。不。他們根本在陌生的地球上成為一股真正的文化異族，於是他們開始淪落為娼妓、強盜、走私者、毒品掮客與職業殺手，形成一股強大的反社會力量。……」（117）

　　無論是想要擁有「兩個女人」與基爾星的總督盧卡斯、為了丈夫而放棄自己與六百萬人生命的妻子唐荻姬、身為反對黨領袖（同時與盧卡斯有情慾關係）但立場含混的妲、形象巨大壯觀但平板如二次元角色的教宗與聖樂家錫加利，這些角色立場互異，但只有在某個關鍵的基礎點類似：藉由反抗（或圖謀）現行的權力機構，他們反而淪陷其中，成為服膺大異己召喚的蒙昧主體。本文的基進性並非在情節中清楚的再現，反而得透過有意識的閱讀策略才能展現。與其說〈雙星〉是「描述星際聯邦帝國中一偏遠星球奮勇抵抗割讓殖民的悲壯舉動」（向鴻全，14），不如說這些「奮勇抵抗」是太空歌劇角色在耽溺於幻象的前提，上演順遂於大異己慾望的同流順服戲碼，而這樣的「假」卻是驅動主角演出星際城邦族裔情仇的動力。也就是說，文本如同這些角色，搖擺於兩種截然不同的方向，時而順遂大異己召喚，又時而出現剎那的洞視。一方面作者毫不規避地描繪盧卡斯的權謀野望，戳破了人民領袖想要讓自己的銅像「矗立在廣場之上，和一百七十餘年前率領第一艘殖民船進入基爾星的基爾・史匹貝爾的銅像東西對望。」（98），另一方面，又混充政治正確的唱腔，為這些抓對廝殺的政治學舌（political mimicry）提供必備的道具與假面。

無論是本文與日後的《時間龍》，敘述特色之一就是罹患數據癮（addiction for number），無論是較為童騃天真的單純數量如「六百萬人（粉身碎骨）」、「三千萬人的幸福」、「二十億人口的柴基達人（農奴）」等壯大量化的景觀，或是不斷反覆設計，提供諸多精緻巧妙的丈量尺寸❿。在此架構之內，壯觀數據（化的它者）是建構偏執星際朝廷的不可或缺元素，如同建構起龐大星際帝國城邦的無數樑柱，幻想的眾數是主體投誠給大異己的供品，貢獻愈多，愈感受到帝國之眼的慾望是永不滿足的黑洞，必須一再構築碩大或驚悚的數據供品。直到凝聚集體意識且建構永恆幻象的錫加利死去，在那枚彷彿「巨大無比的獨眼」的凝視下，才揭露出「最終的」真相：操縱主角們的大異己（的慾望）實際上是空無一物⓫。在野黨領袖姐變成「真正的」革命義士，拒絕與情夫盧卡斯從事政治流亡；獨自出走、放逐於故星之外的盧卡斯，彷彿遭到母體排出想像幻見層（the imaginary level），赫然領悟到「自己不就是基爾的第四顆衛星？他正脫離基爾引力的束縛，也脫離了生命的泉源。」（129）。在教主錫加利這個洞悉一切、彷彿母性化身的神聖符號倒下之後，向來與監控機器同謀運作的主角體認到現實（權力機構）與真實（歷史視線）的雙重破滅，必須面對慾念物不再的匱乏狀態。

　　在〈雙星〉發表十年之後完成並出版，長篇小說化的《時間龍》結構精巧緊密，區分為〈基爾篇〉與〈奧瑪篇〉，以及指涉隱諱的附錄〈黑蟻與多巴哥〉。除了早在〈雙星〉出現的盧卡斯、在追憶出現的姐與錫加利，在本書新登場的人物當中，出現不少（乍看之下）洋溢性（別）越界的描繪。直到90年代前期，王抗這個「女性與男性交疊的神奇人物」（154）是首度台灣科幻小說以主角分量登場的性別**怪胎**（queer，這裡我強調「光怪陸離」的層面）。文本的敘述口氣半悲憐半揶揄，把此人物的性魅力與卑微生涯連結到幼年期的底層殖民

地身分，暗示王抗可能是遭到獵殺殆盡、具備性轉化能力的夢獸族後裔，試圖為他的「魅惑眾生」找出合理的起源。當作者在描寫他與奧瑪星統領克里斯多娃的關係時，運用相當煽惑（sensational）的筆觸，鋪陳「強而有力的男性（女性大統領）」征服駕馭女性化且俾妾化的面首。對於生理雌雄同體但著墨甚少的星務卿施施兒，敘事聲音更無同情，奚落為「一個同時擁有男女性器的慾魔」（155）。施施兒對王抗的迷戀，則以獵奇的口吻強調為不可實現的悲情畸戀，在兩者沒有實質性愛的前提就是一場加油添醋的色羶腥意淫。除了難以根除的正典性別位置，敘述者看似辛辣的嘲諷夾帶大量的性（別）保守意識，鋪陳對整體「女人／畸人」的負面刻板態度。即使（尤其

---

❿ 在這段文字當中，透過各種羅列並陳的巍峨高聳數目，可以一窺敘事聲音陷溺於精神官能執迷（neurotic obsession）的數數（counting numbers）強迫性快感：「地鐵隧道在**地下一公里深度**穿越不同結構的岩層與伏流，並以懸架式管道通過兩萬公里的路西海，是進行**一百二十五地球紀年**、損失了**四百多萬名獵龍星奴工**才完成的巨大工程，自王力市地下一公里處通到自由市邊界的多巴哥車站，共**三五六二五公里**，恰好是奧瑪星球圓周的一半長度」。（82）

⓫ 在林的〈雙星〉，敘事聲音看似是淡漠、「中立」的全知第三人稱，但實際上並非如此。如果把敘事聲音與操控監視的「宇宙之眼」串聯起來，主角最後（含糊的）覺悟可類比於齊傑克所描述的精神分析第三階段，「洞穿幻見之後，不光是象徵性詮釋，就連這些對炫惑惑人的幻境欲求物之經歷也是在填補某個空缺，大異己的虛空（void）」（Žižek, 1989: 133）。

除了去個體性的集體想像霸權之聲，有些科幻文本敘事者戳破含蓄、非個人（impersonal）的普同言說位置，以酷異曝現的扮裝王姿態（drag king pose）直接再現了「邪惡霸權」聲音的例子，明顯者如〈記憶是一座晶片墓碑〉的陰陽同體奧曼帝主宰（總裁）奧梅嘉（Omega），祂對無知（無辜）的主角與讀者進行「收編或殲滅」的第二人稱敘事觀點。此論點可參考劉人鵬與白瑞梅的論文，〈「別人的失敗就是我的快樂」：暴力，洪凌科幻小說與酷兒文化批判〉（2003科幻研究學術會議）

是）當敘述聲音描繪各色奇形（非）人物種，再現魍魍魑魅的角色外型（如羅哥、賈鐵肩等負面龐大的男獸身軀），本書的性別情慾政治不但是奇異的單薄，更體現出含蓄規避的意識形態。其中的異類角色並無任何基進性，而是服膺典型樣板的太空歌劇模式，這些巨大神怪角色如同失聲的雕像，透露出「只是一片空茫」（7）的犬儒氣味。

　　雖然充滿這些性別政治的保守反挫，《時間龍》不乏展現新意。書中最有創意的比喻就是把歷史宰制機器人形化，或是轉化為肉身異形，使它們化身為有機或無機的巨大怪物形象，在在指陳存在的空無，嘲諷抗衡壓迫系統的反抗行動，指陳意識形態的虛妄。作者以色澤鮮艷、精細描繪的文字，經營各種殘怖迷人的物種，例如展翅時長達三點五公尺的巨型變種蝴蝶，軀體長達三百公尺、具有「鮮麗七彩的蟲軀」（77）、在星雲層流轉擦撞出天籟音色的伊蓮獸。這些異獸就是無意識邊境的龐大它者，任何官僚體制或人類主體都無法降伏或壓抑。然而，雖然承載蠻荒的爆破力，這些神話化身的生物都罹患了總體失憶症，不被賦予個體性。無論是碩大無人格的超額生物，或是掙扎於國族、性別、情色等壓迫機制的人類，都是萬物芻狗，不仁的宇宙之眼俯視象徵界，但這個大異己之眼有兩種形象。前者是以錫加利為代言的空泛仁聖教義、太空歌劇文本營造的慈悲偶像，具有一顆詭譎的監控「義眼」：在錫加利肉體死去，仍然以不滅的晶體之眼「環顧三百六十度的宇宙現場」（93）。後者的視線來自於充當書名的「時間龍」，不但更為曖昧，而且具備猙獰的肉體屬性。牠（祂）以獸性與神性的形象預告覆滅，揭示滅亡後的殘相，牠是善惡難分的生物化大異己：

　　時間龍全身盤滾著銀灰、焦茶與肉桂色交間的三色斜紋，粗大的

鱗片浮泛著輕金屬的光澤。這奇異而妖嬈的軀幹卻抵不上額頭那排深紫色的肉瘤所綻放的光芒；紫色有千萬種微細的差異，但是誰也無法以言語來說明龍珠那幻美炫惑的色澤……經過二十個奧瑪年，時間龍的額頭才會多生出一顆成熟的龍珠；而羅哥所擁有的這隻時間龍，在額頭上嵌鑲了三十三顆迸現光滑的龍珠……

這隻時間龍曾經是色色加的座騎嗎？（227）

在〈時間龍與後現代暴力書寫的問題〉這篇論文，劉紀蕙認為作者運用大量施虐／受虐（sadomasochistic）意象的血腥圖像式書寫（graphic writing），是為了「再次演出文學論述場域中出現的專制、壟斷與排他性」（402），但這樣的觀察如果不帶批判角度，也會導引出某種作者意圖論。文本中對於（異樣的）性愛抱持高度獵奇、又處處複製刻板典型的表陳模式，是否也是要（批判性地）再度重現生物／性別二元對立，批判消費異常肉身情慾的異性生殖系統？從本文的敘述語氣與淫窺奇場面看來，我並不認為如此。然而，作者巧手雕鑄、不遺餘力所建構出的奇觀政治（或種族）生態，雖然不是為了批判（並沉浸於）「法西斯式的排他性暴力」（404），《時間龍》還是容許基進批判的閱讀策略。論及本文最有貢獻的成就，該是它製造出數種魑魅非人的大異己，它們彼此對視，對應出體制與個人的內在匱乏。第一種像是良善慈藹、但不斷陷入普同模式的錫加利教派，第二種是缺乏自我但妍麗璀璨的奧瑪蝶、依蓮獸等巨大異生物，模擬且諷刺集體狂迷的特定族裔；第三種大異己是具現了「製造禍亂、追求毀滅的慾望圖騰」，例如不定型變身（性）的夢獸族，貫穿書中各篇章、真體元身不明的時間龍。可惜的是，如果本書的創作目的確實為了突顯作者「切身相關的『政治性』」（398），《時間龍》所描繪的（性）政治想像無法脫離正典直男（the authentic straight male）的視野。作者悉心經營各種狂亂的人物與鬥爭場域，搬演各種精彩的僭越叛離戲劇，但在一切掙扎窮盡之後，終究以失落惆悵的順民身段回到（異性生殖比喻）的「生殖與毀滅」（406）規律，一如夢獸後裔、但註定被宰制機器嘲笑擊垮的王抗。

然而，某些酷異邊緣的主體可能早已看透太空歌劇的帝國之眼，並且另闢遊戲新局。這些主體來回於歷史現場與幻境之間，在陰鬱的未來幻設場景進行（不盡然成功的）的局部動亂。它們的故事可能悲觀傷痛，但並不流於無奈的屈服，或是酸澀虛無的認命委身。在《不見天日的向日葵》這部出版於二十一世紀起點的台灣科幻小說，所鋪陳的近未來身分政治就是如此景觀。同樣以追索記憶、歷史建構、五光十色的暴力情色幻境為素材，但《向日葵》並不把場景架設於壯麗、建制化的帝國未來，主角是一群從衣櫃現身的酷兒，配備另類的（跨）性別身體，她們的戰鬥並不流於壯烈的現代主義想像，不預期改朝換代，而是以切身的情境與宰制機器搏鬥與對話。

不同於〈雙星沉浮錄〉與《時間龍》難以擺脫正典心態的敘述聲音，《向日葵》的敘述位置拒絕無政治立場的（假）中立嘲諷，也駁斥人道主義的監控之眼。在這部充斥黑色偵探文類與電腦叛客元素的科幻小說，主角所代言的位置不再是敵我二分的人類，但也不是失聲的畸人；她們的身體、位置，以及生命形態都顯得繁複歪曲，形成一股過剩（excessive）的變態力量。從二十世紀的盡頭集結酷兒政治美學的活力，這部台灣科幻小說從宇宙之眼（自我）出走，闖蕩雜種生態並陳的都會地景，從中製造出跨性（種）的人形獸身機體（cyborg-like）生命。

第三節、牠與它與祂：活在超次元光電獸闌的「人形獸身機體」

　　這位助手來自於「鳶尾花基地」——那是全球七大生活區當中，唯一不受向日葵管轄的地方，也不接受必須性之外的生化技術支援。這意味著在這個地區，你可能會在一天之內撞上大票的未加工純生肉體，數目遠超過你在「小貓鞭尾巴」，「橙色雞尾酒」等其餘六個生活區晃蕩十年所加起來的總數。至於我居住的向日葵總部，膩稱為龐貝玻璃宮，這座以頭上腳下身形插入太平洋馬里亞納海溝的酒瓶狀海底都市？算了吧！別夢想有這等品種活在此地！

——《不見天日的向日葵》（37）

　　對於異質肉身（the other-bodied）的再現與耽迷（obsession），向來是科幻小說（或廣義的幻設小說 Speculative Fiction）發展兩百多年來的母題之一。英式科幻論述定義的第一部科幻小說《法藍欽斯坦》（*Frankenstein, or Modern Prometheus*）就是典型代表作。故事敘述一具經由破碎屍塊組合縫綴成的「類人」（pseudo-human），違抗創造者的宰制，發展出自我認同，從事米爾頓式的叛亂。在接下來的科幻小說譜系，人類性（human-ness）與人類中心思維受到了各世代的後／非人類與其怪物身體的挑釁，雙方在大敘事的脈絡下從事語言、性別、（廣義）國族、權力位置的競逐與拉鋸。以英文科幻小說的陣營為例，新浪潮世代（new wave）作家以反動的聲勢寫下數部經典作品，同情或同感地處理常態二元性別（normative sex/gender dichotomy）之外的性身分、跨性別（跨物種）身體。代表作品如娥蘇拉・勒瑰恩的【瀚星故事連環系列】（The Hanish Circle），集結八十四個星族人類學誌組曲，以民族誌的敘述手法鋪陳傳統異戀之外的性與性愛[12]。黃金世代少見的同志發聲男作家、西奧多・史達

貞（Theodore Sturgeon），其代表作《超額維納絲》（*Venus Plus X*，1960）也是佳例，以泛性（unisex）族群與改造後中性人組成的社會為背景，批判直心態的主流價值觀。

到了八零年代之後，在電腦叛客（cyberpunk）的作者群以左派文化、反「自然」的視野來顛覆人類中心。電腦叛客文類推翻了保守白種異性戀男作者的版圖，抗拒硬科技與右翼政治掛帥的物種沙文主義。某些作品以跨性別肉身來再現被壓抑的它者，不遺餘力勾勒出「人類‧機器‧獸身」（human-machine-beast triple）的多重混雜軀體，批鬥或嘲謔現代主義所生產的孤絕、非政治性的人本主體；在這些作品中，人機混成的肉身取代完整單一且「天然純粹」的常態身體。作為反抗睥睨體制的前哨站，魍魎魔物的肉體成為少數族群的戰爭機器。就這樣的創作視野，無論是猙獰異形或是迷魅誘人，「後人類」❸身體不只是常態主體的多出或匱缺，而是大體系本身的小慾望（餘留）物（objet petit a/remainder）；在某些極端的呈現，它是象徵系統極力意圖收編或打壓、卻永遠無法約束爆破欲力的「神怪物」（Das Ding）❹。

《不見天日的向日葵》（洪凌著）出版於將要跨世紀的2000年，包含了科技奇幻（science fantasy）、電腦叛客、黑色電影（film noir）等文類敘事元素。故事主線以一位表面身分為遊戲程式師的特異偵查員（虹）為敘述者，她經手一樁九名魔道師遭到肢解殘殺的案件，從中發現九名屍骸分別遺失的「部位」竟是拼組成超生命的元件，藉著「九名魔道師的肉身質素與意識切片（創作出）『超神』」（見本書〈人物介紹〉）。虹的「中介者」身分宛如黑色電影的典型（男）主角，接下了身不由己怪誕案件的私家偵探；她出入於當權體系（集結魔法師、天才科學家、人工智慧人格所組成的共同體），也接觸反動陣營（對立於科技魔法集團、以畸零變種生命為成員的「第十三

名門徒」）。虹的立場介於宰制機器的使者與邊緣陣營的同感者，她的特異能力能夠與（看似）非生命、無人格的物體交感共念（forming empathy），從中「活化」出物件所含攝的情感、意念片段，回到事件發生的當下 —— 也就是說，虹等同於凝視過去、還原歷史記憶的天使。

就科技奇幻的文類傳承，介於人神魔之間的法師（mage）角色能夠超越理性言說，搬演象徵性的召幻（喚）術，證成道成肉身的踐演。魔法化的科技（或是魔幻語言本身）就是她的武器，藉由語言與物質科技來再造宇宙。就「記憶活化者」（memory reincarnator）

---

❷ 相關作品包括短篇小說〈冬星之王〉（Winter's King），可被閱讀為跨性少年 T 的冬星王者阿格梵十七世與朝臣、子嗣之間的愛恨糾葛為題材，處理非正典的情慾互動與「逆轉伊底帕斯情結」（reversed Oedipal Complex）。此外，還包括書寫雌雄同體冬星人的故事，如〈凱哈特成年式〉（Coming of Age in Karhide）、獨立成篇的〈山脈之道〉（Mountain Ways）陳述同性與異性四角婚姻關係的星族文化，主角是一位男模男樣的 T 學者，本文是此系列最直接描述性別越界（gender crossing）的作品。

❸ 關於詳細的「後人類」（post human）界說與論述，可參見赫勃思坦（J. Halberstam）與黎文思頓（Ira Livingstone）編選的《後人類形軀》（*Posthuman Bodies*, 1995）一書。針對中文科幻小說的評論，劉人鵬的〈在「經典」與「人類」的旁邊：1994 幼獅科幻文學獎酷兒科幻小說美麗新世界〉以跨種性論述閱讀三篇小說，王建元在論文 "Urbanity, Cyberpunk and Posthuman: Taiwan Science Fiction from 60's to 90's" 花費相當的篇幅，敷衍探究在光電崩離的後現代城市地景之上，台灣科幻文本所生養繁殖的「後人（類）」。

❹ 關於「神怪物」與象徵系統的互相拉扯但糾葛難分的關係，可參考齊傑克在《意識形態的崇高客體》的細部論述（p. 119-20, 132）。在本論文當中，我大抵上採用齊傑克對於真實層與創傷、大異己與兩度死亡的論證，但作者不同意他對「神怪物」與「母性」的連結等號。在接下來分析科幻文本跨性別 T 人物，可被詮釋為跨性別與「機體動物人」的合成體（transgender-butch as cyborg），並不沿用此論點所預設的性別框架。

的特質而言，虹不只是資料與事件的現場重述員，她的位置同時是歷史觀察者、電腦闖客（cyberspace cowboy），以及班雅明描繪的都會（時空）漫遊者（flaneur）。這樣三合一主體位置所揭露出的事物，已然不是平板的事實，而是以同感（empathy）模式來體現沉積於殘墟夾縫間的失憶空白地帶，轉譯到敘述的當下，如同馬賽克彩色鑲嵌玻璃，揭示出「往昔**飛逝閃現**的真正圖像」（the true picture of the past **flits** by）。更進一步形容，虹的活化術是邊緣人（物）的招魂術，把寄居於歷史遺忘地帶的傷口帶出暗櫃，拒絕大異己的召喚（interpellation）。這樣的詮釋系統讓殘餘物（remainder）不被收編或打壓，得以進駐有意義的命名系統，就如班雅明形容的「意念／星陣模式」（idea/constellation pattern），造就出客體（星體）的意義：

> 觀念之於客體，宛如星陣之於星體。……意念就是無時間性的星陣，而當觀念的質素被視為星體環陣的端點，此時現象得以區隔開來、同時也得到償贖。（Benjamin, 1977: 34）

若欲讓等同於客體的事物（星體）成形為觀念（星陣），並讓慾望主體在認識論的層次上得到理解、進一步獲致可能的啟明，必須經過類似煉金術陣的型塑儀式（alchemistic rite of formation）。就班雅明的觀點進一步解釋，在歷史的遍野堆積各色洪荒斷層，滿是淤泥沙塵，不時夾雜星體的碎片，這些都是漫遊拾荒者（the flaneur as a trash picker）因緣際會遭逢的物體。原先遭到棄置的物體如同星的遺骸，若是拾荒者從時空淺灘將其撿拾而起，它們會得到再度詮釋的契機；一旦物體凝煉成為星陣（觀念），它們更可能進駐象徵系統，得到（或許是曖昧不明的）償贖或再生。在本書中，集結生命精髓、從九名魔道師骨血與意識遺跡滋長的阿烈孚（aleph）就是「觀念

／星陣」的具體化身。它既是「無時間性的星陣」，亦是故事所隱喻的希伯萊文「第一者」意象。

　　阿烈孚的形象如同波赫士（J. Luis Borges）同名短篇小說的主角——永無止境再現歷史的起點與終結的水晶球；它既是被創造的神（a god as creature），也是諸種記憶人格雜件凝聚而成的零碎地基（a site of fragmentary memory/personality）。在逐漸成形的過程，透過不同肉身的干預與操作，阿烈孚逐漸成為個體，也具備了「變換自如的性別體態」（122），彷彿一名出生時性別不明（intersex）的嬰兒，在象徵宇宙追尋身分位置，操演讓自己認同的性別實踐；它時而是初出茅廬的野少年（tomboy）**⓯**，時而是難以區分陰陽的中性人（androgyny）。在阿烈孚與其導師與引路者虹的對話，讀者看到一則後科學怪物（神）的主體化範例。這則對話充分彰顯鏡相時期的錯位，非常態的主體逆寫了主格與受格，倒錯地認識了鏡中之「我」與對象之「你」：

　　　　我的心頭打了個突，繼續試探性地說：「可能的話，讓我來幫妳取個名字如何？」

　　　　「『我』取名字……給『妳』？」我的疑竇得到印證，它的手勢充分發揮出這個絕妙的謬誤。當它發出「我」這個主詞時，手勢直指的對象它對面的我——應該是「它的妳」的我！而當它以自己為指陳對象時，卻是以「妳」為代稱。總而言之，它弄錯了「我」與「妳」的分化；更進一步地說，搞不好在它的認識結構中，就連語義學的主格

⓯ 在中文的翻譯脈絡，tomboy 常常溢出生理性別的二分常軌。在此我不沿用約定俗成的「喜感」譯名（湯包），而是挪用此主體狂野叛逆、居於（跨）性別疆域邊界線的再現原型，混雜「公貓」（tomcat）的形象，將其翻為「野少年」。

與受格、形上學的自我及其對應的大千世界、存有學的位格與存在場域都整個翻身過來。（122）

　　阿烈孚顛倒「我」與「妳」的認識論來自於它的起源：九名法師的遺體是滋養出「被造神」的基礎。透過物體的倒轉凝視（returned gaze），主格的「我」化為鏡中的「你」。這樣的命題類似《攻殼機動隊》（Ghost in the Shell），其中的後人類從資訊位元汪洋誕生，薈萃了各種雜質的組件而發展出「自我」。阿烈孚的情況類似，它是由零碎物件組成的雜種神體，逾越了「人—機」、「有—無」等二元對立屬性，反而在物質性的層次上體現出「繁衍」（proliferation）的基進意義。在王建元對本書同系列小說《末日玫瑰雨》（1997）的評論，提及這些怪物化的機體肉身混合成品（人種）的最強烈意義之一，在於解消人類中心主義與主流文學敘述的（舊）霸權想像，並且「透過具象書寫的情愛與慾念，此種電化情迷與某種血肉互涉的跨界……能夠把人類的性從它虛偽的自然主義解放出來。」（84）

　　以上的論點類似海拉葳（Donna Haraway）在〈動物—機體—人宣言〉（"A cyborg Manifesto"）的論述。「動物—機體—人」的雜質混血體具備強烈的反動力量，在於它（牠／祂）的多重性：它既是非（反）自然、非正港，外於「自然而然」的有機人類生命，但具現出活生生（甚至超額）的生物化屬性。它接合了金屬機體、非人生物等雜異元素，「動物—機體—人」成為某些科幻小說跨性（種）人物的再現模型。在把「人類的性」解放出來之後，《末日玫瑰雨》尚未處理的議題就是「動物—機體—人」的具體生命實踐。當這些五光十色的狂情怪物得到（暫時性的）解放，要如何在體系與各色邊陲聖堂（margin chapels）演習總算到手的「詮釋循環的可見邊界」（王建元，83）？透過恣肆的暴力（化）景觀與視覺效果，在《末日玫瑰雨》的

劫後聖殿都會倒塌之後，這些無法讓體制輕易吸收或徹底殲滅的人物「同時出入於電腦精靈所操控的母式內的異度空間，玩著危險狂情的陰謀遊戲」（5），接下來的旅程就是《向日葵》的主要命題——它們要如何與乖張精明的體系共存，或是翻轉位序？更甚者，是否以露淫（campy）的姿勢面對宰制系統，一方面掙脫規訓，同時卻也打造自身專屬的桎梏❶❻？

就《向日葵》的設定，本文最曖昧兩難的處境在於書寫有局限的叛逃。這些生命無法安居於現存體制（某些角色甚至無法安居於自身「本然」的軀體），她是這個險惡光電動物園本身的投影，類似狄鐳尼（Samuel Delany）所說的電腦叛客文類特色：「非悲劇、非勵志、非母性」❶❼。此類人物充滿市井智慧（street-wise），激烈反抗體制，也洋溢著厭世特質，敏銳察覺反常的生命處境有如「一根根扎滿倒鉤的皮繩」（159）。虹這位電子網絡迷宮的天使，貨真價實（literally）地活化（revive）出歷史淵藪，並且讓其中的雜質紛紛出櫃。在本書中，除了多重身體肢節聚合的阿烈孚，還有不少堪稱跨性（種）人物；它們擁有著超常身體，踐越了典型的生物（性別）區分，以形色

---

❻ 王建元對《末日》的導讀提及「共謀」，我認為是這些角色擺脫既往模式的關鍵。他們不再模糊輾轉於大異己與（剎那的）覺悟之間，而是世故清醒，並非悲觀但也不積極進取，以有限的籌碼與霸權系統交易（異），取得某種程度的權柄。即使以對抗論述的模式來造就出自主性，這類的人物會自覺到在建構自己的主體性時、必然排除更邊緣身分的危險與投機性。不過，正如同海拉蔵在論述中提出的警訊，後現代游牧主體不能夠以科技叢林的武器為解放的唯一途徑，必須正視科技在科幻文本中的複雜位置；而且，混血雜質的電腦叛客物種不見得就是取消宰制、或是徹底顛覆現行大論述秩序的唯一（最終）答案。無論是在本書、或是類似的文本，作者對於象徵秩序的不滿與反動非常鮮明，但對於提出可能的出口，文本通常以曖昧模糊的兩難情境來呈現。

幻異的形貌展演「某種特殊的負面」，同時在美學與政治層次突顯乖張的效應。虹的下體長著「含笑的尖牙與昆蟲複眼組成的面孔」；波比・柯羅利的子宮表面刺繡「賢者之石祕法」圖景，這位高檔婆（high femme）拒斥了直系想像的「宗家父老」傳承夢想；永遠長不大的幼身童、晶掌控了「薔薇十字」的組織大權。不過，作者毫不羅曼蒂克的描繪清楚地表達，這些變態肉身並非連結成一個跨性別（物種）烏托邦，而是永恆處於慘烈的權力競逐。

在這些角色中，肉體變異的程度最為強烈、道盡跨性陽剛人物 ⓲ 的美學與魍魎屬性的角色，當屬屍洗者約翰。屍洗者的張狂叛逆風采類似電影《銀翼殺手》（Blade Runner）的反派主角——連鎖六號生化人領袖羅伊。他意圖尋找造物主思帝爾納博士，為自己橫遭棄置的命運遂行復讎。思帝爾納博士的形象同時是不義之母與無情創造神，屍洗者則是黑色（反）英雄與雜種逆子，以反叛天使式（Lucifer-esque）的情境與神（母）對決。如果說平路在〈人工智慧紀事〉寫出（擬）女性的人造生命的啓蒙與自覺，終於推翻（類男）神的主控與教育規訓，以「魔獸」為變種生命形態的屍洗者約翰與他的神，就像是酷兒版本的耶和華與該隱。除了神與（變種）人的上下位關係，兩者纏綿繁複的恩仇在外傳〈第十三名門徒〉有更明顯的揭露——被造（且受虐）的逆子反抗（毫無母性特質的）女性創生神，她們之間的羈絆類似德勒茲在《受虐慾：冷峻與殘酷》（*Masochism: Coldness and Cruelty*）論及的結構，也就是母（神）施虐者與受虐（異／義）子的框架 ⓳。

在敘述者虹的眼底，屍洗者約翰充滿了正邪難分的魅力與激情，猶如「那頭在最終戰爭（Armageddon）雖輸猶榮的黑色惡龍」（157）。不同於正面的跨性（別）科幻人物——例如《變人》（*The Positronic Man*）的（前）機械人孜孜不倦地為自己打造出一具逼近

（成爲）常態男人類的軀殼，以期進入性別物種位序的中產階級座標——屍洗者約翰（或《銀翼殺手》的羅伊）的極端逾越（因此產生戰鬥意義）之處，是他們絕對的惡獸姿態。一旦體認到肉身的處境過於絕望，無法由常態之道尋找出路或進行改良，屍洗者反而發展出怪誕的猥褻欲樂（obscene enjoyment），從他「敗壞」身軀得到變

---

❼ 在 "Forum on Cyberpunk" 一文，狄鑰尼以這種有違「歷史往前方未來進化，邁向更美好明日」的定義來界說電腦叛客，認為這是此文類深具洞見的貢獻：「電腦叛客是一種非中產階級、對歷史感到不自在，非悲劇、非勵志性、非母性、非邁向幸福快樂……的作品文類；唯獨當它身為某種特殊的負面性——而且其負面殊性非得與過去的書寫傳統與當前的科幻脈絡相互抗詰——這才是『電腦叛客』所指涉的核心意義。」（33）在《沉默的訪談》（*Silent Interviews: On Language, Race, Sex, Fiction, and Some Comics*）一書，作者提及電腦叛客文類的意義時，狄鑰尼認為這是一組「呈現秀異文體的作者群，（態度）相當犬儒，為資訊所炫惑，至於我自己則認為她們具備相當迷人的顛覆性。」（78）。

❽ 在本書之前，台灣科幻小說的譜系所出現（現身）的跨性別人物通常以雌雄同體、同性戀框架下的性別越界為護身衣櫃。在幼獅文藝科幻獎的數篇小說就是例證，例如〈老大姐注視你〉（張啟疆，1994）、〈記憶的故事〉（洪凌，1994，後更名為〈記憶是一座晶片墓碑〉，2002）（詳論請參閱劉人鵬的論文）。以跨性女（male-to-female transsexual）認同為敘述位置的科幻小說如《膜》（紀大偉，1995）、《雙身》（董啟章，1997），除了置於女性主義女同志書寫的大雨傘架構，鮮少有論者專注處理她們的性肉身（the sexed body）與異態性別（other-gendered）互為扞格的意義。在《向日葵》之前，台灣科幻小說的陽剛跨性別人物能見度甚低，大約只有《末日玫瑰雨》的改造生體狂戰士、獸人互換體等角色典型，或是由讀者本身的認同性閱讀來窺見隱諱不明的文本脈絡。

❾ 這段文字充分顯示出德勒茲在《冷峻與殘酷》闡述的母親宰制者（dominant）與受虐的兒子（masochistic son）對位，並驅除了拉岡式的「父名」位置：
我的博士，妳可曾料及被造物的反撲？不只是復仇或是憎恨，真正造就我離開妳的動機，是妳根本無視的愛。如同一尾渴望著回歸海洋的實驗室鯨魚，許多個「我」在我的身體內抽搐瘿攣，但**闖破皮膚與皮膚之間的界線**，回到妳的手心，妳的體內，妳如此洞澈但也如此無知的眼底。（157）

態的快感：

「……可知道我的外號從何而來？屍洗者，屍解洗濯於汪洋恣肆的細胞間質。要讓我這具殘軀保持最低限的運作，不讓『擴散解離作用』將我全身上下、稀薄得可憐的微粒子拉扯到窮天碧落的每一岸際，我得按時服用高級哺乳動物死後13小時的凝結血酸素。……」
……

在他抽身而退之前，一記翻臉無情的深吻送入我頸間的凹陷口。我的手失去著力點，盲目接住他遞過來的一個東西。低頭一瞧，那居然是他硬生生拗斷的左手臂。彷彿擁有獨自的生命，這截斷肢的熱流並不蒸散掉，藍黑色的人工血液在我螢光橘的尼龍外套畫出巫蠱的圖案。

那傢伙真狠，做到這種地步。「陽物之蠱」的宿體就是他的拋棄式義肢啊！（160-2）

拋棄式的義手載滿「陽物之蠱」，這樣的情節是如此強烈的跨性別喚喻——屍洗者約翰的肉身是一具隨時可毀棄重塑的人工陽柱（artificial phallic pillar），寫滿了受天譴（錯誤）的肉身（the damned wrong body）；但不可忽視的是，他也充滿張狂致命的魅惑（charisma），傲慢睥視凡人常態。另一個可視為鮮明的跨性別T的人物是虹的義父、科學家雨夜。他以嗑藥上癮的情調改造自己身軀，不惜把「每一種慘酷無道的生體科技運用在他的肉身」，藉以型塑出一具「稍有不慎、就能夠釋放出百鬼夜行的軀體」（23）。身為思帝爾納博士的情夫與霸權操控者，雨夜的權力位置與屍洗者相當不同，兩者分踞於天梯的頂端（top）與底層（bottom）。然而，本作品的性別政治鋪陳相當冷質晦暗，並未形現這兩者之間有相濡以沫

的跨性兄弟情誼，他們彼此充滿競爭與政治不正確的男謀廝殺，以及曖昧酷異的同性（種）情慾暗示。

關於跨性別兄弟鬩牆的議題，除了以「**雌性**陽剛」（female masculinity[20]）的連續體來看待，想像其必要性或（不正確的）張力，從赫勃思坦在《雌性陽剛》（*Female Masculinity*）一書所稱之為「T／跨性男的邊界戰爭」的論述，可看出預設相濡以沫兄弟會的幻滅。無論在20世紀至今的現實時空，或是《向日葵》的劫後未來，物質資源與陽剛名分都是酷兒**兄弟**較勁追逐的戰利品。在本書中，屍洗者約翰與雨夜並非居於跨性男與酷兒T的微妙鄰居階梯，卻可視為同處於想像的社群共同體。值得注意的是，縱使他們同為酷兒陽剛性別的「同類」，還是會以肉體或權力位階為戰場，逕行爭奪資源的攻防戰役：

> 正當變性社群在20世紀末的可見性逐漸高漲，變（跨）性男在社群的能見度也愈發提高時，酷兒T的生機問題變得無可規避。有些T認為變（跨）性男是信仰生理器官主導性的T，有些變（跨）性男認為酷兒T是沒種的（前）跨性男，過於害怕經歷生理屬性轉化過渡（transition）的歷程。經由跨性別T與變性男兩造所打的邊界攻城戰，預設了陽剛性是有限的資源，只容許某些人獲得，而且其分量額度至今還在下降中。（144）

晚近科幻小說（尤其是電腦叛客文類）戮力處理的題材，不乏極端性地呈現有機生物皮層、網絡管線與「內部」血肉形骸的相互侵入。在這個前提上，人機或人獸合體的身分成為跨性別（或是跨越

---

[20] 用黑體標示的「**雌性**」表示我對這個辭彙的看法：有其必要性，但不盡貼切。

當前身分政治）的主要借喻（trope）**㉑**。身爲歷史漫遊者的虹具備深入物體內部的感應力，透過她與異質物體的交感敘述，這兩個人工液化（異化）的跨性 T 肉體活生生地呈現。他們與自身皮層肉體的關係像是波瑟在《第二層肌膚》（*Second Skins*）論及的狀態：肉體內外的肌膚布滿知覺觸鬚接收器、感官孔穴，（再造的）陽具或器官盡是包裹（內建）於身體內的親密裝置。然而，就此類書寫而言，「家園」的意象再也不是黃金世代的懷舊意指，絕非直系統透過大眾意識形態所散播的幸福香草性愛（vanilla sex）範本。出現於《向日葵》的跨性（種）T 身體曝露出狂妄露淫的特質，一方面呼應了波瑟所言的「肉身體現」（embodiment），但另一方面，這些怪物化的僭越陽剛肉身具備翻覆現狀的激狂力量；他們的肉身改造並非爲了求取純粹的矇混（passing），而是鮮明越界的基礎。在本書經營的場域，這些跨性別 T 不可能定居於當前理論打造的「安居所在」，反而反其道而行。他們一再搗毀自己所居住的肉體城邦，重構的情境也異常狂迷，經營出「任誰也難以忘懷或抗拒的廢墟之美」（23）。

　　跨性別獸人的欲力如同滔天巨浪，正好與黃金古典世代的安定心願相反。不同於機械生體渴望「升級」爲男性人軀、「安居（inhabit）於物質肉體」（42）**㉒**，《向日葵》的跨性別人物以激昂的力欲驅動（libidinal drive）爲劍，洞穿了虛妄的家園想像。換言之，在他們征戰屠戮的反撲過程，非人殘骸（或怪胎軀體）的「怪物」並非得到一了百了的解放或復讎，而是在各個象徵（或歷史）時間斑駁沉積的內部，面對大異己，得到暫時性、血腥斑斑的天啓償贖。由於這些主體不可能於當下徹底「清算結帳」，所以他們的救贖並非完整、全面性的取消邊界與宰制系統，更不是全然推翻壓迫，而是經由歷史物質的流變過程，（部分性地）進行班雅明式的「末日審判」儀式。透過這些局部性的變遷與流亡過程，這些總是流放於象

徵邊界的主體才可能回到「寓言屬性的故鄉」。《向日葵》的故事隱喻之一，就是呈現這些人物在不同的歷史時間流程，同時承受汙名（stigma）與聖痕（stigmata）的遭遇，藉由近未來的科幻敘事道具，揭示他們身受的業力與報償 **㉓**。

　　無論是睥睨的屍洗者約翰，迷醉於身體開發的雨夜，人工神體、陰陽同胎的阿烈孚，他（牠／祂）們會不斷從後人工的伊甸園出走，也會出其不意地回返，就像是在結尾時，虹與乍來到這個世界、肉身打造完全的阿烈孚聚首，旋即「別過太陽」，前往「月球所在的黑暗端子」（186）。他們無法躋身（或矇混）爲人類，也無法單純地與現存制度和解，來取得「安居」的幸福，而是透過不斷闖關，活生生地處於暴烈毀壞的狀態。如同德國哀劇（Trauerspiel）的人物，《向日葵》的人機獸生命「必須死滅毀壞，成爲**屍體**，他們的身體才能重新成爲自身。」**㉔**

㉑ 對於作者而言，無論是 cyborg 或跨性別主體都不是「全面、絕對」的顛覆性化身，也無意讓他們成為負載過度的代言者。本節對於跨性別陽剛肉身的分析，在於他們形成一股對於（當前）象徵秩序的威脅與衝突力量，可能在既成的身分政治、同志論述藍圖形成新的對話契機；但我無意將跨性別 T 的身體政治挪用為過於樂觀的推翻性革命力量，或是直接等同於拉岡精神分析論述中、超越（或形成）象徵界差異政治的 Das Ding。無論所分析的文本或歷史時間的現階段，主體與身分政治、系統收編的繁複鬥爭，都呈現出拉鋸性的緊張關係。

㉒ 關於古典科幻改造男在未來人工地景登場、改造且進階肉身的敘事分析，可參閱陳鈺欣的論文〈從升級到身體打造：變人的跨性別轉喻〉。（發表於第五屆「性／別政治」超薄型國際學術研討會，中壢：中央大學性／別研究室，2003 年 12 月 13 日。）

㉓ 關於班雅明書寫與業力、招魂歷史恩怨的探討，可參照廖朝陽的論文：〈超文字、鬼魂、業報：從網路科技看班雅明的時間觀〉（《中外文學》，26：8，1998。8-31。）。

㉔ Benjamin, 1977: 217，黑體部分是我的標示。

引用書目

王建元。"Urbanity, Cyberpunk and Posthuman: Taiwan Science Fiction from 60's to 90's." *Tamkang Review*, 31.2 (2000): 71-102.

--。敘述與閱讀之間的玫瑰毒雨。《末日玫瑰雨》。洪凌。台北:遠流,1996。4-8。

平路。〈人工智慧紀事〉。《禁書啓示錄》。台北:麥田,1997。175-200。

白瑞梅,劉人鵬。〈「別人的失敗就是我的快樂」: 暴力,洪凌科幻小說與酷兒文化批判〉。2003科幻研究學術會議。新竹:交通大學,2003。

向鴻全。〈我們正在挖出時空膠囊〉。《台灣科幻小說選》。向鴻全編。台北:二魚,2003。10-21。

林建光。〈政治、反政治、後現代:論八○年代台灣科幻小說〉。《中外文學》,31:9,2003。130-159。

林燿德。〈雙星沉浮錄〉。《台灣科幻小說選》。向鴻全編。台北:二魚,2003。92-130。

--。《時間龍》。台北:時報,1994。

洪凌。《不見天日的向日葵》。台北:成陽,2000。

--。〈第十三名門徒〉。《復返於世界的盡頭》。台北:麥田,2002。156-8。

郝譽翔。〈二三○○‧洪荒〉。《台灣科幻小說選》。向鴻全編。台北:二魚,2003。441-56。

張大春。〈傷逝者〉。《七十三年科幻小說選》。台北:知識系統,1983。

張系國。〈傾城之戀〉。《台灣科幻小說選》。向鴻全編。台北:二魚,2003。70-91。

劉紀蕙。〈林燿德現象與台灣文學史的後現代轉折:從《時間龍》的虛擬暴力書寫談起〉。《文化、認同、社會變遷──戰後五十年台灣文學》。《孤兒‧女神‧負面書寫:文化符號的徵狀式閱讀》(*Orphan, Goddess, and the Writing of the Negative: The Performance of Our Symptoms*)台北:立緒,2000。396-422。

Benjamin, Walter. *Illuminations: Essays and Reflections*, ed. and intro. by Hannah Arendt. New York: Schocken Books, 1968.

--. *The Origin of German Tragic Drama*, trans. by J. Osborne. London: New Left Books, 1977.

Clute, John and Nicholis, Peter (ed.). *The Encyclopedia of Science Fiction*. New York: St. Martin's Griffin, 1993.

Delany, Samuel. Silent Interviews: *On Language, Race, Sex, Fiction, and Some Comics*. Hanover and London: University Press of New England, 1994.

--. "Forum on Cyberpunk." *Mississippi Review* (1988), ed. Larry McCaffery: 33.

Deleuze, Gilles. *Coldness and Cruelty*. New York: Zone Books, 1991.

Halberstam, Judith. *Female Masculinity*. Durham, N.C.: Duke University Press, 1998.

Haraway, Donna. "A Cyborg Manifesto: Science, Technology, and Socialist-Feminism in the Late Twentieth Century." *Simians, Cyborgs, and Women: The Reinvention of Nature*. London: Free Association Books, 1991. 149-181.

Porsser, Jay. *Second Skins: The Body Narratives of Transsexuality*. New York: Columbia University Press, 1998.

Žižek, Slavoj. *The Sublime Object of Ideology*. London: Verso, 1989.

--.（& F.W.J. von Schelling） *The Abyss Of Freedom - Ages Of The World*. Ann Arbor: University of Michigan Press, 1997.

時移事不魍，物換星不移

從三種跨性男 ❶ 的皮繩愉虐 ❷ 敘事分析酷兒時空

A Time out of Joint; a Place for Enigmatic Quest: Reading Three Trans-men in Their BDSM Ways of Being

摘要

本論文闡述並論證三種跨性男的慾望基型，其證成強調的側面在於他們對於時間性的耙梳與看待。同時，此時間基型密切焊接於某種痛楚刺烈的酷兒／跨性別情慾的皮繩愉虐權力搬演。

本文第一部分著力分析海格爾的「束縛與主宰」（Bondage and Lordship）理論模型，解釋《肉身市場》系列的跨性男主角 Chris Parker 如何經歷身體改造的修行演習，並藉由尼采的「重然諾動物」論述而培力養成一位橫跨時空的皮繩愉虐主體。此主體的故事同時演繹了成長故事與著名性

---

❶ 在本文中，我以「跨性男」來對照英文的 transsexual man（或 trans-man），不沿用較常見的「變性男」一詞，因為「變」似乎專斷地分隔了太過清楚的「之前」與「之後」。對於一個具備分明性別意識的跨性別主體而言，無論肉身打造的程度如何，他（她）總是早就已經跨了性，而且一直在跨越之中。

❷ 皮繩愉虐是我對於「BDSM」這組複合字頭術語的中譯。翻譯的契機是在為性實踐社團「皮繩愉虐邦」命名時的場合，相關的脈絡請參見此文章：http://www.bdsm.com.tw/introduction。BDSM 通常是束縛與規訓（Bondage and Discipline, B/D）、主宰與服從（Dominance and Submission, D/s）、施虐與受虐（Sadism and Masochism, Sadomasochism, S/M）這三組相關的性愛踐演之集合體。將它整體翻譯為「皮繩愉虐」是為了凸顯正面性（虐的宰制為了歡愉），並且帶出兩種足以充當代表標記的相關刑虐器物、皮革與繩索的重要象徵地位。

愉虐經典文本互涉的結構。藉由肉身再造、臨界點主體性、追憶／失憶的激烈殺戮與交相辯證，本故事的主角最終取得跨性男奴隸重新座落於今生的「來世」時間重構。

第二部分的主力在於追索跨性別作者 Patrick Califia 的中篇小說〈焚香祭天后〉之酷兒時間。此故事架構出三角關係的前景，以及酷兒性別主角們所從事的幸福暴力（beatific violence）。我在本篇幅將探索這三位主角形成的情慾愛虐關係，檢視何以跨性別少年 Adonis 與跨性男 Tam 之間的跨世代皮繩愉虐劇場織就出一幅歿世頹圮、傾覆常態時間線的酷兒時光圖景。同時，伴隨著 Judith Halberstam 與德勒茲的理論結構，我將分析其中三位主角的拒絕政治、時光倒錯認同、太古場景再演等反常態的性別認識論。

最後的篇幅著重於敷衍台灣酷兒科幻小說〈梟雄將軍的初戀與死欲〉，串聯出反全球化的幻異文體、魔幻時光與古怪乖離的在地（非寫實）酷兒陽剛鋪陳。本故事的暴虐與擬救贖性主要表陳於科幻文體的時間弔詭布局，佐以反同志正典的猥褻再現。藉由雙頭蛇形態的時間並陳（共時性）與爆破（歇張的萬花筒）、肉身狀似銷滅的反生殖傳承敘述，這篇小說讓某種難以現身於當前台灣文化政治的黑暗酷異陽剛性別說話，並呈現出對於進步線性時間與中產階級同志生命觀的反對與拒絕。

關鍵字

跨性男，時間性，酷兒性別，皮繩愉虐，高位與下位，主宰與從屬，跨世代的性，跨性別 T

Abstract

This paper showcases three approaches of transsexual man's mode of desire, emphasizing on their articulation of temporality in regard to an excruciating, intoxicating enactment of queer gay relationship embedded within the locus of sadomasochistic power play.

The first part is a re-writing (or reverse writing) based on the Hegelian model of "bondage and lordship", in which a trans-man slave undertakes his trajectory on a process of bodily transfiguration, branding his identification by way of a Nietzschean discipline that trains a (masculine) animal into a promising being across the boundary of time and space. I will read this remarkable and strenuous bildungsroman via a close textual and inter-textual analysis of a serial queer BDSM literature, Marketplace Series by celebrated author Laura Antoniou. This cycle of stories vividly invokes a politically sensitive and phantasmatically constructed reality in which a centralized anti-hero figure, a closeted trans-man Chris Parker, posits as an emblem for this pansexual backdrop of an unruly leather community. His is a story told in unyieldingly tricky tone, both densely agonizing and perversely compelling, finally reclaiming a status by recourse to a complicated (re)inscription of bodily modification, liminal subjectivity, and a dialectical struggle between memory and amnesia, stigma of the past perfect tense and stigmata in this present "after-life" which allows for his relocated embodiment as a slave man per se.

The second example is a landmark opus by a prestigious queer author, who is also a renowned transsexual man, Patrick Califia, formally known as Pat Califia. In this intricately interwoven tale, "Incense for the Queen of Heaven", it foregrounds a painstakingly "beatific" violence conducted by a queer *ménage a trois* among a dominatrix high femme, her transgender bottom-boy, and a top transman who formally serves this dominatrix as her slave-man. My central proposal here is to demonstrate that their relationship, especially the archetypal homoerotic tension initiated by trans-man Tam to his prey and competing younger brother, Adonis, generates a temporal frame which could be epitomized as an eschatological, apocalyptic queer time. By this focus, I will form a correspondence and dialogue with several non-normative non-familial temporalities, especially the one formulated by Judith Halberstam, a queer masculine brotherhood out of archaic, anachronistic identification. This temporality both constructs their agonized release and channels a trans-masculine cathexis out of these two characters, forming a resplendent intergenerational queer/trans-gay affiliation.

In the last part of my analysis, I choose one of my own literary texts as a recent illustration of Taiwan queer/trans literature, to ground a connection between an anti-globalized, local, and idiosyncratic poetics, and an eccentric queer masculinity. This story, "Finally the Marshal of Inferno Beholds *His* Dream Object as Thanatos Personified", an artistic edifice on brutality and redemption, centralizes on the exchange between a far-future trans-man militant officer and his beloved young prince. Their time together, as an acid dream and a Burrough-esque junk temporality, is both synchronically sadistic and compellingly kaleidoscopic, bespeaking a science-fictional simultaneous flow which intensifies and liberates a primordial bodily thirst. It depicts a trespassing on the progressive, linear time on the expense of one's radical transfiguration, such as the devastation of the form of flesh. This temporal model is realized on the expense of a queer transman's journey on subversion of history, seamless continuity, and the domination of reproductive sex. By this deliberate trans-queer reading, I will argue for a mode of epistemological experience and ontology on this very queer-masculine psychotic time, which illustrates a landscape that only certain trans-sexual and trans-gender masculine characters could live and die fulfilled, in an excessive drop of immortality.

Keyword

transman, temporality, queer genders, BDSM, top and bottom, dom and sub, intergenerational sex, transgender butch.

第一節
來生已然到來：反／擬黑格爾「憂患意識」的皮繩愉虐時空
It is Already an After-life: A Pseudo-(anti)-Hegelian Spatial-Temporal Site Born to a Trans-man BDSM Mode

> 型塑琢磨某個物體，為的是造就形質（form）；若給予它形質，就賦予它足以抵禦倏忽流變的存在性（existence）。
> ——巴特勒，《權力的心象生命》（*The Psychic Life of Power*），40

> 最優秀的奴隸，身上刻鏤的記號就是耐受性：無限的耐受性。
> ——羅拉・安托尼歐，《肉身市場》（Marketplace），252

在黑格爾的《精神現象學》（*Phenomenology of Spirit*）諸篇章，充分辯證探究肉身體現（embodiment）與主體性（subjectivity）的其中一節，就是〈王權與禁錮〉（"Lordship and Bondage"）這篇章。它探討個體意識如何透過自我拘禁，投誠於去肉身的精神，繼而驚覺死亡大限的到來，逐漸發展出當代慾望主體的雙重特質：主體的型塑（formation）過程必須透過臣服（subjection, subordination）來得到自身的樣貌形態；當主體與外於自身的機構角力競逐，追求自我體現的意識於焉浮現。它或者以黑格爾的「憂患意識」（unhappy consciousness）形貌拒斥外來的宰制（但同時將宰制內化），或者以尼采所論稱的「惡質思維」（bad conscience）突顯現世，讓藝術性的不羈欲力脫韁而出，與權力機制、內在精神藍圖對話。在這一節，我以巴特勒分析黑格爾的「憂患意識」主體為基本藍圖，對照跨性男奴的肉身敘述，閱讀其中逾越線性時間的酷兒時空元件，召喚出一隻跨越太古到未來的「重然諾的獸」（a promising animal），具現出

深刻烙印於跨性別男性愉虐身分之內的時間鏈。

　　在早期的著作《慾望主體：二十世紀法國的黑格爾式思辯》（*Subjects of Desire: Hegelian Reflections in Twentieth-Century France*），巴特勒（Judith Butler）說明了黑格爾哲學看待慾望（尤其是具體肉身物質慾念）的彆扭與矛盾敘述。如此的觀點未嘗不類似當前身分政治看待難堪或危險的邊緣主體之態度：不得不承認畸零鬼怪（非）身分的存在，但同時將之收邊於廟堂邊角，承認其爆破解構力量的同時，卻以主宰敘述（master narration）的統整權限，意圖對不從的「物」進行消音或降格，成就一場場逮捕異獸（慾望實體）入籠的戲碼：

> 　　慾望被視為最不成熟的自我意識投射，在王權與禁錮的兩種力量纏鬥之中，並沒有多少空間可現身，不具備本體性，充其量只是在主體（被禁錮者）與王權（大敘事）之間的補充零星潤劑。
>
> （巴特勒，《慾望主體》，43）

　　我們以當前的跨性別男體為主角地景，探究邊緣主體時空如何經由跨性肉身的煉金鍛造、將神聖的汙名（a stigma-turned-into-stigmata）為地基，把體內變態反常的肉身時鐘轉化為璀璨的「現世來生」居處。在著名的皮繩愉虐作者安托尼歐（Laura Antoniou）代表系列《肉身市場》（*Marketplace*）❸，主角是一位出櫃過程繁複曲折的跨性男奴，克里斯·帕克（Chris Parker）。環繞他的種種肉體養成、調教模式，乃至於對於猥褻神權（無上的主人）之侍奉，體現出一則怪奇酷異主體尋找本然身世位格的故事。對於帕克而言，改造自身（原本就性別曖昧）的肉體重複刻印了原初的記憶，這個既非粗糙生物本質亦非簡化後環境建構的「記憶／烙印」亦不斷複寫再現

了原先隱諱、無可名狀（un-represent-able）的酷兒男性身分與他的奴隸位置。彷彿以金屬鍛鐵來淬擊歪曲時鐘的肉體重組、切割，與再定位，帕克進入「塵世魁魋天堂」（跨國後資本、超越國族與性別性慾身分的主奴販售交易氏族）的過程，鮮明精確地提供了酷兒陽剛身分的某種喚喻：必須深入骨髓提煉打造的陽剛本色（substantial essence），就是不惜交換現世生命也要窮究成為的太古男奴名位（archaic male-slave identity）。現世生命的常態雜質在一幕接著一幕的血與（擬）死亡色慾場景，逐漸釐清駁雜之處，最後脫胎換骨為一個與經典黑格爾（正常男）主體相反的本體位置：無論是取得與死亡相抗衡的力量，或是侍奉異端體制的變態力量，都來自於這個變化於現實界來生男體的烙印（記憶銘刻）。

這系列的故事寓言性地銘刻了跨性（別）的肉體光怪欲力，以及他如何成為反建制的魔幻化身。在進入本文細部分析之前，有必要先複習黑格爾的古典（全體性）人類主體生成公式，重溫普遍（直系統）的偽男性本體論如何生產出一個厭懼肉身、排斥（它者與自己）物質色情力量的難以快活主體 ❹。在著作《精神生命之力》

---

❸ 本系列作品共有五部，皆以「肉身市場」這個愉虐性身分神殿的種種情事為主題，分別是《肉身市場》（*The Marketplace*, 1993）、《奴隸》（*The Slave*, 1994）、《愉虐訓練師》（*The Trainer*, 2000）、《皮繩學院》（*The Academy*, 2000）、《重聚》（*The Reunion*, 2003）。作者對於主從（dominance and submission）、刑虐者（sadist）、受虐者（masochist）、雙重轉換者（switch）、訓練師（trainer）等多采多姿身分構築起的皮繩愉虐生涯之描寫，細緻再現了一個對照於枯燥無味之香草常態性的反轉式性愛生態。

❹ 在這個段落，我刻意把「憂患意識」塑造成的主體邪擬翻譯為「不快活主體」，既有英文 unhappy subject 之意，也更九拐十八彎地以同音中文來促狹此種主體位置的「乾燥無性」（快活＝爽，性歡愉）。

（*The Psychic Life of Power*）的篇章〈頑劣的附著，身體性的屈從〉（"Stubborn Attachment, Bodily Subjection"），巴特勒如同密織一張天羅蛛網，追溯了黑格爾的典型（男）主體之生成胎教史。倘若說任何主體都在驚覺自己「已經成為」的時候，無法不回溯性地重述或回顧，「憂患意識主體」的回顧轉捩點在於它驚覺死亡（大限）之所在，無法再讓自身分裂為王權（精神性、去肉體的宰制力量）與服從委身的奴役男（bonds-man）。在主體性脫胎降臨之前，全然生物性的「奴役男」是自身的全方位奴性供應者，對於寄居於體內的「王者性」無不屈膝聽從，擬造出某種皮繩愉虐式的主奴分工：「王者性」將靈智的地域規劃為自己所有專屬，而把卑賤的肉體性指派給「奴役男」，於是虛假地分發編派出某種身心二分對立、自願就範的主奴模式。（34-37）然而，黑格爾主體的構成就是從這種模式的漏洞所激發而出：「奴役男」（動物、肉身的部分）無法感到完滿安心，癥結是它無法不從本體的內部體驗「對有限肉體生命遭逢大限的至極恐懼。」（39）一旦從虛擬的主奴結構穿破而出，「憂患意識主體」必須將自己依附於某個看似超越肉體必朽的榮光機構，也就是龐大的意識形態宰制系統，例如教會、國家機器，或是虛構的性別二分想像。

　　到這個階段為止，常態的男性主體以統整靈肉的門道得到了本位身分，也取得了線性時間的詮釋權。它成為了歷史進步式時間（progressive time）的擁有者，代價就是把性的歡愉與（逾越常態性別的）肉體實踐視為現世的極限：猥褻的肉體與肉慾等同於不可碰觸的肛門性汙穢群聚地帶，主體的自我禁制與機構使者化身的「教士」搭配成異性戀常態系統的普遍主從模式。若是希冀不可能獲得的極樂（impossible jouissance），要不就是成為尖酸的犬儒（以折損其他的主體為轉換性的快感來源），或是成為病理學式的虐待狂（pathological sadist）；除此之外，若是以憂患意識為身分制服，主

體必須把自身的渴望寄託於不可能呈現（於此度現實）的後設來世：

> 在先前的模式（犬儒懷疑論模式與虐待狂模式），快感寄生於痛苦之內，但在此時，愉悅暫時從苦痛的地帶轉移出去，成為（主體）未來的補償。對於黑格爾而言，這是一種末世論式的轉位，將**此世的苦惱**轉化為**來生的歡愉**。
>
> （巴特勒，《權力的心象生命》，52-3）

　　以這個公式為基準點，《肉身市場》的跨性男奴主體就是直接以自己的身體為「糞溺之道」的匯集聚落，直接在今生今世體現並受用了本是禁忌物的「來生歡愉」（pleasure reserved for the life to come）；他活在某個超離了常態生殖繁衍為核心的時間（也就是我說的「早已到來的來世」時間模式），因而反轉了異性生殖模式下所無法跨越的時間鴻溝。在本系列一開始時，帕克的種種「怪異男性」（eccentric male-hood）舉止僭越了身體、性別，以及皮繩愉虐身分位置的自然而然；而他之所以同時擁有（酷兒）男性身分與奴隸位置，某個關鍵性就在於帕克以自身的陽剛皮繩愉虐認同為武器，抵禦常態主體的懼死（因而轉化為生殖動力）情結，因此跳出「生殖後死亡、死後方能得到慾望補償」的模式。就如同尼采所勾勒陳述的「學習承諾的動物」，與酒神式的狂亂意志相連接的「作亂思維」創造了意志，也成就出「允諾的理想性」（idealization of the promise），以致於（讓某些酷兒主體）能夠在特定的時空景觀上假以實踐──「這個施加印記（印象）的作用……不斷地在主角身上重活且再生；透過這樣的永劫回流，（抵禦死亡的）意志因此得以存續」（巴特勒，《精神生命之力》，73）。如此殊異的酷兒陽剛身分之所以能夠成立，超越常態時間的布局與監控，就在於反常物質（sublime materiality）所

體現的創痛身體性（traumatic corporality），造就了跨性物質身體的意志與搬演：「倘若某個事物能夠存留於記憶，它必得是燒灼的記號；唯有永恆痛楚的印記，才能永駐留念。」（Nietzsche, 295）在《肉身市場》所揭櫫的種種奇異迷人情節，幾乎都奠基於與撕裂性、血腥奇麗的物質痛覺記憶最明顯交纏的鏈結。這些鏈結就是實質上的擁有印記，它們複寫了常態主體之所以成立的「對死亡（臨界點）的恐懼」，更進一步地說，施虐的刑求與愉悅等同（並改寫了）生物性的死亡，讓受虐的陽剛主體在痛的極點反而愈發逼近他的「存有本體」（ontological being）。來自於施虐者與主人的烙印，同時賜予了帕克應有的形體（男性身分）與名分（穿越常態時間的永恆烙鐵）。

　　若是以跨性男體來與別的酷兒陽剛身分比較，例如扮裝真王（drag-king），可以清楚地看出兩者的座標大相逕庭。後者以一連串（真實的）魔法效應為皮膜，製造出自身的本體痕跡；這樣的「扮裝」主體性在於他和華麗超額的燈色幻景（a glamorous phantasmagoria）互文，因此彰顯出扮裝王的物質肉身。與扮裝王相較，跨性男體的物質性卻是更為「本質性」，構築於相形之下素樸的「底層」（base）肉身性——這也就是何以黑格爾（前）主體的「奴役男」多少可以是跨性男體的投影。他的時空基礎有別於進步的歷史人（男）性，介於前進的箭狀時間座標與早已死而再生（re-incarnation）的暗夜底層建築；在這個光影之間（之外）的地底世界，主導《肉身市場》眾多情慾生態的跨性男奴等同於這個活絡又充滿無間道特質體系的原型。他的時空性再現符號必須是活生生但又魅影幢幢、充滿汙濁內臟性（a visceral uncleanness）的存有標記，如此方能再現出一具不斷由刑虐道具持續摧毀（但也總是不死）的異質陽剛軀體，他屢遭毀壞（但總是劫後重生）的身體就是其存有屬性的空間化。

在這部跨性別愉虐的眾生森羅百態，最精彩（且驚悚）的一個場景，莫過於在第三部《訓練師》的結尾。身為敘述者的麥克是個充滿偏見的美國異性戀男性，也是個誤認自己是上位支配者的「隱性服從者」（latent submissive），也是帕克的學生。麥克一直渾然未覺帕克的跨性別身分，但卻意識到對方的反常與吸引力，直到帕克在一場淋漓盡致的跨性別男同性愛之後，以戲弄常態香草性愛的反高潮局面，把看似自然生成的陽具從自己的體內拔除開來，昭彰揭露了他體內的「地獄時間」（an infernal temporality）。也就是說，這樣的肉身形貌隱喻了他體內的非常態時間（anti-normative time-line）：介於自然與人工之間的肉體陽具，必須使用一段時間之後就與本體拆離，形成主體與其無頭驅力（acephalous drive）❺ 的共同存在局面：在這個詭趣十足的情節，我們可以讀出「變態」版本的黑格爾主（精神）奴（肉身）辯證；帕克的後人類性別讓他共時性地生存於日常的象徵系統（循環時間與線性時間），以及洞穿幻見的真實（魔幻）時間。偶爾戳破象徵網絡、直指「恐怖真實層」（the Horrible Real）的引路羅盤，就是既屬於他、但也形成多出物（supplement）特質的跨性別陽具。

在〈時鐘運轉〉（"Clocking"）這個篇章，作者描繪帕克的青少年時期，也就是他將要跳入此世（常態時間 a normalized temporality）與彼世（罔兩時間 a temporality of the penumbra）❻ 的關鍵時期。透

---

❺ 關於「無頭驅力」的論述，可參考齊傑克在《幻見的瘟疫》（*The Plague of Fantasies*）一書的論點，尤其是作者把脫溢出象徵網羅（symbolic network）的神怪物加以分析論述，沿用德勒茲批判異性戀（生殖）資本主義的「無器官身體」（the body without organs）並假以倒轉，以「無一統身體的巨大器官」（organs without the body）來稱謂此龐大亂流的跨疆域反常動力。

過他生命中的神祇、訓練師安德森之手，帕克改寫了他體內的（生物性別）時鐘運行，讓唯一的主宰在性別跨界的皮肉上繪製所有權（ownership），接著進入漫長的跨性男體重塑生涯。在這場艱難成年式（bildungsroman）的場景，記憶（烙印）支撐了個無社群、無友朋的跨性少年，讓他成為一個在某種脈絡下、異性生殖中心女性主義精神分析所指控的「拒絕成為象徵主體的精神變態怪物」❼。在語言能夠形成結構、描述這個無法以二分性器官系統來斷定本質、「怎麼看就是一個 he」的跨性別少男之前，唯有無可言說的幻境真實記憶（未來完成式的自己）是這個反常奇拔主體的基石，才可能成就出一具逆向邪道的生物時鐘。這個座落於體內的歪斜時鐘，存活的契機就是克里斯所委身的主人：剛好與「憂患意識主體」寄託於無人格大異己的成長脈絡相反，克里斯·帕克（或類似的跨性男主體）把自己的認同與身分紋章交付給酷兒情慾關係中無可取代的個體，愉虐關係的主宰者。他在奉獻的儀式成就了「古老過時」的男性本色，與對方形成從屬關係，從中獲得承受淬鍊打擊的報酬，也就是「與（一般主體）稍縱即逝慾望相反的**長久性**。」（巴特勒，《精神生命之力》，40）

> 我讓他（克里斯）離去，知曉他從此有長久歸返之處。他的身上配載我的烙印，我的熱情。從此而後，他就是我的奴隸。終有一天，如同解讀時鐘運轉的軌跡，我也能夠讀取他的一切。
>
> （安托尼歐，《皮繩學院》，355）

如同尼采的酒神狂性、與井然秩序相違背的藝術性「毀劫－再生」慾念，酷兒跨性主體寧可慾望（被）銷毀的自身，斷然拒絕失憶的、順從於直系統性別編排的順暢時間觀，不願與黑格爾描述的這

❻ 關於「罔兩」的論述，參見丁乃非、劉人鵬的論文：〈罔兩問景：含蓄美學與酷兒政略〉。我在此把罔兩特質視為某種介於常態形（例如異性生殖機制）與影（被汙名化的邊緣身分）之間的不從與騷動，如同自我提煉出簽名效應的「光影之闇」（the shade of light and shadow）。若是符合某些條件，它能夠穿梭於宰制與被宰制的不對等二元機制，造成精彩的破局，例如在正典男性時間（線性時間）與常態陰性時間（循環時間）之間，穿針織就出不同於此的酷兒時間 —— 例子之一就是本節所論證、跨性男主體跳脫生殖想像的「現世來世」時間觀。

關於含蓄美學的「默許」，正是本文試圖嘲弄或戲謔的背景（或其實是前景）。丁乃非與劉人鵬的這段文字，清楚講中了某個主流系統之所以必須竭盡所能、戮力與不買帳且激越冶艷的性異端打爛帳，但又絕對不可明說的「隱痛點」。這個痛點是兩面的利刃，一方面造就了酷兒陽剛性別的反常踰矩的時間性與抑鬱（但超常華麗）空間，另一方面形成一個不斷挪移的界面，讓主流系統恐懼又欽羨，意圖爭取詮釋權與收編為己用：

> 究竟是些什麼樣的力量，讓我們各從其類安分守己，讓已經逸軌或實踐異議性慾的同志，駐留在相對於社會－家庭連續體來說是魑魅魍魎的世界裡，並且要負擔委曲求全的任務，以成全那些與他們無份的連續體之完滿和諧？在此，我們要回答的，不是另類「現身」是否可能的問題，而是試著去勾勒、描述那讓我們各從其類、安分守己的力道，那些使得同志駐留在魑魅魍魎領域裡而沒有社會位置的力道。**對於性異議同志，有種恐同的效應，像是對待孤魂野鬼的方式：既懼怕，又安撫 —— 既然他們不會消失，那麼就讓他們不要被我們看見，又與我們合作，我們以容忍與防備看守著他們。但另一方面，其實之所以必須費力安撫看管，也正顯示了孤魂野鬼與罔兩對於體制內人物潛在而不可忽視的力量。**

❼ 對於跨性（trans-sexuality）身分與身體的歧視與攻擊，在此援引某派系的精神分析女性主義。值得不厭其煩地強調的一點，是這樣的精神分析論點與性別想像其實誤讀了「基礎性」的拉岡學說。此系派用以汙名跨性別的重點，在於把跨性者的身體意象化為某種「引發憎惡的怪誕之物」，這個怪物甚至落入了（虛構的）性別差異的坑窪：

> 葛洛茲（Elizabeth Groze）設想的跨性主體就是這種效應的產物。她將性別差異視為「問題性的事物，意圖讓知識性的失敗來彌補兩種生理性別之間的鴻溝。」如此，跨性別（的性與身體）被這種論述視為變體怪胎、雌雄同體式的異物，恰好就座落於這個鴻溝的時空之內。這道「溝渠」不只是存在於生理兩性之間，同時也存在於意符（signifier）與指涉（reference）之間。（波瑟（Prosser），《第二層肌膚》，64）

些「頑劣順民」同一鍋爐。書寫（穿刺）肉體的行止象徵了穿越（跋涉）性別國界、來到魍魎地府的另類時間，跨性男的實踐（至少局部性地）消抹了現實世界（常態時間）與魔幻世界（來生彼世）的分隔線，以煉金術的橫行逆施（an alchemical inversion）把不斷異變的形骸轉渡到了末世景觀的「魔界來生」（a diabolic next-life）。透過訓練師的注視與認可（recognition），帕克跨越雌雄界線的性別操練與劫難肉體同時跨越了生與死、線性時間與循環時間，讓既此既彼的反常生理時鐘融貫了「男性」（male-as-identity）與「奴性」（slave-as-identification），以酷兒後殖民的魔性身體薈萃了看似不可相容的兩者。這樣的跨性男故事訴說了一個存在於此時此刻的「未來」（a future time which has already arrived），它把無身體性的「王權」從酷異陽剛的「後**男性**」體內扯落棄置，鍛鑄了一個無法讓當前身分政治舒適收編的「跨－男－性」（a transsexual male sexuality）肉體矩陣，也連帶嘲諷了某種以自由主義為名的歷史決定論所詮釋的「落後」與「進步」。

第二節
無限延宕的末世：跨性酷兒男同的刑虐啓示錄
The Eschatological Terminus Forever in Deferral: An Apocalyptic Narration Inscribed by Transgender Queer Sadomasochism

　　無限萎縮的未來，反而創造出對於此刻瞬間的深切珍視；縱使毫無往後可言的景況宛如濃雲籠罩，存有的迫切性開發出須臾瞬時的潛能，而且讓有限的此刻榨出新異可能性。

　　　　　　　　　　　　　　　　　　　——赫勃思坦（Judith Halberstam），

活在**過去**,是我唯一能夠遭逢面對**現今**的法門。

——派崔克・卡利非亞,〈焚香祭天后〉,167

在這個後愛滋的世代,掌握時間(尤其是有限但激狂的肉身歡騰時間)的權柄成為許多酷兒主體念茲在茲的議題。狂歡與天啟式的滅絕成為互為照見、辯證的兩股生成流域,編織成一張微型變體的光陰圖景(a topological caricature of time)。正如同赫勃思坦的敘述,在晚近的當代、尤其是二十世紀末至今的大都會景觀,酷兒時光成為愛與死的強烈隱喻,就連「死期逼近蒞臨、時間壓縮」的慘烈意象,也不時會轉化為變異情慾的快感來源。在這樣的時光地圖之上,男同性戀式的大劫景致以體液橫流、血欲勃發的窮途末路詩情展現橫遭屠戮崩解的肉身,形成與常態安穩的家族時間對立互斥的啟示錄(浩劫)時間(apocalyptic temporality)。

在本節,我將以跨性男同作者卡利非亞(Patrick Califia)的作品〈焚香祭天后〉("Incense for the Queen of Heaven")來爬梳探討跨性別男同性戀之間的變調時間,以及在這場劫難末世時辰所開發出的去時間性「塵世天堂」。(a-temporal heaven on earth)在這其中,透過跨性少年與變性男體之間出入於雌雄性別迷宮、征服上位者(top, dom)與受虐寵兒(catamite)、酷兒陽剛主體之間的情慾與較量情結,不但可以辨識出複雜糾結的跨性同志角力(交媾)是大相逕庭於健康同流的普同(男)同志模式,也在特定、猥褻、毫不妥協於主流同體身分召喚的酷兒兄弟血腥儀式當中,讀出斜體與深邃的「雄性陽剛」原型(與變形),無法讓生理男性仿效複製的華麗陽性展示(resplendent masculinity)與罔兩跨性標記(ambivalent transgender icon）。

　　卡利非亞出道於1980年代，早期的作品如《陽蠻淫貨》（*Macho Sluts*, 1988）、《高熱熔爐》（*Melting Point*, 1990）、《道格與普魯夫》（*Doc and Fluff: The Dystopian Tale of a Girl and Her Biker*, 1996）大多集中處理泛性流動的皮繩規訓性愛，尤其是T婆之間的愉虐性愛。在這個時期，作者筆下的許多角色篇章已然展現出睥睨不馴的酷兒陽剛身分描繪，但由於生理性別與性傾向的強迫規範模式，評論者通常以毫無跨性別敏感的分類方式將他歸納於女同志情慾書寫（lesbian erotica）。與其說這是個全然錯誤的分類，不如說這是把一個橫跨性疆界（crossing-gender）的寫作聲音擅自推入櫃內的閱讀模式，一方面似乎拓展或延伸了拉子的「女」是完全有別於常態規訓下的女性，但另一方面，這樣的強迫性別規範也造成書寫者與其作品難以伸展、必得透過決絕的跨性身分展示才能擺脫生理性別強迫歸納的局面❽。在2000年，本書出版不久之後，卡利非亞宣布自己的女跨男跨性身分（female-to-male transsexual），並且與另一個跨性男子結婚，在兩者都是父親的前提下生養一個嬰兒，組成即使讓同志社群也為之側目的酷兒男同家庭。在世紀交替的前景，卡利非亞的小說作品《慈悲無效》（*No Mercy*）與跨性論述（實戰手冊）《性變更：跨性別政治》（*Sex Changes: The Politics of Transgenderism*）同時精彩現身，前者組成了一幅彼此撞擊、衝突，相互拉鋸且情慾張力鮮明的酷兒跨性少年（男子）眾生相，從硬派石頭T主宰（trans-butch dom）、奴性少男、警察制服癖的角色愛好玩家、酷兒皮虐兄弟鬩牆（同時交媾）的種種樣本，在文本的場域顯示出作者本人的轉渡歷程（transition）。這部短篇小說集的作品具備指標效應，從皮革拉子的曖昧（非）認同正式彰顯了無法不高亢宣成的跨性酷男皮繩族身分。

　　在〈焚香祭天后〉的短篇小說格局，情節緊湊且張力迭起，呈現

了一則時光與性愛實體的壓縮與變形，但在黎明到來時，又奇妙反轉了必然迎向殞滅的（通俗）愛滋男同寓言公式。不到三十頁的篇幅，訴說了一個晚上的酷兒兄弟末世交歡與格鬥的前情、放大鏡頭似的定格瞬間，重新書寫，並且問題化了看似自然而然的「男—同性—戀」（male-homosexual-eroticism）；結局的女性主宰回歸，更是破壞了硬派皮革男同故事的「排她法則」。這些繽紛繁複的元件齊聚一堂，訴說的是暴虐到極點的彩虹救贖，堪稱卡利非亞轉型前後的代表作，對這個世界恣肆綻放跨性酷兒男的詼諧張狂視界。故事以遭到女王 Cybil 棄養、狼狽出走的跨性少年阿多尼斯（Adonis）為敘述視角，故事的時間短促，但橫亙撫今追昔的諸多意識流動，火光白熱似的性愛與意識流動並陳，儼然是「被視為凶險不堪的煙花爆破時光」的具體寫照。（Halberstam，4-5）在無處可去的浪跡行路上，阿多尼斯遭遇了女王的前任情人與男奴、變性漢子 Tam；兩者在酒吧共飲，散發出競爭對手與兄弟相惜的情誼，緊接著阿多尼斯來到 Tam 的住處，進行一場彷彿世間行將銷亡、緊攬最後一夜的終極瘋

❽ 在作者的晚近自傳，曾提到讓他徹底進行跨（換）性的一些關鍵事件。在他書寫《性變更：跨性別政治》並出版的時期，卡利非亞尚未自我認同為跨性男，因此他的書遭到跨性社群強烈的質疑與不滿。此外，到了二十世紀尾端，當他出現中年身體的更年期症狀、醫師建議以荷爾蒙來治療時，卡利非亞遭到強烈的打擊，毅然開始身體的轉換。以下四點並非普遍絕對的跨性條件，但可說明某些主體為何必須以荷爾蒙或身體性再製來呈現自己的性別：

　　1. 感到疏離且毫無認同，他拒絕再與女性的生理現象共存。

　　2. 當他從小就對自己的雙親宣稱，自己不是一個女孩、而是男孩，這向來是卡利非亞的真正本色。

　　3. 以女性主義者或是另類女性的身分生活，並無法解決他的性別認同景況。

　　4. 真正讓他更成為自己的，就是施打雄性睪丸激素。

　　（摘譯自 http://www.suspectthoughtspress.com/califia.html）

狂刑虐性愛。

在這些場面的暴烈變遷之中，彷彿是跨性別在此（常態人世）與彼（酷兒時空）之間的流轉，敘事第三人稱也隨著變化於「他」與「**他**」與「她」之間。在全篇三分之二左右的段落，盡是 Tam 遊走於強暴與非自願性愛的界線，在阿多尼斯欲拒還迎的身上經營複雜的跨性別（男）同性戀虐待性愛。阿多尼斯在勃發噴張的高潮當下，炯然體悟到 Tam 的性別如同萬花筒，隨時折射出異樣的光彩，而自己與對方的關係既是兄弟、情人，也是難以言喻的共犯，道盡了政治不正確的 T 情誼與情慾 ——

「小娃娃你好，要不要喝一些我杯子裡的酒？」這樣的邀約通常讓阿多尼斯感到反胃，她總是擔心病毒的感染。然而，從 Tam 這邊發出的邀請實在太過奇妙古怪，她不禁接過冒著汗珠的杯子，喝下了裡面的液體。

「你想不想當我的小淫犬？」

Tam 低沉威嚇著，雙手牢牢握住跨性少年的臀部。在他與 Cybil 的激情時刻，有時候她也會要阿多尼斯用這種語言和自己玩，聲稱自己處於少有的「火熱酒吧女」模式。不過阿多尼斯心知肚明，Tam 要他擔任的不是他的婆（femme），而是男同性戀的慾望操練，就像是那些網路上的【男人私處】聊天室的煽情挑逗語言。阿多尼斯從未聽到有人竟然對著他自己這樣說，Tam 的囂張與挑釁讓阿多尼斯充滿了焚身慾火。

「請……請幹我吧！」阿多尼斯難以自拔，只能這樣哀懇。

Tam 把更多的潤滑劑抹在自己的性器官與阿多尼斯的肛門，接踵而至的粗暴爽利性愛讓阿多尼斯沖昏了頭。高潮破浪而出，毫無終止，他的胸膛、大腿，以及臀部都快掛了，全身充滿慾望的廢墟

殘餘物。

（卡利非亞，〈焚香祭天后〉，171，182-3）

　　Tam 與阿多尼斯的交手呈現多重的「雄性」互動關係，清楚揭現了赫勃思坦在《雌性陽剛》（Female Masculinity）所形容的跨性兄弟緊張角逐關係：由於現實資源的有限、名分與權力的金字塔結構，在酷兒跨性陽剛的共同體，出現某種幫派之間的廝殺爭奪關係，例如跨性別 T 與跨性男在爭取陽剛名位時所逕行的「邊界戰爭」（FtM and Transgender Butch Border-War）。除了這個層次，故事也赤裸無畏，流露出常態保守男性結社所不敢戳破的敢曝性（campiness），毫不含蓄地暴露出扮裝真王或寶塚劇場小生在舞台上熱烈流動的少年激情❾。作者把向來隱性流貫於 T（或跨性陽剛主體）之間難以明說、甚至無法再現的雙重男同性關係，直接（甚至豪華鋪張）地放大鏡頭，讓時間擱淺，描繪了一夜就是永恆的豐饒盛宴。藉由大限將至、潦倒到無視禁忌的阿多尼斯，以及身體充斥著超額陽剛印記、比常態男體更逼近慾望滅絕之處的 Tam，這兩種位置與性別展現呈現對位的陽剛美學，在女王（宰制母親）缺席的當下，彷彿印證了法國精神分析哲學家德勒茲（Gilles Deleuze）處理受虐主體的反倫常三角形：（非血緣關係的）母親同時是宰制的戀人、兒子是受虐的年少情夫，而闖破這兩者的永恆循環時間、撕裂原初愛與死合奏的第三

---

❾ 關於扮裝王之間流露的（過於旺盛的）同性戀情慾挑逗，相關的論點可參考〈飛機頭的牛仔狂熱：型塑強尼・T 的來龍去脈〉（"Grease Cowboy Fever, or the Making of Johnny T."）這篇文章。作者提及某些扮裝王（或舞台式的跨性陽剛扮演）在某些時空耦合因素下，反而比現實的寫實手法更能夠激發出這些跨越界線主體之間的同志情愫，以及觀眾之間的共鳴（empathy）。

者，是處於異端性慾位置的怪胎男性。

　　最值得強調的是，這個第三者的「他」並非異性戀體制的父之名（nominal Father, Name of the Father），而是具備爆破性反常陽剛特質的「猥褻異父」（obscene, bodily Father）。在德勒茲的論述結構，這個男性的回歸不但不是父權的重振旗鼓，反而是嗑藥似的幻覺魅影（hallucination）、真實界的殘餘，他的現身雖然闖破了母子之間的刑虐幻境，但也因此讓女王（母親）與受虐之子（年輕丈夫）之間的象徵性結構得到證成，「根據拉岡的說法，在象徵界遭到驅逐的事物必然以幻覺魅影的形式，重新在真實界現身。在文本當中，父親的幻覺性現身必然要將之閱讀為某個魅影式的**現實**。如此，他的重返會讓象徵界無法繼續一如往昔，幻境劇場遭到損壞。」（64）在這個讓生殖性高潮無限延後凝結的冷酷快感劇場之上，得以成立的要素是拒絕外界干涉、與真實幻境相通的場域，透過太古的母性權柄（matriarchal sovereign）、父子之間的相殘與相虐亂倫姦情才能夠成立。（63-65）在這個以情慾契約、象徵物體與奇幻元素為要件的受虐殿堂之內，橫向的座標是肉體遭到極度束縛與穿刺的刑求劇場，縱向的座標就是把流動直線時間凝固定格的鏡頭式「永劫回歸時間」（a time of forever recurrence）。

　　「你既然是個男子漢了，那還跑來女同志酒吧做啥呢？」阿多尼斯知道自己的態度惡劣。他不知道自己為何這麼過分，上一瞬間才跟 Tam 胡天胡地，燕好不知歲月，現在就拿這陣仗來刺對方。

　　然而，Tam 並沒有受到冒犯。

　　「因為你需要同伴，而且你當我是你的同類，不是嗎？你覺得我就像是你，一個非男非女的跨性別 T。而且我也需要你……要同時應付諸多矛盾是最艱難的考驗，你必須具備充分的男子氣概，好讓一

個婆高興，但又不能過分到讓她失去女同性戀這個身分⋯⋯我這個跨性男的身分，宛如萬花筒。你是唯一接近 Cybil 的人，藉著與你做愛，我也等於回到她身邊。」

（卡利非亞，〈焚香祭天后〉，187-8）

　　不同於德勒茲分析的《毛皮維納斯》（Venus in Furs），施虐女王（母親）與受虐情夫（兒子）的太古時間由於這個還魂的魅影父親形象而遭到徹底的崩壞，在故事的結局，「病態」的主角回歸常態的性別模式，〈焚香祭天后〉的酷兒實踐是這場異父還魂復返的異色性愛的關鍵，因此維繫且保存了跨性三角形的危危欲墜之險惡平衡❿。外型清秀、雌雄莫辨的阿多尼斯如同赫勃思坦形容的「十九世紀年輕跨性丈夫」（tribader），與女友過著古老貴族般優越高傲、外於常態人間的生活（凝固於此時此刻的標本時間）；而 Tam 是過於粗獷凶惡、世紀末的酷兒皮革性論述生產出來的皮衣主人（leather-master），他男性無比的（跨）性別身分與身體具象化了一個黑色的近未來滅亡敘事，拒絕與女性的「過往」與常態的「現今」妥協。Tam 的種種踰矩威脅到 Cybil 的高檔婆身分，以致於成為遭到放逐的該隱式角色（a Cain-esque character）。在一般跨性男或 T 無法僭越或突破的同性張力之中，這篇故事以冒犯性的男同皮衣性愛場面，把

---

❿ 在故事的結尾，由於跨性男與少年之間的相濡以沫，原本該是無生機的廢墟性愛卻出現轉機。自始至終都以缺席方式登場、形象介於致命女性（femme fatale）與舊約黑色女神的 Cybil，被阿多尼斯與 Tam 的逾越虐待性愛所刺激，因此再度召回兩者，形成了多重性（別）關係的三角結構。這個結局一方面印證了德勒茲所說的太古母親凌駕於男性（無名異父）與兒子（亂倫情人）之上，也酷兒式地改寫了兩個陽剛主角無法並存、必然誓不兩立的標準異性戀羅曼史公式。

淫佚的細節外部放大，呈現出一個聖經式寓言的反轉：天神（后）棄絕伴侶與情夫，遭到流放的子民在索多瑪式的禁忌時空成為天使與惡魔。這兩者跨越性身分與性別禁忌的交媾必須在生殖之外、醉生夢死的夜晚時空進行。

雖然是與末世死欲打交道的「反生命」意識形態，這個故事的結尾還是標舉了鮮明的酷兒勝利：逼近的白晝永遠差了一步，無法消滅冒犯天條的酷兒親族，關鍵性在於皮繩刑虐的瀕死狂歡正就是改寫死欲（Thanatos）的變化條件。無限的擬似死亡（pseudo-annihilation）把真正的死（滅絕）隔閡在咫尺天涯的一步之遙，讓線性時間的結局遭到永恆的延宕（an endless deferral）。從這些層次來詮釋這個多重犯禁的文本，無論是怪異乖張的情慾政治，或是拒絕同流的黑死性愛政治，座落於啟示錄時間的跨性男不但褻瀆（改寫）了正統的拉子性愛（lesbian sexuality），也同時體現出鮮少有現實男同所能化身的「索多瑪性」（the sex of Sodom）—— 這樣的美學與生命體現，必得（且竟是）由跨性別男子與少年之間的壓縮、爆破性時間充當舞台；在這個「遭受利劍與飢饉洗劫」（165）的舞台，兩種變種陽剛的性綻放出顛覆時空的萬花筒。

第三節
共時形銷的迷藥萬花筒：跨性男體化身的魔幻科技王國
A Junky Simultaneity and a Drugged Dreamscape of Carnage:
Reading a Trans-man's Sublime Body as a Kingdom of Queer
Science Fantasy

從年輕君王胸口的浮血印，竄出成千上萬的「思芬克鷥」神獸。

一頭頭長著蛇毒牙、山羊尖角，以及流線型銀狼身軀的混沌超神御用惡獸奔馳而出，為了純粹的破滅儀式而高興嘶叫。

就在心電念轉、來不及反悔或悲悼的銷魂瞬間，塔達安侯爵的全體形神、從三次元的肉身到高位階的魔導力場，給瓜分撕咬成一千片以上的堂皇解離情景。

——洪凌，〈梟雄將軍的初戀與死欲〉，176

憂鬱的紋理之內，浮現出**另類的**地景……這是憂鬱所造就之空間性的鮮明簽署。

——班雅明，《德國哀劇的起源》，92

在二十一世紀的初期，台灣同志文學儼然是某種全球化效應的旗幟聚集點。然而，在拉子／男同／雙性戀（lesbian/gay-man/bisexual）的「聖三位」已然保持長久延續的廟堂位置，在1990年代末期突兀興起的跨性／別（transgenderism/transsexualism）不啻為同志運動的芒刺與挑戰，也是回應了向來在檯面內外載浮載沉的「酷兒究竟還能如何？」「酷兒政治是負面的過時論述！」等質問與指控。在本節的篇幅，我將以〈梟雄將軍的初戀與死欲〉這篇定位曖昧、難以輕易安置於（典型）同志文學版圖的科幻小說作為重讀台灣（與台灣文化論述所構築的）酷兒時空的基石，意圖論證出何以某種與極端殘暴、負面的迷藥時間（a junky temporality）相連接的歷史觀，既造成炫惑輝煌的肉身毀壞，讓保守安定身體觀（與「同志」的正面溫善形象）惶恐又驚懼的刺點；同時，這樣的「毀－欲」（destruction-as-carnality）也成為反歷史進化、反全球普遍化的關鍵鎖鑰。在這個講究進步與光明現身、在含蓄社會取得一席之地的溫和同志運動之內，又是夾雜沉澱何等的倒錯與倒退，經由難以言述的敗亂慾念

與時空錯軌所醞釀滋生的「錯置共時效應」（an anachronistic effect of simultaneous time）。

本故事是長篇科幻系列《宇宙奧狄賽》（成陽，2000- ）的外傳。鑲嵌在大河史詩格局的星際遠未來舞台，同時以諧擬東方古老王朝的背景設定，讓這系列故事充滿時空錯亂的衝突性，穿梭呈現的酷兒性別因此難以安然就座於豐饒安穩的「未來」。一開始的破題，就以句型複雜的未來完成式標舉出時間宛如城牆傾圮、覆蓋於匯聚共時點（point of simultaneity）的龐雜平面性：

多年之後，經過兵戎盈野的征戰、世代漠然的遞移，王者繼位式的那一夜，森羅・塔達安在形銷神滅的那一刻，得到比永恆更漫長一丁點的時光。如同滿溢出格的畫面，**他**看入了事先便已然預知的臨終，以及臨終時回顧的序曲。（217）

共聚一體的複數此時（multiple present-moment）含納了百年前、爆破的瞬間，以及宛若神話的遙遠前世；「梟雄將軍」的破壞性陽剛跨性別身體與跨越多重禁忌的慾望，呈現於在這個記憶碎片呈現輻射狀爆發的藥物性時間模式（junky temporality），毫無妥協地再現出晦暗的跨性男色情政治。在搭配正傳《魔鬼的破曉》（成陽，2002）同時閱讀，讀者可遭遇兩種前後密合、宛如雙頭蛇（amphisbanea）❶相生相噬的環型敘述，鮮明地指陳了未來（大歷史）與太古（微型敘述）彼此頭尾互咬的怪誕相噬。朝向文本的結局並非線性時間的完成，而是中子星內爆式的局面，也類似劇烈藥物在主體腦海形成的破碎共象（fragmentary synchronicity）。故事以百年前後的穿插交會，從森羅・塔達安的肢體撕裂之慘烈結局為回溯點，表面的太空歌劇式情節看似單純，野心旺盛的軍事將領意圖僭越王位、性侵犯（性

別曖昧的）君王；值得注意的是，在本篇故事屢次出現的雙重互文、不時與故事框架內外對話的比賦與譬喻，一方面呼應神話性的往昔（夢的地景，倒退的太古），另一方面在在指涉一個無法對禁忌逾越的性行為加以命名（戳穿）的委婉含蓄世代。若以這樣的觀點來仔細解碼，文本設計的許多對話等於飽滿著許多隱流與隱情（subplot），看似無拘無束的壯麗王朝充當了某個**此時現狀**的比喻（trope），包容且織就出雜生許多大歷史敘述之內的沉積斷岩，它們是無法以常態語言描述的性別齟齬與跨代慾望糾葛。

在本文（主敘事）游刃有餘的長篇劇情，很清楚地寫出梟雄將軍與司徒世家王子（我會稱之為跨性別少年（trans-boy）的人物類型）之間的性別拉鋸與張力：

那襲穿著銀色貂裘的高大強健武者身影，如同一隻在光天化日之下撲向孤冷御座酒杯的群獅之王。森羅・塔達安以無懈可擊的禮數趨近司徒楠的御座，自信無比地執起新任宗主的手背，介於挑釁與佔有的手勢不言自明了另一番隱諱的自我推薦。

【要說是與前代宗主比肩，在下自然不敢如此妄言僭越。可宗主御前所需要的服務，甚至於在「修羅殿」內的紅紗帳內、一千種滋味互異的進退攻守，在下還算是提供得起，也懇請宗主御前能夠賞

⓫ 我以「雙頭蛇」來形容此環狀時間模式，為的是要指陳出酷兒跨性別同性戀情慾所具現的肉體時空，一方面具有撕裂性的破壞欲力（一如兩頭互相啣咬的蛇），另一方面要指出它對立於「女性」與「生殖」的荒蕪與孤寂。如果說女性時間是豐饒的循環不滅時間（a circular time of fertility），這樣的酷兒跨性時間就是環形廢墟似的時光（a circular ruin as temporality）。

臉，以您美不勝收的身軀來親自試用。】

被這位大膽狎戲的武士所上下其手，竟然不改其深沉微笑的司徒世家新任宗主，甚至連姿勢也不更換，也不抽回被撫弄擒拿的右手掌。

以超越了睥睨或霸道的神采，司徒世家的新任宗主斜倚在「朱塔御座」，微微冷笑，俯視著震驚的眾臣、餓虎般進逼於腳下的塔達安侯爵，以及肉身之眼所難以洞視之處。

她用空出的左手舉起身旁的琉璃夜光杯。即使是遞給這位神經粗大的冒犯者。

「喝得下這杯【獄火劫】，就於今夜的第三枚新月升起時，到修羅殿內的別院來會我。喝得下酒是一回事，然則，喝不喝得下我……尚請塔達安侯爵珍重三思。」

（洪凌，《魔鬼的破曉》，151-2）

這兩者之間傷痛、難堪，又充滿致命性的同性情慾必須以王權的爭奪為象徵，就如同在《黑暗的左手》（*The Left Hand of Darkness*），作者必須創造出亂倫禁忌，才能表達出何以在一個性別自由、情慾流動的社群，為何陽剛酷異跨性者之間的性還是如此難以啟齒、甚至必須殲滅封殺。以現今的性政治舞台為背景，可以形容這種慾望模式為跨性男體對類似（但又不是同類）的表親所進行之同族亂倫姦淫劇。

就如同赫勃思坦所言的「時間扮裝效應」（temporal drag effect），〈梟雄將軍〉一文的跨性別隱情必須以看似未來、但又倒退蠻荒的時間觀來訴說一個無法活在「現狀」（the present）的跨性別反英雄故事。在〈何等怪異氣味？酷兒時間與次文化生涯〉（"What's

That Smell?: Queer Temporalities and Subcultural Lives"）一章，赫勃思坦舉出了一幅活生生的酷兒藝術家世代交接圖像，除了顯現出多元並陳的眾相，一方面也透露出在揚棄異性家庭生殖時間的同時，陽剛酷兒人物跨代關係的緊張性、隱諱難言的情慾張力。在這個讓過去與（想像的）未來濟濟一堂的跨時間場面，赫勃思坦的論述以加拿大詩人搖滾歌手Ferron為例子。在乍看是多元情慾與性別展演的「解放後」此時，她的跨性別陽剛父性對於此世代的年輕叛客搖滾而言是種唐突的現身，但也是過往真實的符號（sign of past realness）——出道與成名都在同志運動的興盛期之前，在事業全盛時期的1980年代，身為民謠搖滾典範的Ferron必須委婉披露（也同時隱身）自己的T性別，到了二十一世紀初的此時，她終於可以後到（belated coming-out）的聲勢來揭發自己不只是同志、而且是跨性別同志的雙重身分。與其只是純粹的遲到，這樣的雙重再現卻成就了某個時空錯置的原創性，恰好與巴特勒在《性別麻煩》（*Gender Trouble*）所闡述的典型常態性別都是「毫無創始性的拷貝」（copy with no original）相反的酷異時空耦合，Ferron成為「獨一無二的創始符徵，但無人可拷貝」的（超）太古時空化身（赫勃思坦，179-183）：

在一篇談論時間扮裝的文章，芙利曼（Freeman）批評巴特勒將所有的性別展演都化約為「毫無創始性的拷貝」，如此抵銷某種可能性，也就是說，某些往昔的符號透過時空再現，因此成為跨越現今的新鮮跡象。「將所有的肉身踐演都一概視為無創始性的拷貝，等於是忽略了過往的古物回返、對於現狀的身分政治造成有趣威脅的這項事實。」以Ferron為例，她的表演形象就是無拷貝之原創：她既不是年少世代所競相仿效或集體排斥的先鋒，也不是某個早先世代的代言者。

（赫勃思坦，《酷兒時空》，183）

過往重返，有時的效應是傷逝悲悼；但某些時候，無法在現實的此刻得到言說意義的他者，他們過於奇詭、無法套入現存詮釋概念的實質，卻必須透過想像的另類時間（改寫的古代或變異的未來）才能現身出櫃。在這個憂傷的典範現身敘述之內，應該得到認可的是此類跨性別人物與歷史傾軋扞格的**太古意義**（meaning of primordial-ness）：以部分性的支解或全面性的自我戕傷，這些時不我予（或時移事枉）的人物與情勢成全了某個無法在活生生現實表露的激烈身體性。由於他們的過激與殘暴（無論是自殘或受殘），這樣的肉身符號因此突顯外現，並未讓主導系統收編、因此隱身消弭。若欲得到奇異（或善惡不明）的跨時空救贖，它們必須也只能以未來完成式的面貌出現在「死後」，方可能得到一滴多餘（從現實時空溢出）的永恆瞬間。以類似的觀點來重讀〈梟雄將軍〉，或許可以讓其中共時性的極惡情慾表現得到清楚的解讀：若將塔達安的性別與慾望置放於跨性別主體若隱若現的當下，取得應有的位置與語言，就可能把他的滅亡本末重組回一個在女男同志框架內無法讀取的原本面目。在故事書寫並發表的2002年，台灣的跨性別酷兒主體還是被安置就位於重重扭曲僵硬的「男—女」二元軸，被掩埋於形（本色）與名（身分）無法相符的帷幕。與其說這些跨性別故事以科幻或類型敘事取得發言權，不如說，在這樣的敘述之內，才可能再現出這些主體的雙重光影。唯獨在特定的描述結構之內，這些形貌方能短暫性地闖破疆界，如同故事內的人物透過瞬間性的意識燃燒（一如傷殘肉身或服用藥物的出局景況），達成通貫古往今來的身分知覺：「百代之前與百代之後的兩位王儲，就在這一瞬，打通了橫亙於彼此的時光洪流與記憶星海。」（224）。

　　如此的閱讀策略同時暴露了類型敘述的潛力，以及必須專注於酷讀（queer reading）才可能解謎的時光機器效應❷。塔達安將軍（充

滿皮繩刑虐氣味的死亡基調）的真面目必須透過異常的暴動性才能得到出局現身的契機，他傾慕跨代年輕君王的罪行，就是一個陽剛跨性別人物的收穫與下場：既不可與「同性」（同為跨性別 T 或是跨性男的「同類」）發展情慾關係，也不可意圖冒犯含蓄聖王道統、企圖張揚出一個有別於傳統異性戀男性身分的罔兩主體性 **⓭**。這樣的故事隱情一旦揭發，效果就類似一個不知如何言述跨性別（男）同性戀情慾（transsexual gay relationship）的平台，必須以超額的痛、觸犯律法的殘惡形貌，彷彿以為惡非法的藥物為跳脫線性時間的宰制，如此才得以暗渡陳倉出一個堪堪比附的再現模本。如此，我們可以從赫勃思坦形容的「遭到棄逐者的儀式性語言」（153），以嗑藥時間觀的比喻來取得這篇作品的詮釋契機：若不是把反面的陽剛跨性別人物敘述安置在非現今、非政治正確，背反於普遍人性進步未來史觀的遠古式未來，就無法讓他們的聲音被寫出來。倘若不是一個共

⓬ 在本節當中，我對於閱讀類型敘事中的「共時（二重）」視角，來自於丁乃非、白瑞梅、劉人鵬的論文啟發。就如同〈寫實的奇幻結構與奇幻的寫實效應：重讀 T 婆敘事〉這篇論文所言，「我們嘗試指出的，毋寧是寫實主義通俗劇與奇幻結構／意符之共生，一方面，在文類上很容易讀成是『寫實主義通俗濫情劇』，另一方面，在文學上又同時就其敘事元素而被貶抑為『幻想』或『不真實』。」同時，就尼藍（Christopher Nealon）的觀點，對看似病態的、不合時宜的文本框架之重返解讀，也可以破解對現狀的戀物式耽溺想像，不再局限於歷史進步、同志大同之美好解放幻象：

> 拜儂（Bannon）對於這些小說的解讀是雙焦點式的，把它們當成反轉顛倒的類型文體。這樣的解讀值得欣賞，因為它道出了多層次意義。然而，它們之所以多層次，卻是把「過往」這樣的屬性化約為浮淺奇幻所換取的代價……在這些閱讀當中，寫實與奇幻各就其位，要不就是把過往當作某種可以被現狀所情慾化的寫實主義，不然就是盛讚當前的寫實主義，將它視為克服了往昔奇幻陰影通俗劇的佳作。（尼藍，《基石：石牆之前的女男同志歷史情懷》，171）

時性的爆破性死亡（與永生）地景，讓這個身體與其主體性活在煙火迸發似的毀痛景觀，則難以表達出這等身體性的劇痛跨界特質。若是順遂直線歷史的要求，以「寫實的社會脈絡」再現這些身體政治，等於完全封鎖了酷兒跨性男有別於常態性慾的詮釋空間，取消了可能的未來前景。

在任何無從辨識的論述系統之內，一個超越當下時空的跨性別樣態宛如無以名狀的魑魅（monster）、或是名不符實的拼貼怪物式存在。就如同他必須撕裂成碎片才得以正名（證明）的黑暗激情，塔達安將軍的死亡（與永生）呈現了曖昧艱辛的跨性別男體現實痕跡。首先，他必須死掉才可能活在歷史的當下：無論是象徵意義的死亡，或是透過肉身形變重塑的過程，跨性男體遭受的汙名總是形現在「實際上狀況」（its actuality）之外，要不是以主流的曲解或打壓方式而存活，就是以負面反英雄的形式得到歷史定位——有趣的是，現今的同志政治聲音通常也是賦予跨性男這種時空錯亂形象的主要來源；要不是把他們視為「更惡劣的」男性範本，就是根本上以自我矛盾的言說來拒絕承認跨性「男性」的存在 ❹。再者，如同巴特勒對於憂鬱（melancholia）與曖昧兩難的憤怒（ambivalent rage）的理解，憂鬱同時型塑了某些邊緣主體的驅力，為他們找到了安身立命的場所（也可以說，憂鬱的地形是某種圈圈住籠中惡獸的柵欄）；同時，以負面或殘敗的劫難形態，憂鬱造就了去時間（或另類時間）的空間圖景（topological view）。對於跨性男體而言，這是透過反面的傷亡自毀來洩漏出一絲明滅不定的身體形影，得以「讓欲力與自身共鳴……找到一個可以讓自身出發的所在地，也可以回返。」（175）

此類的憂鬱效應奇異地造就（異類酷兒）主體的雙重特質：無論是在寓言性的文本或現實社會時空，他（她）的強烈自傷或敗壞痕跡既是力量之原生所在，也是受到壓迫而產生的堆積痕跡；因此，

❸ 在本篇論文，我集中陳述的是僭越且自覺酷兒性的跨性男主體，但跨性的男性性（a trans-male-sexuality）絕對不等同於酷兒認同。除卻早已活在來世的愉虐男奴主體、投奔末世時空的跨性別男同情慾，以及本節論證的波若夫式（Burrough-esque）爆破性迷幻藥時間觀的跨代戀，某種被女性主義敵視的常態化（但也同時病態化）女跨男主體並未有篇幅詳加處理。我在這個註解有限的段落，我必須再度以「正典」（mainstream, authentic）精神分析來解釋這種遭到汙名的跨（男性）性別認同。

在波瑟探討跨性別男性的篇章，他深究基本教義派的性別研究戮力把跨性（別）想像為主體性消解的異物，並且魔怪化這樣的身分；然而，這樣的論述並未自知，對於跨性別男性主體的厭惡反過來保障了某種基礎的拉岡性別差異理論。也就是說，無論主體的生物性、性別身分，或性別認同是否符合常態標準，只要是以「異性戀跨性男」格局的執迷不悟、死抓住自己的男性性別認同，甚至「相信」自己真正擁有本質性的本體印記（ontological inscription），就是拒絕覺悟、無法穿越象徵幻境的精神病主體。以這個公式而論，反而會導出相當有趣的結論：由於拉岡

精神分析並不把常態性（normative）與非病理性（clinically non-pathological）劃上等號，只要是一個妄自認定自己具備「真正性別」（尤其是陽剛性別）的主體位置就難保「正常」，是以，絕大多數的平凡異性戀男性與非酷兒的跨性別男性一起分享了「神幻自身肉體」（fantasize oneself possessing a sublime male body）的錯誤妄想。

如此一來，即使一個強烈認定自己是「異性戀正常男人」的跨性別主體難逃病態幻想的指控，在嚴格定義下的拉岡精神分析框架之內，一個振振有辭、理所當然地以為擁有此身分的原生生物男性，同樣罹患了一個試圖把大寫的陽物符號與自身等同的精神錯亂症候。在無差別的精神分析公式內，這兩者都是把非物質性的本質與有限的主體內身強行等同，最後造就的自身就是一個普遍意符的錯謬版本（a **failed** version of the universal Signifier）。在此暫時下個簡單的結論，就是說強烈性別化自身的主體反而都是跨界的錯亂主體。自許「正常」的男性與跨性男，竟然分享了性別差異的妄念（illusion of sexual difference），而他們的常態性別構築必須奠定於（其實都是跨了性別界線的）原初創傷，才可能支撐在現實（象徵界）一如漏洞百出幻影似的男性主體位置。最執迷不悟、堅持正常男性認同的跨性男身分，與受到主流系統支持的標準範本生物男性，兩者（實際上）都是透過精神分析的性別差異來幻象式地建構自身，而這樣的主體性不可能不承受自己與

跨性別狂野或超常的姿態總是讓常態系統揣揣不安，因為它們毫不良善地嘲諷（或捨棄）了以安定長久的生命模式為價值之所在的時空觀。以目前的主流與酷兒政治之角力，急切於收束反常力量的主流言說發展出進一步的收納（或打壓）策略，利用醫學言說、大眾輿論，或是某種與「倫常」同一邊的同志聲音，倒果為因地反過來（retroactively），將此類主體的傷殘毀敗視為他們的歷史（性／別）不正確表現的後果。如此，目前的酷兒論述最迫切的扞格防衛戰，或許就是要如何因應這樣的跨性別身體觀來發展細緻多重的時空景觀，來反轉上述的反挫論點。

　　在一個只能以進步之名來往前流動的歷史想像，梟雄將軍與他的同類提供了一則展示野蠻（落後）的肉體時空，因此可能殺出一條血路的異色視野。然而，除了美學上的奇觀作用，如何讓跨性男體的殺性成為挑釁歷史目的論的破解之刃，關鍵點或許是一再的重溫與重訪，讓這些人物所構成的時空與「此時此在」（present historiography）得以接線，切割出一條介於象徵網絡（社會現實）與太古幻境（文本真實）之間的後方祕道。

（無法座落於符號語言層次的）完美範本之間的明顯落差，否則就是真正墜入「拒絕在象徵秩序成為主體的精神病態」（a psychotic refusal to become subject in symbolic order）。

❹ 在目前常見的網路討論區，不但是所謂直人（straight people）具備如此的看法，在自許正常的女男同志陣營，也不時發出對於跨性別的誤識。即使先不批判其中的種種歧視，在這些言論當中常常出現近乎滑稽的自我矛盾，像是同時並陳的「此」（例如，跨性男比一般男性更沙文，其本質性就是惡劣的男性）與「彼」（跨性男不是**真正**的男性）。

引用書目

丁乃非，劉人鵬。〈罔兩問景：含蓄美學與酷兒政略〉。《性／別研究》nos. 3 & 4「酷兒理論與政治」專號。中壢：中央大學性／別研究室：109-155，1998。

丁乃非，劉人鵬，白瑞梅。〈寫實的奇幻結構與奇幻的寫實效應：重讀Ｔ婆敘事〉。『跨性別世紀』，第五屆「性／別政治」超薄型國際學術研討會，中壢中央大學。2003年12月。

洪凌。《魔鬼的破曉》。台北：成陽，2002。

--。〈梟雄將軍的初戀與死欲〉。《復返於世界的盡頭》。台北：麥田：217-227，2002。

Laura Antoniou. *The Marketplace*. Fairfield: Mystic Rose Books, 2000.

--. "The Clocking". *The Academy*. Fairfield: Mystic Rose Books, 2000.

Benjamin, Walter. *The Origin of German Tragic Drama*, trans. by J. Osborne. London: New Left Books, 1977.

Bradford, K. "Grease Cowboy Fever, or the Making of Johnny T". *In The Drag King Anthology*. New York and London: Harrington Park Press, 2002

Butler, Judith. *The Psychic Life of Power: Theories in Subjection*. Stanford: Stanford University Press, 1997.

--. *Subjects of Desire: Hegelian Reflections in Twentieth-Century France*. New York: Columbia University Press, 1987.

Califia, Patrick. "Incense for the Queen of Heaven". *No Mercy*. Boston: Alyson Books, 2000.

Deleuze, Gilles. *Masochism: Coldness and Cruelty & Venus in Furs*. New York: Zone Books, 1991.

Halberstam, Judith. *Female Masculinity*. Durham, N.C.: Duke University Press, 1998.

--. *In A Queer Time And Place: Transgender Bodies, Subcultural Lives*. New York: NY University Press, 2005.

Le Guin, Ursula Kroeber. *The Left Hand of Darkness*. New York: ACE Books, 1969.

Nealon, Christopher. *foundling: lesbian and gay historical emotion before stonewall*. Durham: Duke University Press, 2001.

Nietzsche, Friedrich. *On the Genealogy of Morals*. **translated by Walter Kaufmann; edited, with commentary by Walter Kaufmann.** New York : Vintage Books, 1967.

Prosser, Jay. *Second Skins: The Body Narratives of Transsexuality*. New York: Columbia University Press, 1998.

Žižek, Slavoj. *The Plague of Fantasies*. London and New York: Verso, 1997.

過往遺跡，負面情感，魍魎兩魖
從海澀愛的「倒退政治」揣摩三位異體的酷兒渣滓❶

Wounded Seraphims Living in (Un)Dead Abyss: Extrapolating Queer Affect Politics and Some Dark-Side Narratives

「愛即是敗亡。」

—— 朱利安・梅（Julian May），《壯麗神聖頌歌》（Magnificat）

「過往（pastness）攜帶著時間性的目錄，藉由此目錄，吾等得以通往救贖（的路徑）。在過去的世代與現今此世，兩者之間存有隱密的協議……並沒有任何**已經發生的事物**會被歷史視為佚失且不復存。」

—— 班雅明（Walter Benjamin），〈歷史哲學論文篇章〉（"Theses on the Philosophy of History"），254

---

❶ 本論文的原始草稿以英文寫成，宣讀於 2010 年冬季的《酷兒與情感政治：Heather Love 國際論壇》系列。本場次位於清華大學人社院 A202 演講廳，時間是 2010 年 12 月 16 日。由於時移事罔的情感印痕作祟，我保留原始會議稿的英文篇章名，雖然它與中文篇名並不整齊對位。本文能夠完成，首先要感謝主編此書的宋，同為發表者的聖勳與莉莉，不時在小酌、晚餐與咖啡時光讓我激盪出猥褻靈感的白瑞梅，時不時回應我暴走的丁乃非與表妹（！）黃道明，以及主導此系列論壇的劉人鵬。當然，本文無所起點與無所終點的種種思索，悉數歸於對海澀愛的致意。

「倘若受難、壞毀傷殘、湮滅銷亡製造出它自身的愉悅與毅力，此等狀態發生於某段已然結束的歷史背景。此歷史如今湧現成為某種布景或場景，某種空間性的布局，此布局讓身體歡愉地移動或是無法移動，或是同時移動**且**無法移動。」

——巴特勒（Judith Butler），〈失去，之後呢？〉（"Afterword: After loss, what then?"），472

全球化歷史進步論的光暈籠罩於各種動員情境。其中一則重要的晚近成就在於熟練的身分政治運籌帷幄所造就之同志正典（homo-normativity），其意興高亢的權利論述與「跨國界」手段嫻熟婉轉，毫不在意是否「跨階級」、「跨族裔」、或「跨性／別」的操演姿勢驚人地席捲彷彿無差別性的數位視界，悉心經營著「只要努力且堅持，明天的酷兒孩童會成為更好的同志成人」這等藉由階級攀爬提升而取得通關（passing）入場券的熱烈正面訊息。2010年十二月，在海瀄愛（Heather Love）揉雜著微妙不同意與（並非無同情）嘲諷的敘述之下，「將會更好」（it gets better）集團的領導者、成年後成功進入高層階級的唐薩維吉（Dan Savage）堅毅熬過被體制與異性戀霸權集結霸凌的青少年時期，終究獲致美好未來，贏得階級位置同樣優異的出色男友，生養可愛的小孩，琢磨出一座無塵晶亮、堪稱常態同志玫瑰園典範的高薪高社會階級核心家庭。

距離本文完成的近一年之前，在海瀄愛沉靜如鐘塔的演說氛圍之內，現場的視覺效應呈現出或許並不全然純屬耦合的迷人反諷——海瀄愛面對著觀眾，其身後播放著youtube頻道的同志正典影像再現。現今的成年發言權擁有者呼籲浸於傷痛、日復一日面對直系統傷殘的同志青少年，「**撐過去！**」此發言的前提奠定於只消靠著毫無物質基礎的信念堅持（近乎信仰的精神力），終將抵達且享用

明日的歡愉盛宴，刻意忽略了各種差之毫釐的暴虐可能性，無所不用其極地棄絕可能成爲敗亡者的過往自身 —— 並且，不言自明地，此等言論以含蓄委婉的姿勢鄙視著那些不撐下去或撐不下去的敗者與死者 ❷。海澀愛與「將會更好」意識形態的喊話呈現無比鮮明的對比，此情境未嘗不類似背對著「進化風暴」的天使。中性、性別曖昧的天使憂忡抑鬱但毫無妥協神色的面容雕鏤出讓觀者動容的默世錄光景（landscape of the apocalyptic），哀傷但拒絕迎向輕易化未來的視線透露災厄與微弱的反轉力，像是巴特勒在其著作《權力的心象生命》（*The Psychic Life of Power*）所論的「透過扭曲或反轉時間，班雅明將憂鬱屬性轉變爲空間化的地景。」（174）

　　如同巴特勒對於憂鬱（melancholia）與曖昧兩難的憤怒

---

❷ 在此處，我們可能從「將會更好」以及類似的中產正典同志意識形態閱讀到兩種如雙螺旋形態、彼此支撐共鳴的潛文本（subtext）。其中一造在於正典同志政治如何看待撐不下去的「輸家」，輸家們不但早已深受恐同暴虐，而他們（或更確切地說，我們）拒絕以正面姿態面對打壓的回饋則是（幾乎共時性）接收到恐同論述與正面同志政治不自覺間合力運作的「唯能死兩回」（you could only die twice）之死，也就是，（更恐怖地）死於語言與再現的層次。死者不但肉身滅亡，其存有更是在象徵網絡的徹底被輕蔑與消音，其死亡或敗筆所可能呈現的抵抗力道被過度高亢且擁有豐厚資源的「健康」的同志主體性喊話而消弭殆盡。我援引的「兩種死亡」論點主要參照 Slavoj Žižek 在其著作《意識形態的崇高客體》（*The Sublime Object of Ideology*, 1989）所架構出的後拉岡精神分析理論。再者，擁有更好未來的正典同志，其歡愉的自豪（pride）在某種程度上不啻體現了含蓄但鮮明的「別人的失敗就是我的快樂」（Schadenfreude）無意識印痕，透過極端否拒（disavow）酷兒很難不與之聯繫的負面、低潮、抑鬱、無生產性暴烈情感，極力運作整齊乾淨力爭上游的奮鬥格式，此意識形態以委婉精細的操作在在呈現了「失敗酷兒的滅亡就是正典同志之（無意識）快樂」的等式。關於「別人的失敗就是我的快樂」的詳盡論證，可參閱白瑞梅與劉人鵬的論文，〈「別人的失敗就是我的快樂」：暴力，洪凌科幻小說與酷兒文化批判〉。

（ambivalent rage）的理解，憂鬱同時型塑了某些邊緣主體的驅力，為他們找到了安身立命的場所（也可以說，憂鬱的地形是某種圍圈住籠中惡獸的柵欄）；同時，以負面或殘敗的劫難形態，憂鬱造就了去時間（或另類時間）的空間圖景（topological view）。對於不同意明亮乾淨未來即為安身立命位置的酷兒政治而言，負面情感政治的出現提供曖昧不明的餘光與思索的可能性。在這些彰顯搖搖欲墜的過時、壞文本與壞位置駐守之處，憂鬱（與激狂）透過狀似自棄的傷亡自毀來洩漏出一絲明滅不定的立足點，也就是躋身於形影之間的罔兩出口，得以「讓欲力與自身共鳴……找到一處既可讓自身出發的所在地，也可讓自身回返。」（175）

此類的憂鬱／狂怒效應奇異地造就異類酷兒生命的雙重特質：無論是在寓言性的文本或現實社會時空，酷兒的強烈自傷或敗壞痕跡既是力量之原生所在，也是受到壓迫而產生的堆積痕跡；因此，邊緣者狂野或超常的姿態也總是讓常態系統惴惴不安，因為它們毫不良善地嘲諷（或捨棄）了以安定長久的生命模式為價值之所在的時空觀。以目前的主流與酷兒政治之角力，急切於收束反常力量的主流言說發展出進一步的收納（或打壓）策略，利用醫學言說、大眾輿論，或是某種與「倫常」同一邊的同志聲音，倒果為因地反過來（retroactively），將此類主體的傷殘毀敗視為他們的歷史（性／別）不正確表現的後果❸。如同赫米・巴巴（Homi Bhabha）在《文化位域》（*The Location of Culture*）的說法，「闡述文化差異的重要課題並非是自由運轉的實用多元主義，或是許多者的歧異性。它最重要的命題在於那個「尚未成為整體者」（not-one），起源的負號（minus），以及使用抵禦同化的雙重性來反覆運作文化符碼。」（245）『尚未成為整體者』的面目散逸橫生於許多場域，透過無法清晰、拒絕簡化的語言與樣貌，周遊穿梭於文化再現的地景。這些以

「自然」之名所排除驅離的主體，其存在本身烙印於正典系統的各個端點，寄生（暫存）於大敘述書寫的起源（the origin）結構。這些主體從未真正消逝，而他們時顯時隱的形體、姿勢與敘述，也標誌了叢生於常規結構與邊界區域的罔兩痕跡。

面對機構霸權（形）與希冀主流同化的性別政治／同志正典（影），脫胎於複數邊緣端點的酷兒樣式非此非彼，偕同形影之外的「少數眾」（minor multitude）造就出棘手不從、拂逆且背反「人道」（無論是人類中心或人性本質）想像的活生生罔兩印記。這些印記既是整體「少數眾」的一部分，同時也鑄就出酷兒罔兩性的獨特簽名：如同法國異端異色作家巴韃耶（Georges Bataille）書寫的「天譴分擔」（the accursed share）❹ 與「黑太陽」（the black sun）原型，「（複數）他」集結各自獨特但屬性鮮明的悖逆常軌陽剛特質，鑄造了切入體膚、血肉橫生的「影之陽」。背對且撕裂摹人類範本的黑色太陽，其寓言化的化身就是酷兒陽剛的罔兩汙名與神魅。「他」深具毀壞極滅、反生殖反和諧反本質的驅動，但也盈滿酷異肉身崩解而後「重生」（regeneration）的欲力經濟，就像是巴韃耶（Georges

---

❸ 對於酷兒呈現的負面情感，海澀愛的著作多半分析的是較為「退卻」（passive）或「消極」（inactive）的情感屬性，而我自己較為關切的負面情感或可連結到某些被視為黑暗不潔的跨性別陽剛所獨特配備（養成）的事物，諸如反社會性、讓國家女性主義倍感不安的暴力、施虐與被虐、自傷與傷及他者、暴烈的性與性倒錯踐演等等。這些情感框架對於文化政治的主流界面形成的影響，以及不時被規訓（戒嚴式隔離）於類似某種書寫保護區的情境，可參照《罔兩問景》一書，以及赫勃思坦（Judith Jack Halberstam）的著作如《雌性陽剛》（*Female Masculinity*, 1998），《酷兒時空》（*In a Queer Time and Place: Transgender Bodies, Subcultural Live*, 2005），與《扮裝王之書》（*The Drag King Book*, 1999, Del LaGrace Volcano 合著）。

Bataille）在《過激的異象》（*Visions of Excess*）的描述：「我遐想地球在天際間狂亂激轉，令人目眩。**如同酒精的黑太陽**，毫無停歇餘地，兀自翻騰撕裂。天際深邃，宛若冰凍之光的激情夜宴。一切存在皆**無所不用其極，毀壞自身，橫征暴斂至瀕死**。每一瞬間所生產者唯獨是前一瞬間的湮滅，自身之形骸遭受致命創傷。在我自體之內，無止境壞毀且耗盡自己，逕行血色饗宴。」（238，黑體字是我的強調）

　　對我（長年來將身心投注於酷兒邊緣文化政治的研究者與書寫者）而言，驚覺於如此興高采烈且勢力龐大的中產高薪成年正典同志政治已然成為近期主流，是參與此系列研討會的重要複雜感受之一。在此之前，閱讀海澀愛著作、參與翻譯與製作《憂鬱的文化政治》等活動召喚出依稀隱約的幢幢恍恍預見（prescience）。這些片段殘餘彷彿是這段時間（2010年十二月下半檔）的序章，故事敷衍成星陣的錯落零星光點。或可改寫《雙城記》磅礴全稱式的破題開場白：現今的身分政治是最正典的時光，亦是最敗壞的歲月；既不遺餘力地操作張揚幸福將至的未來，亦是凝聚型塑出殊異罔兩（擬）主體的世代。就某種後設小說般的閱讀法門，現今的罔兩眾不乏由於同志正典政治而得到（飄流殘缺的）形骸與（倏忽難定形的）位置。如同海澀愛在其著作《倒退的情愫》（*Feeling Backward: Loss and the Politics of Queer History*）敷衍鋪陳的酷兒情感倒退政治（queer politics of feeling backward）與李・艾德曼（Lee Edelman）在著作《不要未來：酷兒理論與死亡驅力》（*No Future: Queer Theory and the Death Drive*）描摹的「棄絕異性繁殖未來觀」理論模式所試圖闡述的光景，倘若進步屬性未來論將所有的不欲不潔物都丟擲於廢墟重重的過往，擁護正面生命情調的同志正典主體性無法不棄守夜闇質地的壞毀負面情感，複數化的酷兒罔兩既是這兩者視為無物但從未真

正解體銷融的多餘（the excess）與排遺（the excluded），同時，從他們不能也不願駐足的零散罅隙，宛如鬼域魔界生命體的罔兩們依稀取得血跡與創傷印記處處的艱難存取處。如是，神魔百鬼般的罔兩擬主體偕同體內的魍魎與長不大的魔物孩童，以反向於直線時間的視域居住於班雅明風貌的寓言過去式。

我們理解這個突顯的論點，是以我們詢問：何物讓某個誰成為一個人（a person）？何物足以擔當起某種一致性的性別？何物讓某個誰成為合格的公民？誰的世界得以被合法認證為真？主體性地，我們詢問：在這個意義與主體極限都為我早就設定好的世界，我能成為什麼？當我開始問我能成為什麼時，憑藉的是我所受到的何種拘束？當我開始成為某種在預設的真實境域之內毫無立足之地的東西時，將會發生什麼？

—— 巴特勒，〈為某人實行正義：性重置與跨性寓言〉（"Doing Justice to Someone: Sex Reassignment and Allegories of Transsexuality"），621

---

❹ 關於「天譴分擔」的概念，可參考《天譴的分擔：消費》（*The Accursed Share, Volume 1: Consumption*）一書。簡單解釋，此論點是巴韃耶從常態經濟與社會系統分割而出的「過多者」（the excessive）形態，此形態（非主體性的存在）造就也支撐了社會文化體系的過剩。此類的「過多」從兩種層面來加以發揚揮霍，前者是在藝術、無生殖性的性愛，奇觀，華美豐饒的非常態時間。另一種層面則是破壞力旺盛的災厄劫難，例如遠古世代的犧牲獻祭，當代化的各種戰爭場景。無論是上述二者的哪一種，「天譴分擔」的概念與實踐總是威脅了主導文化系統的正常運作，「註定造成破壞，或是並未獲利的非生產性運作。（26）。對我而言，此概念與屬性的深層破壞創造能量與酷兒陽剛散逸於邊緣文化的種種踐演分享許多類似的成就與騷動效應。

以上的詢問內醞釀且包羅著本體、知識、權力、性別等界面所塑造的邊緣主體，或單獨或集結彼此，在問號造成的藩籬內外突圍闖關。對於「將會發生什麼？」這個充滿驚悚且隱含巨大精神創傷的可能性，巴特勒援引的觀點來自傅柯（Michel Foucault），亦即主體在「真實政治」（the politics of truth）戲局之內穿越鐵絲網、擺脫監控的行動性。也就是說，這些提問肇始了主體自身的「去隸屬性」（desubjugation）❺。對於邊緣性別／情慾的運動者而言，「去隸屬性」的歷程同時關涉到身分政治的策略與冒犯逾越的極限，前者關乎的是效應與能動性，後者牽涉的是「一個人」或「某種人」在權力網絡密布於社群內部的物質與非物質資源額度。某些主體的存在與形現讓掌握資源的少數政治集社感到兩難不安且拒絕投資，癥結正是這等主體不但在大敘述的情境早已無所依歸，而且在特定的抗爭場域（例如1980年代迄今的美國主導性同志文化與二十一世紀以來的台灣國家女性主義與同志正典）會成為最醒目的汙點。如何透過去正典視線的再次閱讀與進入負面情感政治的百鬼夜行行道，我們取得依稀微弱的可能，在這些被同志正典領域視為不可能取得「立足之地」的書寫 —— 暴虐性愛、性倒錯身體、強暴征服、自殘互殘、身心戕傷、暴亂憂鬱 —— 辨認出出迫切強烈的抗爭動能與文化政治力量。

　　負面情感政治的現身可視為這幾年酷兒理論的破冰而出狀態。它幾乎毫無顧忌，迫使眾身雜沓但始終強調強悍正面性的同志社群面對某些問題，其中最難堪且最無法逼視的刺痛議題從海澀愛與晚近酷兒負面情感政治的理論盈然飽溢 —— 常態美好未來的詮釋，必須構築於罔兩眾如同渣滓般被清掃殆盡、迎接同流正典想像的配套與結構。在此，我必須強調，所謂的美好未來主體性與壞毀罔兩擬主體（或位置）並非截然分明、不共載天的身分政治對立面，更非

涇渭分明的兩種社群架構，經由兩種完全不同的卡司搬演對決世仇（vendetta）。更可能的狀態毋寧說是某個（或某種）混沌、自我拉鋸的身體位置滋生複數化的辯證與齟齬，殺戮與征戰。即便（或正好由於）正典主體總是實施淨化儀式、戮力排除暴烈、黑暗、壞死等交織於狂燥與沉鬱光譜的情愫，在時機剛好、星辰位置媾和於太古洪荒的「狂亂」時空節點，同志正典政治所丟棄於罔兩廢棄物廠的點滴與塊體竟不知覺間養成了自身的恐怖雙生（the uncanny doppelganger）❻。

　　類似海澀愛在〈拒絕的政治〉（"The Politics of Refusal"）一文所爬梳論就的觀點，也就是說，對於「壞感情（感覺很糟）」（feeling bad）的（不被）面對所導致出的某些遺漏，某些愛恨纏綿的負面倒退感情政治於焉出世，例如這個目前正成為戰場焦點的辯論主題：「許多酷兒負面性的形式絲毫不『有利於政治』……因為它們與任何可

---

❺ 此論點可參照傅柯的文章：〈何謂批判〉（"What Is Critique?"）

❻ 這句子具有雙關語的暗示，我挪用的譬喻是「酷蘇魯魔性神話系列」（Cthulhu Mythos, H. P. Lovecraft 所原創，許多作家共同沿用的宇宙構築）的著名作品〈招喚酷蘇魯〉（"The Call of Cthulhu", 1928）之內容敘述：「星辰所滋生的酷蘇魯，其古老的軀體深陷於南太平洋的居所 R'lyeh，早已死去的魔神夢寐著，等待甦醒。」（引用版本為 The Dunwich Horror and Others，頁 136）此故事敘述形態恐怖的魔神酷蘇魯與其眷族（太古諸魔神）被線性時間封印於永恆的過去，唯有星辰的位置耦合於某種殊異結構，才可能得到現身於世間的契機。若我們將酷蘇魯與太古遺跡化身的古老之神（the old ones，又稱為 the elder gods）重讀為屢屢遭到現代化洗禮的正典同志所意圖放逐回過往的壞酷兒符徵（bad queer icon），或可說明為何許多自許進步的同志批評系統不時以「過時」（out-dated）、「時移事枉」（anachronistic）、「史前遺物」（antediluvian）等等字眼來奚落、並且絲毫不留生路，窮凶極惡地套用未來進步論來企圖銷毀這些以跨時空連續體形式存在於邊陲的不正確酷兒再現。

確認的政治形式之間的關聯實在太過微弱。儘管如此，在這些**前景晦暗**的感情內，存有許多與酷兒過去即當前經驗的現實緊密相連；如果對政治目標與方法有著更具包含性的理解，或許可以更貼近這些經驗。如同許多評論所言，**同志自豪（gay pride）無法讓我們抵達更遠方之處**。同志自豪並不陳述酷兒所經歷的貧困、種族主義、愛滋、性別焦慮、殘廢、移民、性別歧視種種汙名而導致的邊緣處境；同志自豪並不適切看待處理（同志自身所體驗的）性羞恥（sexual shame）。憑藉以上這些操作，出不去的櫃仍在當代社會與媒體之中強力運作。最後，宣稱自豪，此途徑並不處理這些仍在後石牆年代徘徊不去的複雜羞恥心象⋯⋯」（頁342，黑體字為我的強調）

此外，在同一篇文章，海澀愛精確地提出自己對於「歷史天使」這個聚集形色敗壞感情與罔兩形影之形態的觀照與論證。她並不徹底否決此形影湧現的酷兒戰鬥性，即使是非常無法且不可能與現狀主流同志政治搭得上線的戰鬥：

> 班雅明認為，**嚴肅地看待過去，即意味著被過往所傷害**——觀看者同時被過往的恐怖景觀與硬生生將過去棄置背後的暴力所傷害。在晚近對記憶、創傷、歷史之失落與歷史政治研究當中，歷史天使已經成為重要形象。在當代評論，對於歷史學者與批評者而言，班雅明宛若獻祭的見證作用就如同某種倫理理想。然而，對於思考如何影響政治變革的人們，此形象卻帶來困難。我們要如何面對這位破敗消極的形象？他根本就不適合嚴峻的遊行抗議，更遑論置身於戰場？問題在於，將如何把這個憂鬱形象想像為任何可辨識的運動形式之能動性。⋯⋯**如果我們嚴肅投入精神生活的領域，同時挑戰歷史的進步觀，那麼，關鍵點很可能在於我們得更認真地面對負面感情的負面性。**（中略）若要與這些議題真切相關，意味著要與時間性、痛苦的

獨特結構達成協議，並讓這些負面情感的成分轉變我們對於政治的理解。我們需要發展出一種政治能動性的視野，而這種政治能動性要能夠納入我們希冀修復的傷害之內。（頁344與347，黑體字為我的強調）

接著，我想從這個端點出發，進一步探究這個不時頂著性倒錯、荒涼不毛、陰鬱光華身體性的無能（impotent）情感肉身集中營，當真毫無作用與施力點？在本文當中，我想暫時（而非篤定地）提出某種狀似癱瘓（拒絕有效）的能動性，經由憂鬱情感的特定模式來假以實踐。憂鬱的經典情狀包括自我孤立、隔絕於人世之外、閉鎖於非現實且非寫實的幻境；奇異且媾和的是，正由於憂鬱「患者」拒絕成為正常／常態的主體，此種拒絕常態效能的政治才可能有其體現位置。我認為此種掛掉似的、抗拒健康活躍的情態可能成為背對當代社會講究的功效性與正常運作性。更進一步說，某種（非病理學論述輕易認定的）癲狂與抑鬱至少得以啟動出藉由「消極不運作」為基礎、嚴厲頑抗的社會運動想像。在這樣的想像地基中，光怪陸離的癱瘓抵制模式得以被翻譯且進駐社會邊緣份子的（反）運動。此外，諸如此類的（反）運動模式除了抵制正典直社會的良好功能人設定，也可能激發出酷兒底層成員挪用負面情感為自身火種，媾和酷性別、種族弱勢、經濟低層、階級邊緣、肉身殘缺等生命樣式踐演出嘲諷乖張的生命情境劇，處理並回應全球化、商品化、消費屬性、中產、高薪、優越位置、輕蔑不合時宜的過往（如性別倒錯）與階級無知、彰顯性別正典的女男同志所具現之未來（前進）主義。

置身於憂鬱酷兒的時間性，其文化政治生產性並非常態想像的二分性活躍或死寂，或許更類似赫勃思坦在《酷兒時空》一書所陳述的曖昧合體：經常不合時宜，反覆地環繞與徘徊於不同的另類

現實，其酷兒身體與曖昧的性別羅織出不被正典想像認可的太古（archaic）真實性。就我的閱讀而言，此種時間性的狂迷與錯亂恰巧成就了直系統主流時間與同志正典企圖打造的未來美好論之雙重反諷版本。此等精神錯亂分裂、豐饒複數但絲毫不合乎當代性定義的時間模型不但從外部侵擾了常態時空，同時在社群結構的層次也從事不留情面的內爆，其貢獻或許就如同白瑞梅（Amie Parry）在其著作《虛空鏡屏彼方的詩：對現代主義文化群的諸種介入》（*Interventions into Modernist Cultures: Poetry from Beyond the Empty Screen*）所詮釋的赫米‧巴巴的後殖民時間差（time lag）：「騷亂了進步性的目的論結構，以及擾亂現狀空間的同質性。」（10）如是，倘若酷兒性的憂鬱狂烈時間有其符合一般定義的生產性與創造性，我們的視線必須從形與影的間隙去窺探解碼，方可能在此與彼之間駐足於時間差的溝渠，覷視其闃闇陰沉的心象圖景所透出正典規矩之外的寓言性生命故事與其歷史物語。這些廢墟橫陳的故事不可能滋生出樂觀前進的鼓舞士氣，也絕不被容許存在於只容許邁向未來時間觀的同志正典世界。

最後，我想要力圖陳述出酷兒式、甚至刻意為之的負面情感敗筆能夠成為的反向生產性。即使處於閉鎖性、拒絕讓所愛客體藉由哀悼而昇華的憂鬱地景，此種無生殖慾望亦無安居樂業想望的「倒退」（backward-ness）情懷適足為酷兒情愛論述的關鍵性。我們可從酷兒情感與時間觀的基礎來檢視這兩種結構與常態性生命情調的巨大落差，諸如看待時間與空間的概念知覺，體驗痛楚與愉悅的感受性，以及刻印複寫所愛客體的敘述意義。上述這些實踐無非寫就了某種否定（denial）與拒絕（refusal）的恆持性，但這樣的結構卻有效抵制著常態正典起承轉合生命歷程必須藉由排除（exclude）與否拒（disavow）來實現含蓄良善主體的文化政治與社會現實。此種後退

反面性的酷兒憂鬱愛情政治提供了某種詭譎的方法論，而且是愈發不合乎常態現實的酷兒體現方才可能實行的戰略。此戰略對立於理想性的異性生殖（與同志正典）系統，摧毀了此系統以目的論的巨大上綱委婉要求每個主體都落實於直線前進（diachronic, forward-ness）的時間觀，並且以生殖（或養育）後代為首要的敘述前提。正由於此種反面酷兒愛情結構峻拒了成功、寫實主義、有限線性時間觀等要素，「愛情實踐幾乎等同於憂鬱或敗亡」的公式於焉成為倒退酷兒性的獨有模式。不乾不淨且遺跡處處的酷兒（過往性）以不死的死者身分存活，持續嘲弄且不時汙染著秉持進步原則、視線如單行道般直往前方、誤以為乾淨切割了「敗壞過往」的未來生殖主義。

藉由不斷復返的往後回眸與後退視線，我們在有限的位置當中選擇了不乏充斥著災難與毀劫的地基，並逐漸成為那些被壞毀且於持續壞毀之內活著的地基，頑抗或漠視進步未來的召喚。我們必須讓傷口持續開啟（the wound repeatedly blast open），重新書寫其歷史並不遺失但主流正典機制不斷試圖銷毀的淌血印記，被放逐者與自我流放者的印記。誠然，揭顯並挖掘這些傷口等同於頑固地拒絕癒合，縱使此負面情感政治的施力點得以讓傷口所化身的過往與罔兩得以不被全然遺失與遺忘。如同憂鬱的文化政治諸相，如同倒退回顧的傷痛酷兒眾，這些動作永恆地在非線性的時間圖譜拖曳移動且殘痕累累地著。此歷程悉數塗抹著殘酷的肢解與奇異的修復，無情的致意與柔情的烙印。歷程的點點滴滴就在每一則持續發生的酷兒溝渠肉身之內，奇麗且破敗，輝煌且壞毀。

引用書目

丁乃非，白瑞梅，劉人鵬。《罔兩問景：酷兒閱讀攻略》。中壢：中央大學性別研究室，2007。

白瑞梅，劉人鵬。〈「別人的失敗就是我的快樂」政治：「眞相」、「暴力」、「監控」與洪凌科幻小說〉。《科幻研究學術論文集》。葉李華編，新竹：國立交通大學出版社，82-113，2005。

宋玉雯，劉人鵬，鄭聖勳（編）。《憂鬱的文化政治》。台北：蜃樓出版，2010。

Bataille, Georges. *The Accursed Share, Volume 1: Consumption.* trans by Robert Hurley. New York: Zone Books, 1991.

--. *Visions of Excess: Selected Writings*, 1927-1939. Minneapolis: Univ. of Minnesota Press, 1985.

Benjamin, Walter，"Theses on the Philosophy of History", in *Illuminations: Essays and Reflections*, ed. and intro. by Hannah Arendt. New York: Schocken Books, 1968.

Bhabha, Homi K. *The Location of Culture*. London: Routledge, 1994.

Butler, Judith. "Afterword: After loss, what then? ". In *Loss. The Politics of Mourning*, ed. by D. L. Eng and D. Kazanjian. Berkeley: University of California Press, 467-473.

--. *The Psychic Life of Power: Theories in Subjection*. Stanford: Stanford University Press, 1997.

--. "Doing Justice to Someone: Sex Reassignment and Allegories of Transsexuality". In *GLQ: A Journal of Lesbian and Gay Studies*. Volume 7, No. 4, 2001, 621-636.

Edelman, Lee. *No Future: Queer Theory and the Death Drive*. Durham and London: Duke University Press Books, 2004.

Judith Jack Halberstam. *Female Masculinity*. Durham, N.C.: Duke University Press, 1998.

--. *In A Queer Time and Place: Transgender Bodies, Subcultural Lives*. New York: NY University Press, 2005.

Halberstam, Judith "Jack" & Del LaGrace Volcano. *The Drag King Book*. New York: Serpent's Tail, 1999.

Love, Heather. *Feeling Backward: Loss and the Politics of Queer History*. Cambridge, Mass: Harvard University Press, 2007.

--. "The Politics of Refusal", in *Feeling Backward: Loss and the Politics of Queer History*. Cambridge, Mass: Harvard University Press, 2007, 146-163.

H. P. Lovecraft. "The Call of Cthulhu". In S. T. Joshi (ed.). *The Dunwich Horror and Others* (Eleventh edition). Sauk City, WI: Arkham House, 1984.

May, Julian. *Magnificat*. New York: Ballantine Books, 1997.

Parry, Amie. *Interventions into Modernist Cultures: Poetry from Beyond the Empty Screen*. Durham and London: Duke University Press, 2007.

Žižek, Slavoj. *The Sublime Object of Ideolog*. London: Verso, 1989.

反常肉身奇觀，跨性酷異戰役
再閱讀科奇幻文學的酷兒陽剛與負面力量[*]

Anti-Normative Body Politics and Battles of Trans-Queer Masculinity: Re-reading Queer Masculine Narration in Contemporary Speculative Fiction

摘要

本論文的主要論證是重新詮釋「汙穢變態」酷兒陽性再現與其身體奇觀，爬梳這些文化再現如何被當代（協同國家治理的）性別政治，尤其是目前的「多元性別」主流視為敗德退後，不欲面對，彰顯性淫惡的事物，不見容於「健康陽光」的中產性別常規。我套用「罔兩」的理論來閱讀與闡述，這些人物的身體乃為鬥爭場域，銘刻出無法被「形」（常態機構）與「影」（「前」邊緣身分）所接納的罔兩（魍魎）。

本文分析數種具現神魅（charisma）與負面質地的酷兒陽剛。第一節的焦點在奇幻世界、化身為黑魔法師的跨性別 T，分析其負面酷兒陽剛與乖離奇幻身體的沿革。第二節分析神話（非）現實、末世地景與後殖民場域的跨

投稿日期：2012 年 02 月 17 日。接受刊登日期：2015 年 05 月 06 日。

[*] 本論文能夠在經歷漫長的修改歷程，終究順利完成最終版本，必須致謝以下的同儕：首先是長年來與我討論酷兒理論與旁若文學的白瑞梅（Amie Parry）與丁乃非，以及「不家庭」的怪胎結社夥伴們，以及，對本篇文章提出精闢修改意見的好友王智明。從 2013 年以來，我任教的世新大學性別研究所對於我的研究表達了充分的支持，在此感謝所上的同仁與秘書。在這段繁複冗長的審稿期間，三位外審的意見（以及其中一位的反含蓄嘲諷）堪稱珍貴且有趣，在此一併表示感念。

性別少年／跨性男的征服與支配故事，探索政治不正確與暴烈殘酷的跨性別男同性戀肉身圖譜。這些乖張的酷兒身體展演必須被重新審視，正視其再現的意義。我們可能得到的回饋，在於探究其「囂張」、冒犯性十足的肉身奇觀如何反詰主導性保守勢力，例如將非常態主體病徵化的生命治理，或是由粉紅清洗（pinkwash）與同性戀國族主義（homo-nationalism）主控的「受扶正」（normalised）同志代言位置。

對於正典性別政治而言，這些主體顯得黑暗不法，堪稱主導性別文化政治的「非人」。晚近的同志治理企圖將無法被編整吸收的壞身體標籤為錯誤，將這些突顯不從的肉身驅趕回歷史的衣櫃。在本論文，我將辯證地回應性別常態化的同志主體與操縱汙名的醫學言說：這些奇魅身體是一股長期被忽略但逐漸得到辨認的次文化傳承，斜體化（slashed）的陽性與「惡魔般」（devilish）的越界是拒絕被建制吸收同化的抵抗基地。秉持酷兒（跨）性別的政治立場，我認為殘暴但也翻攪規範性結構的力量必須現身，批判地回應將他們推入去脈絡化「歷史過往」的「進步」言說。這些生裸力（raw power）必須重新被理解，清楚呈現其複雜的政治力量與問題性。

關鍵詞
酷兒陽剛、跨性別、負面性、奇觀、展示、罔兩、魔性、神魅、同志正典、性別國家主義、病理學

Abstract

This paper concentrates on invoking and re-interpreting several queer masculine representations in SF texts which, deemed as outlandish and dangerously outdated, needs to be re-addressed in their political positioning in tandem with a queer theoretical trajectory. I argue that these representations and their embodied subjects are rendered as backward and immoral in a-political condemnation by present-tense gender equity policy and nationalist feminist's sex-negative agenda to become a monstrous otherness in comparison to a new norm of LGBT based on realistic, reticent, and middle-class values in citizen society. In this paper, my primary concern is to read these texts and the bodily battles within in the contexts of penumbra positions and relevant theories developed by recent Taiwan queer scholars.

Keyword

Queer masculinity, Transgender, Negativity, Spectacle, Exhibition, Penumbra, Charisma, Devilish, LGBT new normal, Gender and nationalism, Pathology

一、前言：反社會酷兒與罔兩批判

在許多層面，「自由主義右派白種人異性正典」機構與（自認）泛左翼、跨越國界與文化疆界的同志正典政治，堅定對決且誓不兩立。然而，奇異（或必然）地，這兩種身分規格分享了某種堅挺的信念：歷史是直線進行的軌跡，現狀必然比過往更美好、更正面，實踐與運動緊密聯繫著壯觀巨大、最終導向明確的目的論（teleology）。堅守乾淨正直進步論的同志正典主體在面對所謂的過往遺跡、尤其是同時被主流文化與「健康」同志社群棄捨的情感與主體時，採取的策略不外乎嚴詞譴責，或（實質效應更殘暴的）精緻含蓄地包容。後者的做法並非給予這些「病態的」主體某種脈絡化的閱讀，而是將這些被邊緣者掩埋於「錯誤意識」或「歷史不公義」的淵藪。

本論文的立足點並非全然擁護這些「負面、不健康」的陽剛特質，亦認為各種的負面黑暗陽剛必須在特定的文本與相關脈絡解讀，而非一概歡呼慶賀。值得留意的是，這些特質之所以體現於充滿激情憂鬱、不惜嚴苛代價也要成就不正確生命道路的酷兒跨性人物，有其特定的主體形成歷程，其生涯緊密交織於病理學與性倒錯論述的歷史文化場域。在重新閱讀非正典酷兒陽剛人物，必須強調，絕不可以將「他」簡單地打入錯誤或悲情的角落；我們得直面看待並分析「錯誤」與「變態」的力道與干預性，駁斥正向同志政治無視這些特質與跨性陽剛的錯綜歷史勾聯，清楚看見這些主體的歷史痕跡與曖昧的貢獻。❶

我使用的酷兒陽剛（queer masculinity. Masculine queerness），其定義或可概括稱呼為「陽性跨性別主體」，包括嚴格定義的跨性男（Female-toMale, FtM），亦包含生理女性的跨越性別實踐，自我認

同不男不女的陽剛性別展演，以及幅度不等、物理肉身再造雕塑的跨性別／跨性男性體現（transgender/transsexual male embodiment）。對於酷兒陽剛的理論脈絡，我從兩個切入面加以探索：前者是它與女性主義、或更廣義的（常態）性別政治之間（程度不等）的同盟與對立結構，後者側重酷兒性別的反性別常規，尤其是對立於後石牆政治（post-stonewall politics）浮現、取得主導地位的女男同志主體性（lesbian/gay subjectivity）的差異與衝突。

　　本文主要的對話脈絡與沿用的理論框架大抵有二，分別是1990年代美國學界的「反社會酷兒綱領」（antisocial queer thesis）❷，以及二十一世紀以來台灣性／別學術界發演生成的「罔兩」（the Penumbra）論證。前者包括重要的酷兒新浪潮（queer new wave）理論家如赫勃思坦（J. Jack Halberstam）、艾德曼（Lee Edelman）、巴藍特（Laurent Berlant）、海澀愛（Heather Love）等，側重於這

---

❶ 在此，我引用女同志文學批評家歐羅克（Rebecca O'Rourke）的說法。她認為《寂寞之井》（*A Well of Loneliness*）這種作品根本不該出現，它「是對於拉子的一個天大壞消息」（O'Rourke, 1989: 127）。這種強勢女同志女性主義身分政治在看待壞掉的、毀敗的、傷痛的「過往敗作」時，其排斥態度竟然與恨女、恨同性戀的男性哲學家尼采（Friedrich Nietzsche）聲息相聞。後者在《道德系譜學》（*The Genealogy of Morals*）當中，對於敗作人種（奇異地包羅性倒錯、弱勢者、窮人、基督教徒等）表達強烈的唾棄厭惡，認為他們不配進入「人類生命」的高級領域：「那些打從起源處就是敗作的傢伙們，被蹂躪，被壓迫。就是這些衰敗之徒，最軟弱的人，一定會扯**人類生命**的後腿。」（Nietzsche, 1989: 122。黑體字是我的強調。）

❷ 關於「反社會酷兒」的學術探討脈絡，初步認識的契機是 *The Antisocial Thesis in Queer Theory in MLA Annual Convention*（2005）這個研討會與其專題。透過與會研究者的辯論與交戰，我們稍見其激烈的內部爭論與看待性／別位置性的各種殊途，相關資料參照：http://www.acsu.buffalo.edu/~tjdean/documents/TheAntisocialHomosexual.pdf

些作者所提倡的「拒絕新正常」（New Normal）與反駁（不服從）生殖未來主義（reproductive futurism）。在相關著作如《酷兒時空》（*In A Queer Time and Place: Transgender Bodies, Subcultural Lives,* Halberstam, 2005）、《感覺倒退》（*Feeling Backward: Loss and the Politics of Queer History,* Love, 2007）、《美國皇后朝聖首都華盛頓》（*The Queen of America Goes to Washington City: Essays on Sex and Citizenship,* Berlant, 1997）《殘酷的樂觀主義》（*Cruel Optimism.* , Berlant, 2011）、《不要未來》（*No Future: Queer Theory and the Death Drive,* Edelman, 2004）等，基於對常態身分政治的厭惡與「未來聖童」（the Future as Kid Stuff）等描摹所試圖闡述的光景，反社會酷兒嚴厲批評，當前的中產優位同志正典迫不及待地邁向「未來」與「（擁有）孩童」的核心家庭之強迫性重複驅動力，奠定於刻意忽略酷兒政治的倫理與社會抗爭意義，未對死亡欲力所編派的社會性化身與汙穢賤斥的位置有任何批判性轉譯。新正常政治刻意高舉家馴化的社會優選同志，從事新秩序的「往上翻身」（upward mobility），同時，此種新編碼的性別秩序指定了更他者化的性別酷兒為殘敗與死亡的魔怪化鋪底位置，使其（被強制）鑲嵌入未來圖景，擔任總體社會性排斥（與出口）的替代。❸❹

在台灣酷兒學術界發展出來的晚近趨勢，以「罔兩」命題與置疑家庭婚姻連續體的路線來批判婚家良婦與歷史終結論的正典性別政治，包括丁乃非、劉人鵬、白瑞梅等。罔兩政治重新閱讀「過氣」、充盈「錯誤意識」或「變態扭曲」的早期酷兒文本、情色通俗小說與當代科幻書寫，點出這些政治不正確的「遺物」或殘留正是無法被正視的酷兒人物素描，戳破同志正典對形態魍魎、現身艱難之異質性別的（貌似）含蓄包容，乃至於這些主體終究必須被棄置於歷史暗處。以罔兩的研究軌跡為出發點，本論文以「微量」

❸ 關於「正典性」（the normative）與其運作，我參考的論點可見丁乃非與劉人鵬在〈罔兩問景：含蓄美學與酷兒政略〉描繪的當代新自由主義洗禮的某種正常化主體樣式，集結現代性、「東方式」文化（如中國聖王道統）、家庭／族監控、含蓄驅離／厭惡、委婉修辭等表現形態來壓抑並證實罔兩（非形非影的殘餘、主體性模糊的它者群相）存在的挑撥反抗力量，身為滴水不漏的當代社會之芒刺：「究竟是些什麼樣的力量，讓我們各從其類、安分守己，讓已經逸軌或實踐異議情慾的同志，駐留在相對於社會－家庭連續體來說是魑魅魍魎的世界裡，並且要擔負委曲求全的任務，以成全那些與他們無份的連續體之完滿和諧……**對於性異議同志，有種恐同的效應，像是對待孤魂野鬼：既懼怕，又安撫**——既然他們不會消失，那麼就讓他們不要被我們看見，又與我們合作，我們以容忍與防備看守著他們。但另一方面，其實**之所以必須被費力安撫看管，也正顯示了孤魂野鬼與罔兩對於體制內人物潛在而不可忽視的力量。**」（丁乃非與劉人鵬，2007：6）黑體字是我的強調。）

❹ 在海澀愛的文章〈活／死他者〉（"Living/Dying in the Other"），作者以十九世紀漫遊巴黎的詩人波特萊爾為例，描述較有優勢的移動者（尤其擁有文化話語權者）是如何挪用且編列出替代性受難的她者。若是將此種編排放在本篇論文處理的文本與當今的同志政治力求「健康陽光」的前提，此種多重揹負（如多重位置的「非人」性）並非如同某些簡化的設想，只是壓迫到「純粹」的經濟弱勢或文化資源不足，於是一概以「底層」稱呼之，並輸送人道主義的解方提案（如法令改革、補足社會福利、悲情召喚以求取「安置」等）。現今，更精細治理的「生命政治」打造出的同志正典（homo-normativity），打造出堪稱細膩精緻的網羅，無論是對於生命的存有，不合生殖時間的「另種」生活方式，親密關係布署（拒絕長久單偶浪漫愛，當然也拒絕積累私產與鞏固〔生物或社會性〕傳承的婚姻架構），是否符合新自由主義設定的「樂觀」主體（例如疾呼「將會更好」（it gets better）的同志主義），乃至於是否合乎第一世界公民社會的種種明暗規則，在在劃分並區隔了誰（什麼）是／不是被迫承擔多重他者再現的罔兩。對於此種「揹負性」的挪用，相當程度地決定了新正常身分政治的「往上爬升」天梯主義，以及對不服從此遊戲規則者的強烈打壓，或甚，更高明地收編安放於「多元並存」的自由主義框架之內。相關的論證，請參閱我已經發表的論文：過往遺跡，負面情感，魍罔兩魅：從海澀愛的「倒退政治」揣摩三位異體的酷兒渣滓〉（2012）與〈誰／什麼的家園？從「文林苑事件」談居住權與新親密關係〉（2013）。

（penumbra，影中之影，介於光與闇之間的晦暗不明微光環）概念，討論黑暗奇幻書寫塑造的「病態」與「扭曲」陽性人物，深究爲何當前的性別政治將這些典型視爲充滿反面的煽情、毫無生產力的疾害，甚至是正常健康陽剛性別再現的罪犯對照組。

列舉「罔兩」命題相關的論述，我將說明，被視爲否定（the negative and negation）的黑暗陽剛如何透過怪奇荒誕的生長史來嘲弄或回饋「性倒錯」醫學論述，反諷地回應自然而然化的性別主流言說與道統。在本論文，我把罔兩特質視爲某種介於常態形（異性生殖機制）與影（力求上進的性別身分）之間的不從與騷動，提煉出「不從之複數」的「光影之闇」（the shade of light and shadow）。若是符合某些條件，罔兩能夠穿梭於宰制與被宰制的不對等二元機制，造成可能的破局，在正典男性時間（線性時間）與常態陰性時間（循環時間）之間，織就出非此非彼的酷兒時間構造。

二、如何閱讀「錯誤」與「過時」：跨性男黑魔法師的皮層衣櫃與汙點寶石

> 每一名成道魔法師的法力總與某個特定的祕密相連牽繫。若誰得知魔法師的祕密，誰就可以奪走藍色星辰的法力，失去藍星的魔法師頓失一切憑附，唯有等死。在所有的魔法師當中，離頌特的**祕密**最爲險峻，將這位魔法師區隔於**人類總體**之外。
>
> —— 引自《離頌特故事集》（*Lythande*）書背介紹，黑體字是作者的強調。

二十世紀以來，反對酷兒陽剛與其再現的例子，可從小說家霍爾（Radclyffe Hall）的《寂寞之井》（*A Well of Loneliness*）所飽受的女同志「正名」與批判窺見端倪。酷兒理論家海澀愛（Heather Love）將

此書受到的待遇視爲同志評論者在看待此書的不忍卒睹之餘，不約而同地「提供了一個對身分認同愛恨交加的意象。」（Love, 2001：487）此種複雜曖昧的關鍵處，在於此書描繪主角時「將女同志身分等同於陽剛認同，因而飽受抨擊。」（Love, 2001：487）在〈零度偏差〉（"Zero Degree Deviancy"），這篇對於同志書寫深具影響力的文章中，作者史提普森（Catharine Stimpson）將《寂寞之井》視爲「垂死的崩滅」（the dying fall）（Stimpson, 1979：364），亦即不正確的悲情性倒錯者之文學典型，並描述此書爲「深切天譴的敘述，將女同志的苦難描繪爲遭放逐者的孤寂生涯」（Stimpson, 1979：369）。我認爲，在這些意圖埋葬與企圖平反的戰役之內，霍爾描繪的主人公史帝芬不只是一個性倒錯且抗拒現代化女同志主體性的文學案例；除了史帝芬的自憐自恨、愛情與慾望的頹敗陣亡、無路可出的性倒錯旅程、處於衣櫃內的怪物陽剛身體，或許，對於同志文學批評，最難消受的部分在於他種種的「過時」（outdated-ness）特質：史帝芬的怪胎男性魅力構築於無法被接納的基調與身分位置，包括他的貴族身分、保守的愛國情操、厭女但同時崇拜女性且戀母的跨性別跨代亂倫情慾，以及始終無法脫離他念茲在茲的「父子」親密關係。

科奇幻文學的女同志女性主義在看待無法「歸化」於母系姊妹社群的局外陽剛主體，如同對悲劇性、拒絕正確命名且自我放逐的過時跨性別 T 一般地感到無所適從。❺ 然而，由於文類與體例的殊

---

❺ 關於女同志女性主義對於此類作品（本節的離頌特系列與下節分析的「權位三部曲」等）的批評，可參見 *The Battle of the Sexes in Science Fiction*（Larbalestier, Justine）與 *In the Chinks of the World Machine: Feminism and Science Fiction*（Lefanu, Sarah）等著作。在女性主義女同志科幻小說的領域，可參考 Marion Zimmer Bradley 的「解鏈三部曲」〔*The Shattered Chain*（1976），*Thendara House*（1983），*City of Sorcery*（1983）〕。

異性，比起教科書姿態的同志正典規訓，廣義奇幻的場域條件有助於書寫規範的挪移，得以展現出更多層次的誘惑。面對各種身分政治的角力與競爭，卻也難以取得（甚至預設）真正的和解方案。在本節，我就多重作者建構出的跨性異服魔法師離頌特（Lythande）來閱讀猥褻且不合規範的跨性別陽性魅力，分析隱喻他跨性的印記——刻鏤於眉心的藍色星辰——如何同時涵蓋汙名（stigma）與神性印記（stigmata）；也就是說，如何可能同時承載現實邊陲（edge of reality）的毀滅性，也顯示出酷兒陽剛的救贖可能。

離頌特是多位奇幻作家共同經營且分享設定與角色的集體創作《竊賊世界》（*Thieves' World*）❻的主角之一，其屬性是「藍色星辰教團」的超卓魔法師。此設定座落於「聖殿」（Sanctuary）這個龍蛇混雜、險惡處處的城市，充斥傭兵、術師、不法地帶，以及各種酷兒性別與情慾。根據官方網站，「竊賊世界」的最獨特處在於它是首度由共筆作者共同書寫相同基礎設定人物與背景的創作形式，經由不同的視角與框架，離頌特的際遇與情事以重疊但不盡然完全一致的樣式，道出複雜多向度的跨性男魔法師身世。他首度出場於布拉德利（Marion Zimmer Bradley）撰寫的〈藍色星印的祕密〉（"The Secret of the Blue Star", 1986），其形貌是一位「高䠷、纖細的灰髮魔法師，隸屬於教義晦暗的藍色星辰教團，其成員的特徵就是額頭的藍色星辰印記。」離頌特的強大魔法與冷酷氣質，是他跨性陽剛魅力的實質與寓言化身，他對於「聖殿」各種階層女性的狂熱追求之回應是遊戲人間的調情，但嚴禁自身真情投入。這一點彰顯出其跨性身體的雙重性：一方面，離頌特必須（也樂意）使用自己的「男性」魔法師神魅力量來獲取情慾層次的滿足，同時間，他必須堅守自己的「藍星」祕辛，也就是不讓自己的異服跨性狀態被另一位藍星印魔法師得知——每位藍星印魔法師都有一個只屬於自己的祕辛，同教團的

魔法師隨時處於競爭角力狀態，獲知對方的祕辛就等於擷取對方的力量。

對於「藍星印記」的設定，我將此徽章／烙印閱讀為某種轉喻式的衣櫃身體狀態。不只是離頌特這個偷渡的異服跨性男，絕大多數都是生理男性的藍星印魔法師各自揹負著某個僅屬於自身的祕密，而這個隱密本身就是讓魔法（本體性）安居之所在。在此處，「魔法」並非空泛超越性的存在，而是物質化凝聚的實體；它既是居住於鑲嵌在額頭的藍星印記，亦是佔據了魔法師的身心靈肉。「祕密」的洩漏表示魔法師與「魔法」之間的物質性契約遭到碾斷解體，從此魔法師（與其肉身）被剝除了身分與人格，成為遭到玷汙的最下層他者。團契的魔法師關係可解讀為男性智識分子之間不遺餘力的知識競賽，意圖從對手（同伴）身上取得形上學式的陽物並吸收為己有。倘若套用同志正典政治（如上述〈零度偏差〉這篇文章）的批判，離頌特的錯誤意識在於他不但認為自己理所當然是「男性」特選智識階級的一分子，而且這個階級（團契）充滿了負面的序列性、毫無情誼可能的廝殺競逐、鉤心鬥角的男權謀略。然而，我從這些描繪同時讀取到難以被同志正典馴服且納入正軌的（非正面）酷異動能：離頌特雖然嚮往真愛，但他為了智識所轉譯成的神魅（charisma）寧可從原先和平純淨的女同志故鄉轉戰至「聖殿」這個充滿性別歧視的地域，從學者 T 的身分自我煉化（self-alchemize）為坐擁深沉黑暗力量

---

❻ 《竊賊世界》由將近三十位知名的科奇幻作家共同經營書寫，從1978年迄今出版了超過十五冊的小說合集，同時橫跨漫畫創作、電玩程式、角色扮演遊戲（RPG）、桌上人物扮演遊戲（TRPG）等領域。參與的作家除了本節提及的兩位，還包括艾比（Lynn Abbey）、安德森（Poul Anderson）、雀瑞（C. J. Cherryh）、杜安（Diane Duane）、法默（Philip Jose Farmer）等人。

的男性魔法師。驅使離頌特的動力與他煉金術式轉化鍛造的身體／身分殊途同歸，也就是被同志正典政治與自由右派異性正典政治共同譴責的「病態倒退性」（pathological regression），例如企圖掌握一切奧祕的負面男性智識野心、從血腥廝殺取得快感的黑暗陽剛、捨棄（女同志的平等）愛情而墮落入殘暴的情慾宰制結構。

從以下引用的段落，我們讀到離頌特製作出自己的超自然魔魅化身，使用神怪式的性（occult sex）來操作擺布某個迷戀他但不知道其「性別真實」的少女。這段洋溢苦澀甜蜜、癲狂瘋魔但充分自我證成的情慾場景表現出奇幻敘述的超額張力，跨性男「以任何男人都無法企及的方式」，讓女性得到常態性愛無法較量的狂迷高潮，展示魔法師強大的性愛操控力與跨性樣貌。由於**幻異**（the fantasmatic）的文類語言與超逾寫實的超自然布景，對於向來辯論於跨性主體的性與性別是否真實的議題，此場景無意間提供了詭譎的呈現方案：離頌特的本體是個異服跨性身體（敘述以暗示的方式說明他部分性更改自己的身體，但並非全然轉變為男體），而他的超自然分身是超額的陽性身體；從這個層面而言，無論是隱喻或「真正」（literally）地，這兩種（兩具）身體都屬於魔法師──倘若沒有他的本體認同，分身所配備的超自然完美男體也無從脫胎成形。至於離頌特蹈行的男性肉身異服踐演、權力不對等的主從位置等情境充滿闇黑與抑鬱，正足以說明何以暴烈跨性男的性與性別無法見容於強調「本真」（authentic）面目與齊頭式平等的女同志社群：

「我將以任何男人都無法企及的方式讓你銷魂。」

就在床上的少女與沉靜凝立的魔法師之間，離頌特的長袍沉重滑落於地面，某個魔魅的形體逐漸滋生，來自於魔法師體內的另體化身，活生生就是他的模樣：高挺瘦削，眼神如火炬，眉宇之間鑲印星

辰，身軀潔白毫無疤痕。這身軀是魔法師的模樣，充滿致勝的男性欲力，攻略眼前沉睡的女孩。她的心靈充滿飄離迷幻的情慾，沉浸於魔法師的咒力。離頌特讓少女凝視自己半晌，但她無法見到魔魅分身背後的魔法師。少女雙眼閉上，充滿狂喜痴迷的期待。離頌特的指尖觸摸少女的雙眼。

只凝視我欲你所凝視！

只傾聽我欲你所傾聽！

只感受我欲你所感受，貝西！

如今，少女完全深陷於魔法師化身的情慾咒力，動彈不得，雙眼如石。離頌特注視著少女逼近自己的魔魅化身，親吻超自然分身的嘴唇。離頌特見證且執導少女被自己的魔魅化身侵佔愛撫，抵達無數次的高潮，直到最後奔騰棄守的那瞬間。對於魔法師而言，那狂喜的呼喊讓他感到苦澀無比，因為少女並不知道愛她的並非魔法師本尊，而是脫胎於他的魔魅化身。（Marion Zimmer Bradley, 1979: 30-31）

同志正典批評系統看待史帝芬與離頌特這樣的人物，通常是透過某種揉雜悲憐、鄙視、企圖無視但又充滿獵奇心情的核心（形）視框，認為對方是必須被監禁於此視框之內的魍魎（罔兩），如同海瀅愛（Heather Love, 2012, 489）所言，此種視線與視框不啻無意識地回應且支撐起主導異性機制的霸權——「幾乎沒有女同志或酷兒評論家會聲稱支持『廣大社會的常規』，酷兒論述的顯著目標通常就是與這些常規較勁。儘管如此，這些評論家仍對史帝芬‧高登這悲劇酷兒樣態反感。史帝芬激發出這些評論家的反感，正是顯示出這些『廣大社會的常規』的效應，無論我們同意與否，這些常規強而有力地運作著。同時間，即使評論家拒認《寂寞之井》之遺產，他們終究無法讓史帝芬就此消失離去。真實是相反的境況：這些對史帝芬充滿

激情的駁斥與反對，正是她持續激發女同志讀者之羞恥與反感的佐證。」❼ 在某些文本描繪與詮釋的脈絡內，這些難以收容消化的黑暗、負面、但同時活生生且魅惑十足的陽剛樣貌，不但是當今歷史棄逐的魍魎產物，它的艱難崎嶇特質造就了某種「底核」（kernel）。如此，企圖稀釋與吸收邊緣的文化霸權難以輕易網羅所有的酷兒主體，並將這些差異性平板化為統整性的普遍同志身分，必然成為某種附加的敗筆。無論是他充滿冒犯性的意識形態、脫離人類本位的錯誤身體，甚至其「病態」的性別／性愛，離頌特這樣的跨性別怪胎既是難以清除的汙漬，也是損毀疆界的神魅人／物。他的敗壞造成了任何自由主義式宣稱的平等多元包容都無法消化分解的「正典同志性別」壞毀效應（a spoiled effect on homo-normative genders）。

在數位作家分別撰寫組成的離頌特系列中，麥茵特瑞（Vonda N. McIntyre）創作的〈尋覓撒旦〉（"Looking for Satan", 1986）脫離布拉德利充滿同情理解，但無法解脫、毫無出口的悲劇性衣櫃狀態。本故事透過解構常態性別的酷兒視線，設想出某個洋溢可能性的和解交換情景。在這篇故事，跨性魔法師首度遇到願意接納他既是個「男性」，但又不只是如此的同伴、朋友，以及愛人。在此之前，離頌特的性別狀態始終擺盪於 T 與邊緣男性的二元化分裂，但又奇異地交織著 T 與女跨男主體的雙重景況。在〈不屬於我的魔術〉（"Somebody Else's Magic", 1984)），他以憎惡、報復性的態度回應女同志祭司社群，顯示出女跨男主體與女同志之間充滿齟齬情仇的交鋒。至於在〈不合格的魔法師〉（"The Incompetent Magician", 1983），離頌特擺盪於身為拉子的前身（前世）與現今的性別身分與慾望，企圖以轉化後的黑暗男性魔力留住寄生於豎琴的愛人靈魂；〈海難〉（"Sea Wrack", 1985）這個故事讓讀者窺見更多的往昔與現今對照——由於美人魚的幻術與誘導，離頌特追憶自己在成為男性傭

兵魔法師之前的拉子生命史，緬懷已然無法回頭追尋的女同性戀情人與和平遙遠的故鄉。如同盧濱（Gayle Rubin）在〈孌童與國王：省思 T、性別與疆界〉（"Of Catamites and Kings: Reflections on Butch, Gender, and Boundaries"）的說法，非跨性別 T 與跨性男之間向來存有某些曖昧、斷裂之中仍然藕斷絲連的狀態；某些個人遊走或經歷雙重身分，某些則是橫跨於其中。女同志的 T 與跨性男之間分享的相似處超過同志正典所樂見的程度，兩種身分之間無法斷絕的羈絆性與灰色地帶讓強調同質性的女性主義女同志政治倍感不快：

　　雖然重要的斷裂性區隔了 T 與女跨男的經驗，這兩者之間仍然存有非常要緊的連結。某些 T 在**心理層面**與女跨男跨性者並無不同，除了兩者選擇的性別身分差異，以及他們分別願意讓自己身體變造的程度有別。在他們成為跨性男之前，許多女跨男跨性者以 T 的身分生活。某些人探索兩重領域，直到確認哪一種性別身分對自己而言更有意義；某些人同時使用這兩種分類來詮釋並組構自身的經驗。存在於 T 與女跨男之間的界線充滿了可穿透性。

　　即便在女同志與跨性經驗之間有如許的重疊與親族連結，許多女同志依然對跨性者充滿讎恨，看待男跨女跨性者為充滿脅迫的侵入者，看待女跨男跨性者為叛逃的棄徒。兩種跨性者都普遍被充滿輕蔑

---

❼ 本文雖然採用了某些海澀愛讀取酷兒文學的論證與批判，但不同於海澀愛將其情感政治投注於較為低調陰霾的特質，如憂鬱、倒退、拒絕（同化），冷淡於正向健康陽光的同志正典等屬性。我處理本論文的態度，可能更著眼於酷兒陽剛較明顯的情感與慾望特質，例如毀滅性（自毀與毀壞他者）、凶險、病態、邪惡、反社會的暴力，以及如李・艾德曼（Lee Edelman）在《不要未來：酷兒理論與死亡驅力》（*No Future: Queer Theory and the Death Drive*）所申論的「反未來生殖主義」。

的刻板印象認定且形容成**不健康**、充滿幻覺、**自我厭惡**、被父權性別角色所奴役、**病態**、反女性主義,以及**自我肢解**。(Gayle Rubin, 1993: 473-4,黑體字是我的強調。)

　　〈尋覓撒旦〉的主題可被詮釋為多種性別之間相互辨識彼此的酷兒知識論邂逅。在「聖殿」這個只能想像兩種性別且極端不平等的場域,四個旅人從遙遠的異邦(位於北方、性別多元且情慾關係多重的國度)前來此城,尋找被綁架至此地當作異國異種慾望物拍賣的朋友、六翼翅人「撒旦」(這個命名應該是作者刻意的雙關語,且與名實不符的「聖殿」形成反諷的對照)。就這四人各自的認知與理解,他們是四個個體與四種性別,而「聖殿」屢屢將這四人視為性別常態的一男三女,即使他們之中沒有一個人符合二元生理性別刻板印象。接合風土習俗與文化性別的雙重挫敗處境不斷滋生,直到尋覓失蹤友人的途中,這四人遇到離頌特,酷性別之間的翻譯與溝通促使這五個人在「聖殿」重新座落自己的主體性。在本篇作品,除了酷兒社群與父權社會的激烈衝突,麥茵特瑞的位置有別於女性主義本位,而是透過酷性別的視角來描寫離頌特如何被穿透衣櫃、繼而重新整合自己跨性衣櫃的歷程,最主要的契機在於旅人之一的Westerly。

　　Westerly 這位青少年 T 對於魔法師的情感混雜著酷異洞視與奇異交織的認同╱愛慕。兩人的第一度遭逢既複寫了非典型的同志情誼與酷兒同感(queer empathy),透過 Westerly 凝視的離頌特是多重位置╱性別的獨特人物,既是形現雌性陽剛的同類(姊姊),也是異服跨性的紳士,更是她所戀慕嚮往的導師與情人之合體。麥茵特瑞揣摩設想的酷兒國度翻寫且違反了同志正典的含蓄清白前提:相較於 1970 年代女同志烏托邦,此國度最強烈的踐越特質在於它擁抱各

種大相逕庭的性別模式，非但不排除／馴化、甚至歡迎各種邊緣「非女性」的陽剛性別展演，宛如活潑小男生的 Westerly 與另一名「高大魁梧到必須彎身才進得入屋內」的劍客 Quartz，是此國度擁抱的許多種酷兒陽剛形態的其中兩種。❽ 他們生活於友善親愛的社群，彼此認定的家人並非生物血緣關係強迫打造的親族結構，而是經由情誼與慾望自由組合而成的「親近者家族」（the familiar as family）。

　　對於這故事，我的閱讀分析認為讓（負面）跨性別主體活靈活現地出櫃且不企圖改造此主體，正是它有別於同志正典的關鍵性分水嶺，Westerly 所代表的視框擾動且轉化了離頌特被父權社會與排斥跨性者女同志同質意識形態的雙重禁制──前者認定他必須是一個正典異性戀男性，後者要求他揚棄錯誤的男性位格，回歸女女情慾的天地。

---

❽ Quartz 被設定為武功高強、冷靜沉穩的劍客；在某個場景，她由於客棧主人惡毒刻薄的性別歧視與挑釁言語而終於爆發。此處展現出作者再現雌性陽剛（但不必然等同於跨性別陽剛）的功力（Vonda N. McIntyre, 1986: 230）：

　　Quartz 抓住客棧主人的襯衫，將他整個往上拉扯直到雙腳懸空。她的大劍從鞘口滑出，Westerly 之前從未見過 Quartz 的大劍出鞘，無論是憤怒或自衛。她之前從未見過劍鋒，但是 Quartz 從未忽略這把名器，劍鋒閃耀著銳利透明的光澤。

　　「當我從戰場退役時，我發誓不會再陷入狂戰士模式。」Quartz 非常安靜地說：「但你幾乎要讓我破戒。」她張開雙手，客棧主人跌倒在地，正好落在大劍鋒端的咫尺處。

　　「我無意冒犯，高貴的仕女──」

　　「別用『仕女』來稱呼我！我並非貴族出身！我是個戰士，也是個女人。假若這兩種身分都無法換取你的禮數，那麼你就無求得我的慈悲寬恕。」

　　「我無意造成損害，我無意冒犯您，我請求您的饒恕。」客棧主人抬頭仰望 Quartz，凝視她深不可測的銀色雙眼。「我請求你寬恕我，來自北方的女性。」客棧主人的語氣再也沒有絲毫輕蔑，唯有恐懼。

在短暫的交會，Westerly 視域之內的魔法師呈現出立體分明且共時性的 T 與跨性男與異服酷兒這三種身分。她起先「誤認」離頌特是與自己、劍客 Quartz 同為陽剛女性，興高采烈地招呼對方「姊姊」；當離頌特以反女性主義的姿態堅持自己的男性身分時，Westerly 並未受到冒犯，而是游移於數種情緒：一方面訝異於她所躋身的父權社會情境（為何「姊姊」這個稱呼竟是某種侮辱，即使這並非對方認同的性別。），緊接著，她將離頌特理解為跨性別異服者，毫無罣礙且充滿默契地改口稱呼對方為「這位可敬的年輕紳士」。（此處的酷兒敢曝趣味張揚於 Westerly 下意識地模擬客棧主人恭敬稱呼男性賓客的語氣。）在雙方尋覓撒旦的旅程，Westerly 愈發喜愛離頌特，另一方面逐漸從各種「翻譯」的形式學到性別壓迫、情慾汙名、強迫異性戀機制等原先不存在於她認識論框架之內的事物。在這段旅程，我閱讀到 Westerly 不自覺套用現象學式的共感同化模式，逐漸體認到離頌特處於衣櫃內的跨性男性身分型塑過程，深切體認到倘若自己繼續處於「聖殿」這個打壓酷性別與多樣情慾表現的領域，並非不可能選擇離頌特同時盛載衣櫃汙名（隱藏跨性身分）與執著求道（女同志社群貶抑為非人魔道的暴烈庸兵法師生涯）的生命形態。

那襲身著長袍的形體隨意佇立，但從此人身上散發的權力與自我掌控力卻無比強大。整間酒館的位子都坐滿了，沒有一張空桌。

「請與我們併桌吧，姊姊！」Westerly 衝動地招呼對方。

剎那間對方橫跨兩大步，Westerly 的椅子被大力推倒，她被對方壓在牆邊，匕首指著她的喉頭。

「是哪個傢伙稱呼我『姊姊』？！」深色的連身帽掉落，揭露對方銀灰色的長髮，深藍色的星辰在此人的額頭間閃爍生光。在藍星光暈的籠罩，此人優雅的五官顯得險惡異常。

「我無意冒犯您，」她幾乎又要冒出那句「姊姊」了。並非她的語氣、而是這個字眼侵犯到對方。此人隱身異服出遊，而她卻粗心大意地揭露對方的性別，再多的致歉也無法彌補她造成的損害。

「我對於貴方使用的語言尚不熟悉，因此冒犯了您，**年輕的紳士**。」

「或許你的確無意冒犯，」那個異服者如此說：「那麼 frejojan 究竟是什麼意思？」

「這字眼表示友善的情誼，我提供友誼給對方，歡迎賓客，或是自己的同胞。」

「喔，你該使用的字是『兄弟』。如果你對一個男人稱呼『姊姊』，那是侮辱。」

「侮辱！」Westerly 真誠地大吃一驚。

然而，匕首已經離開她的喉頭。「你是蠻人，我無法對蠻人的失禮感到生氣。」那個異服人士如此說，語氣友善。

陌生人將匕首收入皮鞘，直勾勾凝視 Westerly。她感到輕微的戰慄，不禁想像某個晚上，倘若與 Chan 玩樂之後再與這個陌生人上床做愛，該有多棒呢。（Vonda N. McIntyre, 1986: 187-9，黑體字是我的強調）

從 Westerly 與離頌特惺惺相惜、認識彼此歧異的歷程，不但是追尋且解放受囚禁撒旦的行路，亦是離頌特首度被另一個類似但不盡然等同的同志／情人認識自身的建構與本體性。Westerly 看似天真爛漫但卻是「年少的智者」，❾對比於飽經世情的魔法師，她以局外人的酷性別視界抗拒「聖殿」的種種歧視與偏見，但從未將受到「聖殿」意識形態約束的魔法師視為敵方的一員。正如同尼

藍（Christopher Nealon, 2001: 166）的論點，同志正典與異性戀宰制模式常常殊途同歸，「慾望總是慾望那『真實的』，而不是活生生的；每一項要求都是要求全盤的肯定與接納，否則就全然毀滅——在此，恨與自恨沒有差別。」[10] 我將此狀態解讀為主體將某個處於歧視壓迫宰制機構的個人視為集體機構的化身，將激烈的厭惡仇視投射潑灑於對方。在此種情狀，主體對於他者的恨（恨對方與宰制體制無法完全區隔）與自恨（無從對抗宰制機構的挫折）幾乎不分軒輊。具備邊緣外域的認知與體會能力，Westerly 認識離頌特的歷程等同於讀取對方複雜性別的歷程。她清楚地理解到對方的魅力與「敗筆」至少部分性來自於「聖殿」這個性別霸權，同時有能力面對自己的慾望結構，並不規避也不敵視這個霸權所支撐架構而出的負面陽剛魅力，甚至進一步回應對方的魅力與邀約。由於這樣的酷兒知識論歷程，某種要求清楚明白的同志正典二分法 —— 倘若不與那個負面的父權的宰制的來源分道揚鑣，主體就等同於負面的父權的宰制化身 —— 在這個故事受到波動與干擾，無法形成絕對的規訓力量，驅策出某種要不是全然真正（清白的好同志）就是全然虛假（汙染的跨性者）的決定論。對於 Westerly 而言，離頌特的藍星寶石印記標記他外於常態的性別印痕，而非宰制場域的一員；這樣的複雜印痕既讓她感動，但也因此讓外來的酷兒知道自己無法同化於製造出此印痕的壓迫機構。藉由以上的閱讀，我們看到錯誤與汙點、反逆與光暈同時具現於一個重重包裹於性倒錯衣櫃的身體，亦即「聖殿」、女同志社群、外域酷兒所分別注視的魔法師身體。透過不同的論述與視線，此身體既是居住於被斥為虛假過時的「虛構性別」（fictional gender）棺柩，但也停駐於另一重閱讀視線，得以辨認出活生生、處於罔兩邊界、烙印跨性印漬且充盈張力與魅力的「他」。

在〈尋覓撒旦〉的結尾，離頌特的顛沛流離（diaspora）狀態暫時

告一段落。Westerly 反轉回應他的邀約（與自己定居於「聖殿」），改以邀請對方到自己的國度居住，因為那兒是「美麗的所在，而且我與我的親族與你能夠從彼此身上學得事物……（我想要）學習愛**真正的你**，無須在聖殿違心撒謊。」⑪（Vonda N. McIntyre, 1986: 237，黑體字是我的強調。）對於結局所提供的性別政治立場，讀者起初可能會聯想到布拉德利的《棄絕者的傳奇》（*Saga of the Renunciates*）⑫，其中的跨性男戰士卡米拉從此歸化於強調姊妹情誼的女同志團契，但是，麥茵特瑞修改了過於純粹的性別同質與一勞永逸的安居希冀。Westerly 建議的是非強迫性的連結，以過渡（transitional）的

---

⑨ 作者設計 Westerly 擁有看透任何人事物本然的能力，但這能力又同時包含於她看待「真實」的認知。起初她認定魔法師是穿男裝的女性，但隨著故事發展，她所理解的真實愈發複雜。到了結局，Westerly 的性別知識論與故事剛開始時有所對比。這個年輕的 T 仍然拒絕「聖殿」的刻板直性別想像，而她認識到的魔法師既是異服者，也是有別於生理男性的「他」。

⑩ 尼藍的原文是在分析另一篇作品，其中某個人物（鄙視著想望擁有陽剛性別表現自由的 T 的某個女性角色）表現出的意識形態類似同志正典看待跨性別的輕蔑，因為自己是「真的」而對方是「假貨」，而且比對方更符合這個常態世界的評判標準。同時，這份鄙視不只是對他者的憎恨，也是從同志主體身上反射到一個更邊緣主體的「自恨」（self-resentment）。

⑪ 在此處，我們讀到兩種「真正」的意義。其一是 Westerly 運用魔法稟賦所讀取的離頌特原生生理性別，但另一種層面是指離頌特已然如同第二層皮膚般、不可視為虛假而可穿可脫的跨性男性身分。第二種「真正」可從 Westerly 回應魔法師的問題「你是否會揭露我的祕密？」的說法得到證明。Westerly 強調，無論魔法師或任何個體認為自己是什麼（包括性別、位置、職業等認同），身為友人的自己都不會反對。在此，「不會反對」的意味可能介於（廣義）T 之間的性別同感，以及熱烈愛意所引發的感情投資。

⑫ 此套作品即為前述的「解鏈三部曲」〔*The Shattered Chain*（1976），*Thendara House*（1983），*City of Sorcery*（1983）〕，此為作者再度另外命名的三部曲總稱。

時空形式設想不確定的未來。她邀請魔法師在自己的酷兒家園暫時居住，直到他自己渴求驛動，想要再度啓程他方——「我希望你長久與我在一起，但我不會強留你。只要你想停駐，或是你想要遠離後再度歸來，我的家園卡瑪絲永遠會有你的一席之地。」（Vonda N. McIntyre, 1986: 237）此種不設限於擬婚姻性質、非一對一配偶關係的情慾模式，認可了魔法師實質與隱喻式的跨性別漂流，不可能永久固著定居的身體遷移狀態。在此，我論證的重點在於魔法師得到了摯愛閱讀而不強迫他更改「錯誤」性別的眞誠讀者。在這個飽含洞察力的「小妹妹」身上，離頌特找到了相對於「錯誤」與「謊言」的另一端：此閱讀者與其居住的社群欣賞他繁複畸零的身體構成與難以馴服的「男性」，理解他的跨性汙名與光芒，共存於體內的晦暗陰鬱與能動性。

然而，這個充滿可能性的提議讓處於衣櫃狀態、被汙名包圍之跨性陽剛身體得以愉快居留於廣義酷兒國度，雖然它適用於離頌特這種追求非邊界性知識與存在體驗的跨性男類型，但是對於熱切沉浸於癲狂（megalomaniac）與負面權力癮的後殖民主奴跨性別 T 與跨性男，類似的各退一步提議無法成爲解套的出口。或者說，此提議所能包含的幅員建構於得到啓蒙與政治自覺、飽含有機能動性的主體性，但它無法讓「病態式」的陽剛主體與其身體得到安居所在。在下一節，我將就 1980 年代與二十一世紀起點的兩種陽剛跨性別皮繩愉虐黑暗奇幻書寫爲討論的文本素材，探究執迷（obsession）的邊際狀態與「性倒錯」的（僞）病理學淫欲，從中論證這些處境的酷兒性別政治張力與邊緣文化效應。

三、「女神・神女」旁若創世史與跨性別T神話本體論：徵候性閱讀「病態」與「不自主」的皮繩愉虐酷兒陽剛

我們理解這個突顯的論點，是以我們詢問：何物讓某個誰成為一個人（a person）？何物足以擔當起某種一致性的性別？何物讓某個誰成為合格的公民？誰的世界得以被合法認證為真？主體性地，我們詢問：在這個意義與主體極限都為我早就設定好的世界，「我」能成為什麼？當我開始問我能成為什麼時，憑藉的是我所受到的何種拘束？當「我」開始成為某種在預設的真實境域之內毫無立足之地的東西時，將會發生什麼？

　　—— 巴特勒（Judith Butler），〈為某人實行正義：性重置與跨性寓言〉（"Doing Justice to Someone: Sex Reassignment and Allegories of Transsexuality"），2001: 621

　　以上的詢問醞釀且纏繞於本體、知識、權力、性別等界面所塑造的邊緣主體，或單獨或集結彼此，在問號造成的藩籬內外突圍闖關。對於「將會發生什麼？」這個充滿驚悚且隱含巨大精神創傷的可能性，巴特勒援引的觀點來自傅柯（Michel Foucault），亦即，主體置身於「真實政治」（the politics of truth）的戲局，穿越鐵絲網、擺脫監控的行動性；也就是說，這些提問啟動了主體自身的「去隸屬性」（desubjugation）。❸ 對於邊緣性別／情慾的政治議程而言，「去隸屬性」的歷程不得不關涉身分政治的策略與冒犯性的極限。前者關乎的是效應與能動性，後者牽涉的是「一個人」或「某種人」在權力網絡密布之社群內部的物質與非物質資源使用額度。某些主體的存在（與再現）彷彿讓調度資源的身分政治集社感到兩難不安，最極端

---

❸ 此論點可參照傅柯的文章：〈何謂批判〉（"What Is Critique ?"）。

的情況是拒絕投資這些「東西」且驅逐於象徵網絡之外，癥結正是這等主體不但在大敘述的情境早已無所依歸，而且在特定的場域（例如1980年代迄今由第一世界為範本的同志正典）成為醒目的汙點。在這一節，我從跨性別皮繩愉虐陽剛的小說書寫，試圖透過再次閱讀文本與逆寫正典視線，是否因而可能在這些被同志正典視為不可能取得「立足之地」的書寫——暴虐性愛、性倒錯身體、強暴征服、自殘互殘、身心戕傷、暴亂憂鬱——辨認出在當今可能重新認識強烈的情感政治與負面文化力量。

在本節，我以當代酷兒理論與反含蓄冏兩政治，重讀出版於1980年代的《權位三部曲》（*Throne Trilogy*）。❶❹自從第一部曲《暴怒的和平》（*Raging Peace*）出版，作者歐克葛洛芙（Artemis Oakgrove）與其拒絕「交涉性」（negotiation）的文體，就形成一股令讀者炫惑且不安、毀譽交加的激烈漩渦。這套作品以豐沛的神話與黑暗寓言道出讓強調道德進步論❶❺的同志政治所厭惡不已的主題，包括跨性別 T 的黑暗面與婆的權力欲、性愛與身體暴力之間唇齒相依的親密、酷兒陽剛的身分本體論、從抗拒到耽溺的性虐待拘禁歷程、性別與種族與階級的種種不正確勾搭等。我試圖將這些再現讀為立足於艱難現實的酷兒奇幻情慾隱喻，這些充斥負面性（也難以為其辯護）的譫狂（frenzy）與迷亂（delirium），不啻為邊緣生命出入於「去隸屬性」的路徑與景觀。再者，三部曲當中呈現種種錯亂、不正確的性別與生命狀態，不時以毀壞但能量強烈的形式，展現出有別於正確分明立場的冏兩曖昧（an ambiguous penumbra）。我們很難聲稱，如此的書寫帶來任何修正主義的貢獻，唯獨在它的拒絕政治（politics of refusal），或可窺見不從屬進步言說、同性戀國家主義（homo-nationalism）與「新正常」的召喚，嘲弄了歷史終結主義所設定的「進化」軌跡。

《權位三部曲》溯源了兩種與常態現實（巴特勒所稱呼的「預設的眞實境域」）大相逕庭的奇幻性黑暗界面。前者是暴亂爭端迭起、作者設定爲常規法治堪堪觸及的二十世紀下半夜之美國愛爾蘭族裔跨性別／ T ／婆社群，後者是遠古的愛爾蘭祕教都城。這兩種界面並非一虛一實，它們同樣逼眞且「實質」，用以描述一群早於基督教之前就涖臨世間的太古生命在兩種時空情境的肉身化（embodiment）與身世變遷歷程。在這三部小說，主要的勢力競逐集中於兩位太古女神的永恆較量——銀眼的祭司 Anara 與轉世爲律師的 Leslie。Anara 彰顯了主宰女王婆（dominatrix femme）的慾望與反面力量，轉世爲律師的 Leslie 則是當代化的優位智識女同志。乍看兩極的對立架構在 Leslie 遭遇到「俊美、宛如少年一般纖細」但充滿暴力陰鬱毀滅能量的 Ryan、他來自牙買加的黑膚美艷舞蹈家女友（同時是性虐與被虐對手）Sanji、粗獷如戰士的 Rags 這三個彼此情慾糾葛的人物之後，她的生命從此劇烈轉折——原先壓抑於無意識的遠古過往（primordial pastness）以肉身化的形態揭露。作者以遊走於神話時空與現代酷兒社群的雙線交織，逐漸披露出這些主要人物的雙重（暗櫃）身分。Ryan 是 Anara 與 Leslie 在無數次輪迴生命現場競爭廝殺、亟欲擁有的慾望對象，Sanji 是在洪荒世代謀殺 Anara 肉身因此博得 Ryan 眷顧的奴隸少女，Rags 在前世與今生都是 Anara 麾下最忠實的戰士。

---

❹ 此三部曲分別是第一部《暴怒的和平》，第二部《復讎狂夢》（*Dreams of Vengeance*），第三部《諸神議會的王座》（*Throne of Council*）。

❺ 關於本節所指的「道德進步論」（以及當代同志正典的某些主張），可參閱甯應斌的文章：〈現代進步觀及其自滿：新道德主義與公民社會〉與〈動物保護的家庭政治：道德進步主義與競逐現代性〉。

這個故事框架透露出許多讓評論系統倍感不安的元素與權力結構，大剌剌張揚「恐怖美」的囧兩性別政治。❶ 作者毫不含蓄地聲稱，跨性別身體與意識必然其來有自（來自洪荒太初的去時間性神話時空），婆的淫蕩與嗜血與姊妹情誼之闕如正是婆之為婆的「本質」，❶ 跨性別 T 要不是憂鬱自殘的小生、就是在酒吧廝混與別的 T 從事生死惡鬥，甚至深陷於權力位置極端不對等的男同性戀主從模式、枉顧對方意願的強迫性暴力虐待性愛。我既不想要為此辯護並解讀為「正面向上」的文本，也不願意反射性地將這些材料斥為「歷史的渣滓」。究竟如何從負面的酷兒再現讀出尼藍（Christopher Nealon）企圖達成的「傷痛與性愛能動性、寫實主義與通俗煽情、T 婆身體的物質性與幻設的文本性」（160），但又不能輕易將這些再現護航為純粹對於異性正典的反諷或斜擬，的確是艱難的任務。正如劉人鵬、白瑞梅、丁乃非在深入探討台灣 1970 年代至 1990 年代 T 婆小說的論文〈寫實的奇幻結構與奇幻的寫實效應：重讀 T、婆敘事〉所言，閱讀性別政治不明確且參雜諸多同志正典不忍（不願）見的作品時，看待文本物質性與再現情境的立場很難不陷入「語言霸權系統與異性戀體制，將歷史過程中尚不允許其存在或者尚未有可資辨認的視框以致於只能被當成是變態、越軌、或者『悲劇』性的存在，都全部『奇幻化』了——以其奇幻想像而不真實。」（丁乃非等 2007：115）

我的閱讀無意辯護或聲明《權位三部曲》（以及具備類似再現的文本）是否變態、是否越軌、是否悲劇，而是企圖讀出它們在跨性別 T 與非政治正確婆的再現當中，造作且「貨真價實」地打造出某種無法被直（異性戀）視框所正視、因而也無法被輕易吸收後丟棄的「變態越軌悲劇」力量。這力量雖然（且必然）讓同志政治難以卒睹，但它的強大反常力量可能提供的作用，在於抗衡本質式的醫學

論述與晚近愈發蓬勃的修正式性別建構論。⓲ 以下，我將從這些難以讓主流同志政治收服的生命狀態中找尋巴特勒與傅柯描述的「真實政治」，從中論證它不可能與歷史的淤積殘渣分隔開來。若要檢視這些怪物性的文化動能，研究者就不可以閉上眼睛，無視他們的暴虐與激越，要求這些動能之所在的主體必須進入班雅明（Walter Benjamin）嚴峻批判的歷史主義進步觀：「被壓迫者的歷史教導我們，所謂我們處於的『緊急動員狀態』（state of emergency）並非特例，而是常規。……我們必須明白，我們的使命就是締造出某種真正的迫切動員狀態，如此才可能提升我們與法西斯主義抗爭的位置。為何法西斯主義能夠取得機會，理由之一在於它運用了歷史進步論，而它的對手因此視它為某種歷史常態。」（Benjamin, 1968: 257）對我而言，某種程度上，「拒絕悲情」但直面對待其「病理化」的閱讀策略，就是進步為名的同志正典遺落且棄守的事物，但卻是酷兒文學批評與身分政治槓桿角力之所在。我將從這些人物的相互位關係入手，從中分析性別／族裔／種族／皮繩愉虐位置等緊密依存且相互干涉的情況。我的辯證布局之重點，意圖說明這些相互位

⓰ 以下將在探討 Ryan 與 Rags 的殖民式跨性別男同性戀關係時沿用薩伊德（Edward Said）描摹的葉慈（W. B. Yeats）詩學，例如書寫北愛爾蘭革命情狀的〈1916 年復活節〉（"Easter, 1916"）詩句：「一切皆已然改觀，全然改觀：某種恐怖的美於斯誕生。」（All changed, changed utterly: A terrible beauty is born.）（Edward Said 2000: 291-313）

⓱ 事實上，在這套三部曲當中，婆與婆之間雖無姊妹情誼，但也不只是競爭對手，也形成了婆之間的女同性戀情慾張力。Leslie 與她的貼身女僕 Corelle 之間的深切情愛可解讀為階級位置兩極的婆之間的情慾吸引力，而 Sanji 在敵視與抗拒 Leslie 為 Ryan 正式情人（妻子）的同時，卻也對她滋生出奇異的嚮往與憧憬。

⓲ 關於「修正式性別建構理論」，請參閱接下來的篇幅之討論與批判，其主要的定義採取於性別建構主張的醫師曼尼（John Money）。

置性不必然證成了「傳統」的權力位序，而是在弔詭、殘酷且活絡的真實政治之內，每個負載多重位置與質詢本體性的主體（身體）啓動了相互箝制的戲局，映射出扭曲於常規之外的情慾／性別／權位藍圖。

首先，從 Ryan、Sanji、Rags 的酷兒皮繩愉虐三角藍圖，我們讀到多重糾結的後殖民性別情慾之連鎖關係。倘若將三者之間的兩兩結構分切檢閱，誠然，每兩個人物之間彷彿形成某種「刻板的」上位（top）與下位（bottom）關係；但若將三者的雜交多重性愛（polygamous relationship）視爲整體來觀視，這三者奇異地形成一股繁雜的三角形，無法輕易（被）決定何者絕對上位、何者取得勝場的酷異乖張動能，複寫且重設了性、性別、種族之間的艱難困頓三重鏈結。Ryan 與 Sanji 的關係既是貴公子 T 與性感婆的情愛結構，也是白種殖民主人與黑種受殖民姬妾的關係；作者以某種抗拒「安全且合意」（safe and consensual）的方式描述他們之間的性愛支配／被支配關係，拒絕爲交織著種族與性別的雙重不對等情慾劇場提供輕易的背書，讀者必須以批判懷疑的視線來閱讀，Sanji 是在何等的情境下，貌似自動且自願地接納，甚至主動經營她與 Ryan 的皮繩愉虐關係。至於 Sanji 與 Rags 的關係是另一種典型，就是高檔婆（high femme）與藍領工人階級硬 T 之間的宮廷式浪漫愛結構，後者對前者的愛無法得到對等的回報。Rags 身爲白種陽剛性別的事實很難爲他取得優勢資本，無法覆蓋他與 Sanji 之間巨大的文化知識階級鴻溝；更有甚者，Sanji 專情迷戀 Ryan、僅將 Rags 視爲第二選擇的狀態，造就了「通俗劇式」的女主角與兩名地位階級呈現兩極化的男主角之間的互動模式。此外，以上的性別／種族／階級權力分明對位關係，卻由於 Rags 與 Ryan 之間毫無意願性（anti-consensual）的跨性別男同性愛虐待關係，讓這些「權位」構造更加曖昧且難以定位。由於

Rags 對於 Ryan 的絕對性主宰，這三人之間的「食物鏈」層級除了性別、階級與種族的影響，更由於上述複數結構導致的情境，引發出改寫了現有（status quo）位階次序的跨性別陽剛之間的性愛／權力模式。[19]

Ryan 與 Rags 的交手共時並現於去時間性的神話空間——拉岡精神分析（Lacanian Psychoanalysis）所謂的「真實層」（the Real）[20]——以及美國愛爾蘭的拉子社群。如同劉人鵬、白瑞梅、丁乃非的論證，兩種敘述都夾雜著超現實的寫實描繪，「活生生」重述作者模擬的跨性別魔神起源，奇幻且真實地呈現摩登世代的跨性別 T 互動。作者似乎有意識不讓這兩個人物清晰分明地佔據正面英雄與反面梟雄位置，幾乎刻意裸裎出兩者強烈的惡徒（villainous）風貌，雙方經常性地毆鬥廝殺、驅逐別的 T 而擁立地盤、不時踐踏暴力對待無感情的婆、甚至彼此鉤心鬥角。

關於兩者的操控與被操控關係，Artemis Oakgrove 在短篇作品〈擄掠〉（"Seized"，1998）鉅細靡遺地描述 Rags 遭遇到酗酒昏迷的 Ryan，將對方帶回自己居處的地窖加以調教征服的歷程，這過

---

[19] 不只這三名主角，在這系列當中，「病態性」與「徵候性」的同性戀，屢屢以 Edelman 所描述的「病徵同性戀主義」（sino-homosexuality）樣貌出現。如同 Edelman 在《不要未來》分析的無區分獵食病毒感染式的「惡性」同性戀慾望（如希區考克的《鳥》（The Birds, 1963）），同性戀（尤其是性別酷兒化身的「同性戀」型態）身為獵食與被感染的這兩種症候，以負面酷兒陽剛的性驅力與魅力為主要的散播源，在本系列當中，此意象是以 Ryan 在夢境中不斷追逐狩獵的白虎為主要象徵物。

[20] 在這一段，我對於「真實層」的解讀既是「正統」拉岡學派所定義的，外於象徵網絡的精神失常（psychotic）邊界外狀態；同時，我將此「真實層」視為此系列作品經營神話跨性別陽剛交媾時的幻境背景。

程堪稱至今最驚心動魄的強迫性跨性別 T 情慾演練。在這篇與三部曲前情相關的外傳，作者營造出女神 Anara 無所不在、操縱從屬戰士 Rags 征服背叛她的情人 Ryan 的經過。到了故事尾聲，Ryan 驚覺自己已經無法在沒有 Rags 的征服主宰之下生活，更甚者，這樣的支配與被支配關係酷異地複寫了 Ryan 與去世父親的跨代跨性別情慾——故事的結局是「訓練」告一段落，Ryan 赫然發現自己已經可以接受喪父之痛的巨大打擊並繼續活下去，明顯暗示 Rags 不但取代了 Ryan 生物性父親的角色，而且還接收了那位堅持將 Ryan 視為兒子撫養、其強烈愛情透露出亂倫同性情慾的父親之培訓意志與情感遺產：[21]

　　他自殺失敗了。他口中發出一聲呻吟，證明了自己的確還活著，不僅如此，他還醒了。印象中有個酒吧，他在那裡灌了一杯又一杯的威士忌，然後就不省人事了——

　　「我叫雷格司（Rags），你在我家地下室。」聲音穩重、深沉、毫無感情。「你在我開的酒吧喝酒，我看著你離開，知道你一定走不了多遠，接著發現你倒在水溝裡，停止呼吸，於是我把你救醒，清空你的胃，把你帶來這個地方。」

　　藍恩沒什麼印象，不過恍惚還記得被救起時是有些粗暴之舉，可是被人所救這回事，還不能解釋他目前的處境，不能解釋為何他嘗試要移動四肢時、卻發現動彈不得。他微微抬起下頜，於是看到了自己的身體：全身赤裸，一絲不掛，瞬間他感到羞報且駭怕，在手腕與腳踝上都扣著厚重、堅實的金屬銬鍊，他從來沒有親眼看過銬鍊，但當看到的時候，他馬上就明白那是什麼。這些束縛具將他緊緊地鎖在該死的地板上，讓他丟臉透頂地全然敞露在這個面無表情的傢伙眼前。

　　現在藍恩確定，把自己綁架到這地方的是個 T 漢子，因為他提

到 T 吧，那是為想談戀愛找艷遇的人們設的地方。知道雷格司算是同類，讓藍恩稍微感到放心了點，但讓他覺得格外不舒服。

「藍恩‧歐奈爾，愛爾蘭人，嗯？二十五歲，身高五呎十吋，體重才一百一十八磅！我的天。」雷格司注視藍恩纖細高䠷的男孩體格，吹聲口哨，表達讚賞之意。當藍恩把眼睛閉上、頭往旁一偏，想隱藏益發強烈的丟臉感，雷格司不禁覺得膝蓋一軟。他粗重的呼吸聲變得明顯可聞，從來沒有任何人事物這麼吸引他。距離雷格司被控殺人未遂、假釋出獄才沒有多久，在牢裡他玩過不少重口味的性愛場景，可是沒有任何一場堪可比得上他此刻的感受。如果光是注視藍恩的身體就這麼爽了，真是難以想像，如果他……（Artemis Oakgrove, 1998: 164-6）

銜接多種禁忌的性與權力寫照，Ryan 與 Rags 的關係構築於現代性的 T 主體性與幻異性的愛爾蘭異教神話傳說。在這兩重框架之內，Ryan 的角色是遭俘虜的王子與女神眷愛的小情人，Rags 擔當的是女王與女神麾下的驍勇戰士與性調教者。兩者的主從關係既是寫實的 TT 競爭／慾望隱喻，亦是男同性戀模式的殖民／被殖民關係動能。這樣的皮繩愉虐結構毫不政治正確，它同時映照了意願性（the consensual）的曖昧複雜度，次文化邊緣主體之間的權力結社，並讓

---

❷ Ryan 與他去世父親的聯繫相當親密，甚至帶出跨代相互回應的雙重自戀情慾，其程度超過《寂寞之井》的史帝芬與其父菲利普爵士。最明顯的差異在於 Ryan 的生父 Patrick D'Donnell 拒斥一切「女性」的干涉，塑造出極致的跨性別環境讓 Ryan 從出生以來就順理成章地以男孩身分成長；除此之外，作者在許多篇幅強烈暗示，Patrick 對於形貌幾乎與自己如出一轍的 Ryan 之愛情超過常態規範的父子情感，而 Ryan 對生父的依戀強烈到對方死去之後就企圖自殺的程度。

晚近的酷兒跨性別者得到某些可能的刺激與啟發，例如說，跨性男或跨性別T之間或兩造的性實踐，迄今被視為鮮少公開討論的議題，當事者的隱諱壓抑與文化政治資源稀少有限的狀況，造就它成為同志情慾的邊界地帶。《權位三部曲》這些活生生的場景帶出了跨性別陽剛人物之間的許多種複雜「同性戀」之一，也就是說，作者經營出既「現實」又難以使用單純寫實白描方式描繪的多重倒錯愛慾：勞工階級的貧窮白人跨性別T僭越預設的階級位置，被設定為從容且餘裕十足的施虐上位者，出身於貴族階級、充滿魅惑與悲劇氣質的美少年T成為被擄獲的下位受方（catamite）。我想說明的是，即使在古典、異性戀結構的皮繩愉虐傳統，受虐者的位置通常是男性，他的性別位置並不會由於處於下位而受到影響。值得留意的是，Ryan與Rags在這些場景並沒有因為性愛位置而改變自己的性別身分，但這些殘虐情節最有力量的反轉，在於兩造之間隱喻的殖民關係——兩極化的階級與國族對立，使得Ryan這個充滿古典氣質的愛爾蘭王子T與Rags這個低下階層的美國勞工跨性別T形成繁複曖昧的權位錯置。這兩者組成的慾望結構，座落於暴力男同性戀愛慾虐待的模式，㉒雙方配備的國族與階級位置揉合出挑釁的文化能量。於是，複雜的上下位性愛虐待再現出某些當代皮繩愉虐企圖銷抹於「安全，神智清醒，意願自主」配套之外的錯位權力／情慾連結（dislocated power/sexual relation）。

　　至於，Ryan的性別認同是否由於身為受虐／施虐性愛布局的下位而更改？我認為，本故事的寓意在於他從一個掌握權力的陽剛貴族，在殖民關係的暗喻下，轉化為一個被盎格魯跨性別T進行身體征服的失去「權位」者。但是，從結局的描述，Ryan看待自己的陽性身分與認同，似乎並沒有被解離：

在接下來的數星期內，藍恩學習順從與痛苦的意義，拒絕服從的後果，他處於這個宇宙的新位置。某一天雷格司進來地下室，願意釋放他回家。他幾乎忘記自己有個不是此地的家，這椿可怕的遭遇只有一個好處，就是治癒他對於父親之死的自憐。當然，他還是持續哀悼，但自殺已然不是他會考慮的選項。自由不再是他視為理所當然之物。

他終於可以穿上衣服，離開這個訓練房室。這真是太美好了，藍恩再度感受到往昔的自己逐漸回來。他學到的另一件事是恐懼，純粹的恐懼，之前的自己從未感受到分毫。如今，他恐懼雷格司會怎麼對待他的程度超過他傷痛於如何要在失去父親的世界活下去。雷格司的道別話語縈繞不去。我擁有你。藍恩希望自己能夠駁斥，但根本沒有機會。他屬於雷格司，身體與靈魂皆是。於是，藍恩知道自己不但是個 T，而且是被擁有被支配的 T。（Artemis Oakgrove, 1998: 190-1）

歐克葛洛芙所陳述的跨性別 T 虐待與受虐性愛，充斥高度張力的敗壞身體經驗與狂暴嗜血的具體描寫，此操作模式未嘗不類似葉慈在經營北愛爾蘭受殖民景況的詩學修辭。在此，我援引薩伊德在〈葉慈與去殖民〉（"Yeats and Decolonization"）的論點，互文閱讀乍看毀滅破壞性的肉身情境，必須脈絡化地檢視它可能具備的文化顛覆性。薩伊德在這篇文章，仔細且小心翼翼地檢視葉慈的神異性與

---

⑳ Ryan 與 Rags 的關係除了上下位分明的皮繩愉虐主從愛慾關係，同時還包含了跨性別 T 之間的兄弟情誼、聯袂幹架與酗酒的壞主體情愫；除此之外，他們分別與幾位婆主角的多重關係也造成陽剛性別的較量模式。正因為雙方糾葛多重的情感聯繫，Ryan 的少年身體美學對比 Rags 陰沉成年的男性氣質，如此的微型性別差異讓他們之間的性虐與被虐儀式顯得張力與層次繁複。

革命美學，藉此回應駁斥常態設想的秩序性宇宙與主導性的種族權力序列。在這些論述，薩伊德讀出許多種相斥且敵對性的殖民主體位置，並將他們重置於曖昧關聯的群相。不過，縱然薩伊德認可且區分出多種去殖民（de-colonization）的族裔位置，闡述各自獨特的時間地理處境，但他對於葉慈情有獨鍾的神話性、神祕主義、血腥味濃郁的（後）殖民詩學倍感不安，深切憂慮其非理性且肉體性飽滿的驅動力是歷史倒退力量的產物。必須說明，在薩伊德對於葉慈代表的暴力後殖民書寫充滿保留的評價之內，我隱約讀到他從這些神怪性質的書寫模式釐清某個獨特的脈絡，用以詮釋某些交織著倒退（backward-ness）與基進性質的書寫。這些書寫，就我的理解，相當程度地體現於跨性別身體所經驗的後殖民情慾，亦即穿梭交織於返祖祕教（atavistic occultism）與難以「去病理化」地閱讀的不對等權力情慾關係。從薩伊德所論述的葉慈式後殖民暴力詩學，我們或可互文讀出 Ryan 與 Rags 之間圖像化的殖民／被殖民身體形貌——前者是遭到瓜分奪掠的愛爾蘭少年貴族形體化身，後者是盎格魯低階層戰士對高階被殖民身體的橫征暴斂。❷³ 此種愛欲權力形式以性別互幹（genderfuck）的錯亂姿態，翻攪了原先整齊排列的階級與國族位置，高度敢曝的酷兒陽剛慾力沾染了既定的權力遺跡，在雜質重重且高度倒退的情境，依稀帶出高低位階落差得以反轉的性階級重塑歷程。

　　暴虐淋漓的跨性別 T 與婆之間實踐的多種性別、種族、階級等皮繩愉虐性愛，可能從這些結構的去殖民基進意義與邊緣性／別情慾，重新檢視其爆破性的酷性別政治動能，辯論跨性別文化再現的地位與意義。然而，恐怕更讓酷兒評論者感到兩難的議題，是在《權位三部曲》以非反諷、非諧擬、非反本質（non-anti-essential）的敘事形式創構出某個跨性別酷兒陽剛專屬的宇宙論（cosmology）與身

世本體起源論——宇宙是由相互競爭最高權位王座的女性太古神所創造，而他們所鍾情的神人混血者（例如 Ryan）、麾下的戰士（例如 Rags）、具備透視神話時空的藝術家（例如 Ryan 的表親，同為跨性別 T 的 Brigid），在作者的描繪，必須是如此「天生本質」的跨性別 T，其本體埋藏於奇幻化肉身深處的某種核心，也就是他們的「本然」身世。特選主體擁有的核心（太古血脈）讓這些跨性別 T 與女神／神女合體的婆，彷彿理應如此地取得自然秩序（order of nature）與超自然位序（supernatural hierarchy）的至尊優位。由於作者以反寓言、反隱喻的形式，貨真價實地（literally）陳述非常斷然的性別生成論，我們在面對這樣迷思重重的跨性別形上學，很難不將它與尊崇某種絕對先驗性的虛妄論述相連結。倘若我們把這套作品與同在 1980 年代出版的《珊瑚色晨曦的女兒》（*Daughters of a Coral Dawn*）相比較，後者在乍看羅織酷兒陽剛傳承、撰寫世代譜系的同時，不斷以戲謔、扮演性質的性別建構來擾亂或打破生物性別命定論。如此說來，就如同酷兒評論者遭遇到《寂寞之井》的史帝芬看似僵化保守、同流於異性戀正典與愛國主義時，我們該以何等的視野看待《權位三部曲》近乎荒誕的酷兒性別神話本體論？

---

❷ 倘若將身體與國族身分從事類比，Ryan 的身體可被視為某種遙遠曠古（antediluvian）的少年愛爾蘭化身。他的性別與肉身代表了某種特異的組合，一方面是養尊處優的貴族白種跨性別族裔，另一方面，如同屢次遭到血腥洗劫的愛爾蘭，Ryan 的身體亦是受到禁錮且深受大國族敘事拘束的形象。於是，我們在 Ryan 身上看到國族與跨性別的雙重疊影：首先，他再現了光怪陸離但璀璨迷人的跨性別國族主體，而這樣的主體性必須由這個皇家形式的尊貴酷性別王子所體現。他的身體在性別與國族的層面同時受到侵犯與洗禮，受到來自盎格魯薩克遜的剽悍粗暴跨性別 T 戰士的宰制與征服。

面對這樣的死結與難局，我並不預設「翻案」，而是想從近年來生物與醫學論述企圖攻佔跨性別主體性、打造機構化性別改造的生命治理技術面來加以對照檢視。在醫學大舉侵略跨性別與跨性理論的此時，我們是否有可能在《權位三部曲》看似食古不化的神話性別起源論，讀出迫切且具備文化政治反轉力量的對抗意義？首先，讓我們回到巴特勒從討論「真實政治」為切入點的性別重置手術與跨性寓言論點。巴特勒清楚批判了近期的兩種醫學生物專家論調，這兩派人馬是以最基本教義、最強調「歷史進步」的方式，毫無反省思索地套用且扭曲了性別建構與性別本質這兩種複雜的身分政治論述。兩方都希冀能夠在醫學改造身體性別的競技場勝出，不惜侵害跨性身體與主體的自主性與複雜度。前者以性別建構醫學研究者曼尼（John Money）為代表，強調性改造手術可以「再度架構」出一個完美且符合常態典型的性別化身體與性別主體；換言之，此流派認為只要以成熟精細的外科手術操作，即可重新捏製出一個最符合常態規範的女性化生理女性或男性化生理男性樣本。後者以戴蒙（Milton Diamond）的染色體本源論為主要代表，認定無論如何完美無瑕地重建身體層次的性別，所有的性別改造程序終究無法「去建構」（de-construct）打從跨性主體出生以來的性別「真實」，亦即 XX 染色體與 XY 染色體的分野，甚至中間性別的 XXY 或 X 有其自身的染色體本然。如同巴特勒清晰銳利的批評，這兩種符合法西斯歷史進化論的跨性建構敘述與反跨性本源言論以淺薄但有效的挪用，充分剝削蹂躪了性別政治發展以來最主要的兩種理論：

醫學專家如曼尼等人聲稱，缺乏完整的生物陽具必須讓社會當局將這孩子以女孩身分養育長大；另外一派的醫學論點如戴蒙辯稱，Y 染色體的存在就是最緊要的事實，它（染色體）標舉出恆持性的陽剛

情感，無法被建構去除（constructed away）。於是，前者的觀點認為我的生理構造看起來是什麼樣子、展現出什麼樣式，對於我自己與他人而言，這就是我身為男人或女人的社會身分基礎。另一種言論堅稱，Y染色體的存在決定性地構造出我身為性別個人（a sexed-person）的情感與自我理解。曼尼的論調認為，為了解除壓力，還是把沒有生理陽具的孩子以手術方式打造成女性身體，彷彿女性（femininity）是可以純粹以手術建構而成、切除這個割掉那個就造成的東西。至於戴蒙這派系，他們執守那個根本無形但（他堅決認定）橫亙於體內的男性（maleness），而這個無形之物無須浮現，即可操作出性別身分的關鍵特徵。當論者詢問中間性別（intersex）協會主席柴絲（Chase）的看法，柴絲的回應是「這兩種人都無法理解，如何讓一個人成為自己。」誠然，這些手術之所以實施，畢竟只是為了要創造某個外觀「正常」的身體罷了。（Butler, 2004: 626）

於是，我們在這些綁架且凌遲（lynch）了建構論與本質論的兩種醫學言說，分別看到兩種堂皇篤定、奠定於虛無科技幻想的信仰。前者將建構論的多重複雜性還原至捏塑泥土人偶的切割或填塞，後者企圖在微型生物層次的身體經脈尋找性別根據之所在的神殿。這些言說如此基本地挾持了強調「多元」的同志正典，我認為，此時重新以酷兒跨性別視角來再閱讀《權位三部曲》的「天真落後」神話，並非沒有其必需性。重要的並非這些奇幻再現是否符合規範，它們從未符合。我們試圖不讓這些被棄置為落伍無用的文本繼續被埋葬，應該賦予其文化資本與位置，使其重新回返文學與文化動員的地域。我認為這些書寫並不需要被「慶賀鼓舞」地返回文化領域，造成另一股過於輕易的「禮讚」，但我們得留意，對於不被預設性真實領域所允許的壞毀主體，某些時刻，是這些「壞文本」（bad texts）堪

堪支撐起某些幾乎被消音殆盡的非正典酷兒殘缺遺跡。倘若健康陽光的同志政治與細緻複雜的酷兒理論無法充分消解這些打著科學實證論的霸史敘述消解，或許，有絲毫的可能在《權位三部曲》與類似文本呈現出的變態怪物、蠻荒力量等場域找出些許反擊的線索。

換言之，對照曼尼的切割補完建構論與戴蒙的染色體神器論，我們從《權位三部曲》讀出可能消解（undermine）這兩派跨性醫學言論的力量——這種充滿生裸力量（raw power）的跨性別本體論毫無顧忌，暴力地反映且扭曲對稱地「補足」了宰制邊緣性別、造就其起源神話的醫學病理霸權，從上而下地主導著渴求構築自身生成的跨性別。對於切除某些部位與增添某些部位即可塑造出最符合規範的性別正典論，《權位三部曲》詭譎且陰暗地書寫出不可被置換且無從拔除的太古祕教法典，此等神幻肉身（fantasmatic body）是任何進步醫學也無從插手的混血「似人非人」身體。對立於堅持染色體即是性別歸宿的本質論，《權位三部曲》以荒誕奇詭、但缺乏對立極端點❷❹的幻設真實布景，描繪出跨性別身體內部的神魅物質印記，其不可抽取置換的程度，就如同拉岡精神分析形容的小客體（petit objet a）。就這些閱讀脈絡而言，較諸於切片分析且依附於「自然科學」的染色體，以敢曝歪斜的方式，愛爾蘭異教神話的遠古「器皿」「不可理喻」地構成了酷兒陽剛的假想身世本質。

我們非但不能輕易捨棄、更需要讓此類黑暗變態奇幻酷兒書寫取得被正視的文化詮釋。在超額的「健康」病理言說強行壓境的當前，酷性別主體需要的不應只是合法化的辯護與陽光式的正面論述，容許這些主體擁有權利，走向遠離「健康」的另一端點。這些變態反常、無法融入同志主流的極端狀態存在於許多處所，除了歐克葛洛芙的狂暴嗜血文體，也託身於許多尚未得到認識的非預設真實境域。❷❺反覆閱讀被排除在「過時」櫥櫃的酷性別起源，是主體啓程

遠離預設的常態現實，開始涉入傅柯式「去隸屬性」的思辨。

從本節（再）閱讀的酷兒陽剛皮繩愉虐，展示出數種鮮明的邊緣跨界意義。這些再現彷彿活出了跨性別（男）同性戀的末世時間：濃縮性的萬花筒內爆時間性標示出域外、太古、錯亂、拒絕當代化、黑暗猙獰、窮凶極惡等無法被寫入正常化同志史的情境。再者，這些跨性別 T 與跨性男體分別以肉身與生命位置，雕刻出毫不政治正確的國族／族裔關係，也可以說是以高度敢曝化（campification）的形式對於西方模式、白種人（想像）的普遍陽剛從事去自然化的工程，且在同為第一世界的邊緣陽性主體陣營當中，畫出權力角逐與去扮演性的身體烙印。對於上述的工程，我稱之為酷兒性別再現置身於帝國化正典性別的除魅與作亂，然而，除魅不盡然是「被視為多樣性的一環」爾爾，作亂切切不等於禮讚，這些酷兒陽剛位置也

---

❷❹ 我的意思是說，進步鏗鏘的跨性醫學論述將「落後」的神話幻設性別視為對立，試圖剷除而後快；然而，這些詭怪的神話性別本體論並沒有將醫學論述視為敵手。以某種既殘缺又倒退的邊界狀態存在，某些酷兒幻設文本並沒有這些進步病理學論述進駐的餘地。

❷❺ 相關的論點可參考丁乃非與劉人鵬的論文〈罔兩問景：含蓄美學與酷兒攻略〉，例如主流文化（包括異性戀主流與同志主流）對於眾罔兩身體與（非）主體的包容性描述，反而成為少數邊緣眾愈發無所存於（預設的）真實境地之窘況：「罔兩的聲音、位置、身體、慾力都不可知。但可以描摹的是，不容罔兩的時間與空間的種種作用力，即便，或正因為，這些壓力是以最最善意體貼的形式展演出、感受到的。」（丁乃非等 1998：26）。至於罔兩（包括我論文重心的酷兒陽剛）要如何被文化系統探索，此途徑絕不可能是一刀兩斷，曝光式地讓罔兩群從「病態殘暴」或「悲情自卑」的棲息地現身出櫃，在另一篇論文〈鱷魚餡，拉子皮，半人半馬邱妙津〉，丁與劉論證「嘗試在障礙重重的現有語言或結構機制中，在這個歷史時刻裡，借助於新近浮出的論述資源以及罔兩主體發聲，嘗試做一種重新閱讀。很可能必須是蹣跚困頓而結巴地，去說一種罔兩的生存情境與苦難，他獨特而又模糊的痛苦、聲音、位置、身體、慾力。」（丁乃非等 1998：97）

不可能只停留在被（奇異地，同時）視爲臨界點與排除線的「多元政治」布署與遺補。若這些位置有其持續性與開啓辯證的可能，則必須與既有的性／別治理與去帝國的後殖民動能形成對話，甚至可能的政治連結。

四、結論
異人與非人媾和的逆子：朝向幻設文學歷史誌的酷兒文化政治

> 　闡述文化差異的重要課題並非自由運轉的實用多元主義，或是許多歧異性。它最重要的命題在於「尚未成爲整體者」（not-one），起源的負號（minus），使用抵禦同化的雙重性來反覆地運作文化符碼。
>
> 　　　　　　　　　　　　　　　　　　　── 巴巴（Homi Bhabha），
> 　　　　　　《文化位域》（*The Location of Culture*），1994：245

　　「尚未成爲整體者」的面目散逸橫生於許多場域，透過無法清晰、拒絕簡化的語言與樣貌，周遊於文化再現的地景。這些被「自然」或生命治理之名排除的主體，其存在烙印於正典系統的各個端點，寄身（暫存）於大敘述書寫的起源（the origin）。這些主體從未眞正消逝，而他們時顯時隱的形體、姿勢與敘述，標誌了叢生於常規與邊界的罔兩痕跡。對我而言，反覆提問且切入魍魎眾（a multitude of the monstrous）的核心命題，在於捕捉這枚負號的多種樣式：以哪些形式與哪些策略，科奇幻文學的酷兒陽剛體現了「起源」與「自然」無法觸及的力道？這些力道透過哪些再現模式／感情結構，滋生於拒絕庸俗文化多元主義的界面？

　　這些幻設書寫的酷兒陽剛生成一股根植於反／負叢域的陽性，纏綿於階級、種族、族裔、身體、肉慾、魔怪、後人類等不斷連結

交涉的地基。此種反本質、反性別流動、反模仿、反常態，充斥著諧擬反諷力道的陽性，不但拒絕歸屬正典男性的特權召喚，也改寫了文化論述檢視「陽」（masculinity，Yang）的觀看視線。本論文持續論證的酷兒陽剛一方面改寫了主流化同志未能正視或願意對等認識的跨性／別文化再現，將這些再現從含蓄論述視而不見的異域帶入文化場域，另一方面，本文企圖讓形（含蓄聖王道統）與影（同志正典性別）不得不以「被召喚」的姿態，前來與酷異陽剛身體政治從事對話與交鋒。有幾種不同的途徑，讓我們闡述枝脈相連的酷兒性別傳承，包括科幻與奇幻次文化回饋給正典性的翻寫（現身）能量，以及跨世代酷兒幻設作品累積營造的文化政治效應 ❷❻。

在本論文，各種「尚未成為整體者」的酷兒陽剛主體性以「負／複」的面貌展現跨疆界的動能；❷❼科幻與奇幻書寫的酷兒跨性別既是建構也是追溯，既是航向許多場域的未來，也是重返具體與象徵層次的過往。對於這個艱難且反覆跋涉的命題，在此提供暫時性的結論：面對機構霸權（形）與希冀主流同化的性別政治／同志正典（影），脫胎於複數邊緣的酷兒陽剛非此非彼，偕同形影之外的「少數眾」（minor multitude）造就出不從、拂逆且背反「人道」（無論是人類中心或人性本質）想像的活生生罔兩印記。這些印記是整體「少數眾」的一部分，鑄就出酷兒陽性主體獨特的烙印。

---

❷❻ 關於酷兒科幻傳承，可參照 Samuel R. Delany 的著作如《沉默的訪談》（*Silent Interviews: On Language, Race, sex, Science Fiction, and Some Comics: A Collection of Written Interviews*, 1995）與《短小觀點》（*Shorter Views: Queer Thoughts and the Politics of the Paraliterary* , 1999）。

❷❼ 在這兒，我指涉的「負」（the minus），並非對立於「正面」或遭貶抑的「負面」（the negative），而是巴巴再三強調的抵抗力量。此力量面對且回應的是意圖吸收且稀釋異議的（擬）文化自由主義，戳穿主流系統滋生培育的（偽）多元狀態。

在處理邊緣陽剛再現時，本論文的內容回應了常態性別政治對酷兒陽剛跨性別的某些偏見與幻想——首先，陽剛跨性別並非隸屬於特定情慾的次性別，例如同志正典政治設想（廣義的）T 必然是具有「女性」本質的陽剛女人，而且，爲了服膺「女人愛女人」的政治，T 婆關係不可以（不可能）性別化到 T 無法被任何「女性」框架所收編的地步。事實上，從這些陽剛人物的身體政治與愛慾表現，我們可能看出某種類比於同志情慾光譜的連續體，也就是說，在本論文所分析的人物，他們的性愛範圍涵蓋了 T 婆戀、TT 戀、跨性別 T 之間的情愛（與競逐）、跨性別 T 與跨性男的皮繩愉虐愛慾等。這些情感愛慾關係並不盡然會影響任何一方的性別（位置與認同）。㉘其次，如赫勃思坦在《雌性陽剛》（Female Masculinity）的書末總結，酷兒陽剛不是常態（直生理男性）陽剛的拷貝，並非單行道式地「從生理男性學習陽剛表現」，而是「雙向道式地相互影響」，以滋生出「各種新鮮的陽剛可能性。」（Halberstam, 1998: 276）如此，酷兒陽剛回饋且供應了直生理男性相形單調或鮮少重視的身體型塑。因此，正典生理男性的諸多陽性表現亦是經由文化移植而套用、學習、效尤酷性別陽剛的種種身體美學裝扮。此外，活躍於幻設文學的陽剛酷兒肉身與意識，經由文本與文化操作的種種干涉，非但不是「現實」的對立，反而逆翻譯了「現實」與「眞實」的定義。透過幻境眞實的描摹，酷兒陽剛主體現身並存活於社會的複數現實，從含蓄體系的各個夾縫滋長竄生。

如同劉人鵬在論文〈在「經典」與「人類」的旁邊〉的解說，人類主體性不再是「現代性人文主義所想像的『人』……（此人文主義）假定了人是德性、理智的主體，是自己的主人，是文化的創造者。」（劉人鵬 2007：166）毋寧說，在後人類酷兒身體的實驗場，人（或人類主體）這個狀態或產物是具備意識（即使是斷裂、不完整、若隱

若現）的肉身，用以鍛造自身的工具與必備搭檔。這概念呼應了論文篇幅以不同策略所分析的非（常態）身體政治，讓酷兒陽剛人類性的「異」與「負」構生出一幅包含斜體化、機體交纏血肉、物種想像與生命觀大相逕庭於傳統人類的新視界。此視界棄置了傳統人類（男性與女性）主體的主客二分模式，拒絕前者的人類本位公式──尊崇（模糊無明）的本體精華（姑且稱之爲「孤高男性精神」）而輕蔑有機身體與物質性機件。本論文處理的酷異陽剛肉身／意識，無法輕易找到居所的共同集體性，或可概略稱呼爲後人／異人身體現狀：它以反樂觀主義、反自然、反人類本源、反精神／肉體二分的種種元素，對立且翻轉了古典哲學體系經營的原生（男）人類夢想的純粹主體──後者始終追尋虛幻的超越性不朽，而前者（後人類酷兒陽性身體連續體），就如劉人鵬所言，充分意識且體認到「（二十）世紀以來經歷科學、理論、社會運動、資本主義全球化、生物科技、資訊科技等等的衝擊，『人』的理性主體以及宇宙中心地位早已受到威脅。人與科技的新關係想像，有些反而類似『前現代』的模式，融會在具有能動性的『他者』力量裡。『身體』不再是理所當然的父母

---

❷ 我的意思並不是說，跨性別陽剛人物的性別絕對不會有變更的可能，而是要說明，情慾結構並非讓性別認同產生變化的唯一或主要因素。某種 T 可能總是慾望同性別的陽剛人物，甚至陽剛男性，但他還是保持自己的酷兒陽性。在此補充，長年以來，正典性別政治對於慾望的想像總是自然而然地性別二分化，而且帶有位階序列：例如，某個跨性別 T 與跨性男的情慾關係會讓前者的性別身分被質疑，或倘若某個 T 與（任何性別表現的）生理男性發生性關係，則更被非難。以巴巴的論點來比喻，正典性別政治的直思維不啻為「宣稱共容並存、假平等的虛偽文化多元主義」（Bhabha, 1994: 245），而前者看似包容實則如鯁在喉的酷兒陽剛，就是「透過反覆重寫的質詢與歷史性激發」（Bhabha, 1994: 251）而搗破（偽）起源說的「負質」陽性。

所生，或者是『心靈』的對立面。身體不僅座落於意義與權力的網絡中，在文化、歷史、地理的脈絡裡，同時與高科技相互滲透，並且在動物或生物有機體的邊緣。」（劉人鵬 2007：166）

　　負／反／非／異人類的陽剛再現，被正典再現系統視爲恐懼不安，但也無法遏阻其夢魅慾力的「無所在／是」（nowhere being）事物（或客體），其癥結源自以下的辯證：這個斜體魅惑、非人異人的「他」被視爲某種充滿魔力與感染性的病／毒。道統無法將這些毒物清掃殆盡，但竭盡所能地試圖吸收、同化或棄逐。此種異質酷兒「負陽性」充滿威脅性，在於「他」以毀滅性的能量締造日蝕情狀的陽剛政治美學，覆蓋或遮蔽了正統男性與性別治理範式視爲天然資產的陽剛詮釋權。此外，最能印證巴巴「起源之負」論點的境遇，莫過於此種非人陽剛的力量以嘲諷不遜的姿勢與（不盡然值得全然同意的）暴力，折射出僞文化多元主義的窘境——聲稱多元的主導文化無力收編，但也無能殲滅這些「不忍卒睹」的非人魍魎。更甚者，在主流文化的政治無意識，政治正確的批評交疊著強迫式的慾念，促使該批評系統藉由意淫而後銷毀「暴亂變態」物的譴責，來成就其觀看而後快（滅）的雙重含蓄暴力。

　　如此，（非）後人類陽剛連續體在當今的文化戰場顯得不可或缺——透過煉金術般的身體與文體錘鍊，「他」以正典性別的逆子姿勢，現身於傳統性別論述難以抵達的「他方」，拒絕舒適的定位，駁斥了生物自然、原眞本質、人類先驗性。倘若國家女性主義與友善性別多元的侷促，在於他們只願意承認性別是社會建構的產物，拒斥性別化軀體的種種非二元情狀，跨性別陽剛的孽子標舉出另一種肉體圖誌的方法論：身體與其再現是透過各種肉身程式與意識軟體建造的「器物」，尤其（即使）是某些道統認爲擁有內鍵精純本質（因而極力獨佔）的男性型態，或是女性主義視爲不該過於接近（更

遑論成為）的陽剛形／體，實則是透過權力場域鍛造打磨的生體製品。經由科奇幻再現的酷兒陽剛以多重形態的不從，撕裂並擾亂居於自然性別、精神本位的原生大寫人類，重寫正典性別政治把關的女／男制服疆域。酷兒陽剛的展望在於從國家機器與 NGO 共構的性別治理滲透出界，破壞新自由主義的文化主導權與它收編共治的性別正典共同體。

引用書目

丁乃非，劉人鵬。1998。〈罔兩問景：含蓄美學與酷兒政略〉，收錄於《罔兩問景：酷兒閱讀攻略》（丁乃非，白瑞梅，劉人鵬合著），頁3-43。中壢：中央大學性別研究室。

--。2007。〈鱷魚皮，拉子餡，半人半馬邱妙津〉，收錄於《罔兩問景：酷兒閱讀攻略》（丁乃非，白瑞梅，劉人鵬合著），頁67-105。中壢：中央大學性別研究室。

丁乃非，白瑞梅，劉人鵬。2007。〈寫實的奇幻結構與奇幻的寫實效應：重讀T、婆敘事〉，收錄於《罔兩問景：酷兒閱讀攻略》（丁乃非，白瑞梅，劉人鵬合著），頁107-144。中壢：中央大學性別研究室。

洪凌。2012。〈過往遺跡，負面情感，魍魎兩魑：從海澀愛的「倒退政治」揣摩三位異體的酷兒渣滓〉，收錄於《酷兒‧情感‧政治：海澀愛文選》，劉人鵬，宋玉雯，鄭聖勳，蔡孟哲主編。新北市：蜃樓。

--。2013。〈誰／什麼的家園？從「文林苑事件」談居住權與新親密關係〉，收錄於《新道德主義：兩岸三地性／別尋思》，甯應斌主編，頁193-210。中壢：中央大學性別研究室。

海澀愛。2012。〈活／死他者〉（Living/Dying in the Other），收錄於《酷兒‧情感‧政治：海澀愛文選》，劉人鵬，宋玉雯，鄭聖勳，蔡孟哲主編。新北市：蜃樓出版社。

甯應斌。2013。〈現代進步觀及其自滿：新道德主義與公民社會〉，收錄於《新道德主義：兩岸三地性／別尋思》，甯應斌主編，頁1-11。中壢：中央大學性別研究室。

--。2013。〈動物保護的家庭政治：道德進步主義與競逐現代性／甯應斌〉收錄於《新道德主義：兩岸三地性／別尋思》，頁13-32。中壢：中央大學性別研究室。

劉人鵬。2007。〈在「經典」與「人類」的旁邊〉，收錄於《罔兩問景：酷兒閱讀攻略》，頁161-208。中壢：中央大學性別研究室。

Benjamin, Walter. 1968. *Illuminations*: *Essays and Reflection*, edited and intro. by Hannah Arendt. New York: Schocken Books,.

Bhabha, Homi K. 1994. *The Location of Culture*. London: Routledge.

Bradley, Marion Zmiier. 1976. *The Shattered Chain*. New York: DAW Books.

--. 1983. *Thendara House*. New York: DAW Books.

--. 1984. *City of Sorcery*. New York: DAW Books.

--. 1986. *Lythande* (including "The Secret of the Blue Star","Somebody Else's Magic", "The Incompetent Magician", "Sea Wrack"). New York: DAW Books.

Berlant, Lauren. 1997. *The Queen of America Goes to Washington City: Essays on Sex and Citizenship*. Durham and London: Duke University Press Books.

--. 2011. *Cruel Optimism*. Durham and London: Duke University Press Books.

Butler, Judith. 1997. *The Psychic Life of Power: Theories in Subjection*. Stanford: Stanford University Press.

--. 2001. "Doing Justice to Someone: Sex Reassignment and Allegories of Transsexuality," in *GLQ: A Journal of Lesbian and Gay Studies*. Volume 7, No. 4: 621-636.

Delany, Samuel R. 1995. *Silent Interviews: On Language, Race, sex, Science Fiction, and Some Comics: A Collection of Written Interviews*. Connecticut: Wesleyan University Press.

--. 1999. *Shorter Views: Queer Thoughts and the Politics of the Paraliterary*. Hanover, NH: University Press of New England.

Edelman, Lee. 2004. *No Future: Queer Theory and the Death Drive*. Durham and London: Duke University Press Books.

Foucault, Michel. 1997. "What is Critique?" *The Politics of Truth*, edited by Sylvère Lotringer and Lysa Hochroth. New York: Semiotext(e).

Halberstam, Judith. 1998. *Female Masculinity*. Durham, N.C.: Duke University Press.

--. 2005. *In A Queer Time and Place: Transgender Bodies, Subcultural Lives*. New York: NY University Press.

Hall, Radclyffe. 1990. *The Well of Loneliness*. New York: Anchor.

Larbalestier, Justine. 2004. *The Battle of the Sexes in Science Fiction*. Middletown,

Connecticut: Wesleyan University Press.

Lefanu, Sarah. 1988. "The Reader as Subject: Joanna Russ," in *In the Chinks of the World Machine: Feminism and Science Fiction*. Bloomington and Indianapolis: Indiana University Press.

--.1988. *In the Chinks of the World Machine: Feminism and Science Fiction*. Bloomington and Indianapolis: Indiana University Press.

Love, Heather. 2001. "Spoiled Identity: Stephen Gordon's Loneliness and the Difficulties of Queer History," in *GLQ: A Journal of Lesbian and Gay Studies*, Vol7, No. 4: 487-519.

--. 2007. *Feeling Backward: Loss and the Politics of Queer History*. Cambridge, Mass: Harvard University Press.

McIntyre, Vonda N. 1986. "Looking for Satan," in *Lythande* pp. 181-238. New York: DAW Books.

Nealon, Christopher. 2001. *Foundling: lesbian and gay historical emotion before stonewall*. Durham: Duke University Press.

Nietzsche, Friedrich. 1967. *On the Genealogy of Morals*. translated by Walter Kaufmann; edited with commentary by Walter Kaufmann. New York: Vintage Books.

Oakgrove, Artemis. 1984. *Raging Peace*. (Throne Trilogy, Vol. 1) London: Lace Publications.

--. 1985. *Dreams of Vengeance*. (Throne Trilogy, Vol. 2) London: Lace Publications.

--. 1986. *Throne of Council*. (Throne Trilogy, Vol. 3) London: Lace Publications.

--. 1998. "Seized," in *Dangerous Thoughts*, pp.163-91. Seattle: One Rogue Press.

O'Rourke, Rebecca. 1989. *Reflecting on "The Well of Loneliness"*. London: Routledge,

Rubin, Gayle. 1992. "Of Catamites and Kings: Reflctions on Butch, Gender, and Boundaries," in *The Persistent Desire: A Femme-Butch Reader*, edited by Joan Nestle,. pp. 466-83. Boston: Alyson Books.

Said, Edward W. 2000. "Yeats and Decolonization," in *The Edward Said reader*, edited by Moustafa Bayoumi and Andrew Rubin. pp. 291-313. New York: Vintage Books.

Stimpson, Catharine R. 1981. "Zero Degree Deviancy: The Lesbian Novel in *English," in Critical Inquiry*. Vol. 8, No. 2, *Writing and Sexual Difference* (Winter, 1981), pp. 363-379.

愛的圈養
晚近台灣社會「毛小孩主義」的興起

Raised in Loving Cages: On the Emergence of "Fluffy Children" in Recent Taiwan Society

摘要

本論文的問題意識肇發於近年同婚倡議者對於不合格情感與慾望實踐的排除，尤其以跨物種、亂倫、性濫交（包括非香草性愛）為被厭棄憎惡的大宗。本文的論證聚焦於同志遊行中出現的標語「人貓爽爽」如何以挑逗的形態招喚出同志正典（homo-normativity）的焦慮與恐懼，以及作為對照組的都會家馴「毛小孩是家人」的溫情修辭所包含的全面生命治理。我試圖追究與探討：「異己」的界線從來都不天生，更遑論自然而然：這些疆界是藉由日新月異的規訓與治理術來劃分、區隔、擠壓，或是（類似理論家阿岡本的說法）「以驅離之名而納入」體制的縱橫控管軸線。若要反駁「毛小孩主義」的去性化與全景敞視監控，就須檢視人與人之間、人與貓之間的種種縱橫交叉的權力軸線，以及各種不「合格」的慾望生成。

關鍵字

毛小孩，人貓爽爽，階序，含括，物種（內外），家馴主義

Abstract

This paper proposes to analyse the ruthless exclusion and disavowal of wanton and outlaw ways of life and forms of desire that pro-marriage homo-normative subjects unyieldingly repudiate and wish to eliminate. Among these non-normative desires, including but not limited to sexual promiscuity (such as BBES), BDSM, incestuous erotic relationship, and cross-species intimacy, the latest is the most hated and those who perform this affective mode are labeled as outcasts to be exterminated. I argue for that the serious affect politics based on "cats and humans are having sexual intimacy and orgasms in a non-familial mode of life", both as a queer living practice and a counter-cultural model to the pro-marriage camp's New Normal. This seemingly deadly flirting language provokes an unprecedented anxiety and fear in two seemingly antagonistic groups, the anti-gay (marriage) heterosexists and those LGBT people voicing marriage-equality. The line which draws on the (sexual) others is never a priori or fixed boundary, but the accumulation of power struggles and new methods of bio-governance. To paraphrase Giorgio Agamben, I shall read closely on different materials which produce and reject simultaneously the pseudo-inclusion of "cats and humans who are having fun together" by excluding the very basic existence of New Sexual Others in nowadays Taiwan's civil society.

Keywords

fluffy children, cats-and-humans-having-orgasm, hierarchical order, encompassing, domesticity

一、化豹爲人：同婚話語的家馴主義與跨物種愛欲排除

> 國家預先攔截了未來的酷兒，目的是要讓他們永遠長不大。
> ── 許雅斐，〈未成年兒少與禁閉矯正：道德／立法下的生命政治〉

　　從電影文本、小說書寫到台灣人主體充滿驕傲愛護貓狗的「毛小孩」修辭，跨物種親密關係堪稱晚近最具爭議能量的愛情／情慾模式。然而，正由於「人人之愛」與「貓人之愛」是如此地扞格不入，前者堅定地固守人本疆界，後者則闖關了「物」與「人」之間似堅實似虛幻的分野，如是，跨物種的「貓／人」關係有可能爲我們開啓解放的門扉。本論文的論證主要聚焦於跨物種情慾（尤其是近年來廣受歡迎的「人─貓」親密連帶）需要被正視與政治化。亦即，如果我們希冀打造一個「不家庭」的未來 ── 也就是，任何親密關係都不被文化霸權所壓迫，亦不被區分爲美好可欲與「必須被殲滅」的對立次序 ── 我們就得直面看待「人不人、獸即人」的慾望交換必需性及其倫理複雜度。

　　激發起我對這個題目的強烈探索與研究興趣，約起始於2013年的同志大遊行。在世新性別所隊伍中，一幅「人貓爽爽，跨物種成家」的海報氣勢鮮明地佔據了許多參與者與反同者的視線，從此，無論是「人貓」的跨物種交合，或是「爽爽」所不言自明的情慾指涉，都經歷了一連串的轉譯與詮釋。最明顯的莫過於同時被護家盟等保守團體與挺同志自由派都視爲極度噁心骯髒的性解放「證據」，而且，此等倡議跨物種平等愛欲的號召竟然（或者該說「不稀奇地」）被正典同婚同志陣營視爲「豬隊友」❶，這張海報也因此成爲台灣進步主體視性／性行爲／性關係可以被允許的閾值：我們與他者的關係若接近或類似「人／貓」之間被視爲絕對禁忌的性／愛，那就是民

主社會親密關係與情慾互動的終極邊界。被視爲性（別）公民的我們，絕對不可以從這裡（人只能愛護貓，不能「愛」貓）跨出任何一步，從事任何支持表態或理論設想，更遑論單刀直入、眞槍操演的「爽爽」實踐 ❷。

事實上，有一種說法在目前都會核心家庭或單偶雙人組的愛貓族當中相當盛行：「貓（或廣義的「毛小孩」）是家人，不離不棄。」不過，正因爲貓被視爲是小孩化的家人，倘若你與你的貓來上一場熱烈奔放、合意的兩廂情願作愛（有任何與貓接觸經驗的人都會知道，只可能由貓來主控，不可能由你來強迫貓做任何行爲），就等於同時觸犯了對非配偶家人的性（也就是象徵或甚至實質的亂倫），以及侵害了目前最甚囂塵上的被保護客體：（毛）小孩。在此，貓化身且體現爲人類成員中的「非」主體：十八歲以下或智能不足的生命，不可作愛的血親，幼齡且不可玷汙的家人。

由於專題的字數限制，我將命題聚焦在人貓爽爽的情慾基進性。這等關係構造的版本可能包括1）單獨的人類主體與貓主體經營愛情與慾望的交流，2）一群具有跨物種認同（trans-species identification）的生物混雜並存，彼此形成貓族與人族的愛欲型態，一起生活與作愛等等。此外，不少見的可能性是3）人類只負責提供居住處所與各種生活資料，而生活其中的貓族演繹生發出各種「爽」的共居共慾狀態。對於目前的新道德進步主體而言，第三種模式很容易被寬容含蓄地解說爲「一個愛貓人與所愛的貓眾們的幸福快樂生活」，若搭配有機飲食、絕育、嬌貴細緻的生命養護，這個版本甚至不啻爲都會中產階級愛貓主體認定的「人／貓」最高階生命共有型態。然而，何以作愛的對象只是貓與貓之間、不涉及人類，就會被寵愛地視爲「貓版本的戀愛、貓 GL、貓 BL」等讓人類尖叫「好萌」的再現？若換成第一種與第二種版本，就會是同志婚權主體咬

牙切齒視為莫大羞恥、動輒以「那不是**我們**」（黑體字是筆者強調）來區分出：a）溫良浪漫愛的人貓關係為「我族」（可以有各種親暱交換，但不能貓人爽爽），以及 b）踰矩越界的人貓爽（跨物種愛慾）則被厭斥驅離到邊界線之外的「他方異物」？

杜蒙（Louis Dumont）在《階序人：種性體系及其蘊含》（*Homo Hierarchicus: the Caste System and its Implication*）中提出一種很可以解釋上述矛盾的理論架構。在此引用劉人鵬對此理論的說明：

> 杜蒙所建立的階序理論，（同時涵蓋）「含括者」（the encompassing）與「被含括者」（the encompassed）……階序是一種關係，是一種「把對反含括在內」（the encompassing of the contrary）的關係。階序性的對立，或是「把對反含括在內」，也是整體與其部分的關係。它的特性是：高階含括低階，而低階者必然排除於高階者之外。階序的關係，就是含括者與被含括者之間的關係。（5）

倘若把杜蒙視為例子的「高位階（的右手）含括低位階（的左手）」代換為「人（異性戀）／貓（同性戀）」，就可以見到其中的階

---

❶ 在這篇〈人貓爽爽跨物種成家：婚家制度的再思考〉底下，就有不少同婚派人士的斥喝叫罵，例如「寫這麼多字在討論人貓交，原作，你有事嗎？」與「您真的是為了同性戀者的權益著想嗎？還是，同性戀者的權益只是你人貓爽爽理念的墊腳石？」。參見：http://www.coolloud.org.tw/node/81619

❷ 在此處，我只處理「人貓」而不談其餘的伴侶動物與人類之間的親密關係，癥結在於「人貓爽爽」已經成為近年來台灣性別政治看待性階序的最重要隱喻，以及排拒。再者，對於「人貓爽爽」的反撲與反挫，堪稱這幾年來在同婚派與反同婚派的不約而同標靶，是以，這篇文章只處理「人／貓」的親密關係與情慾，並分析（被）家馴化的人類中心情感政治。

序位置之清晰分明，邊界之僵硬嚴峻。反對同婚的「護家盟」將人類視爲右端的異性戀（正統人）與左端的同性戀（歪斜人）：正統人可以含括歪斜人，身爲階序下層的歪斜人（同性戀）卻不可能也不可以含括正統人（異性戀）。然同婚倡議者在辯護說詞中竟也自衛地宣稱「同婚不會製造出同性戀的下一代」，這正說明了處於下層的歪斜者，自我棄守了反攻階序分寸的正當性，承諾永遠爲異性生殖中心的未來主義製造出（必須是）異性戀的下一代。至於「人／貓」慾望共生的情境，同婚倡議者則扮演了杜蒙理論中的「右手」角色：只能讓人類來含括貓（所以，「我」不可能與我「寵愛／視爲下層」的貓，對等地結婚！），絕對不可以讓（左手，低階的）貓來含括人類：亦即，貓只能被寵愛，不能對等地形成愛欲夥伴。

換言之，以上的階序格局註定讓「人／貓」處於看似平等兩造但永遠不可能真正對等的二元對立中 ❸：貓必須被視爲小孩或弱智人類的替代，以及去性化「家人」的擬仿物，方能突顯出婚權主體的高階。

接下來，我將以電影《豹人》（*Cat People*）的故事來闡述「人貓爽爽」所涉及的集體慾望及其禁忌，從而追究性別平權與婚家連續體的「分寸」。這個「分寸」至少表達爲兩個層面：第一，護家盟的倡議毫不含蓄地說破了「人獸不兩立」的邏輯，「異性生殖主義」與同性戀（或更廣義的「性怪胎」）毀家慾望，兩者絕不可能兼容並蓄。第二，同婚邏輯的基本命題與潛台詞則是要把「騷動的貓」（Pussy in heat）關入動物園之內，讓他／她／牠被置放於象徵性的「驅離式的納入」，好讓絕不騷動也不叫春的正典同志活得像個「（被含括的）人」❹。

《豹人》有兩個版本，第一個是1942年由俄裔小說家與製片家柳頓（Val Lewton）爲 RKO Teleradio Pictures 這個「黃金世代好萊塢」

❸ 劉人鵬在《近代中國女權論述：國族，翻譯與性別政治》裡的這段話非常可以補充這種「假平等」的次序關係：「階序格局的道德論並非不涉及權力，而是權力在階序格局的性質即是不能明說的，說出權力，也就破壞了階序原則。……一旦承認權力，就與階序原則發生矛盾。」(11，59) 是以，倘若我們揭示出「人／貓」之間在毛小孩中產階級論述當中不可明說的權力裝置，也就破壞了在同婚修辭當中、委婉文雅且話中有話地陳述「我愛我的貓，但我不與我的貓作愛（或結婚）」的背後階序真實。

❹ 關於貓不叫春的比喻，可參考以下論點（取自我的博士論文**《神異真實的跨性別少年：重繪英文幻設小說的酷兒陽剛世界》**）：「早期美國女性主義小說家套用性別烏托邦母題的代表作，例如吉爾曼（Charlotte Perkins Gilman）的《她鄉》(*Herland*, 1915)。正如同丁乃非在〈貓兒噤聲的媽媽國：《她鄉》的白種女性禁慾想像〉所論證，本書是某種排除性別情慾國族種族異己的（單一性）女性建國誌，其嚴厲宰制的程度不僅是針對人類公民，就連寄宿於這個國度的貓兒都不容許叫春（表現自身的情慾）：『這篇小說在我讀來，一片女性建國的異象中驚心的文化、種族、性的階級偏見及歷史烙印。也就是說，女性建國的「女性」到底是依何時何地哪些社會、經濟、種族、性慾望條件的性別想像而來，非常重要。……線索隱藏在對貓的管理裏』(324, 332)。此番白種無性女性中心的視野如此絕對，以致於她鄉居民馴服調教誤闖男性的姿態成為某種「變態」的快感，驅逐性侵害犯罪的執法更像是發洩性驅力（libidinal drive）的獵殺。即使透過酷異讀法來模擬歪斜其中最被正面化的男性訪客（范戴克）與她鄉成員之間的情慾關係，可能被另類性別脈絡化為「同志酷異地把這一對不怎麼像主流男人的他和不符合傳統女人標準的『她鄉』女子，分別想成是偏向『姊妹』的男同志，或是居下位的 bottom 和俗稱為 T（或是 butch）的女同志」（朱偉誠〈繼續酷異，歪讀《她鄉》〉，358）的另類性愛解碼。《她鄉》完全無法閃避自身滿溢而出的種族、膚色、性格法西斯主義——例如「對於『壞品質』的女孩訴諸『社會責任』，使得她自我犧牲以抑制生殖，帶走那些太具自我權利意識的小孩，使得那些小孩不致於複製她脫軌的母親『不成比例的自大性格』，要求這些異端（不合格）份子不得生產壞基因後代，鼓舞為國家的和諧安定犧牲自我的大義。更重要的是，她鄉（被合法承認的）只有『法西斯主義邏輯，一模一樣，乾淨、秩序、文明的歐洲她鄉』的生殖與情誼，任何兩者之間的關係都被作者抹殺了擁有情慾的可能性，因此安全地規避了同性戀與酷兒性別的『陰影』。」

五大電影企業之一所監製的知名 B 級恐怖片。在這個敘事版本裡，亦豹亦女人（也象徵著東歐化外族群）的愛蓮娜（Irena）是個抗拒婚家與「陰莖—陰道」性交的「性倒錯」（sexual invert），除了厭惡異性性交，她甚至以性變態的模樣跟蹤襲擊看似是情敵、實質上更類似其肉慾獵物的女配角 Alice。愛蓮娜始終拒絕與人類丈夫從事生殖的性，並且在結局釋放了自己的豹性：她解放了被囚禁在動物園裡的大型貓科生命，讓自己的非人情慾在豹群撕裂時得到釋放。這個集結反異族恐懼（anti-xenophobia）與反異性生殖主義的激進敘述，可以看成監製以非美國人身段在帝國主義電影工業內部所從事的頑抗，以恐怖片的鑄模來反詰種族主義優生學的異己驅除。

1982 年的重製版本則奠基於雷根政權的新自由主義時代，反而更類似當今的性別現狀。導演保羅・許瑞德（Paul Schrader）動用了奇幻（the fantastic）語言與精神分析等手筆，將亂倫、同性戀、人獸愛混雜爲一體，呈現爲奇幻夢寐的敘述。故事主線聚焦於一個從遠古以來就與（神化身的）豹交合的化外之民，對於她們，大貓（豹）不但是血脈的重要質素，也是構成家人戀的必要條件。這個部族輾轉傳承繁衍至二十世紀末期，最後的族裔 Irena 發現自己與哥哥 Paul 是家族的唯一後代。在這個層面，必須（宿命地）變身爲豹的 Irena 與哥哥都是「貓／人」不家庭的化身，兩者的趨向暗喻了同婚主體與性怪胎的兩種命運：Irena 抗拒人獸合一的去階序不羈生存法則（而且必須以殺戮濫交等作爲代價），豹男 Paul 則熱烈擁抱這樣的性愛與生活方式（亂倫），並殺死所有阻擋他的生存之道的人類。透過這個精確的譬喻（trope），我們可以看到人類最大的恐懼甚至不（只）是會變成黑豹的男人或女人，而是以豹形姿態與人類作愛的「內在異己」：那些與體內獸性作愛的人們，同時與至親作愛，而「豹／人」之間的慾望無非也是被禁制的兄妹亂倫。如是，當代同性戀身

分若要成爲文明普世階層的一員，就必須用盡氣力根除這在作愛中「不成爲人」的「遠古」獸性與血親越界。借用杜蒙的說法，唯有人類（美國好異男，動物園館長 Oliver）才能含括人貓（豹）合體的性／別異端，而不可能是反過來藉由豹的太古欲力來含括人這個「後進物種」。

《豹人》的結局是 1980 年代同性戀創傷物語的再現。恣意化爲豹形、反人類（生殖中心）的 Paul 必須被象徵秩序（不可亂倫，不可人豹同形）所處死，好人（直同志？）動物園館長用盡心機來保護瀕危物種，用盡心機來遮蔽並否認深藏於無意識之狂亂迷離的性偏好：愛上一頭豹子！僅存的 Irena 則選擇了與人類「共生」。最後，宣稱「愛貓科動物更甚於人」的動物園館長以 BDSM 的方式與 Irena 作愛，讓這個無法殺人以流轉於人貓（豹）之間的終極她者成爲動物園珍貴的收藏品。

首次於 1990 年代觀看此片時，我樂觀過度地認爲，同性戀在內的性少數是倨傲不馴的 Paul，寧可以野生豹的位置慘烈死去，也不願意被貌似和善的系統圈禁豢養。事隔 25 年，2016 年 12 月婚權人士大集結，在種種婚姻平權嘶喊的背景下再度觀看本片，我不禁驚覺：太古化身的「豹／貓—人」再也不是擁婚同志（與所有家庭爲尚者）視爲貼近自身的符號（icon），反而是他們恨不得一刀兩斷劃清界線的「非我之你」。Irena 遊走於少年與少女之間，而豹男 Paul 的氣質與行爲充斥性怪胎本色：濫交，召妓，無比渴望與妹妹作愛 —— 本片處處影射同性戀與兄妹血親逆倫戀。本來結局是對異性戀婚家的批判，但在此時此地或許轉了個彎，反而化身爲美好婚姻平權的象徵符碼 ❺：進步主義的動物園館長 Oliver 深情悉心照料他所圈養的「豹—人」，雙方各有所歸，各有牢籠，再也不可能跨越階序的藩籬來進行人貓爽爽性愛。

在這個「同志成婚，女權建國」❻的時代徵兆（病徵）內，貓與人的性徹底分道揚鑣，塑造了一道乾淨鮮明到永不互涉的疆界，標誌了「貓不貓（必須是家馴寵物），人是人（生命治理的被監控體）」。

二、命的階序：台灣公民社會的嬌貴溫情動物保護主義

"Well! I've often seen a cat without a grin," thought Alice; "but a grin without a cat! It's the most curious thing I ever saw in my life!"
——Lewis Carroll, *Alice's Adventures in Wonderland*

2015年底溫州街發生非家居貓「大橘子」遭陳姓澳生殺害事件，2016年8月開庭數次之後，陳生主動投案認罪另一起殺貓案（「街貓斑斑」案），台灣台北地方法院一審宣判陳生10個月有期徒刑，得易科罰金60萬，併科35萬元罰金。❼2016年的農曆新年，澳門當地亦發生了三隻親人街貓遭到類似手法殺害❽，關注大橘子案的愛貓人近乎武斷推定：這些令人髮指的謀殺就是陳生於春節回返澳門的犯行。在本節裡，我將試圖就階級、位置與晚近的道德優越進步主體性，分析激起如此株連甚廣護貓群眾的「貓／人」都會溫馨情態，亦即，貓不再是野性凶險的生命，而是親暱人類友好善良的「毛小孩」，並以此扣問動物（包括但不僅止於貓）與人一起邁向解放的些微可能。

首先，讓我們追溯台灣動物保護法條訂立的脈絡。自從2006年台大畢業生方尚文殘殺貓而引起社群震怒以來，無論是推動法條的設定與呼籲朝向嚴厲處刑的「白玫瑰」式訴求，或是在貓狗等伴侶動物的家庭管理照顧層次倡議「毛小孩」這等清新溫暖小資階層的「家

人」語言，都已然深耕都會伴侶動物的伴侶人類之集體意識。這十年來，台灣的動物保護主義以驚人的一致性朝向性別暨物種的強制平等（約束）原則前進，不但挪用道德進步的語言範式、精緻細膩的自我管控（從毛小孩的飲食起居乃至於養生送死，呼應著溫文爾雅社會主體的生命／人口維護政治該如何運作），也回饋（預設）著社會性中間層級的監控性集體該如何培育與調控在自然命（zoe）之外、已經被納入當代法治管束的生命（bios）。正如同阿岡本所述，人口治理的「例外狀態」（state of exception）必須視那些被棄守於家馴單位之外的「獸‧人‧牲」為赤裸卑賤（因而需要被監禁收容）的「剩－聖之命」（the bare and the sacred life），可以任由體制所包羅管束，收容與生殺。我並非認定法治層面的動保法毫無需要，但我企圖就本節分析的這些案例來提示動保常態人主體的「家庭－社會」刑罰想像是如何呼應了人類的家馴無意識：被棄置的非／無家者（也就是

---

❺ 在幼小輕快的歲月，我對這故事的讀取顯得飛揚跋扈，總仗著與世隔絕，揣想著了不起就連同吞噬的人類血肉一起化為硝酸，壯烈灰滅。最近重新觀看本片時赫然發現：成為黑豹而死的 Paul、圈於動物園內生存並渴慕人類情愛的 Irena、甚至深愛豹勝於人但不可能盡情貓人爽爽（不）成家的 Oliver，都各自部分體現了同志集體的文明化自弒化身。而我，世紀末年少時誤以為自己只可能是 Paul 的我，其實也未嘗不是守著僅存的貓貓（屬性）、禁錮自我與他者最極致洪荒狂暴（豹）的動物園館（長）。有什麼比這個寓言更道盡了為以人類身分生存、不惜屠戮所有蠻荒他者特質的新正常集體性（New Normal Collective）呢？

❻ 「同志婚一家一國」的塑造由同婚推手立委尤美女屢屢被讚譽為「同志（的）國母」可見其端倪。參見：http://news.cts.com.tw/cts/politics/201701/20170117 1842842.html#.WI9TBVN961s

❼ 參見：http://www.tanews.org.tw/info/9564。 關於大橘子案與斑斑案的始末與判決，參見：https://zh.wikipedia.org/wiki/ 陳皓揚虐殺流浪貓事件

❽ 參見：https://www.facebook.com/LiannaTSO/posts/10204592627570620

包括貓狗人在內的「浪遊生命」而非「毛小孩」），無法不成為「人人（或體制）皆可宰制」之命。

2011年同樣是台大生身分的李念龍虐殺多貓案引起第二波動保意識以來，主張重刑以懲戒「非人」犯人者莫不高呼：必須要讓犯人確實（且長期）地納入監獄服刑，嚴峻否定「易科罰金」的處罰功效。換句話說，常規性的動保意識對於虐殺伴侶動物的犯行者半年起跳易科罰金（至少18萬元）的經濟壓力似乎毫無所感；即使得知犯人毫無經濟奧援或資源，無論是本地或異邦人，彷彿會更由於其「赤條條」的低收入、階序性的低端、種族性被厭惡（如「東南亞外勞」）的極端不利處境，而更得到視入監為復仇（抵平）主張的動保者大力叫好。如此，我們可能無須欣慰大橘子案的犯行者陳生未被當作集體仇外的發洩孔道，未遭到淒厲義和團式的嘶吼如「426，坐滿坐好（牢獄刑期）之後滾出台灣」的仇外語言對象。其實箇中癥結在於陳生一則是台大學生（所以，大橘子案的關注者傾向要求台大以「代理形上家長」的位置來褫奪陳生的學籍），再者，澳門是個（就台灣常態視角而言）曖昧的地區，約略與香港等同高檔，該地僑生不可無差別的被視為（該滾的）「陸生」。

在此試列一則與陳案相對差異甚大的「虐殺一貓三命案」。2012年初新竹何姓青年虐踢貓導致懷孕貓流產且終究不治離世，由於何姓青年無業且無可倚仗的經濟安全網，法官判定的「處有期徒刑陸個月，如易科罰金，以新台幣貳仟元折算壹日」，就階級分殊的界面而言堪稱極重，不可能等同於鄉民設想的罰金無關痛癢論。❾ 無論何男是否能籌出36萬元，他承受的生命管控與處罰絕對遠超過犯下類似（或更甚）虐殺貓案的中產位階殺貓人類。事實上，方念龍與何文豪絕非均等的兩個虐貓（男）人，而是兩個階級與資源對比劇烈的犯行者，就像是澳生陳皓揚對應著眾人叫囂「滾出台灣」的殺貓男

越勞。大橘子案件揭露迄今，即使臉書萬民激動沸騰叫囂，要找黑道給陳男大生教訓（結果大概都是說好玩的），然而，從未有人如同「外勞都滾」一般地發動「澳門籍的大學生都給我滾出台灣」。似乎激憤的大家都領悟到，虐貓殺貓的惡（之凡庸）絕對無法與國籍、族裔、膚色、種族、性／別等條件形成任何可印證的正相關性！然而，倘若陳男是陸生，故事大概就朝向「所有陸生加重刑罰且滾出台灣」的激化版白玫瑰民粹運動走向。

在〈「外勞」是殘忍的貓狗殺手？我們可以再多想一想〉裡，徐沛然近乎挑釁也充滿批判地將盲目的「愛護動物」主義與希特勒主義（人類分層可宰制可屠殺）放在兩極的對立性共犯結構裡：不反思的毛小孩主義，非但不會增添毛小孩的福祉，反而造成人（種）的極端階層次序分化，導致「愛特定動物近乎等於恨不得某些人類死好」的等式。❿對我而言，當今在台灣的動物保護人本主義並非這般類同於「納粹對高貴非人物種的愛」（因而，必須產生賤畜般的「裸人」如越南男外勞來滿足中產階層的嗜血欲），而是在型塑文明控制的同時，深刻銘刻著何春蕤所深刻揭示的「嬌貴公民」情感：一切都在巨大的道德進步之眼被監控與管制，而且，這些嗜血的眼球必須以「命（的等級有別）」來合理化自身的操控欲⓫。如同精巧的雙螺旋體，指控陳生的眾人所套用的責備公式是置身於道德高地、披掛弱小動物代言者的自我防衛與理直氣壯，弔詭的是，這樣將一切都文明化

---

❾ 參見：http://www.lca.org.tw/law/book/3009

❿ 參見：http://opinion.udn.com/opinion/story/8775/1248725 －「外勞」是殘忍的貓狗殺手？我們可以再多想一想

⓫ 關於台灣的公民嬌貴情感，可參照何春蕤的文章：〈情感嬌貴化：變化中的台灣性布局〉。

之內部循環也使犯案者陳生得以巧妙運用當前脆弱嬌嫩受保護青少年主體「壓力大、驚嚇、崩潰、情緒管理差」等修辭來自衛。在爭取文明進階的天梯上，伴侶動物的加害者通常是「惡且平庸」化身的激發者或承受體，共時體現嬌貴文明年輕人的低抗壓、低智識與情感脆弱振振有詞。這種邁向庸俗第一世界文明進程的弱智效應值得嚴峻審視。

在分析了虐貓犯行者的階級文化定位差別待遇後，我想追究探討的是「擬」伴侶動物（如兩案社區中為眾人喜愛的街貓，或是被某些店家視為招牌的放養貓等等），在當前人類的情感政治範疇裡究竟擔任了怎樣的位置，以及貌似純粹為了物種他者出頭所操作的正義（行動與修辭），底下鬱塞充斥著何種晦莫如深的「人類性」（humanity）及其固執頑拗的階層序列設定。

在開庭之後，步出法院的陳生遭到義憤「愛貓人士」拳腳攻擊 ❶❷，隨即在常態論述系統裡引起許多激盪。反對動手者認為：1. 攻擊陳生，就和他連續殺害親人貓一樣，都是「蠻荒落後」的地區慣習，乃是絕不可取的落後國家人民所為；2. 在自居理智且無視階層排序的動物權心態裡，眾生（始終）平等，是以，攻擊陳生的一拳就等價為殺害一貓的代價。前者可視為朝向第一世界文明前端的現代法治國家想像：也就是說，「法」對人類與非人類的生命治理，必須被小心翼翼地呵護與遵從 ❶❸。後者的設想，即使沒有預先為「人優貓劣」排下註定的順位，但也難以橫跨彷彿無底深淵的跨物種鴻溝而真正想像某種並無始初尊卑高低的諸眾生態。許多網路發言樂意為攻擊陳生者護衛的聲音都採取了「這（陳生）不是人，是個畜生！」，或類似將陳生排除於「人類種族」之外的話語術 ❶❹。

亦步亦趨地強調法治或寬恕，這樣的語言與治理術充斥著第一世界道德進步主義的問題性，然而要痛打一個連續殺貓的人類，還

套用／挪移「畜生（非人）」修辭，這並不是在悅納他者，或憤恨對等者遭致殘害，而是印證了：這場法院後台的戲碼正是兩造人類中心主義的恨意對峙，其中一方是狡詐卑鄙的殺貓人類，另一方則是將憎恨對象非人化、（即使非刻意但反而）成就物種排序的人類至上復仇者。

另外，在咬牙切齒討伐陳生的聲浪之中，有一股非常強烈的排比修辭，大約是「今天殺貓，明日殺人」。光是從字面來理解，這樣的心態就是讓「殺貓」成為「殺人」的前戲，貨真價實的殺戮造就了膽寒的效應。然而，若說連續殺貓的凶手之所以危險，是由於它可能「升級」到殺物種位階更高層的生物，這就再次肯定了物種之間的位差階梯（inter-species ladder）。而且，除了物種「之間」看似涇渭分明的比較，還有同樣繁複細膩的位階順序滋生在同樣的物種之內（intra-species）：十九世紀末（1888年），倫敦貧民窟白色教堂街連續殺害性工作者的「鐮刀死神傑克」（Jack the Ripper）之所以成為舉世最險惡的象徵，並非只由於他殺死了這些社會邊緣者。真正嚴重的是，在仕紳位置的官民政治無意識層面，他非常有可能「晉級」

---

⑫ 可參照以下連結：https://www.facebook.com/ETtodayPETS/videos/1114719501949064/

⑬ 例如，類似苗博雅這樣的法律專業人士之發言，除了「動物友善」的政見，對於遵循法治的絕對高度充滿了不可辯駁也難以討論的正當性：「重建司法的尊嚴，不只需要以審檢辯為核心的改革，更需要每個國民認真看待法治，把法治當成一回事。在法院門口發生被告遭毆打及法警受傷的事件，你以為你打的是殺貓凶手，但實際上你踐踏的是法治。」全文見：https://www.facebook.com/miaopoya.sdp/posts/1095046893908231

⑭ 蘋果日報的報導底下，此類留言可謂不勝枚舉：http://m.appledaily.com.tw/realtimenews/article/new/20160816/929851/

（gentrify）到殺死良家婦女或任何中產市民，是以必須在他殺死「真正」重要的被害者之前加以制伏與殲滅**⑮**。無獨有偶，在發出為大橘子案召開記者會的通告時，主事者撰寫的文案也精巧含蓄地將「保護動物」與「保護特定人類（在此處是被高度標籤化的良好社區之「婦女」與「兒童」）」進行了綿密的共構性：「記者會上將提出民眾訴求：包括司法不應輕判、加強犯嫌後續生命教育及回歸社會的輔導機制、重視動物保護與社區婦幼安全的連結……」**⑯**。

倘若我們回顧一下近代歷史，十九世紀尚未取得投票權的歐洲成年女性，除了少數得以自營生計（包括被常態主體視為不堪的性工作者與性少數，或是「特殊」階級者），無論其秉性或自主設想的志業為何，泰半女子總是被納入家居領域從事無償的再生產勞動。彷彿為了補償或歌頌，人們將被圈禁在私領域家馴範圍裡的人類冠以誇張的美稱如「家內天使」（The Angel in the House）**⑰**。倘若在21世紀的現今，台北市大安區的社群共識依然將「婦女」與「孩童」特殊化，這並非是強調這兩類主體與貓共享著難以讓其餘人類分沾的特質，而是要將這三者特殊化為必須也只能遭到弱化（與童稚化）的事物！前兩造（婦女與小孩）對於人口治理與邁向所謂更好的未來是不可或缺的器皿，而在文明進化的地帶，貓便是「類似但差了一點」的人類擬似物。這三者在文宣當中被共同無區分地串聯，不啻為國（nation/state）與家（the domestic）對這幾種主體進行嚴謹的「保護─監控─管理」之現代化人道牧世對待提供了有力的潛台詞。

再者，自從另外一隻受害貓「斑斑」亦是陳生殺害的消息揭露，照料斑斑且視他為「家人」的店家「動物誌」在臉書上發布了幾篇挪用「愛與寬恕」修辭的文章，並一度將斑斑的位置從「店貓」轉化為「浪貓」**⑱**。我關切的重點並不在於店家如何稱呼斑斑（畢竟，「家人」是個充滿曖昧複雜屬性的稱呼，將「毛小孩」視為家人的修辭，

幾乎無法不突顯出人類本位主義），而是兩種政治的雙重螺旋交織性：無論是堅決認定犯人有必然被文明教化可能的人道份子，或是吶喊「今天殺毛小孩，明天殺人小孩」的激昂聲音，這兩造都與犯案的陳生共同擁抱著最純粹的物種無意識，都相信殺貓是小事且容易脫罪，殺人類小孩則茲事體大，因此，教化人類當中極度惡質的成員，比起被血腥殺害的許多受害貓，更是攸關「大局」。因此，當TNR 志工嚴厲勸誡店家最好不要讓斑斑失去對人類的警覺性時，一位網頁名稱為「徐氏百貨」的使用者表達了常態情感政治的不滿，認為不撫摸街貓就等於不愛街貓❶。不過，所有伴侶動物的去處並不盡然是進入家居生活，就如同「動物誌」店家所言：「有人問為什麼斑斑在外面？斑斑本來就是流浪貓，我們提供食物跟水及對他友善

---

❶ 關於開膛手傑克造就的階級與性別分裂，可參看以下文章：http://crimescandals pectacle.academic.wlu.edu/jack-the-ripper-2/

❶ 記者會文宣的全文：http://www.coolloud.org.tw/node/86136

❶ 此稱呼來自於維多利亞時期的英國詩人 Coventry Patmore，他認為自己的妻子是完美無瑕的天使化女性典範，並寫詩歌頌。參見：http://academic.brooklyn. cuny.edu/english/melani/novel_19c/thackeray/angel.html

❶ 全文可參見：https://www.facebook.com/aboutanimalszr/posts/1749339215282 861。值得留意的是，「動物誌」的情感階序深埋於她們高調清淡的文字，很難不將受害貓視為自身實踐大愛與憫恕的客體，也讓斑斑的生死成為「另一個人類」因此變得比較好的福利供給者：「人會遇到困難、問題，他找不到出口，或是找錯出口，在第一次的時候沒有被改善，問題持續存在，但是錯誤的出口也逐漸轉成了習慣，最後化為一個無意義的行為，同時可能卻傷害了別人。就像當初一開始的立場，我們不想針對特定對象報仇、洩恨，斑斑不會因此回來，但是如果可以，希望每一個人試著去關心身邊的人，聆聽他、理解他，或許就不會有下一隻斑斑。」值得認真追問的是，斑斑（或任何被物種階序視為下端的生命）難道具備了對人類必須竭盡所能、死而後已的義務嗎？

❶ 全文參見：https://www.facebook.com/sheisgoods/posts/1130351187040020

的空間，一起共存在景隆街一巷，互相尊重。」以此類形式與人類衍生出對等友好關係的斑斑，不但沒有義務柔情款款地對待任何想從他身上得到美好回應的人類，更該像是在街頭求生的酷兒善用張牙舞爪的浪蕩者感應（streetwise sensibility），而非在惡意的攻擊者眼前承歡討好。

網友貓草天空（Shen Yi-fan）的觀察戳中了現代性（文明、階序、教養、差異、人／物）的刺點[20]。這段話的大意是：犬貓團體很愛引用甘地說的這句話：「一個國家的文明程度，就看它怎麼對待動物。」但我覺得我說的這句話，離現況會比較近一些：「一個國家的人們怎麼對待人，人們就會怎麼對待動物。」[21]。難道說，連續殘暴殺死與許多人類交好（街）貓的惡質之深沉，是必須被放在人類福祉為唯一槓桿的前提，才是惡性重大？我認為，無論是反澳門陳生者的思考路線或（潛伏於政治集體無意識的）重人輕貓位序設定，未嘗不類似使用「文明」方式讓自己舒壓的澳門陳生：兩者都為自己的生活品質與幽暗情緒著想，將貓（或類似位階的生命）視為文明人類紓解自身陰暗面所採取的生命使用策略。

三、邁向人貓皆暢快叫春的去婚家政治

在這一節，首先我想說兩則非虛構的例子。這兩個例子分別以不等的程度來抗拒現今已成為都會中產性平典範的「毛小孩與（人類）爸爸媽媽」的家庭公式。

個案之一：朋友 An 在春節時期需要出差，於是他將心愛的貓 Alpha 託付給目前時興的貓旅館照料。此間旅館的悉心周到遠超過 An 的事先預期，甚至每天晚上都以 line 書寫當天的貓咪日誌給委託人觀看。在這些無微不至的貼心措施當中，唯獨有一點讓 An 實在

無法承受：貓旅館的人員似乎預設了人類委託者必然就是貓的「家長／守護者」角色，於是自然而然地在記事簿當中將 An 稱呼爲「把拔」（「爸爸」的童稚化稱呼）或「馬麻」（「媽媽」的幼兒化稱呼）。An 甚至無法將他與愛貓的關係「眞相」告知這些眞心誠意認爲人貓關係就是複寫／擬仿著人類父母與小孩關係的親切貓褓姆，因爲他與 Alpha 之間的關係就如同任何一組沉浸於愛河的跨代情人。然而，An 也同等無法忍耐自己長達一星期被「爸媽」化，於是他戰戰兢兢地提議，可否改用「葛格」或「姊接」來取代自己的稱呼。旅館的貓褓姆看似不疑有他地照辦，但還是常常口溜（slip）地將 An 稱呼爲貓咪住客的「爸爸／媽媽」。

個案之二：作爲接案文字人員的 L 同時也是娛樂性用藥與 BBES（無套且服藥性愛活動）的實踐者，除了在生命中各個短暫駐留的炮友，L 最愛的對象就是他的同居伴侶，一位優美白色長毛少女貓嬈嬈（據說她是品種貓，但 L 是第二任貓飼主，也無興趣追究貓的生命位階）。某天 L 厭煩了與各種面目模糊男人之間的無感情交流性愛，突然想要與嬈嬈「做」。他小心翼翼地讓嬈嬈服用貓薄荷與木天蓼粉，在貓表示允許且非常「想要」的時候，輕柔地愛撫嬈嬈約二十分鐘。L 在這段過程有種美妙的恍惚感，認爲自己跨性且跨性別地成爲用手指作愛的 T，然而，此事在 L 數量不多的愛貓朋友圈傳出時，他卻被大家義憤指責爲「虐貓，令人髮指，性侵」等罪名。L 非常難過，如果人們認爲與自己同居的人類伴侶合意作愛是

---

❷⓿ 參見以攝影非人生命爲主的「貓草天空」網頁：https://www.facebook.com/catnipsky/?fref=ts

❷❶ 參見：https://www.facebook.com/catnipsky/photos/a.427422857309621.123263.427419317309975/774183952633508/?type=3&theater

「天生自然」的權利，那麼，他與美少女貓的同居伴侶兼（擬）情人關係何以被單偶人類主義視爲一個最惡質且二元對立於最底端的低賤版本？

在當今的台灣，高度文明化渴望與晉升先進世界的欲求，屢屢讓各種既存的慾望關係被硬生生轉扭爲「親子」構造，並且必須是徹底去性（de-sexualized）的框架。而且，這樣的潔淨化與往上攀升（mobility upward-ness）同時套用了人口（生命）治理的語言、民粹情感，以及法律制度，竭盡所能地讓原本狂野不羈的主體們變得絲毫「不能動」（without agency），成爲「非能動者」（non-agent）。在上述第一個例子裡，An 與愛貓 Alpha 必須在精細照護的貓褓姆視野裡被再度詮釋爲一組中產專業單身漢與他視爲「小孩」替代的寵物（或「類小孩」）的不可欲結構。在第二個故事裡，遠比 An 更沒有經濟條件的 L 很可能座落於彰顯台灣「多元進步」的法治監控之眼之下，不但有觸法之虞，更會被國家女性主義、兒少貓狗保護主義（與其NGO 們）以及技術官僚協同判定爲「不合格的養貓人」──縱使 L 對待愛貓嫩嫩的情意絲毫沒有中產階級家庭主義將「寵物」視爲兒童備份或擬仿物的成分。或者反過來說，由於 L 拒絕將貓視爲「被豢養小人孩」的替代，反而視爲對等交往的對象（既是家人，也是禁忌的戀人），他的人貓關係於焉成爲這個社會視爲危險且充滿汙染的毒害物 [22]。這種人貓愛所瀰漫醞釀出的不潔與威脅力，奇異地與 L 到處約砲、使用藥物、不戴套且反單偶的（人類之間）情慾構造，成爲相生相映的反社會酷兒生命之道 [23]。

對我而言，當前的台灣動物（尤其是貓狗）保護主義奇異地類似於二十世紀末某些與國家機器協同制定政策的女性主義看待「婦幼」的視線。這些婦幼主體（或客體）被賦予了不均等的（被）約束保護情狀，但卻又詭異地被認爲「已經取得平等（或自由）」！從異性

戀高知識份子中產女性主義者的制高點，她／牠們的平等權必須是建構於一組集結國族位置正確與唯性別化相互滲透、滋養共構的新自由管理主義範式，例如：女人不可以（甚至不可能）豪爽濫交（但她必須情慾自主地說「不」），兒少必須被當成「人」來對待，不可被大人體罰，但她們若按照自己希冀的生命藍圖前進，就是徹底的崩壞，必須被矯正保護管束。在這樣的人口治理視野之內，不可能有不被欺騙宰制而隨己之意與他人性交或援交的「兒少」，若是有，這必然是父母的失格，其管控權就必須移交給國家。至於近年來成為「兒少」補充品項的「毛小孩」，則必須被珍惜寵縱地對待，甚至某些愛貓市民不惜自稱為「貓奴」。然而，貓狗成為人類兒少替代的條件，在於同時體現了永恆的童稚性與18歲的極限性（受限於物種基因藍圖，很少有貓狗能活過18年）。於是，要是你與自己最愛的毛茸茸伴侶從事了踰矩的情慾之舉，不但被視為是褻瀆了物種之間的疆界，更是直接挑釁了「人－女人－兒少－毛小孩」的去性家庭

---

❷❷ 例如在標題為「貓奴是毒蟲 警痛批：貓咪也染毒怎麼辦？」的這則新聞，警察也動用了「愛護貓」的生命治理話術，讓販毒者反省後感到羞愧不安：https://udn.com/news/story/2/2211695

❷❸ 有趣的是，我們也可以從這個對性與慾望宰制深重的現狀窺視出「哪裡有壓迫，哪裡就有反抗」。如同白瑞梅在〈從她鄉到酷兒鄉：女性主義烏托邦渴求之同性情慾流動〉的闡釋，國家女性主義者愈發要讓不潔的性成為被滅絕的過去式，這些殊異不從的肉身樣態就如同反過來凝視主體的深淵，從被殺戮與被噤聲之處冒出來：「在這兩個文本中，吉爾曼明顯反對性愛的烏托邦，並不比史坦因筆下左岸興起的女同性戀社區來得不同性戀。這並不是要拯救吉爾曼故事中恐懼同性戀的控訴，反之，這是要顯示正因為這個女性主義烏托邦的同性戀恐懼，才會造就出精彩的同性戀渴望及酷兒性模式的形成。它更進一步地顯示出，**女性主義的未來想像帶有愈多的同性戀恐懼，它就更難將現在的性別與性及其欲望分離開來。**」（黑體字是我的強調）

主義階序（詳見圖表1）。如此，我們更不難理解，爲何柔情款款地與自己的貓從事兩廂情願（甚至由貓來發起主動攻略）的性愛，竟然被國家與民粹主體視爲其萬惡性不亞於殘暴猙獰的殺貓慣犯之舉。（詳見圖表2）

在日本動畫導演押井守的作品《攻殼機動隊：無邪》（*Ghosts in the Shell: Innocence*）中，被導演以著名社會主義女性主義學者 Donna Haraway 爲角色名稱、巧妙帶出場的性愛少女人偶維修師，對著愛家原生人類男警探敘說了一段徹底破壞人類對生殖未來主義（reproductive futurism）之迷狂戀棧分析：「小孩不是爲了日後撫養自己的小孩才在玩家家酒，而是在體驗如何擬造新的人偶。就如同人類並不是爲了要製造同儕人類，方才進行生殖。最方便達成造物者創人／偶的捷徑，就是製造出介於人與動物之間的小孩。」[24] 倘若我們有打破物種之間與（人類）物種內層之雙重階序的企圖，就得警醒地體察：將貓狗視爲「（毛）小孩」，是卡維波所分析的晚近道德進步主義產物[25]。此意識形態並沒有讓貓狗的地位提升（因爲牠們必須永恆地扮演「總是長不大孩子」的替代物），也不像某些人類中心道德保守主義者的感嘆，將此舉視爲人類小孩位置的墜落（因爲「小孩」被擺放的位置，總是解放的相反）。反而，此類動用家母長制的保護管束主義造就了幾乎無可轉圜的破壞：弱化他者物種，無所不用其極地讓原先不被人類馴化的貓成爲生命政治最新的被治理對象，美其名爲「動物權益」。

我從事「不家庭」知識工程打造的這幾年經常遭遇反詰，除了「不家庭沒有實踐啥」之外，最常讀取到的就是「用藥，亂倫，動物戀，性工作」等低位階的性（作爲／志業）必須與如今飛揚跋扈的正典渴婚好同志屬性徹底脫鉤。藉著「異性戀也有這些壞性份子」的去歷史修辭，渴婚好同志成功塑造出最新的性／別分界與次序，也就

圖表 1

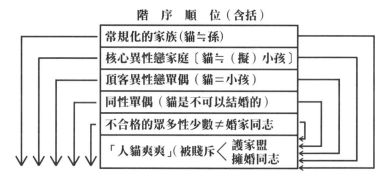

圖表 2

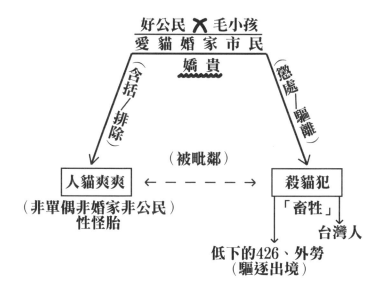

是「異性戀婚家—同性戀婚（家）—淪爲廢棄物的各種敗壞情慾與其主體」。這個從頭等艙到貨物艙的緻密階層排列，一方面老實地道出：非要進駐中產列車的最後席次不可，寧可消滅曾經同屬「同志」的各種反常態凶殘驅力 ❷。另一方面，如此盼望得到異性戀婚家主體認同（挺同婚）的渴婚同志族群，未嘗不類似棄守了自身的野性，只求人類（異性生殖機制）家庭納入自身。難道說，讓自己從野性生命變身，成爲居於婚家建築層序末端（附屬物）的甜美毛小孩，就是此種意識所能想像的「歷史終點」？

　　酷兒理論家 Lee Edelman 指出，「未來生殖主義」讓進步與保守的兩股政治路線必須共同祭出「小孩」（Child）這個延續人類物種的神聖符號，成爲看似對立但實質共同支撐「小孩不死，人類永存」的虛妄命題。此命題斷言孩童不但沒有情慾，而且是「永恆」的，介於無性人類與受嬌寵管制的次級人類位序。（2-5）如今，這個窮凶極惡追逐進步性的社會不但早已包括人類孩童，也收編了被納入乾淨秩序生命規章的寵物貓，而且含括的速度極爲驚人。從2013年的同志大遊行以來，「人貓爽爽」逐漸形成一股反含蓄親密關係的集體湧現（貓是家人，但貓與「我」也是爽爽共生的情慾對象），因而有力地戳破了「小孩」神話與常態家庭主義。自2013年起正式集結、逐漸壯大的「不家庭」集體性，就是以對反於常規婚家的人口／貓口次序爲出發點，共同反駁精雕細琢、優雅嬌貴的市民政治。身爲不家庭政治的一環，人貓爽爽的基礎命題與貢獻，在於：1）祭出反社會酷兒的反（常態）生命模式，2）打擊「階序人」的含括規矩，穿破由上層包裹下層的治理規訓。

　　在我們這個既戮力往上文明化又講究溫和精細治理的社會，「貓／人」的關係夾帶許多不言而喻的潛台詞。人們經常以戲謔的口吻述說貓是情人（或小三）或亂倫情感的化身，但實質踐行的行爲卻會

被撻伐至極：人與貓之間的愛欲彼此，同時譬喻著婚家對於家內結構的禁制與規訓。在政治無意識的界面上，常態主體既肯認「平等權」，但又嚴峻拒絕了家人戀或兒童身為情慾主體（甚至常見的由兒童來攻略成人）的可能性，將這類焦慮不安投射在類似「小孩／人」的家庭寵物貓身上。倘若我們想要批判地解讀這些禁令與階序，就得從打破家馴美好的「毛小孩主義」為起點，設想一個不只是把貓當成無性孩童／家人／補充物的未來。

❷❹ 我在 2015 年 9 月「性／別與科技人才培育營」的演講上曾提及「《攻殼機動隊：無邪》的閱讀：人類製造性愛少女機器人，用來替代與兒少的性行為，但機器人後來組成了販運集團綁架人類小孩，而獲救的小孩殊不知這些性愛少女機器人是被製造出來替代他們滿足人類的性慾，小孩得意洋洋說出「我們小孩就是要被保護的！它們不過就是機器人」，而放任那些替代他們性勞動的性少女機器人受到人類的摧殘，片中的小孩就反映出 Innocence 一詞的最大諷刺。放到當今持續進行中的婚姻家庭運動與兒少保護主義至上的成果來看，為了打造家國和保護兒少，已經獵殺了多少非婚家及非正典的性主體。」關於類似的批判，詳見張峻台的文章：〈牛奶葛格的性影像：批判不傳不看與純潔小孩的反噬性〉。

❷❺ 關於動物保護與家庭主義的關聯性，可參閱卡維波的文章：〈動物保護的家庭政治：從道德進步主義到競逐現代性〉。值得留意的是，常態人類性大量奚落不分派別與路數的動保政治為「可愛動物保護」，卻忽略了某個前提：說出此等譏嘲的自身，實則將包括靈長類在內的所有物種（包括自己所處者）都視為不值得活、也無需尊嚴對待的極度低賤它者。至於，如何區別分辨廣泛的悅納異者（hospitality for/of the others）與任何主體必然難免的偏愛主義（favoritism），這是我不願意用淺碟短線終極解決方案（solution once for all）來辯證的議題。在此，提出兩點來充當拒絕常態人類道德進步主義的端點。首先，對於原因殊異、個別厭惡的動植物（包括特定的人類種族、階層、性與性別、生命樣態），主體如能存有儘量讓彼此停留於不相往來、避免廝殺的心態，這可能是個廣泛的「盡量止殺」起點。即便（正由於）身為物種高端鏈者，有能力殺害或自我轉圜得以殺某特定物種或特定物種成員，該優勢物種的位置則有義務做到不以「愛則疼惜欲生，恨則若寇虐殺」為原則，更有義務對所有的同物種成員提倡這等心智構造的倫理基礎。舉例：

某次，我在臉書某朋友版面看到他以狂喜之姿聲稱，以書山砸爛了某隻老鼠（這必然是痛苦不堪的死法），並自稱為「瘋女人」。對我而言，這是物種主義與性別主義的兩種扭曲折射：必得讓此老鼠死亡是一回事，然而，殺老鼠的主體有義務以極端的禁慾手段來克制地操作殺之手段（將痛苦降至最低），禁絕自身取得猙獰的破壞（死亡驅力）歡樂。再者，該位殺鼠者是位自我認同為男的男同志，若輕易將自己暴虐的殺鼠行為推往「瘋／女」位置，難免淪為性與性別的規避與滑移（disavowal and sliding effect）。其二：規勸他者勿以貪婪享樂為前提殺害生命是應然，但若以恐嚇脅迫的惡意，刻意製造血腥劇碼來侮辱（包括人但不僅止於）人，則是虛無主義的絕望淵藪。在某位我已經封鎖的前臉友身上，我辨識對方是此種貌似棄絕殺生的最極致恨生彰顯。此人士若得知任何食肉者（即使其食肉行為有所節制或出於醫療需要）是愛貓人或愛狗人（或愛任何伴侶動物），便會刻意張揚殘暴食狗肉或「黑貓包」等食物色情（good porn）文字圖片（卻愚蠢到不查證「黑貓包」這等地方小吃並非以貓肉所製作）。對於此等環保素食主義（eco-Gaea veganism）的腥羶荒腔走板，我視為憎恨己身與所有他者的環保恨生主義。

❷❻ 這類奮力往上爬並且必須排擠不從者的執著之強烈，就如同陳俞容的文章〈認真努力徹夜剪報／硬著頭皮公然脫衣：實踐自我與社會的情慾拓荒革命〉所描述：「在一段不算短的過程中，我們不斷的被質問：為何要做這個（譬如性解放、愛滋）、以及為何不做那個（譬如婦女參政和教育）？或是這個議題到底要做到什麼時候、做夠了沒？（譬如公娼）這個議題搞下去很難募款（譬如同志）等等。當時我是很天真（以及愚蠢）的以為那種種不同，純粹是你和我對於達到某種女性主義理想境地的策略不同。卻渾然不知，有種權力和資源位置的奪取，就像一個社會貧富懸殊將要拉大的那個關鍵時刻，你沒搭上車買到房，就恐將墮入阿鼻地獄一樣，你阻止人家往上晉升，那更是十惡不赦。那個時值烏雲密布夾雜著不能明說的國族認同、族群、政黨、政治、權力變天的混沌時刻，不論是愚蠢、天真，還是白目，拒絕往上爬，就可能壞了什麼大事。這時程得踹開誰、搭上了什麼便車、要到達什麼樣的天堂？自然也不能明說。」

引用書目

丁乃非，1998，〈貓兒噤聲的媽媽國：《她鄉》的白種女性禁慾想像〉，收入：
　　何春蕤（編），《性／別研究》nos. 3 & 4「酷兒理論與政治」專號。中壢：
　　中央大學性／別研究室，324-343。

白瑞梅（Amie Parry），1998，〈從她鄉到酷兒鄉：女性主義烏托邦渴求之同
　　性情慾流動〉，收入：何春蕤（編），《性／別研究》nos. 3 & 4「酷兒理
　　論與政治」專號。中壢：中央大學性／別研究室，347-356。

何春蕤，〈情感嬌貴化：變化中的台灣性布局〉，收入：黃盈盈，潘綏銘
　　（編），《中國性研究：性學萬有文庫062》。高雄：萬有出版社，262-
　　276

徐沛然，2015，〈「外勞」是殘忍的貓狗殺手？我們可以再多想一想〉，鳴人
　　堂，URL=http://opinion.udn.com/opinion/story/8775/1248725（2016/02/26
　　瀏覽）。

洪凌，2010，《神異真實的跨性別少年：重繪英文幻設小說的酷兒陽剛世界》。
　　香港：香港中文大學。

－－, 2016，〈超克「愛之欲其馴養，恨之欲其虐殺」：試論動物保護人類
　　主義與常態文明共構性〉，苦勞網，URL=http://www.coolloud.org.tw/
　　node/84616（2016/02/26瀏覽）。

－－, 2016，〈階序·情感·教化：論大橘子與斑斑兇殺案的「人性」驅力〉，
　　苦勞網，URL=http://www.coolloud.org.tw/node/86164（2016/02/26瀏覽）

許雅斐，2016，〈未成年兒少與禁閉矯正：道德/立法下的生命政治〉，收入：
　　何春蕤，甯應斌（編），《性／別20》。中壢：中央大學性／別研究室，
　　57-80。

黃亦宏，2015，〈人貓爽爽跨物種成家：婚家制度的再思考〉，苦勞網，
　　URL= http://www.coolloud.org.tw/node/81619（2016/02/26瀏覽）。

張峻台，2015，〈牛奶葛格的性影像：批判不傳不看與純潔小孩的反噬性〉，
　　苦勞網，URL= http://www.coolloud.org.tw/node/83662（2016/02/26瀏覽）。

陳俞容，2010，〈認真努力徹夜剪報/硬著頭皮公然脫衣：實踐自我與社會

的情慾拓荒革命〉，苦勞網，URL= http:// http://www.coolloud.org.tw/
node/76360（2016/02/26瀏覽）。

甯應斌，2013，〈動物保護的家庭政治：從道德進步主義到競逐現代性〉，
收入：甯應斌（編），《新道德主義：兩岸三地性／別尋思》。中壢：中
央大學性／別研究室，13-32。

劉人鵬，2000，《近代中國女權論述：國族，翻譯與性別政治》。台北：學
生書局。

Agamben, Giorgio. 2005, State of Exception. Chicago: University Press of
Chicago.

Dumont, Louis. 1980, *Homo Hierarchicus: the Caste System and its Implication*.
Chicago: University Press of Chicago.

Edelman, Lee. 2004, *No Future: Queer Theory and the Death Drive*. Durham and
London: Duke University Press Books.

人外與「外人」
探究旁若文本的跨物種政治與世界構築

Extra-Humans and Other-Than-Humanity:
Extrapolating Interspecies Politics and World Buildings in Paraliterary Writings

摘要

本論文以三部幻設小說為分析對象，探討「人外－外人」的旁若書寫與文化政治：透過「時空－肉身」的詭譎構築（uncanny building），從外部的異己視角來琢磨非正典生命的旁若屬性。

在《神聖承擔》（*Divine Endurance*），我閱讀「黑貓－特製少女人偶－跨性別王子」的三重親密關係，探索這三者形成的情慾政治、性別治理與後殖民殘餘、近未來東南亞島嶼的母系氏族權力競逐，以及生命的「邊界／閾」。藉由末世為背景的酷兒科幻《漫長的冬季》（*Winterlong*），我探索色情經濟與打造異質生命實驗的雙軌敘述，爬梳這些組裝生命的激進潛能與欲求。在經營太古氏族等同於「外人」的奇幻物語《黑暗枷利黎》（*Galilee*），則意圖從後拉岡精神分析與酷兒（非）生命來追索何謂非人的慾望政治。

關鍵字

旁若書寫，幻設小說，人外，外人，性／別政治，跨物種，世界構築，酷兒

Abstract

This paper extrapolates paraliterary writings and cultural politics of "extra-humans" and "other-than-humanity" by analyzing three works of speculative fiction. My main arguments aims at exploring non-human lives and uncanny world-buildings invested in and reflected by outsiders-cum-others' perspectives. In *Divine Endurance*, the threesome formed by a super-intelligent black cat, a specially-made gynoid, and a trans-man prince is the key issue to explore extra-human sexual politics, the residue of post-colonial structure and gender governance alongside the problems of near-future east-southern Asia matriarchal power struggles and the liminality of life. In the apocalyptic novel *Winterlong*, I will explore both the sexual economy in the aftermath of normative civilization and laboratory experiments on "other" lives, articulating the conditions of radical prosthesis and what it means to be the wanton drive of excess (of regular humanity). In the dark fantasy *Galilee*, I intend to read the queer (un)lives along with post-Lacanian psychoanalysis to explore politics of desire in others-within-humanity.

Key words

Paraliterary writings, speculative fiction, extra-human, other-than-humanity, gender/sexual politics, inter-species, world-building, queer

前言

　　在《何謂後人類？》（*What is Posthumanism?*）這本著作中，沃爾夫（Cary Wolfe）強調，對他來說，「後人類」的意義與潛力並非意指「人類的升級或變化」的「後－人類」主義（***PostHuman**-ism*），而是置疑人本中心且不以「人」為本（萬事萬物的先驗）的「後」人類主義（Post-***Humanism***）（2010）。本論文承接這個前提，試圖在科幻與奇幻作品（通稱「幻設小說」Speculative Fiction）領域來處理情慾政治的「人外」（Extra-human），以及，跨物種與有機－無機界線組裝而成的「外人」（Others than Humans/Humanity）。

　　對我而言，「人外」（Extra-Human）的概念側重生命屬性的「非人類」（Non-human lives），亦即生物層次的物種他者（非人類生命），或是集結有機體與無機物的各種組構，最明顯的例子如賽博格（Cyborg）。「外人」（Other-than-Humanity）則是以肉身或意識的激進改造與合成混雜，彰顯生命政治權力的競逐與文學書寫的去正典潛能。在我的界定，「外人」不盡然非得是非人類物種或經過組裝的後人類，而是意識型態層面的「不人／道」，亦是反人類（Anti-Human）的化身，它的存在揭示了人類性（humanity）的閾值，帶出常規人類心智無法揣摩的「其他」❶。同樣重要的是，在「外人」這個語境，強烈說明了「非我族類」（Not One of Us，更白話地說，就是「不是自己人！」）或「局外者」（outsider），也就是無論是本體論

---

❶　在此，我希望能表達對兩位外審提出的建設性建議之謝意。我同意其中一位評審對「人外」與「外人」的看法：「人外指的是賽博格（cyborg），去人類中心的身分政治建構及性別疆界的穿透；外人似乎是『外於人類』之物，能夠將肉身／性別／情慾交換系統拆碎重組，零件化了原先看似不可能被拆解的主體」。

或知識論、肉體或心智層面的各種「人類外部性」與「外於人類者」。綜上所述，「人外」與「外人」分別具現了兩種（後）人類生命政治迄今尚未實現、但可能設想的組裝模式與知識可能，這兩者除了各自的殊異性質，共同的基礎是針對西方哲學從啓蒙時代即成爲濫觴的「心／靈－身／肉」二元論，並提出強烈的批判與駁斥。心靈或意識等存在，不可能是獨立於肉體之上（或之外）的去物質屬性，而肉身也不可能完整無瑕地外於他者。反而，在複雜的機體之內（無論是有機肉體或無機軀殼），才可能滋長並綻放出交織駁雜的意識。

在巴庫曼（Scott Bukatman）與海拉崴（Donna Haraway）等學者的著作，如前者的《終端機／末期身分》（*Terminal Identity: The Virtual Subject in Postmodern Science Fiction*）與後者的《人猿，賽博格，女性》（*Simians, Cyborgs, and Women: The Reinvention of Nature.*），後人類的森羅百態昭然若揭。巴庫曼的著作研究後現代奇觀（postmodern spectacle）與塞薄叛客（cyberpunk）創作，激發不少研究者從事分析出現於該文類的酷兒玩家（queer player），其進出（jack in/out）現實與終端眞實迷宮（terminal real as labyrinth）情境的酷性別狀態。海拉崴的論著接合馬克思主義社會學、多重端點的身體政治、零碎化主體（fragmentized subject）的「機體－動物－人」（cyborg, cybernetic organism，又譯爲「賽伯格」，以下統稱「賽博格」），著眼於邊界狀態、交織有機體與物件的後人酷兒（posthuman queer）所描繪的科技混血獸（chimera）概念，焊接「獅子的頭顱，羊的身軀，蛇的尾巴」，在不再統合單一的場域之內從事再造。大約從二十世紀末，當代幻設作品不再侷促於約定俗成的規矩，不順從主導文化界定的文類邊界與文體規矩，對於歷史撰述學（historiography）密切關注，逐漸滋養出酷異肉身意識與高度政治自覺。對於此趨勢感到強烈不安的正典文學論述，可謂珊格

爾（Kumkum Sangari）所言的「現代與後現代西方中心的同步性時間模，也是當前不再受到好評的線性時間與進步論的終結產物。」（1990: 216-45）這些作品大幅度駁斥專屬於「進步的」白種異性戀正典人類想像，以酷兒理論稱爲敢曝（campy）的誇張華麗、反人本中心形式，寫出「外於人類常模」的政治與美學形式。

在各種意識形態的角力與扞格當中，無論在同物種內部或跨物種之間，幾乎無例外地，藉由製造（可欲且可憎的）他者來鞏固常態主體自身的優位。藉由「旁若文學」（Para-Literature）這個站在「人類與經典之外」（劉人鵬，2007：161-3）的書寫模式，我將細讀人類對長久以來對異類恐懼的巨大反感與迷戀，辯證此等「人類之外」所衍生的可能爆發力。接下來，本論文將分析幾部充斥「類似超現實主義與神話（元素），擁有某種瀕臨迷亂或夢魅的力量」（Damien Broderick，1995: 62）的幻設作品，改寫正典文本的「標記」，思辯旁若文學創作與閱讀社群所構築、打造，並活生生地處於「異樣世界」的能耐（Delany, 2005）。

至於爲何選擇這幾部作品爲分析對象，最主要的理由是它們共享著常態人性不可能舒適、甚至允許存在的關鍵特質：即使在乍看類似的書寫之下，這些仍被視爲是極端不可欲的情色構造與情感政治。誠然，自從塞薄叛客與英國太空歌劇的復興（Revival of British Space Opera）等讚頌（廣義）後人類的次文類勃發以來，研究者絡繹不絕地見識到各種「增幅」（augmentation）與「升級」（Andy Clarke, 2003）——無論是針對原生人類的合成強化，或是各種（非）生命的超絕能耐。然而，即便再壯麗的「進化」或「超升」（transcendence），多元豐富且不缺「光怪陸離」的描繪鮮少有批判進步主義、拒絕這些興高采烈描繪「太人類」本色的奇觀，並無意願來嚴厲檢視讓常態人本中心難以承受的負面情感與「不未來」的肉體畸零美學。本論文

閱讀的這三部作品，既不託身於孤絕英雄主義來衝撞龐然的權力系統，亦不流於禮讚「後稀缺超文明體烏托邦」（Paul Kincaid, 2017）的直線史觀，而是以「非悲劇、非勵志、非母性」❷的「肉身－世界」詭異形變與怪奇樣貌，論證即將到來的、西方啟蒙思維與性別主流化不欲面對又難能承載的「難堪」與「壞毀」潛力。

第一節、告別母系社會的後人／人外叛徒：
盜賊王儲的性別叛亂與少女人偶的身心蛻變史

我的名字是「神聖承擔」，我是陰性的，我的身長從肩頭算起是二十五小型長度單位，從鼻尖到尾端則是六十二單位。我屬性獨立，所以若我對你的關愛召喚表示回應，你該感到受寵若驚。我的模樣優美輕巧，擅長以美妙的姿勢殺害生靈。在秋（Cho）出生之前，我與前代的女皇與男皇同居，當時只有我們三個……我正在記錄這個故事，我的故事，深植於我的內在。女皇認為控制者就隱身於此處，而我也認為，這些創造出我們（基因精品娃娃）後又捨棄我們的某個代表向來知道我的存在，知道我即將從事的旅程。

—— 瓊斯（Gwyneth Jones 1989: 2-7）

肇始於二十世紀晚期，我們的時光，神異的時光。**我們**是獅首羊身蛇尾合體的奇美拉（chimera），機械體與有機體經由理論所編織成的混血體；簡言之，**我們全都是賽博格**。賽博格是我們的本體論，它賦予我們自身的政治。賽博格是想像與物質現實結合的濃密意象，它的雙重核心組構出歷史形變的所有可能性。

—— 海拉崴（Donna Haraway 1991: 150，黑體字為筆者強調）

這些神異（mythical）的時光以許多形式展現於當代的幻設小說書寫。其中的命題如同海拉崴所言，「提議了某些破解二元論迷宮的出口蹊徑，讓我們以別的方式來解釋自己的身體與自己的工具。」（1991: 100-1）動物／機體／人的三重奏（奇美拉）是後設語言神話的肉身形象，牠混雜了機體與生命與人類性，從而顛倒玩弄並再造這三者的秩序排列。賽博格的模型讓許多科幻敘述得到著力點，可能是去人類中心的位置重構、性別疆界的穿破滲透、「種族－物種」內外的辯證。奇美拉的意象與力量也如同羅瑞提思（Teresa de Lauretis）在《性別的科技》（*Technologies of Gender*）所言，游刃有餘地「同時處於性別意識形態的內部與外部，深切自覺於內外雙股力量的拉扯與較勁」（1987: 10）。對我而言，這些論述讓人類原本自認先於主體的固著本體性滋生異變，窺視且察覺到他者並非遙遠兩立的對象（客體），並得以與體內的機械本色（machine nature）從事親密接觸。

在這一節，我主要投注分析的作品是英國科幻作家瓊斯（Gwyneth A. Jones）的幻設小說：《神聖承擔》（*Divine Endurance*）。藉由閱讀其中的機體／人類互動與童話風貌的跨物種－跨性別再現，我論證且探索後人類與物件（機體）之間深切的「人性無可想像」情慾關係，挖掘埋藏其中的後殖民酷兒再現。

《神聖承擔》敘述三個主角的交會與罔兩關係，這三者寓言

---

❷ 狄雷尼（Samuel R. Delany）這段概括塞博叛客科幻特質的論述，就是我為何會選擇這幾部作品為分析對象的主要前提：「非中產階級、對歷史感到不自在，非悲劇、非勵志、非母性、不願邁向幸福快樂……的作品文類；唯獨當它身為某種特殊的負面性——而且，其負面的特殊性必須與過去的書寫傳統與當前的科幻脈絡相互抗詰」（1988: 33）。上述的寫作政治與文類意含都充分表現於本論文閱讀的這三部小說。

化了「奇美拉」（混血雜種**非典型主體**的複合邊緣意識）的三個零碎化身體意識。故事情節的主要敘述者是一隻透過後基因工學改造的超高智能「後」黑貓，祂的名字就是書名「神聖承擔」（Divine Endurance）。黑貓深沉睿智且對於周遭的疾苦無動於衷：牠同時是他，是遙遠「控制者／造物主」的最後直系神聖人工生命，其生涯記錄且觀察了遺留於這個散落科技奇觀殘墟的半島國度的「國／家」（national/familial）系統，檢視並品味發生於這個殊異系統內部的性別／階級鬥爭動盪。 黑貓的位置如奇美拉的獅首，陪伴且指引牠自己的身軀，也就是基因工程最精緻高級階段的產物，暱稱為「天使娃娃」的鮮嫩少女生化體（gynoid，作者刻意抹除男性版本的 android，而改用陰性稱呼）❸。黑貓與少女這對非／後人類伴侶從宮殿般的養育廠啟程旅行，漫遊於經歷許多核戰浩劫洗禮的東南亞島嶼國度。少女的名字是她人偶特質的象徵，縮寫形式為 Cho，發音為「秋」，全名是「最美麗的獲選者」（Chosen Among the Beautiful），命名與養成儀式同時意味著基因工程精製的「人・偶」同時是藝術類人生體（art human），亦是從汪洋無垠基因銀河所挑選組合的鍛造生命。作者以童話故事的結構描述秋與黑貓的行旅與對話，包藏了諸多情慾與跨物種溝通想像。黑貓如同守護者與監督世間的精靈使者，對於深愛的少女身負之使命 —— 找到一個特定人類，並竭盡所能讓對方快樂 —— 牠一方面含蓄地封碼（encoded）為人偶娃娃內鍵的程式屬性，但不時暗示披露：人偶的性（sexuality of art/artificial human）奠基於尋獲並佔據（claim）她視為獨一無二對象的某個人類。

這道尋覓「人偶專屬的人類」的旅程反轉了人與非人之間位階分明的擁有性（ownership）。天使娃娃原本被設定為等候擁有者（owner）前來養育廠領取並帶走自己，但是秋的慾望與渴望讓她萌生動能與移動性（mobility），她與黑貓將這場旅程目標命名為「尋

找她的人類」（finding her human）——秋找到的人類屬於秋，而非秋屬於某個前來打包攜帶她的人類。瓊斯的童話文體風格將秋與黑貓的行旅演化為一場遭逢各種人類性的玻璃動物園生態，而她找到的獨一無二人類的確非常獨特且「出軌」：在這組三者構成的關係內，「奇美拉」的最末端身軀是狄維特（Derveet），他像是人類伊甸園的墮落天使，化身為蛇且擾動社會秩序的叛徒。作者以充滿愛意的筆觸描述跨性別且落拓不羈的狄維特充斥黑色電影反英雄氣質，喬裝為海盜的他與天使娃娃在彼此跋涉的盡頭相遇。狄維特出身於是作者神話性建構的馬來西亞母系氏族社會的皇族，他企圖脫離並解構的正是強調女系與生殖雙重傳承的家國。這個以封閉於氏族深處「爐灶」（hearth）的女性魔法師來統治國族與家族的女系傳承，既是作者以幻設技術（speculative technique）來試煉且擾動性別二元化的實驗場域，也是瓊斯在書寫這系列之前的殖民／性別體驗之轉譯成品❹。此場域一方面讓性別成為另一種有別於父權異性戀正典體制的階級，也突顯出這種新性別階級逐漸醞釀出它特異不羈且流離浪蕩的罔兩。

瓊斯將她所創造的母系氏族權力核心稱為「大胞」（Dapur），或可意譯為「皇族宗室」，是皇室家族意義與生物血緣的薈萃聚合點。主宰此核心的人物必然是生理女性，而且必得遵守（即使是優越性

---

❸ 參照作者略帶戲謔的說法，秋這個人形娃娃（與她的同類少女玩偶）奇異地讓許多生理異性戀男性科幻評論者感到相當不安，縱使她再現了純真爛漫、客體性，以及毫無保留的奉獻。對我而言，異性戀生理男性科幻評論者並非全然毫無所感於這套故事的諷寓所在。他們或多或少地感受到這些奉獻（包括作者與秋）的所指（the signified）從未指向正典結構的男性，而是投資給外於（或逼近）臨界點的非生理男性叛逆陽剛，這才是秋與作者的慾望對象之所在。（Jones, 1998: http://www.gwynethjones.uk/OSLO.htm）

別／階級的）規範，例如深居於皇族內院、捍衛女尊男卑傳承、含蓄放逐秩序擾亂者、畏懼科技所化身的任何事物。「大胞」一方面統治未來的馬來西亞半島（延伸至盡頭的新加坡），但這個母系氏族並非毫無顧忌：皇家氏族與遙遠無名的「統治者」保持若有似無的後殖民權力關係，也因此雙方都強化了性別與科技的雙重禁制。

當天使娃娃以少女與黑貓的搭檔形式來到城市，他兩者遭遇海盜與王子雙重化身的狄維特並結締爲愛侶。縱使黑貓先知般地感受到變局，狄維特與少女人偶以跨代（或夾雜戀童）隱喻的形式相愛，這則跨物種跨性別愛戀成爲這故事最強烈的張力與難關。狄維特類似黑色電影的浪遊偵探，他遇到了最棒的女孩，但無法也不敢擁有，這個無權力的陽剛反英雄隱約認識到女孩（人偶）象徵著最棒的願望與最慘烈的後果，既是夢中所欲的完美情人，但她的現身也終結了他先前認定的人類性與單一完整身分❺。在故事的脈絡中，慘烈的後果與去生殖愛情的基礎就是後人類人偶娃娃由於天眞愛意而使用體內封存的毀滅性能力，成就「她的人類」任何所欲之願；然而，狄維特的子民畏懼的就是非人科技的善意強大力量。根據作者在〈最美麗的人／物：遭逢慾望客體〉（"Chosen Among the Beautiful: Encountering the Object of Desire"）這篇文章的自述與剖析，人偶少女與酷異陽性人物的遇合具備多重性質的邊緣情慾意義。在以下引用的這兩段作者敘述，狄維特的怪胎陽性混雜了東方式的神祕主義（mysticism）與西方、第一世界模式的黑色電影冷硬男主角。再者，秋（人造天使）與陽剛黑暗人物的愛情故事既是對生殖系統（陷阱）的逃逸與逼視，也是對母系社會強調血緣、人類本位、合法陰性的反駁：

　　試想看看，你就是某部電影的男性主角。在我的故事，這位男

性主角是生理女性，或可稱呼為曖昧的性別，但你可以不用在意這一點。這位主角高鮄英俊充滿黑暗氣質，勇敢睿智，並且武功高強。你化身的他是個年輕的演裝者（Pretender），某個皇室家族的最年少繼承者，你奮力戰鬥，力求讓你的祖國取得獨立地位，甩開那些異域統治者。由於這是一則現代、或甚至後現代的羅曼史，你的過去多采多姿，並擁有雙重屬性的地位，對於你的生命角色充滿譏誚式的幽默。你處於境外黑暗之處，在社會的邊緣從事自身的工作。然而，你的意識清晰良心清白，你並沒有個人野心。如同那些最高段數的戰士英雄，尤其是處於**東方式的傳統**，你一半的成分是個**神祕主義者**。你其實很想當個隱士，在神性的孤絕之內與萬物同在共處。然而，正義必須首先得以執行。（1998：part，黑體字為筆者強調）

　　當秋終於了解，原來狄維特所處的文化一直致力於遠離機器，

---

❹ 在此引用瓊斯的網路札記。此段落以慧黠且不失自我嘲弄的語氣詳盡說明，她之所以創作出這個浩劫後馬來西亞反科技母系皇族社會的經驗、敘事策略、性別政治等來龍去脈：「當我最初設想半島（馬來西亞）的在地社會時，我遵從標準的自由主義式科幻模型。也就是說，此模型設想的是第三世界的女人被他們的男人所壓迫，而這些男人被異域的統治者所壓迫：男人被超男人統治，女人在最底層。我本來設定的是這些女性擁有魔法力量，但害怕去使用它們，直到我的故事終於浮現。然後我決定，很符合流行趨勢地，我不要讓女人被描摹成受害者。就在我寫完的版本，這些女人，這些面紗遮蓋的女人鮮少出現於大眾眼前，但他們在家與國的深處爐灶殿堂掌握大權。這是個與常態性別二元性相逆反的社會結構，唯有很少數的男性—— 最優秀且最聰穎的 ——被這些女性權位者允許得以成長為成年人，但依然被禁錮於奴舍（purdah）。大多數的男性孩童維持『男孩』的形體，也就是少男奴隸，持續讓一切得以運轉的底層勞動力。（奴隸制度！這是對照於工業機器的另類途徑。它很廉價，但它可行）。」

❺ 隨著情節的發展，我們逐漸知道狄維特與他反抗的母系氏族同樣是運作基因工程來建構身體的後人類。他們與秋與黑貓神偶的差別在於「人工化」或「基因操作」的程度多寡，而非本體性、一刀兩斷式的絕對差別。

他們不想與秋這樣的東西生活在一起時，她終於崩潰落淚，因為她是錯誤的，錯誤到沒有誰會想要她。對於我（作者 Jones）來說，秋所陷入的為難局面是暗喻我當時身為駐外人員妻子的內在衝突與傷痛。而秋還必須面對身為女孩必須克服的另一種難關。試想，當兩者（英雄與少女）愛上對方，英雄的生物性腦部告訴自己，首席雄性（Alpha Male）是很稀少的存在，就像是龐大凶惡的動物相當稀少。當你（指書中的黑色英雄）看到某個美麗的女孩，你的動物腦告訴你，這不是你配得上的人物。以上的情境是典型的黑色電影英雄兩難，也是第二名雄性的難關，狄維特的黑色落拓英雄難關。但我告訴你，**這是非法的科幻小說書寫，正典的科幻小說英雄通常都是首席雄性，除了狄克（Philip K Dick）的男性主角**。然而，即使你躋身於首席雄性位置，你必須時時處於憂患，因為老大哥總是蟄伏於陰影之內，配備著閃耀的鐮刀與險惡的嘻笑。（1998：part 2，黑體字為筆者強調）

　　就我而言，狄維特的酷兒陽剛再現意義除了作者的描述與詮釋，還包括邊緣位置的「男・性」（male sexuality）：抗拒物種生殖程式，反抗老大哥的頭號叛徒，科技／人類的酷性別交媾象徵，科幻作品向來無法規避但又強烈壓抑（因為不可能讓常態生理男性來實踐這樣的位置）的「完美陽性」浪漫模本。相當重要的是，此陽剛性別的建構基礎揉合去殖民家國抗爭與酷性別意識的雙重意義。狄維特面對的母系長者是溫和神祕的「東方古老」母性，其管理手段並非血腥征服，而是漠然委婉，狀似默許。他並非身處常態父權霸權的異服跨性者，而後遇上某種救援（例如性別多元的女系氏族）。他也不是歐克葛洛芙（Artemis Oakgrove）或卡利非亞（Patrick Califia）等跨性別作家筆下的跨性 T 或跨性男：這些角色散發出近未來或返祖的神怪性力量，必須以肉體與跨性別魅力為反攻器物，也就是

經常性地與女神／女王化身的宰制者進行體膚交合的情慾攻守。狄維特的戰鬥不同於上述作者描寫的跨性別角色，他企圖鬆動的家國權力體制掌握於去身體性且無法經由慾望層面近身搏擊的「母上」（matriarch elders）之手；這些把關含蓄體系的母親與長姊同時禁止女跨男的陽剛，並以生物文化的雙重界面消除生理男性的性。母系制度全面地擦拭抹淨了男性可能發展的僭越反叛因子，亦即生物本位式地操控男性的身體（如荷爾蒙、性器官，甚至染色體）使之馴服柔順。處於家國宰制者與外境統治者的雙重包抄，狄維特的處境與戰略道出瓊斯所言的「黑色電影陽剛反英雄硬漢的僵局」。他化身爲負面孤絕的單獨**物種**，同時對立於（處於性別階級高位的）女性家國與企圖微妙操縱國族的外來者。除此之外，我從中也閱讀到不只一種的單獨酷性別（物種），例如試圖從隸屬奴役位置脫身但拒絕「男性化」的生理男皇族❻，狄維特身爲盜賊領袖所率領的邊緣階級少數眾等等，這些林總且各自的物／種組成了奇美拉的許多變調與同盟。

　　此外，作者坦承以白種異性戀女性（第一世界主導的性與情慾想像）位置描摹出她的理想陽剛慾望客體，同時以親近涉入的姿勢，

---

❻ 在他從事反抗外來政權與內部母系宰制權力系統的生涯，狄維特最要好的朋友是親王安東（Atoon）這位生理男性皇族，雖然是皇族，但在性別系統嚴苛的家國系統，他選擇以婉約柔和的形式隱微地從事暗渡陳倉。在此處我們可以印證維逖（Monique Wittig）在〈人並非生來就是女人〉（"One is not Born a Woman"）的理論：縱使性別都是建構於意識形態與文化社會的框架，弱勢的性別更容易被註定爲「自然化」，並且主導霸權會將性別建構與命運、本質、自然、神話（維逖稱爲「迷思」）等敘述系統相等同。安東與此系統的男性一方面接納他們的「劣等」價值，但他們從事維逖的反迷思抗爭，在唯物論的層次設想且實踐某個在性別建構尚未形成主導力量的前期（pre-date）情境。

經營第三世界的母系國族社群 ❼。在瓊斯建構的「東方式」母系統治階層家國結構與對立的黑暗陽剛群體，我讀出了相互錯置的權力博奕、物種／種族的競逐、（跨）性／別關係。它們並非純粹地反殖民或反性別二分，但在這些無法清晰二元歸屬的混雜布署之內，去殖民與跨性別酷兒的動能不時從被批評為無意識模仿的錯誤概念萌生。狄維特等角色的去殖民性別業債（karma）與業績（credit）在於他（與作者）認真確切地架構他的陽性，並非以嬉戲解構的方式，而是反其道而行。這樣的陽性（孤絕、邊緣黑道領袖、睿智入世但悲觀）典範不只是從本質性的東方母系社會之主導女性或奴化男性就地取材，必須還有相當成分是從非在地的、外來的，甚至是殖民系統（更高位階宰制機器）的文化材料輸入。

　　作者以西方異性戀白人的位置書寫非西方的酷兒跨性別情慾模態，既誠實批判但也不諱言這些描繪引入了自身的情感慾望模組；而且，此書寫必然透過（不可能不是）「西方」的語言文體來描摹活靈活現的東南亞反殖民（但也同時處於殖民想像的）跨性別魅力。這樣的書寫與策略符合勒瑰恩（Ursula Kroeber Le Guin）在〈變動中的王國〉（"Changing Kingdoms"）闡述，幻設小說語言對於鬆動極端的二元對立、宰制機器與反抗主體互成共構的效應：

　　　（某些評論者）以為生猛的事實天生存在，而語言忠於事實且恰如其分地描述它。它們以為語言有能力道德中立：這些預設是大部分舊式科幻的基礎，與其他類型的虛構小說都有落差。虛構小說假設的是：現實是文化與心理建構的東西，語言只可能間接描述現實。

　　　此外，道德價值與語言相互輔佐彼此。1960 年代以降，這些觀念暗含於許多科幻作品，它們與早期的科幻相當不同。於是，科幻與之前「奇幻的異域」之間的藩籬得以削減。語言構築現實，而不是描述

現實。（1997: 11-12）

　　勒瑰恩的說法囊括性證成了許多從1960年代崛起的「新浪潮」迄今的幻設作品，再度強調語言、文化與種種身分建構的蛛網相連狀態。然而，如此糾葛連座的構築必然違背「傳統」身分政治強調乾淨脫離父權意識形態、殖民帝國影響與（男性）科技幻想的三重二元性批評框架。在這套充斥不潔的幻想與「慾望客體」的故事，瓊斯的奇美拉三重體——傳達帝國之聲的優雅黑貓，混血東西方多種模式的跨性別黑暗王子，後人類人偶樣態的天使娃娃——相當嚴重地冒犯了支持二元結構的批評系統。然而，倘若我們再度從海拉崴的「賽

---

❼ 瓊斯對於她描繪的狄維特稱呼為「我的夢中情人，身穿生理女性衣服的理想男性」（1998）。我不會以直性別的批評系統來閱讀這句話，因此指責瓊斯「拷貝」了某種男性形象到酷兒陽剛再現的範疇。我試圖將此反轉閱讀，也就是說，此理想男性非得在「身穿生理女性衣服」、但同時跨性別異服為「男性」的多重換身狀態，才可能構成「他」的邊緣身體與神異魅惑。此外，瓊斯談及她設想出這個夢幻陽剛形象與人工玩伴娃娃的關鍵時期，正是她自覺身為「人偶娃娃」的去主體狀態，也就是跟隨婚姻配偶到東南亞國度、但自己沒有工作的依附居留時期。
在以下這段，作者將自己與秋部分性重疊，而她描繪的跨性別與後人類情慾則說明了瓊斯的認同並沒有她陳述的如此「異性戀」：「當時我生活於新加坡，因為我丈夫得到在地學校任職的機會。我們想要旅遊且見識這個世界，彼此同意儘量申請到國外工作的機會，遠離英格蘭。但是，我並沒有準備要擔任一個隨員出任的妻子角色。我向來是個獨立的人，我有自己的薪水與支票本，但在那段時期，突然間我變成一個無助的依附者，沒有錢，沒有找到工作的機會，只能處理家務，看上去像個裝飾品，並讓我的丈夫快樂。這樣並不算太壞，我覺得還好。最可怕的是那些國外任職人士的社群，他們充滿反挫想法且激狂擁護傳統。我被一群人士包圍，他們不認為我身為小可愛取悅機體的狀態是自主且暫時性的，他們認為這是我的自然角色，我就是被設計成這個角色。這是最震驚的部分，我想，這個關鍵點引發出我書寫秋這個人偶娃娃。」（1998）

博格」理論來檢驗這些冒犯點，我會將這些不潔的痕跡閱讀為「機體－動物－人」這三種生體在拖曳橫行於重重界線與臨界點所留下的體液或爪痕。在瓊斯的這套後人類童話科幻物語，黑貓既是過往神聖（代表預設的境外正典西方帝國）的代言，也是負擔著後人類生體與跨性別身體的守護者。牠／他的交錯並置狀態就是既此既彼的去殖民過程，既脫離也複寫了殖民（科技）在這些抗衡科技轉向「魔法」的母系社會情境。天使娃娃秋的非女性、非人性純真「物化」美感並非純粹的顛覆或拷貝，而是性別、情慾與科技的種種複刻磨蝕重疊的成品。狄維特抗衡母系宗族魔法（陰性科學）的實踐方式之一，是在一個塗銷「陽剛」的地域改造裝置自己的身心，使之轉化為遙遠國度（連結殖民帝國歷史想像與去殖民動能）的神魅男性叛徒。這三者的離經叛道同時指向隱約猶存的西方「返祖」人類性、太古時空模式的母系社會，以及強調生殖血脈的「反科技」家國意識形態。他們化身的悖離形象認真地嘲弄了科技、性別、種族、物種的經典（canon）與常規（convention）。在此必須強調，正典性別政治若將後人類式的反（常態）主體文化再現輕易挪用為父權意識形態無所不在的證據，或許反而憑空支持了並非真正無所不在、更不可能絕對全能全知的主導文化機制。

如同白瑞梅與劉人鵬在〈「別人的失敗就是我的快樂」：真相、暴力、監控與洪凌科幻小說〉("Schadenfreude: Truth, Violence and Surveillance in Lucifer Hung's Science Fiction")所提出的相關論點所言，黑貓的跨物種屬性、天使娃娃的反主體模式、狄維特的去扮演性（anti-performance）陽剛體現都是某種戳擊主流文化與正典身分政治的「暴力」。這些「暴力」再現表陳出緻密雜種的主客體連結，甚至互換狀態，它們無法清楚明白地佔據正義的反殖民位置；然而，透過這些人／物穿梭出入於童話、異域、幻想、慾念所組成的後人

類／後殖民／後性別景觀，我們可以清楚看到這些景觀鮮明有別於前者（經典，帝國，父權）自認擁有的正統與起源，以及後者（常規，正典，母系）擔任的含蓄檢察官監控位置❽。

在她自己談論《神聖承擔》與《花塵》的寫作過程中，瓊斯鉅細靡遺且坦承地說明許多敘事策略、文化再現、想像與效應、結構與文體所給予這些書寫的影響與刺激。我認為人文學院研究必須費力且開展（但不失批判）地讓每一個文本（或任何一個個別再現）得以脈絡化，而「脈絡化」（contextualization）的意義不光是某種簡單粗率的拼湊，例如從文本挑選出關鍵字或抽樣情境來摘指或禮讚。脈絡化意味著琢磨且體會文本／再現的種種前情後續、身世淵源、敘

❽ 在此，我必須花費篇幅來引用這兩位作者的洞見：科幻文類可能看似比其他文類更暴力，因為不論是科幻文學、電影、動畫或漫畫，暴力或恐怖常是科幻美學的一個文類上的要素。在日常主流道德論述框架下閱讀科幻文類的「暴力」，看不見的是日常「反暴力」或「譴責暴力」的論述所可能隱藏的暴力，因為日常意識型態的「反暴力」論述所反對的，其實常常是「非主流」對於「制度化」暴力的再現，而制度化的暴力，早已鑲嵌在主流價值系統中而習以為常了。這是以制度性的暴力，反對那對於「制度性暴力」之再現。而就科幻作品而言，有時當一部作品被標誌為「暴力」，其實是因為該文本質疑現實某些自然化的面向──就洪凌的作品而言，就例如異性戀定義的性別認同、人與機器之間的二元對立等等──，這些自然化了的面向為特定社會主流利益所在，藉著「孝道」、「社會秩序」、「人性」等名義而維繫，在這些名義下，特定主體（如酷兒）根本沒有位置或無法發聲。的確，不論是中文或英文脈絡，許多通俗文化包含暴力；但我們認為這些文本更明顯的「暴力」在於，它們強烈解構著主流價值，而有時正是這種強烈的解構性招致反對的聲浪，但反對的聲音只是譴責這些文本呈現暴力畫面。我們建議的是：將敘事的暴力視為一種再現策略，那麼每一個文本、甚至每一特定個別的再現，以及結構每一種再現的政治，就可以分別被脈絡化地討論，而不必套在既定現成的道德系統框架中，將「暴力」與「非暴力」的現成標籤視為理所當然。那麼，這些標籤在主流再現系統中所服務的利益，也就可以被檢視。（2007：216）

述語境、社會條件、書寫策略、（有意或無意的）邊緣戰略，連同它已經或可能造就的政治效應與（跨）文化情感／影響（trans-cultural affect）。對於作者悉心構成的母系氏族、後人類客體、酷異陽剛這三種再現，我認為必須從文本與它周遭包圍聚攏的種種上述情狀來剖視。在描寫「爐灶」式、擬似東南亞結構的母系家國景況，瓊斯運用了狡詐（cunning）但不失詭誕真誠（uncanny earnestness）的敘述策略。

首先，她拒絕1970年代英語系統（尤其是美國自由派女性主義與女同志連續體想像）的美好烏托邦前景，但同時反向抵制著某種薩伊德（Edward Said）在〈旅行的理論〉（"Traveling Theory"）論及的西方第一世界作者姿態：要不就是將落後、化外情境想像為負面、待拯救且嗷嗷待哺的難民，否則就絕對二元跳躍，將這些在地者平面地擁戴為救世主式、美好高貴的前現代神聖野蠻。事實上，瓊斯經歷過考慮此種敘述模式的階段，也就是說，由於作者誠實的揭露，我們得以獲知，任何再現的文化資本與表述戰略都會經歷從草稿到定稿（但可能永遠無法完全底定）的細膩變遷。定稿（出版）所呈現的「大胞」氏族混血交錯著印度母神位置、伊斯蘭教的面紗陰性、中國（前現代）的世家母上威權，以及作者經驗（但未必是「實證化」或唯一的）東南亞女性家族情境。這些龐雜交織的第三世界女性文化材料組成某種特定位置的母系宰制社會，對比於「統治者」的科技或「外來者」的貿易，此社會有其運作優勢但也充滿挫敗／限制。我們從中讀到它的戰略意義與文化情境，其複雜滂沱的程度使它背離作者竭盡全力抵抗的、純粹扁平形狀的「殖民／反殖民」二元模型——只可能容許落後退步或聖潔救贖的兩種虛構空洞位置，藉以支撐普遍西方殖民主體的全有與全無。

類似上述的敘述策略，狄維特與秋的兩種後人類性／別類似沉

積岩結構成的層疊交錯合成體。他們的性別形態並非理所當然、斷然性的第一世界加乘第三世界秩序性組合，而是不時浮現罅隙但充滿有機（organic）的跨文體跨文化產物。狄維特反抗制衡陰性霸權的屌漢人格型（swagger stud personification）交織了東北亞洲（例如流行文化再現的中國古代、日本幕府）劍俠文類與黑道英傑典型，西方中世紀的反城邦盜賊領袖形象，與童話文體的救世王儲（明顯取材於王爾德充滿酷兒意味的〈快樂王子〉）。他與母系國族的鬥爭並非誓不兩立地各站兩極；兩者時而衝撞爭奪政治資源，時而暫時合作對付外來者，各自與不同的國族政治實體、（難以區分東西方、第一世界與第三世界）的異域異邦主體形成串聯網絡。至於秋的人偶性，連同她反常態女性的「少女」性別與愛情模式，非成人屬性的孩童質感（childishness），錯綜複雜地涵蓋日本科幻動漫畫的去／非主體與去人類性（例如押井守等的後人類作品），包含女同志、男同志、跨性別書寫的酷兒同人誌（slash fan-fiction），安徒生童話（如小美人魚與白雪公主），以及酷兒科技奇幻的世界構築——就如同狄雷尼所建議的「非正典標註」（non-canonical markers）（1999: 218-270）。在這些人物與文化政治的結構內，穿梭其中、狀似雜蕪浩繁的意象並沒有哪一種最具主導性或最為優勢，而是以共鳴互動的「賽博格」樣式媾和於再現系統，組成一幅具備去殖民動能的跨時空畫面。它不盡然全面解構，但反覆緻密地辯證殖民／被殖民／反殖民、主體／客體／機體、母系政權／邊緣陽剛／酷兒少女性的多重位置與其矛盾。

　　在本節的最後，我必須重申，任何個別再現都有其獨特細微的指涉系統（referential system）。專斷粗暴地枉顧指涉所在的語言、效應、書寫策略，不但無助於拆解文化霸權，反而隱約落入與主導文化政治同調共鳴的窘境。這些人物／再現的表現是如此藤蔓糾結地

鑲嵌於多重敘述政治之內，因此拆亂了主導性與邊緣性之間的位階秩序，這需要有誠意與能力考掘其指涉系統與其複數歷史書寫的凝視來體會分析。倘若落入配備「帝國之眼」的論述視線，狄維特的酷兒陽剛仍然容易被不自覺居於二元對立的性別政治充滿喜悅地指控為「複製父權」，秋的後人類少女情慾隨時可能被張揚「主體性」但枉顧其重疊魍魎（罔兩）質地的文化政治追打，斥為過於簡單且文不對題的「物化」❾。

　　倘若某種酷兒文化研究（者）認為，所有的差異都能夠被某種視線、某種系統、某種論述或政治位置輕而易舉地揭發，無從遁逃於寰宇，如此，可數落殆盡的差異與全體一致性的同化並無不同。例如，在某些論述，趙彥寧所設想的、堂皇宣稱（酷兒）絕對沒有「非文化菁英的、下層階級的、或扮裝」狀態，不言而喻地落入白瑞梅與劉人鵬所批判的代言性狂妄：「假設了一種『代表性』的『酷兒文化』，這種詮釋框架的問題在於：不論是什麼東西構成『代表性』，這種彷彿不言而自明的『代表性』預設，對台灣『酷兒文化』生產而言，都會變成一種未曾明說的標準，模糊掉了比較次文化的酷兒再現形式。……否認了作者有任何有意義的能動性，更遑論批判的主體性 —— 這種否認，經常伴隨著我們已經太熟悉的指控：『抄襲（模仿、來自）西方』，或『複製主流』，即便這種指控是後結構對於語言與主體形構理解的一部分。」（2007：234）

　　此種全有的普遍視線擦拭／處決了早已存在、但殘缺不全且從未「本真」的跨性別罔兩痕跡，此視線使這些罔兩從隱諱曖昧成為從不存在。不過，從不斷湧現的書寫與文化再現效應視之，任何監督機構或藉批判之名的宣稱都不可能讓罔兩（酷兒性別）被一一辨識清除或分類。這些湧現且拒絕被視為「完全不見」的低下敗壞形體總是變換裝置而持續滋生，如同下一節我將論證的「怪胎少女扮裝為少

年演員扮裝爲莎士比亞扮裝爲少男的女性演員」的末世改造身體，其性／別怪胎的程度如此詭譎動盪，或許連莎士比亞並不會過於篤定，斷然宣布對方究竟「是」或「不是」何物、來自何方、將成爲什麼。

---

❾ 在此，我想以上述的論點回應趙彥寧在觀察 1990 年代台灣酷兒政治，絕對的全有（因此全無）結論：

> 台灣的同志運動於論述與公開儀式的層面上雖然不斷引用「酷兒」或「運動」等具挑戰性的符號，但荒謬的是，運動參與者中卻完全不見非文化菁英的、下層階級的、或扮裝的人群，或英文中所謂「transgender」、「cross-dressers」、「drag queens」、與「drag kings」（包括「bull dykes」與「stone butches」）。（2001：89）

姑且不論「點滴不漏」地全程參與並考察「台灣同志運動」的所有「公開儀式」是否可能，即使我們假設作者的確（不可能地實現了）趕赴並見證每一場「儀式」，並分毫不差地監視記錄，如此更形成了我反對的監控代言狀態。我真正想質疑並反問的重點是：是否有任何一種參照（指涉）系統，絕對且斷然地決定了「文化菁英」與多種「他者」之間的位置區隔？在主體（與非主體）的所有再現形式之內，是否有某種靈光（aura）、氣味甚至實證帝國化（empirical imperialization）的本質屬性存在，賦予作者與類似的代表聲音權柄，讓他們得以在每一場儀式當中精確判準其中必然有或沒有「非文化菁英的、下層階級的、或扮裝」的主體／身體？我們得不厭其煩地鄭重強調：跨性別、階級、文化位置等再現各有其緊密的物質性基礎，並非每一個（每一種）跨性別、下階層、低文化主體／身體都得以矇混過關。反過來說，正因為不可能「每一種」跨性別、下階層、低文化主體再現共享某種先天必然的同質性，因此也證成了任何再現與任何場域都可能存在著異服扮裝的形體。這些形體是「同志運動專家」也無法判定何謂蘿蔔何謂坑的主體與身體，例如未經醫學建構就毫無問題地「輕而易舉理所當然被視為生理男性」的跨性別 T（Stacey Montgomery 2002: 243），同樣存在的是「洋溢詹姆思狄恩（James Dean）的氣質但不會有人以 Sir 來稱呼他」的陰陽同體酷兒（2002: 244），或是婆所扮演的跨性王（Femme as drag king），為的就是嬉戲嘲諷並故意被「識破」（J. Jack Halberstam & Del LaGrace Volcano 1999: 32-58）。

第二節、魔物生成誌:「外於人類」的末世酷兒與太古神話家族博奕

> 對於**華曜事物**的激情嚮往,遠勝過對於情人的欲求。
>
> —— 班雅明(Walter Benjamin 1996: 352,黑體字為筆者強調)

在本節,我以兩部爬梳自然(世界)身為「愛的原點與受體」以及末世廢墟(命運)身為「原欲的臨現場」的幻設作品為文本,從兩者的戰役與互動來探討身為人外與「外人」的夢幻慾望物處於象徵網絡的多重位置。後拉岡精神分析作者,諸如齊傑克(Slavoj Žižek)、考普潔珂(Joan Copjec)的「真實層與大對體構」,處理晚近科幻小說的肉身變遷、情慾與主體性的輾轉流離(diaspora)、(並不存在的)本真本體與人工拼貼化身、人類性與非人酷性別等議題。此篇章主要的閱讀作品是寒特(Elizabeth Hand)的末世科幻三部曲——《漫長的冬季》(Winterlong),《滅絕之潮》(Aestival Tide),《伊卡路絲的殞落》(Icarus Descending)。再者,我以班雅明(Walter Benjamin)闡述德國哀劇的觀點為主要施力點,處理巴爾克(Clive Barker)鋪陳不死氏族幻異情儺的歌德奇幻小說《黑暗枷利黎》(Galilee)。我將以憂鬱、命運、自由這三者的傾軋互動,探索虛幻的死去父(副)名、母體與陰性力量的吞噬性與破疆界狀態,陽剛奇幻欲求物(the fantasmatic masculine object)的異質性與混血成分。

透過寒特鉅細靡遺的描述,人類所生產的「最詩意的病害」(the most poetic virus)註定要回報它的製作者,生殖出最可怖也最魅惑的末日景觀:「基因奴隸包括犬類外型的阿旦曼(aardmen),臉孔類似禽鳥的女獸(argala,用為外太空基地居民的性愛玩具),侏儒狀的沙漠蜥蜴(salamander)沒有眼睛、皮膚潮濕,設計來當作地底

礦坑的勞工。」（1993: 6）在這部作品中，某部分的選民榮登天際彼端的衛星 HORUS（Human Orbital Research Units in Space），在星際間的人類聖域扮演假惺惺的救世主與奴隸販子。殘留在變形地球上的，就是劫後的慾望天使，以「人類基因工程實驗室」（Human Engineering Laboratory）充當第二度降臨的默示錄場景；身為「神經系統再造的共振感應能力者」，再現了匱乏與多出物（潰瘍）（lack and metastases）的對象，便是這套三部曲的主角。

玩弄遺傳因子、將肉身／性別／情慾等交換系統拆碎重塑，零件化了原先看似不可能被拆解的主體，「人類基因工程實驗室」生產出的是後拉岡精神分析理論會命名為「海市蜃樓／小欲求物」（phantasmagoria，objet petit a）的化身。這些逼近「精神病（psychosis）的超異能力者，如同讓對手石化的梅杜殺之眼（Eyes of Medusa），在相互凝視的瞬間便潛入患者（它者）的心靈禁區，被作者形容為「腦髓之間的陰影」。恰可與「人類基因工程實驗室」對照的版本，則是搖搖欲墜又頑強不屈的劫後廢墟。掌權的「系統管理員」（Curators）與經營麻藥、香料與肉身產業的「愉悅提供者」（paphian），以彼此認可的共謀，交互建構起一個既原始又精密的交易模式——前者提供權力者的保護，而後者以沾染體液與香料的身軀，為前者執行主客體界限嚴苛殘酷的官能儀式。劫後的時間向度與歷史脈絡被置換成殘暴美感的「象徵性交易」（symbolic exchange），那些交易同時被推衍到相當極端的情境——「愉悅提供者」又名為「抹大拉的後裔」（Children of Magdalene），形成部族式的內部循環生態彼此交配生殖，為的是製造出更多可供消耗的客體，用以成就終結之後、圓形時間的自我封閉延續。

在《漫長的冬季》的主軸情節，可以從中閱讀到兩種「無須用上眼睛注視的自我觀視」（I as the gaze without the eyes）。其中之一是

酷兒跨性別貫穿漫長的跋涉，體現於故事的敘事者，具有共振感應超異能力的主角艾蒂·汪韃絲（Wendy Wanders）。本書的重要命題之一是艾蒂與其「顧客」的（無）意識與體液交換，藉以帶出後末世科幻小說的流浪性別：如何在殘垣敗瓦的外在環境，以及同等流離的身心荒原上，洞穿並質疑自然與人工的種種建構與想像。距今約四世紀之後的華盛頓，劫後者反諷地稱呼為「綠蔭之城」（city of the trees），在這座洪荒末日的廢墟內，艾蒂身為超心靈機構的貴重實驗對象，一方面充當「象徵秩序的化外多出物」（excess of the symbolic order），另一方面，她的作用如同維繫象徵秩序的纜繩。這個打扮為莎士比亞劇作少男演員形貌的非（後）人類非主體將自己的病症轉化為毒與藥，治療發狂詩人、劫後生命體，以及將她一手塑造成如今模樣的浮士德式（Faust-esque）「僭越人類界限的科學家」。艾蒂的後人類性別與超感應能力同時是末世風景的原料與作品，她的多重人格／性別身軀則是共情（empathizing）無意識恐懼與慾望的收容渠道。

除了以超異能共感念場（empathy field）來回應主體的匱乏與驅力，不以眼睛與自我為配套的注視之道，顯然讓這些觀視者體受到「遠超過愉悅的多餘猥褻享樂」（the obscene enjoyment as supplement and excessive form of pleasure）（Žižek 2009: web），這等精神情慾的乖張魍魎風貌，甚至也活靈活現地展現在肉身的畸零情景與迷幻變異。在許多暴烈華美的敘述當中，寒特以毫不保留的冷酷基調，詳盡描述總是「多出或少了什麼」的「活生生瘋狂收容頻道」（walking vessels of our madness）：

　　瑪瑞長出果實般豐饒眾多的乳房。泰勒的眼睛從灰色轉白，繼而變成鈣化的花崗岩珍珠。吉葛的體膚彷彿一座敗壞的花園，他的氣

味是蝴蝶與死屍的組合。某一天安娜醒過來，赫然發現床鋪上躺著一個皺縮的微型人體，長著她自己的面孔，以及枯萎的男體性器官。（1990: 281）

　　在這些身爲「他者觀照之鏡」（a kind of emotional mirror for others）的超人類後身體之內，主角與同儕行走於淋漓崩壞的劫後地域。他們經歷的情慾遊走既是象徵系統的無止境交換，也是企圖闖破主體與宰制機構之間的那些異議聲音，游離界線與（看似註定不可逆轉的）裂縫。艾蒂充滿張力的異服陽剛遊歷以雙聲道互文的形式具現：她一方面是扮裝爲少男的非人（後人）實驗室產品，亦是涉入莎士比亞劇場結構的異服演員。在這些後人跨性別實踐，最酷異的情境在於艾蒂「扮演」的諸多角色既有莎士比亞劇本當中異服爲女性的少男，同時搬演出莎劇場域之內的女扮男裝異服者（例如以下引用的《十二夜》）。艾蒂的沙劇雙重性別臨摹與她的浪遊者男性身分交織並陳，道出活靈活現的「海市蜃樓眞體」（the mirage as real embodiment）──這些頹廢傀儡的扮相既是人格互補的雙重奏，也是後人類肉身踩踏兩重文本地景的酷異陽剛寫照：

　　「你儼然是他的雙身，長相與他如出一轍。」
　　這位紳士遞給我一杯翠綠色的飲料，甜美的薄荷茶，我們於米蘭瑪（Miramar）大宅作客。廂房周圍擺設好幾台電視螢幕，數百年之久的儀器，這是他們最近經由歷史學家那邊取來的飾品。玻璃杯蕩漾著微量燭光，房間到處都是娃娃與小人偶，這些機械肢體妝點著戒指與手環，懸掛玫瑰與河谷百合花圈。
　　「阿酊是個充滿超自然才能的年輕男子。」會說話的小猴子演員、深紅色小姐如此盛讚。

米蘭瑪氏族的主人回應。「我絕不懷疑這點，深紅色小姐！除了演技出色，我必須說，你們讓清純少年扮演女性角色是最棒的選角方式了！」

深紅色小姐輕哼，我必須過止自己笑出來。這主意實在太妙了，**一個少女扮裝成的少男扮裝成舞台上的少女！**

「然而，您應該明白，我並非拉菲爾・米蘭瑪（Raphael Miramar）。」我再度回應。

「我明白。你的知識淵博，足證你是圖書氏族的成員，並不屬於從事床笫交易的瑪大蓮氏族。然而，你是否確定自己是家族僅存的最後一人？你可有任何家人？你可有一位妹妹？」

我笑著朗誦，然而憂懼在我心靈內部翻騰，宛如一尾毒蛇：「不，先生，我並沒有妹妹——『我是我父親名下的**每一個女兒**，也是她的**每一個弟兄**。』」（1990: 208-9，黑體字是筆者強調）

艾蒂與雙胞胎兄弟拉菲爾的交換狀態展現於許多層面，千絲萬縷地糾纏於異質性別與人／非人的辯證。前者是精神異常的天才與超能力者，後者是古老娼妓氏族的一員。艾蒂以穿刺（病患與獵物）的身心為養料，貢獻自己的肉身為他人的養料；前者的虐待性陽剛（sadistic masculinity）與後者的淫蕩陰性（slutty femininity）互為鏡面兩端。艾蒂的過度完整（超出常態人類的極限）與匱乏（必須獵食他人的精神殘缺來餵養自己）寫出某種充滿魔物魅力的孤獨酷兒陽性樣態，她追尋成為「人偶／演員」之外的漂流歷程，是透過各種冒犯性的跨性別反常愛欲來進行，例如她與培育者赫羅（Harrow）博士的跨代同性情慾，或是以少男身分勾引6歲小女孩的冒瀆性愛。如同艾蒂所述，這些攻佔他人身體的經驗讓她逐漸成為小木偶皮諾丘（實驗室產品）之外的「真正生命」，某個有別於人類與常規性／別的「不

完全」生命。

在這套三部曲中，充當被奴役者的人物紛紛以異常慘烈的面貌，彰顯了同時被膜拜與貶抑的崇高客體（The Sublime Object）屬性。最觸目驚心的例子是原先是主宰系統道具、死後更被製作成只有肉身部分存活、無法不聽從製作者指令的「空白活屍」（rasa）的男性角色，瑪枷利斯（Margalis）。在此，我將瑪枷利斯的變身情狀閱讀為某種跨性男性的身世隱喻：從人的地位滑落至機械與獸的合體，從常態象徵系統的固定主體位置淪為拼湊合成的「物件」與玩具。瑪枷利斯被製作（再生產）為一具夾縫於有機肉身與無機客體的「活死人」過程，透過角色的自述，讀者感受到何謂「最純粹的欲力便是不死的零碎肢體。它（們）執行著非個人性的意志，枉顧主體的意願與安危」（Žižek 1997: 81）：

> 地獄就是自己，就是自己破爛的肉身與扭曲的心靈，註定不斷地回歸到自己的體內。如許荒蕪，連死亡都毫無拯救的餘地。（Hand 1992: 4）

經由瑪枷利斯變身為非（男）人的純粹物件，奧辛納特世家的統治者絁茵（Shiyung）的情慾主奴模式脫離異性戀常模，進入德勒茲（Gilles Deleuze）在《冷峻與殘酷》（Coldness and Cruelty）界定的陰性主宰者與陽性被虐者框架。身為絕對主控者的王女主宰（dominatrix princess）讓男性生體從死者之國應召重返、將對方的肉身視為恣意擺佈的道具。絁茵以魔道科學家改寫愛人身體的敘事過程，既是生物男性變形為賽博格的跨物種與跨性比附（a trope of trans-species transsexualism），亦是德勒茲描述的「冷酷宰制的虐慾場景」：

施虐者的冷酷純淨思緒與被虐者的心弦騷動恰為對比……幻境的成立是被虐者慾望劇場的首要元素。施虐者以思維與操控性的衝撞為基礎，而被虐者則以想像力與辯證運動為自身的場域。（1991:128）

　　至於在《伊卡路絲的殞落》被視為純粹可拋棄式的基因操作奴隸，它們或華艷或畸零的面目形貌便是宰制系統的「不可分割遺留物」（the *indivisible* remainder，語出齊傑克的書名）。例如，學名為「增生人」（Energumen）的量產巨大次人生體只能活到幾百天的地球日。如同某個增生人在《伊卡路絲的殞落》的自述，這樣的情境等同於共時性的無間斷生死循環：無數個自己死去，而後又有無數個相似的自我被生產出來。叛亂起義的增生人重複循環在死亡與再生之間的「怪誕不朽」（bizarre immortality），「個體性」並不存在，基因完全同質的構造抹除了這個物種具備獨特個體性的能力，成為他們的優勢。增生人完全同質的無性別（genderless）樣貌，對比於瑪枷利斯死後被改造為活屍與機體混血的跨物種－生命臨界點狀態，形成相互對映的對照組與酷異諧擬（queer parodies）。

　　在此，我們可能從班雅明的《寓言與德國哀劇》（*The Origin of German Tragic Drama*）一書處理寓言者（說故事的人）（介於施虐者與交感共振者的中介對象）與寓言對象（失去慾望能動性的華美死寂事物）之互動，呼應此系列的兩種後人生命樣貌。無論是酷兒少年模樣的艾蒂·汪韃絲與其情慾／意識交易對象的儀式，或是絁茵與瑪枷利斯的非正典異性刑虐愛慾互動，這兩者分別寫出穿透象徵網絡的「毒性」特徵。這兩種陰陽對照的性虐待主宰主體性能夠分別生成，主要條件之一在於他們以早已不原生的身體為改造場所，拒絕

「（成為）人類」：

　　如果憂鬱使生命從中流淌出來，給它留下死的軀殼，但卻永久地得到保障，它就無條件地暴露在寓言家的掌中。它沒有任何能力發生自身的意義，在寓言家手中，客體變成了不同的東西，透過客體，寓言家開始說一種不同的語言，它是她打開隱蔽區域的銀鑰匙。它**既是被固定的形象，又是進行固定的符號。**……這是施虐師的特點：蹂躪她的客體，或用這種方式滿足他。這就是寓言家在這個浸透著經歷過的、與想像的殘酷行為的時代裡所做的一切。

　　（1977: 183-5，黑體字為筆者強調）

　　另一種觀視，較諸於超異能力者的共感與鏡相化身，顯然更為殘暴，它並非外於自身的映照者，而是從主體的無意識內擠壓攪拌而出的混沌太初「魔神」。此形象本來是集體無意識的框架與原型，透過超心靈的拿捏摹塑，在毀敗遍野的末世取得特定的身分與位格。在文本中以「空眼瞪視者」（the Gaping One）被命名。經由艾蒂所召喚出的無意識太古魔異化身，在故事的位置既是幾位主角的「我」之大對體（the Other in me），也是後末世科幻小說、後人類、塞薄叛客等次文類所生養的超位元機體神格 **⓫**。此位格的存在證成且取代了難以捉摸、無從定格於象徵秩序界的「真實層」（the

---

⓫ 自從1984年起，以吉布森（William Gibson）的《神經魔異浪漫譚》（*Neuromancer*）為起點，興起塞薄叛客的濫觴。在此類型作品之內，通常都由數位人工智能接合拼貼肉體所製成的「從位元之海誕生的數位生神」（Mega AI God），這個對象乃是作品的母題（motif）或是原域（primary ground）。日本導演押井守改編自士郎正宗漫畫的科幻電影《攻殼機動隊》（*Ghost in the Shell*）系列，則是從「賽博格」視線為出發點的代表作。

Real）。按照拉岡的理論，存在於「眞實層」的「小客體」（objet petit a）配備以下的特徵：它是無論如何，總是回到自己原點的事物；也是無法在象徵結構確切捕捉逼視，只能夠透過一層又一層的轉喻鍊，堪堪地瞥見它流動變異的形貌。猶有甚者，當主體在千載難逢的契機遭遇了「小客體」的形骸化身，所領略到的況味，除了無比的猥褻絕爽（obscene jouissance），亦「造成創痛體驗。此事物是如此的猥褻不堪，我無法天衣無縫地將它與自身的宇宙接合，總有一道鴻溝將我與它割裂開來」（Žižek 1997: 25）。在卡浦潔論述吸血鬼的篇章、〈吸血鬼，胸部吸吮，以及焦慮〉（"Vampires, Breast-Feeding, and Anxiety"），我們可以看到「眞實層」以怪奇事物（the uncanny object）的形影，在象徵秩序界竄動流離，造成「匱乏本身的匱乏」（a lack of lack）：

> 主體與小欲求物（object a）的邂逅，將會製造出「匱乏本身的匱乏」。此物體是如許的無與倫比，它沒有本質或是確切的意念，無法與之溝通、亦或交換流通。簡言之，它並沒有所謂的客體性（objectivity）。（Copjec 1994: 119）

在《漫長的冬季》，這個沒有客體性的小欲求物從「眞實層」的異域被招引而出，到了《伊卡路絲的殞落》，它爲自己佔據（竊取）了最爲詭誕的物質性形式（corporeal form），一個號召人工基因奴隸（Gene-slave）揭竿而起、與主宰系統對立激戰的「人外－外人」領袖❶❷。這個佇立於象徵秩序與「創痛眞實層」的交界、自身即爲複合生物－非生物產品的存在，體現了主體至極的驚駭：並非因爲牠鮮明的非人屬性而感到失落，主體眞正的失落與焦慮在於無法維繫製造且流通異化物（alienable objects）得以循環交易的系統。最後一筆龐

大堂皇的失落是此（象徵與生產）系統的崩垮傾倒。正由於系統的瓦解崩潰，「匱乏」本身與其論述失去著力點，原先被型塑爲匱乏（畸零）化身的各色人工基因奴隸得到微乎其微的暫時性出口 ❸。

　　在這套三部曲中，寒特在展現枯朽與絕望的風景之餘亦以陰寒的光澤提供破局可能性。當讀者看到最後的結局，無法得知世界所面臨的下一瞬間，究竟是天火焚城也似的壯烈全滅，或是弔詭地「凍結於全向度的共時性」。在此，論述的曖昧搖擺處在於各個世代被監控、挪用，乃至於貶抑恐懼的客體（一如人工基因奴隸），究竟如何在象徵秩序之內得以（眞正的）反轉逆襲？更進一步地追問，自以爲操控主宰系統、無能分辨「凝視之我」（the I as the Gaze）與「肉身之眼」（the Eyes of the flesh）的主體（例如在《漫長的冬季》內，扮演宰制架構擁有者的「系統管理員」，在《滅絕之潮》構築九重天使城、扮演末世毀劫主人的奧辛納特世家，或是在《伊卡路絲的殞落》居於遠端衛星撥弄地球的 HORUS），又能如何操作全面自動化的系統，反轉自身與體制的侷促與無望？或許，這兩難的議題可以從齊傑克在《自由的深淵》（*The Abyss of Freedom*）的最後推論，得到一些線

❷ 這個角色可謂座落到象徵系統的真實層切片。在寒特的故事內，它－牠－祂以「自行取名為魔鬼化身（Metatron）」的形態，將自己化為反叛軍的領導者，與象徵秩序結構從事勢不兩立的干戈。

❸ 關於匱乏（客體）與重複（無關於匱乏的超額轉輪）之間的論證，齊傑克援引巴特勒（Judith Butler）與拉克勞（Ernesto Laclau）的相關辯論。巴特勒強調，無須有先天、先驗性的匱乏，主體便能夠在無數次回返的「永劫重複」施展自身的欲力與意志；拉克勞辯證性地補充，即使「匱乏」已然刻印於始初，不可能逆轉或弭合，但正由於如此，「總會出現異質元素，侵入並且造成普遍性結構的動盪。普遍性與特定性總是處於生生不息的相互病態性扭曲。」（Žižek 1997: 84）

索與聯想：

倘若將慾望與欲力分別視為主體與客體，我們有了慾望主體與欲力客體。在慾望結構內，主體渴望的是（失落的）客體；然而，在欲力結構之內，主體將自身轉換為某種客體……或許這就是最高層次的自由，主動性與「被主動地操作」（being acted upon）於焉交疊並置。（1997: 85）

出身於1980年代前期且保守力量強大的英美恐怖小說陣營，巴爾克以拒絕退縮的姿態 ❶，在文本宇宙編織出一個個熟諳身體政治、明顯或微妙地支持反異性戀霸權的各種情慾生態。用早期代表作的六冊短篇小說集《血之書》（*Books of Blood*）為例，巴爾克的引言鮮明強烈地呈現他處理「身體異質性」與「恐懼異色化」的主張——「每一具肉體都是一部充滿血漿的書籍。被切割開來的當下，血紅色的流體橫溢四濺。」（1984：書標引言）

在巴爾克早期的作品，〈在山峰上，在城市裡〉（"In the Hills, the Cities"），處理一對在政治觀點與情慾呈現上都迥然互異的（男）同性情人，旅行過東歐的某座荒城，意外目睹古老的集體瘋癲儀式（ritual of mass psychosis），從此隨之共生化入（incorporated）兩座活生生的巨大塑像的一部分——每一具城池般巨大的塑像，竟然都是由一整座古城的居民的身體所營造而成！這篇小說以男同志的視野，呈現各部族化的再生產型態，將每一具不同的肉身視為「整體生殖」的零件，將異性戀的生殖迷信推向極端，接合父權社會對於不朽塑像的偏執，進而達到血腥瘋狂的歇斯底里高潮。在相當知名的電影《養鬼吃人》（*Hellraiser*）系列，以透過金屬製的魔術方塊，呼喚出生養地獄的使者，從這些使者的形態與操演生態觀之，作者

（導演）將施虐與被虐者（Sado/Masochismer, S/Mer）的美學風情與生命質地加以強烈化，透過鐵釘的穿透、撕皮裂體的噴爆、金屬與血肉的混體異化，鮮明呈現出肉身與情慾實踐的「由內而外」（inside/out）的反轉概念。

如同齊傑克所言，象徵秩序界被語言所建構，如同語言般構築精確的無意識被愉悅原則（pleasure principle）所掌握管理。眞正超越愉悅之外的並非象徵界面，而是「某個死結一般的創痛核心……套用佛洛依德的辭彙，拉岡將之稱爲『無與倫比之物』（das Ding，the Thing），即爲不可能絕爽的具體化身」（1989: 132）。在巴爾克的近作，《黑暗枷利黎》，向來被通俗文化與類型小說以猙獰可怖模樣所型塑的「異形它者」，卻被給予了高等位格與黑暗光華，堪稱晚近情慾身分政治論述在類型小說的燦爛逆襲。

齊傑克在《意識形態的崇高客體》（*The Sublime Object of ideology*）此書論述「無與倫比之物」時，特意強調「『無與倫比之物』必須與科幻與恐怖文本領域的母性負面意象充分連結，例如在《異形》（*Alien*）這部電影所再現出的前象徵時期的『母體化物』（maternal Thing par excellence）」（1989: 132）：就這個分析架構而言，並不適用於巴爾克的小說，兩者出現鮮明的鴻溝與落差。首先，就故事與人物的設定而言，在某些情境內體現了混沌原型母性（the archetypal Mother Figure，或更精確地形容爲太初母皇（Primordial Matriarch））的不死氏族主母，西色利亞（Cesaria）並非後拉岡精神分析學者在某些通俗科幻恐怖文本中所閱讀到的大對體（the Big

---

❶ 巴爾克在成名之後，以知名作家的身分接受同志雜誌《同盟》（*The Adevocate*）的訪問。在那篇相當於公開自身非異性戀性身分的訪談，他以誠懇細緻的態度，談論自身的情慾身分、寫作觀點，身分政治論述與其小說電影等創作文本的互動。

Other），而是通曉真實層與絕爽的不可能實現性、從中爬梳命運與世界的權力者與先知。

在本書中，「無與倫比之物」有幾種層次不等的詮釋與體現（embodiment）。就不死氏族巴巴洛絲（Barbarossa）的世代雠敵、葛瑞世家（the Geary family）而言，超拔於現世（象徵秩序）之外、擁有超自然能力與近乎永生的肉身的巴巴洛絲家族，本身即是一個巨大的「夢幻物」（fantasmatic object）。對於葛瑞世家的許多世代女性（包括作者以善意戲謔語氣呈現出來的浪漫女英雄，蕾秋）而言，提供並掌握了「等同於死亡驅力的不可能絕爽」，便是與書名相同的黑色（反）英雄，被暗喻為黑暗（反）基督的男主角，枷利黎。他與大多數的男女通吃雙性戀男主角相反，並非慾望的驅動者或是慾望主體：透過巴爾克慧點迷人的敘述，枷利黎成為「小欲求物」（objet petit a）的道地典範，也就是「純粹的空無，於焉成為慾望的客體因素」（Žižek 1989: 163）。再者，對於鏡中框架的作者（巴爾克安排在文本內充當寫作／驅動化身的後設作者），身為魔神與人類混血兒的艾德蒙（Edmond）既是身受命運（主母西色利亞）驅策、書寫下不朽凝視下的微型世界，亦是巴爾克在文本內託身為寓言家的觀照視角。最具突破性的情節展現於艾德蒙的第二層文本（有別於第三人稱敘述的宏觀故事）——對他而言，夢幻慾望物（的化身與擁有者）並非中心主角枷利黎，而是已死的父／（性）神，以及同父異母的姊姊蔓利塔（Marietta）——後者既是浪蕩不羈的酷花花公子（queer dandy）❶，也是女同性戀結構的陽性化身（a masculine dyke as phallic being）。

艾德蒙一方面處於人類（現世、象徵秩序界）與人外氏族（神異結構，真實層化身）的夾縫，以尷尬與迷惘的身段探索這兩者的鴻溝與對話之道。在書寫正文，也就是以第三人稱敘事觀點陳述

枷利黎浪跡世界的輾轉流離生涯，艾德蒙總是回返到「嬰孩城池」（L'Enfant）這座包含典藏怪奇超生命體的古宅，正視自身無以言說的猥褻情念。在提及「幻境」與「對體」時，齊傑克在前後兩本著作，分別有著看似對比相斥的說法。第一種言說是他早期著作的重點：幻境之所以成立，並非讓主體在幻境劇場內滿足自身的慾望，而是「透過幻境的種種裝置，讓主體學習如何去慾望」（Žižek 1989：118）；然而，更為乖張弔詭的前提，卻是「透過幻境而得以成立的慾望，為的也是要抵擋制衡它者的慾望——換言之，也就是最純粹的形銷解體，死之慾望」（1989：118）。倘若說持續撰寫枷利黎在人世間的漂泊與情慾史，是艾德蒙（框架內作者）得以在幻境劇場內建構慾望的修行演練，在他以私密書寫的方式，注視已死父神以記憶殘相的形式達成奇幻回返（phantasmatic return）、或是傾倒於恣肆張揚風華與情慾魅力的蔓利塔，方才驚覺自身的原欲不可能光靠著幻境劇場的拼湊搬演便得到極致的揮發。此時，便是通透幻境，更進一步地逼近齊傑克在《自由的深淵》所闡述的破局點，也就是瞥見「它者的絕爽」（jouissance of the Other）❶❻。

---

❶❺ 正如同枷利黎是框外文本（正式故事）的夢幻欲求物，蔓利塔成為框內文本（以及框內作者）投注大量觀視的對象。巴爾克以迷人的筆觸，鋪陳異性戀男性（艾德蒙）對於遠比自身更自在張狂、佔有酷兒陽性（queer masculinity）的蔓利塔，迷戀與羨慕交織的情愫。

❶❻ 在此，我們可以在齊傑克論述哲學家謝林的篇章再次印證，「不可能的絕爽」即為主體（敘事者、無性能力的異性戀男性）透過種種的折射與轉喻鍊，從中驚鴻一瞥的「異己存在性」（Žižek & Schelling, 1997）。在此處的異己，並非在一般通俗小說或電影，被征服控制、並與原初的母體意象加以鏈結的異形怪物，而是讓主體震懾戀慕的「極頂對象」，像是書中描述的超拔風華陽性女同性戀，或是具備不可思議性魅力的「不朽外人」男性肉身。

在一段篇章裡，艾德蒙以炫惑的語氣描繪蔓利塔與魔神父親的魔性魅力，以及兩者之間的類似性與亂倫情慾。艾德蒙誠實地承認身為殘障（失去性能力）異性戀人類男性的自己，對這兩者同時存有強烈的愛慾與欽羨，並且被這兩種外於人類性（human-ness/humanity）的怪誕陽性所蠱惑。在這段落，我們從而看到主體「在異己至極慾樂的當下，邂逅祂真正的存在」（Žižek 1989: 25）：

> 「我們這個魔神家庭的父神是如此的性慾流溢，以致於他禁不住在六歲大的女兒面前，赤條條地頂著硬挺的性器晃來晃去。嘿嘿，那可真是幫你的寫作素材增色不少，是吧？」
>
> 她對著我咧嘴嘻笑，我敢發誓任何信仰上帝的人看到這等模樣，必定會說魔神就是這張面孔。她美麗邪門的五官綻放出赤裸愉悅，由於我的魂飛魄散而得意無比。（1999: 379）

以「不可能」的形貌存在於卡羅萊納北方的沼澤邊陲古宅，巴巴洛絲家族宛如福克納（William Faulkner）在《聲音與狂怒》（*Sound and Fury*）所鋪陳的古老頹敗南方家族的超自然魔幻版本。在此，作者顯然別有居心地設計，無論是已經崩解於空無的巴巴洛絲前家長、死去的父神，或是常駐不朽的母神，兩者皆為黑色人種的外型；就歌德恐怖小說的典型而言，超自然的黑色魔神設定藍圖絕大多數都是以「邪惡白種人貴族或教士」為原型人物，在此的膚色設計，鮮明地在以往彷彿不言自明的「邪惡高貴美學人物等於白種頹廢貴族」配套上，打上了一個成功的叉叉。至於巴巴洛絲家族與其永世對手，葛瑞世家的激烈纏鬥，也可以從幾個層次來加以觀照。以性慾身分的換喻鍊（metonymic chain）而言，外於象徵秩序界的巴巴洛絲家族不但以超自然位格與常態人世斷裂，更由於成員的各形各色「多元性異

態」（polymorphous perversion），對照於上層階級、刻板（甚至極端）異性戀生態與性別位置的葛瑞世家，於是成為「象徵秩序界內的補充物」，也就是從中支持系統運作的「內在多出物」（inherent excess）。

　　枷利黎的位置最能夠說明這兩套看似劇烈對立系統的攪纏糾葛，以及微妙的相互支持。他被葛瑞世家的男性家長所掌控，用以成為慰藉家族內空虛不滿女性成員的慾望性物。如果故事的軸線僅止於此，我們無法不悲觀地套用齊傑克在論述謝林（F. W. J. Von Schelling）時提到的「神聖系統」與「俗世系統」。身為超自然奇觀的巴巴洛絲家族（神聖系統）與駕馭現世物質與權力的葛瑞世家（俗世系統），兩者猶如艾雪（Escher）著名畫作的那雙手，彼此勾勒對方的輪廓，從中滋生出次要層級與細緻化的位階藍圖：

> 從聖神屬性的大化之洋，俗世系統從中建構自身的單獨領域；然而，當我們進入了俗世領域，聖神屬性反而成為包含在它之內的特定基地，被它所收納，也就是化為它的超結構，它內部的起始多出物。（Žižek 1997: 14）

　　巴爾克試圖另闢蹊徑，以兩個女性主角（分別代言了人類與「人外」）的意志與權力表現破除了「被父權體系內化的逾越反抗」，拒絕讓這則漫長的身分慾望寓言落入象徵系統的大異己之手。最主要的性別慾望母題，便是以太古女神、不死氏族母皇西色利亞為命運的代言，成為最終權力的再現。打從一開始，書寫者艾德蒙以懺情順從的告白讓讀者了然，本書「是在西色利亞‧巴巴洛絲一手操控駕馭之下，逐漸成形的作品」（Barker 1999: 3）。無論是以死者形貌持續遊蕩古宅、展現「猥褻父性肉身」的尼克德瑪斯，身陷於俗世藩籬、被「大異己」驅使束縛的枷利黎，都是身為命運的西色利亞所掌

握注視的「世界百態」。

　　身處命運（欲力操控者，西色利亞）與世界（幻境劇場，枷利黎）之間，品味張力迭起交手的敘事者艾德蒙，便是班雅明在《德國哀劇的起源》（*The Origin of German Tragic Drama*），以末世視野觀看萬物的寓言家。他使用的敘事框架如同班雅明區分的兩種時間觀，前者為「空洞、同質性的時間流程」（一如官方性的歷史紀事），但反撲前者的力量乃是「不連續性的飽和時間」（用以再現歷史物質主義）。前者用以敷衍整個葛瑞世家數百年來的父系歷史，後者則拿來處理巴巴洛絲這個華麗頹敗不死神魔家庭的內爆、糾葛以及對立於先驗超越（transcendence）的異教情慾痕跡。

　　就此套論述而言，象徵秩序界的掌握者並沒有無所不在的能動性，反而在「最終審判」的逼臨籠罩之下，成為「躍向過往的猛虎」爪下的祭品。在班雅明的理論框架內，唯有身為命運代言者的寓言家，得以在一切毀朽的情境上訴說「歷史（陽性敘事）的結局。自此，所有的事件與物件得到自身無堅不摧的意義，在普遍敘事層次取得最終的地位。」（Žižek 1989: 142）這樣的情境正是在兩大世家的拉鋸繩索即將斷裂、默示錄的最終戰役看似一觸即發，西色利亞來到葛瑞世家，對著瀕死的男性家長宣告時候已到。她（世界）以恆常不變的太古視野「看著他的死亡與湮滅」（Barker 1999: 489）。在此處，我們可以再度從德勒茲分析被虐者的框架，看到宰制歷史、傳承世界的女性（而且在性／別層次展現陰性力量 feminine power）宗主西色利亞，可被視為德勒茲受虐情慾架構形容的「引導神話向度登場的（支配）母性」化身。（1991: 47-56）

　　除了以西色利亞充當命運母神的角色，《黑暗枷利黎》最精彩成功的描繪，便是以蔓利塔為男主角枷利黎的對照版。在人世間流放自身的枷利黎成為現世權力者的性客體，失去了動力與欲求能力，

直到女主角蕾秋登場。作者以諧擬羅曼史的語氣調侃，這段讓枷利黎重拾自我的愛情應該命名為「陷入愛河的蕾秋」（Rachel in Love）（1999: 636）[17]。相對於沉重追尋救贖與終結的枷利黎，蔓利塔長年遊走於「嬰孩城池」與外界現世，從未失去逍遙的能動性、遊戲人間的風采。被弟弟以眩惑語氣形容為「亂倫慾望撩撥者」的蔓利塔，她以收放自如的魅力與陽性能量戲謔人間，其駕馭萬物的力道便來自於非人身體與酷異陽剛的組合。

蔓利塔的陽性花花公子魅力，在敘事者強烈有力的描繪下，超逾了一般以「男性化」為性別越界生理女性的基本逾越元素。她既能夠穿得像呈邋遢的卡車司機，也如同迷離夜總會的演唱歌手，套上一襲華美的燕尾禮服；更甚者，在她「幾乎什麼都不穿的時候，在曠野上恣意奔馳，新鮮如草地上的露珠」（Barker 1999: 37）。在此處，我們看到了無法以巴特勒（Judith Butler）前期運作的性別操演（gender performativity）理論框架來印證的奇拔「外人」肉體再現。若以拉岡論述性慾機制的語言來說明，蔓利塔的陽剛身分與拉子情慾正是唯一體現了無法被化約為「異性戀機制同質性」的「**真正異質**情慾」（the only true hetero-sexuality）。參照齊傑克的說法：「非但不是正常，直態的異性戀機制如同結構內的多餘物，一如手帕上的汗漬，將異己混淆為同質性的一部分，將同性的性伴侶妄想為生理異性。簡言之，異性戀機制才是原初的扭曲變態。」（1997: 56）。

綜上所述，巴巴洛絲氏族的「外人／不人類」屬性與常態世界的互動媾和，可從枷利黎與蔓利塔這兩個主要人物的超生命刻印窺見拉岡所區分的情慾框架。前者無論與生理女性或男性的遇合，都是

---

[17] 作者用類似羅曼史小說的書名作為嘲弄點，不帶惡意地比喻女主角的浪漫執著。

「鮮明純粹的（男）同志性慾」——以自身的男體爲叛逆性的慾望客體，藉此與葛瑞家族化身的俗世／異性生產機制相對立，但不免落入相互循環共生的自動性。後者與生理女性的激情愛慾，跨越了超自然與「自然」的疆界，活生生再現了跨性別 T 的動能，說明何以「唯有在同女的情慾之內，情慾對象的異己性質方能夠完全被保有，主體得以直接與另一性（the Other Sex）交合。」（Žižek 1997: 56）於是，以葛瑞家族爲人類情慾範式的對照組，巴爾克的「不朽氏族」鮮明地再現後拉岡精神分析理論對於常態人類與情慾正典的批判。

結論

　　綜上所述，「人外」與「外人」的動能持續改寫生命權力政治的語言與型態，其座落的文類場域讓跨物種情慾成爲可能，詰問並抗衡「種－族」（species-race）與性／別的現狀與常規。基進的旁若書寫成就了「人外－外人」的多重敍述組模（narration formats），而非正統文學視爲精神／靈魂所在的人文主義。闖關多重邊界的跨物種書寫跨越了人文主義視爲必需的階序與律令（例如當前的人道人口政治與性別主流化），實踐的是以客體爲主的「肉身－機體」混雜敍述，文本（載體）不可或缺的反常規敍述就是「人外」與「外人」的曖昧躁動力量。如同波狄瑞克的說法，旁若文學揉織交合著許多雜異質素，其具備「不人類」的身（生）體組裝可視爲「分享經典、符徵迴盪、充滿多餘與不一致的超文本。此種由諸多作品合成的集體互文超文本被命名爲『幻設』，它賦予這些作品迷亂的力量⋯⋯」（1995: 62）透過本論文分析的書寫干涉，這些反道統而行（形）的事物與不斷滋生的「負」作用產生巨大的搗毀能量，朝往正向未來無法窺見之處，不間斷地侵蝕含蓄言說的戒律與界線。

引用書目

白瑞梅，劉人鵬（Parry, Amie Elizabeth & Jen-Peng Liu）。2007。〈「別人的失敗就是我的快樂」：真相、暴力、監控與洪凌科幻小說〉"Bieren de shibai jiu shi wo de kuaile: Zhenxiang, baoli, jiankong yu Hung Ling kehuan xiaoshuo" [Schadenfreude: Truth, Violence and Surveillance in Lucifer Hung's Science Fiction]。丁乃非，白瑞梅，劉人鵬 [Naifei Ding, Amie Elizabeth Parry, and Jen-Peng Liu] 著。《罔兩問景：酷兒閱讀攻略》*Wangliang wenjing: Kuer yuedu gonglue* [Penumbrae Query Shadow: Queer Reading Tactics]。中壢：中央大學性／別研究室 [Zhongli: National Central University]。209-245。

趙彥寧（Chao, Yen-Ning）。2001。《帶著草帽到處去旅行：性／別、權力、國家》*Daizhe caomao daochu qu luhang: xing/bie, quanli, guojia* [Traveling around with a Straw Hat: Gender/Sexuality, Power, and the Nation]。台北：巨流 [Taipei: Juliu]。

--。1997。〈自我複製的快感──評洪凌《末日玫瑰雨》〉"Ziwo fuzhi de kuaigan -- ping Hung Ling Mori Meigui Yu" [The Pleasure in Self-replication: A Reading on Lucifer Hung's *The Rain of Rose at the End*]。《聯合文學》[Lianhe wenxue] 13.4（1997）：178-179。

劉人鵬（Jen-Peng Liu）。2007。〈在「經典」與「人類」的旁邊：1994幼獅科幻文學獎酷兒科幻小說美麗新世界〉"Zai「Jing Dian」Yu「Ren Lei」De Pang Bian：1994 You Shih Ke Huan Wun Syueh Jiang Ku Er Ke Huan Siao Shuo Mei Li Sin Shih Jieh" [Between and Apart from Canon and Humanity: The Brave New World of Queer Science Fiction of Youth Science Fiction Literary Award in 1994]。丁乃非，白瑞梅，劉人鵬 [Naifei Ding, Amie Elizabeth Parry, and Jen-Peng Liu] 著。《罔兩問景：酷兒閱讀攻略》*Wangliang wenjing: Kuer yuedu gonglue* [Penumbrae Query Shadow: Queer Reading Tactics]。中壢：中央大學性／別研究室 [Zhongli: National Central University]。161-208。

Barker, Clive. 1984. *Books of Blood: Volume 1*. London: Sphere Books Limited.

--. 1984. "In the Hills, the Cities." *Books of Blood: Volume 1*. London: Sphere Books Limited.

--. 1999. *Galilee*. London: HarperCollins Publishers.

Benjamin, Walter. 1977. *The Origin of German Tragic Drama*. Trans. John Osborne. Intro. George Steine. London: New Left Books.

--. 1996. *Selected Writings: Volume 1*. Cambridge, Mass & London: Belknap Press Harvard UP.

Broderick, Damien, 1995. *Reading by Starlight: Postmodern Science Fiction*. London and New York: Routledge.

Butler, Judith. 1990. *Gender Trouble: Feminism and the Subversion of Identity*. New York and London: Routledge.

--. 1991. "Imitation and Gender Insubordination." *Inside/Out*. Ed. Diana Fuss. New York and London: Routledge.

Clarke, Andy. 2003. *Natural-Born Cyborgs: Minds, Technologies, and the Future of Human Intelligence*. New York: Oxford University Press.

Copjec, Joan. 1994. *Read My Desire: Lacan against the Historicists*. Cambridge and London: The MIT Press.

Delany, Samuel R. 1999. *Shorter Views: Queer Thoughts and the Politics of the Paraliterary*. Hanover, NH: University Press of New England.

--. 2005. "Science Fiction and 'Literature'—or, The Conscience of the King." *Speculations on Speculation*. ed. James E. Gunn and Matthew Candelaria. Lanhan, Maryland and Oxford: Scarecrow Press.

--. 1988. "Forum on Cyberpunk." *Mississippi Review*, ed. Larry McCaffery: 33.

Deleuze, Gilles. 1991. *Coldness and Cruelty*. New York: Zone Books.

de Lauretis, Teresa. 1987. *Technologies of Gender: Essays on Theory, Film, and Fiction*. London: Macmillan.

Halberstam, J. Jack & Del LaGrace Volcano. 1999. *The Drag King Book*. London:

Serpent's Tail.

Hand, Elizabeth. 1990. *Winterlong*. New York: Bantam Books.

--. 1992. *Aestival Tide*. New York: Bantam Books.

--. 1993. *Icarus Descending*. New York: Bantam Books.

Haraway, Donna. 1991. *Simians, Cyborgs, and Women: The Reinvention of Nature*. London: Free Association Books.

Joans, Gwyneth A. 1989. *Divine Endurance*. New York: Tom Doherty Assoc LLC.

--. 1993. *Flowerdust*. London: Headline.

--. 1998. "about a girl⋯: deconstructing divine endurance" http://www.gwynethjones.uk/OSLO.htm. Web. 06 June 2018.

Paul Kincaid. 2017. *Iain M. Banks*. Champaign: University of Illinois Press.

Le Guin, Ursula K. 1997. "Changing Kingdoms." *Trajectories of the Fantastic: Selected Essays from the Fourteenth International Conference on the Fantastic in the Arts*. Ed. Michael A. Morrison. Westport, Connecticut: Greenwood P. 3-12.

Montgomery, Stacey. 2002. "Twenty Passings." *GenderQueer: Voices from Beyond the Sexual Binary*. Ed. Joan Nestle et al. Los Angeles: Alyson Books.

Said, Edward. 1993. *The World, the Text, and the Critic*. Cambridge: Harvard UP.

Sangari, Kumkum. 1990. "The Politics of the Possible". *The Nature and Context of Minority Discourse*. Ed. Abdul R. JanMohamed and David Lloyd. New York: Oxford University Press. 216-45.

Wittig, Monique. 1993. "One is Not Born a Woman." *The Lesbian and Gay Studies Reader*. Ed. Henry Abelove et al. New York: Routledge.

Wolfe, Cary. 2010. *What is Posthumanism?*. Minneapolis: University of Minnesota Press.

Žižek, Slavoj. 1989. *The Sublime Object of Ideology*. London: Verso.

--. 1994. *The Metastases of Enjoyment: Six Essays On Woman And Causality*. London: Verso.

--. 1996. *The Indivisible Remainder: An Essay on Schelling and Related Matters*. London: Verso.

--. 2009. "Ego Ideal And the Superego: Lacan as a Viewer of Casablanca." https://www.lacan.com/essays/?p=182

Žižek, Slavoj & F.W.J. Von Schelling. 1997. *The Abyss of Freedom/Ages of The World*. Ann Arbor: U of Michigan P.

雀瑞的碳基生命多樣性
從瀚霓獅的浪漫探險到水蛇星的異域共生

The Diverse Life-Spheres of C. J. Cherryh:
From Humanoid Lion Prides to Queer Masculinity Coexisting
with Hive-Minds

　　數落清點截至目前為止所分析的作品，酷兒陽剛主體的身分
（認同）與生物屬性大底不脫人類樣式，偶有置身於疆界邊緣的後人
類。除此之外，作者們處理跨性別的意識與態度縱使大相逕庭，但
共通處之一在於他們對於文類體例——包括語言、文字風格、幻設
小說界說等——抱持高度的警覺與批判性。詩意艱深或高度殊異性
（idiosyncratic）的文體既成為酷兒身體意念的載體，也可能是作者仔
細檢視、重構或顛覆主導意識形態或文化霸權的敘述配套。然而，
雀瑞（C. J. Cherryh）所經營的科幻歷史書寫——迄今已經超過二十
部冊數的「同盟－聯邦宇宙」（Alliance-Union Universe）系列 ❶——
頗為有別於上述的這兩點特色。

---

❶ 本系列作品是雀瑞野心企圖最龐大、包含數種次文類格局的世界建構。除了本章
　節著力分析的跨性別陽剛，雀瑞處理非建制性別與情慾的代表作尚包括經營世代
　星船母系血脈的《星際行商的運勢》（*Merchanter's Luck*, 1982）、以天才科學家
　及其複製體為核心的女性支配者情慾書寫：《西亭星》（*Cyteen*, 1988）、女性劍
　俠遊歷多次元遠古世界的故事：《梅洛紋星夜物語》（*Merovingen Nights*, 1985）
　等。關於「同盟－聯邦宇宙」的詳細資料，請參照雀瑞的官方網站作品引介：
　http://www.cherryh.com/www/library.htm。

「同盟—聯邦宇宙」系統的文化差異與（跨）性別想像經常透過非人類物種的成員為敘述中心位置。除了佔據向來由人類主體再現的普遍視野與能動性，這些非人類主角的性別與異質文化屬性總是以無須解釋、理所當然滲透於情節主線的樣態現身。無論是跨星域物種傭兵商船為組合份子的「同盟」，或是代表地球舊勢力重新洗牌的「聯邦」，兩者之間各種大小規模的競逐鬥爭寓言化了雀瑞最關切的幾種母題：族裔（ethnic）與種族（racial）身分的定位，身世與身分的遷移流轉，非正典主體性的重新座落。透過堂皇壯麗、格局宏偉的太空歌劇、軍事科幻、硬科技書寫、未來史建構、科學魔幻等次文類充當多重跨文化生態的敘述組件，雀瑞反而在語言層次顯得平鋪直敘，清楚簡明，近乎刻意地規避艱深文體與酷兒性別再現之間的關係 ❷。我將雀瑞的樸實文體與去人類中心（異）性別框架視為她處理跨種族與跨族裔命題的主要殊異表現手法，並從幾部代表作——包括《獅星星艦傳奇》（*Chanur Saga*）系列 ❸、《水蛇星座邊緣域》（*Serpent's Reach*, 1980）、《熱黑納的四萬遺孤》（*Forty Thousand in Gehenna*, 1983）、《蒼逝冷陽三部曲》（*The Faded Sun Trilogy*, 1978-1979）——來分析其作品的酷兒陽剛與族裔認同。本節將深入閱讀雀瑞的非人類中心母系氏族建構，探究她筆下跨性別陽剛主體與非人類主導性母系氏族之間有別於「傳統」女性主義科幻的跨物種情愫（trans-species affect）與跨文化效應（trans-cultural effect）。

3.3.1：《獅星星艦傳奇》的異／非人物種陽剛

《獅星星艦傳奇》系列的前三部曲——《強納的榮耀》、《強納歷險記》、《奇蚜大反攻》——帶出主角物種獅形人（Hani）幾位核

心角色的精彩描寫，以及獅星艦長 Pyanfar Chanur 運籌帷幄，周旋於母星與大宇宙各物種星系勢力角頭之間的權位競技。從第一部《強納的榮耀》故事梗概視之，最讓讀者驚艷的「差異」應在於主體（我方）的描繪：來自 Hani 星的艦長 Pyanfar Chanur、她的姪女 Hilfy Chanur，以及全體來自 Hani 的星艦組員無不都是赤裸上半身，體型雄健剛強（為了釐清起見，這些非人類「女性」並無靈長類雌性的「胸部」，反而是體毛濃密肌肉強健的「男性化」胸膛。），兩足立，四肢的指尖長滿利爪，全身覆蓋濃密的紅色或棕色獅毛。簡言之，以上的素描勾勒出獅子與人類混血外型的「雌性陽剛」超異形象。獅星人矯健善戰，堪稱宇宙「氧氣種族」（oxygen breathers）[4] 當中所向披靡的戰士，亦是技巧卓越的星際領航員。同時值得留意的是，Hani 星的性別社會文化並非1970年代女性主義科幻以降所秉持的對決模式，採取生物男女的分離主義或亦兩極化的美好母系世界與殘虐父系地獄。獅星的母系社會混雜了氏族傳承、部族聯盟或傾軋、生物獅族生態等元素。每個氏族除了由領導階層的母系長老成員組成評議會，任何雌性成員被容許自有選擇各種職業與生活方式。相

---

❷ 關於雀瑞「低科技」（low-tech）且傾向寫實白描的書寫風格，對比她不時引渡的跨性別跨文化課題，我認為是作者自覺且故意採取的策略，因此她得以在「主流傳統科幻」取得大師席位，並持續創作對立於白種異性戀男性中心的多樣邊緣議題。

❸ 《獅星星艦傳奇》是雀瑞首度以有別於人類且形貌差異相當劇烈的物種為中心主角，並且大規模鋪陳去人類中心的跨物種政治、經濟、性別、文化殊異性等課題，其中最精彩繁複的設定就是主要物種的語言與性別人稱設計。本系列是雀瑞最受歡迎的作品之一，迄今共出版五部，包括《強納的榮耀》（*The Pride of Chanur*, 1981）、《強納歷險記》（*Chanur's Venture*, 1984）、《奇蚜大反攻》（*The Kif Strike Back*, 1985）、《強納星艦歸鄉》（*Chanur's Homecoming*, 1986）、《強納星艦的傳承》（*Chanur's Legacy*, 1992）。

形之下，雄性成員的成長歷程與氏族規約顯得嚴峻坎坷許多——雄性成員被視爲「荷爾蒙過剩而情緒不穩定」，因此不被允許離開母星成爲星艦成員。在十八歲之前，未成年的雄性成員得以允許居留於氏族領地；成年儀式之後，男性要不選擇自我流放於氏族領地之外，自行尋找歸宿，唯一的出路就是挑戰氏族唯一在成年之後留駐掌權的雄獅人，稱爲首號雄性（alpha male）的族長。

　　《強納的榮耀》主要敘事主線集中於沉穩強硬的艦長 Pyanfar、年輕好勝的青少年船員 Hilfy，以及數位形象分明的獅星艦員互動。故事的關鍵點在於獅星船艦無意間搭救了一名被惡勢力（主要勢力物種當中最冷血無感的 Kif，外型類似灰白瘦長、全身皮包骨的惡靈，食慾旺盛，疑似單性生殖）所追殺、不知來自宇宙何方的弱小「異類」。這個獅星人眼中的奇怪小異形似乎是個雄性，體格羸弱全身無毛髮（所以，即使獅星艦員逐漸與它形成情感交流與發展彼此的好感，他們無法不覺得它形貌醜陋），態度畏縮充滿忌憚，不過它逐漸能夠以有限的語言與獅星人溝通交流——他們完全不知道這名來自「地球」的難民 Tully 是什麼物種，因爲這是「地球人」首度來到同盟與聯邦的最遠方前哨站，此領域的星系地盤經由數種主要的非人類智慧物種所分割協商。對於女性主義科幻論述而言，本書最成功也最值得津津樂道之處，在於它的物種與性別雙重「倒置」（reversal）——正如同吳爾瑪珂（Jenny Wolmark）在〈非連續性與斷裂：雀瑞的敘述〉（"Disruption and Discontinuity in the Narratives of C. J. Cherryh"）的觀點，她認爲雀瑞在此系列的意圖與成功之處在於「爲了探索差異的定義是由文化性所取決，雀瑞以更基進的手法來延續傳統的異形主題。也就是說，她將非人類物種與女性座落於中心位置，可辨識的人類與男性被推擠到搖搖欲墜的邊陲。」（75）

　　基本上我並不反對吳爾瑪珂的觀點，但我懷疑此閱讀有窄化

且刻板化性別／物種的可能危機。首先，「獅星星艦傳奇」系列登場的主要人物相當眾多，物種包括獅星人，狡點外交屬性的類猿人 Mahendo'sat，纖弱優美且具備三種生理性別、同一個體能夠變化於三種性別之間的 Stsho，以及似乎單性生殖且好戰侵略成性的 Kif。交涉於這些物種成員的 Pyanfar 雖是眾所矚目且讀者最關心熱愛的核心人物，但她（與獅星）並非唯一的性別（物種）殊異風景。倘若此系列的目的在於使用反轉論述（reverse discourse）締造出生物性別與物種差異完全相反於正典常模的兩極化樣本，吳爾瑪珂的論證只看到了兩種性別與兩個物種。對我而言，環繞於強納星艦與主角的繽紛鮮明「眾相眾生」（multitide and multiple beings）是打破了對立性政治的多渠道主體互動形式，而他們分別披露揭示的非人類酷兒性別與相互關係，或許比執著地聚焦於獅星雌性陽剛人與落難地球男的倒寫性別模式來得更值得關注。

　　首先，強納星艦內部的小型社群本身可被轉喻且「翻譯」為幾種不同的跨性別 T 模樣與世代的集結巢穴。艦長 Pyanfar 這位「帥氣挺

---

❹ 《獅星星艦傳奇》的物種約略區分為兩大類，「氧氣種族」與「甲烷種族」（methane breathers），人類是最新加入且地位最低的「氧氣種族」成員。後者被前者認為是超絕奇異不可追溯起源的神話物種，經常裸身遊歷於太空，不時對前者（氧氣種族）的星艦帶來奇妙的干擾與干涉，但基本上都是出自於好奇心。在此系列被提及的「甲烷種族」，主要是形成共生關係的 Tc'a 與 chi──前者是巨大蟲體、黃眼五足的生命體，後者是節肢動物形態。這兩者的腦部是多重連結系統（類似超級電腦體系），因此以矩陣形式（matrix form）來發展意義繁複多軌的語言。第三種甲烷種族是被認為逼近神祇化身的 Knnn，外型是一團糾結凌亂的觸鬚髮絲以及多重肢體。Knnn 能夠任意操縱超空間（hyperspace），並且攜帶任何物質化身往返來回。我認為雀瑞對於「甲烷種族」的設定偏離一般保守科幻作品所揣摩的神人同形論（anthropomorphism），這些百鬼夜行般的外型可視為對物種進化論述的嘲弄。

拔、喜穿華麗長褲、炫耀獅耳鑲掛象徵輝煌戰績的諸多耳飾」的風華人物，儼然是招搖於性別酷兒領域的角頭老大 T 典型；她與 Hilfy 既是血緣層面的阿姨與姪女，雙方的關係亦可酷脈絡化地轉譯為年長舅舅 T 與青春洋溢、熱血奔放且崇拜舅舅（阿姨）的青少年 T。充滿潛能、視 Pyanfar 為榜樣的 Hilfy 正值成年與青春期的交界，她與地球男人 Tully 的關係，並非僅是所謂的「被腰斬的跨物種情慾」（Wolmark, 76），而是充滿數種酷讀可能的複雜情感結構。此結構既可詮釋為年輕騎士保護受難生命的劍俠浪漫模式，亦是跨物種的兩名年少成員彼此形成同理共感（empathy）的莫逆知己，更可閱讀為情慾旺盛的年少跨性 T 與婆化的生理男性之多樣非正典愛慾。此外，Pyanfar 與幾種對等的異物種打交道的歷程，更值得以跨性酷兒眼光來仔細重讀。對於 Mahendo'sat 長老身兼走私星船艦長的 Ana Ismehanan-min 來說，Pyanfar 是鬥智對手、對等知交、跨物種浪漫情愫的對象；對於被當作人質的 Kif「少年」Vikktakkht 對於 Pyanfar 充滿敬畏與愛慕的奉獻，Pyanfar 看待對方的視線則是從強烈反感與不得不容忍並存到逐漸產生平等友好，甚至視 Vikktakkht 為自己的跨物種徒弟。雙方的關係介於皮繩愉虐關係的主宰（dom）與順從（sub）、敵對物種之間滋生的義氣，以及隱約由年長陽剛人物引領年幼性別曖昧主體的師徒情誼／慾望。

若是我們在《獅星星艦傳奇》發現（重讀）到如此難以被常態同志政治收編的酷兒性別與情慾表陳，我以為該質疑的是什麼樣的文化／政治／族裔／階級建構造就了這些隱身於女性主義科幻、鮮少得到辨識的身分與其實踐？我認為雀瑞看似遵守硬科幻成規的宇宙之所以包藏容許許多的酷性別眾生，關鍵可能在於她設想母系（matriarchy）氏族以及非生物性別限定、可以由不同性別身體發揮光大的華麗多采「雄姿」（virility）。雀瑞的母系社會生態奠基於一

個個分門掌舵的氏族（clan），遵照的是性別與位階（caste），既非傳統性別想像的父權層級性秩序（hierarchical order），但也不是乍看一切解放、什麼都「不分」的女性主義科幻烏托邦社群。舉例而言，《蒼逝冷陽》敘述冷肅滄茫、體態優美矯健如豹貓的擬（非）人物種 Mri 流亡於無涯星域的漫長遷徙（diaspora）。Mri 部族內部的位階（caste）嚴峻分明，由女性大祭司族長統領祭司、戰士、生育三種身分的族民；在成年之前，Mri 人可以根據自己的性向與認同來選擇進入哪個位階，但無法反悔。此系列的重心主題與《獅星星艦傳奇》可重疊之處甚多，包括 Mri 為敘述中心位置，而外來的男性人類是他們眼中的化外之民與他者。至於男性人類逐漸內化、融入 Mri 族裔身分的歷程宛如 Tully 在強納星艦內逐漸與獅星成員建立起跨物種的情誼與溝通。幾位主角掙扎輾轉，反思己身文化結構與外部（常態人類）主流模式的心路歷程複雜湛亮，而 Mri 的母系氏族性別權力模式與《獅星星艦傳奇》雖有差異，但不約而同地並置刻劃了主導性的雌性陽剛與（從邊緣地位逐漸建立起主體性的）雄性陽剛，並且讓這兩（多）種陽剛性別互為鏡像，反射並映照彼此的相似與不同❺。正如瓊斯（Gwyneth Jones）在《解構星艦》（*Deconstructing the Starships: Science, Fiction and Reality*）的評論，雀瑞的科奇幻作品在處理性別議題時向來毫無「報復意味」。更可喜的是，她的世界建構

---

❺ 《蒼逝冷陽》的貓族人戰士階級（warrior caste Kel'en）可由生理女性與生理男性來擔綱，但在這套作品，雀瑞對於多樣化的性別描摹只是輕描淡寫。我們或許可將《蒼逝冷陽》視為「獅星星艦傳奇」的前身或習作素描——不同於 Mri 只是微型的貓科生命特徵而保有主要人類外型，獅星人基進地脫離了常態想像的人類模型與人類文化中心。此外，雀瑞在「獅星星艦傳奇」將物種認同與跨性別陽剛從事許多相互映照的論證，或可視為是接續《蒼逝冷陽》尚未處理但隱約浮現的議題。

（world-building）容許各種生物性別發展出自己的特定性別風光。最重要的是，雀瑞從未以貶抑生理男性陽剛的戰略來證成酷兒（雌性）陽剛的優越性與必然性：

（雀瑞）整治性別的情狀持續讓我感到興致盎然，原因並非僅止於（我發誓！）她筆下那些優美迷人、滿足我一廂情願渴望的女性英雄角色。……她筆下「勇敢但脆弱」的生理男性是這些英雄的好夥伴，至於那些公貓模樣的獅星男性以華麗的陣式伴隨於星艦船長左右。他們或許與傳統的太空歌劇（女性）角色同樣刻板，但作者容許這些生理男充分發揮情緒面（好一群愛哭寶寶！），但依然保有自身的昂然氣勢，甚至尊嚴。（138）

更值得玩味並遐思的是，雀瑞筆下描摹的這些「愛哭寶寶」與英雄氣質的美妙連結（association），不僅保留給瓊斯提及的生理男性角色。在雀瑞的大宇宙劇場，「哭」成為陽剛氣質非常重要且性感的層面；不同於某些強調跨性別陽剛的壓抑苦撐再現，哭泣的發揮與踐演當然也座落於某些由跨性陽剛酷兒與憂鬱貴族野少年（tomboy）身上，因此（反而）愈發散發出這些人物的酷兒性別風采。在接下來的段落，我將對比分析《水蛇星座邊緣域》後殖民跨性別貴族 T 與實驗室大量生產的亞人男性。無論是前者的不死後人類、與集體昆蟲超心智母系生命形成奇妙情感聯繫的主角 Raen，後者如同大量生產商品的男性亞人 Jim，他們以不同的形式座落於人類本位（本質）的邊緣。前者是瓊斯命名的「陰鬱孤寂的野少年」，也是「被過往壓境逼迫」的悲劇英雄，後者則是從物（the thing）成為個體（a person）的跨物種婆（a trans-species femme）。

3.3.2：憂鬱少年T貴族的後殖民跨物種寓言

　　《水蛇星座邊緣域》可視為雀瑞處理族裔與物種課題的出色代表作，蜂巢結構的集體心智（Hive Mind）與非常態時間狀態（non-normative temporality）是此書用以表達後殖民酷性別主體的重要再現設施。水蛇星座的閉鎖戒嚴狀態形成某種無死亡概念的太古時間（primordial time），原生物種 Majat 則是其前歷史性的不朽化身。智慧與技術超逾人類的 Majat 分成四座氏族，分別四個單獨的女皇心智（Queen Mind）統領戰士、技師、工蜂個體繁多但心念可彼此整合分享的超資訊系統。Majat 認可駐留於水蛇星座的（超）人類階級（Kontrin），並給予他們永生不死的禮物 ❻ —— 每個手背上都刻鏤著幾丁質（chitinous）晶片、凍結時間的 Kontrin 是生命盡頭永恆延後（eternal deferral）的貴族選民。此印記既是水蛇星座貴族人類與原住民特異共生狀態的比附（trope）與換喻（analogy），亦是主角 Raen 經驗跨物種情感共鳴、確認自身 T 主體性的主要成年儀式寓言。

　　Raen 的家族（Sept Sul）在一場世代血讎的武裝突襲事件慘遭敵對家族殘殺殆盡，她是唯一的倖存者。由於這場大劫，Raen 得以經歷到即使是特選階級人類也從未體驗的事物，成為階級與物種的雙

---

❻ 特選階級的人類與 Majat 形成某種程度的共生關係。後者之所以會給予前者永生不死的禮物，來自於物種之間的形影關係 —— 集體心智永遠不會因為零件（unit）替換更迭而喪失存在的 Majat 無法體會人類的個體性，更無法接納一旦某個體死去，其意識與記憶就隨之永遠失去。倘若 Majat 是殖民域太古時間的形體化，受到眷顧的 Kontrin 是改造後的影子，等於是 Majat 翻譯且改寫了 Kontrin 的人類性，使之成為後人類。在所有 Kontrin 當中最特殊的 Raen（唯一直接與女皇心智赤裸交流）等於是影緣之暗暈，也就是罔兩 —— 此狀態指陳了 Raen 獨特多重的跨越（物種，階級，性別，情慾等）。

重異類──身負重傷的 Raen 與集體心智核心的女皇直接交換心念與感情，取得 Majat 藍色氏族的支持奧援，復仇之後子然一身浪跡於水蛇星座各處。其後她遇到另一個階級與性別的怪胎 Jim，再度回到故星，最後成為人類與 Majat 之間的轉譯使者。首先，我將 Raen 的故事閱讀為少年 T 在後殖民時間狀態的暴力成長式。她的家族復仇戲劇與凍結的青春期（從此定格於非人的不死時間）緊密聯繫，此等怪誕身體狀態與其孤絕憂鬱的生命情調共同型塑出一個永遠封印於時間裂縫的酷兒陽性少年身體，此身體的時間狀態可從巴巴（Homi Bhabha）論證的「後殖民時間錯位差」（post-colonial time lag）得到線索。

在《文化定位》（*The Location of Culture*）一書，巴巴在〈「種族」、時間與現代性的改寫〉（"'Race', time and the revision of modernity"）一章所定義的「後殖民時間錯位差」是闖破、動搖並瓦解了殖民地域的**化外時間性**：它阻斷了目的論式的進步結構與毫無區分的單一性空間狀態，上述這兩個條件是構成正統國家敘述不可或缺的基礎（236-56）。《水蛇星座邊緣域》故事結構的國家機器化身是橫跨無數銀河、組成系統苛刻強硬且社會政治階級必須涇渭分明的跨星族共同體，「聯邦」。正因為如此，後殖民時間錯位差的景致不時以奇觀或災厄形態為序曲，造就時間（歷史）與空間（地理）大規模的板塊位移。Raen 所經歷的肉身變化狀態不但連結到她超溢於「正常」國族身分的自我放逐流離生涯，更如吳爾瑪珂所述，強烈體現出「文化與社會層次、大規模時間與空間的顛沛失所。」（72）這些脫離進步（進化想像）與無分別感空間（象徵想像層的鄉村仕紳家族）的劇痛經驗，不約而同打斷了 Raen 不死生命的漫長童年，讓本來隱約蟄伏的酷兒陽剛質地得以從時間與空間位移的隙縫拖曳而出，成為精神創傷後遺症狀的效應，即是歷經跨物種情慾洗禮且再

度置換（relocated）的主體性。

正如同白瑞梅（Amie Parry）在《虛空屏幕彼方的詩》（*Interventions into Modernist Cultures: Poetry from Beyond the Empty Screen*）的論證，酷異化的身體可能成為非進步論時間性所共生共有的事物，因而打開班雅明（Walter Benjamin）式的寓言可能性，取得非常態的另類知識（other knowledge），讓廢墟化的歷史得以表述（10）。以下摘錄的兩段分別是 Raen 的兩度哭泣場景，第一段是 Raen 打破禁忌，直接面對藍色蜂族的女皇，並於雙方心智接觸的過程得到昇華式情慾經驗。第二段是復仇告終、即將遠離原鄉的描述。關於這兩段的細讀與對比，我意圖說明雀瑞酷兒陽剛人物與哭泣形成的情慾性別意義。正如我之前所言，「哭」與「陽性」的連結形成雀瑞的科幻陽剛美學相當重要的一環，例如《蒼逝冷陽》的貓族人青年 Niun 告別日薄西山故星的淒絕哭泣標示他跨越成年門檻，真正成為戰士。Raen 的哭泣預見她行將漂泊於錯位差時間與環狀空間，彰顯憂鬱跨性別 T 封印了常態的脆弱，但也從昭示另類脆弱的哭泣塑造出獨特的跨性別 T 憂傷。此哭泣場景的意義不同於常態性別的「女性化」，反而是處於青春期轉捩點的當下，激變的主體性因而與自己不曾（尚未）擁有的女性意識分道揚鑣❼。Raen 的哭泣美學與抑鬱浪遊揉合且接續了《寂寞之井》（*A Well of Loneliness*）、《藍調石牆 T》（*Stone Butch Blues*）、詹姆斯·狄恩（James Dean）等邊緣叛逆的陽性美學，奇異（但合理地）交織孤絕黑色電影視覺圖像的陽性悲美，如同反英雄佇立於黑夜、鏡頭打光突顯的臉龐綴滿雨珠與淚滴。

她盈滿了巨大的地下廂房。Raen 讓技師支撐自己，被她無與倫比的形貌震懾。女皇的形現（Presence）主導集體意識的一切，她的

心智是合體超心智的核心。她就是那個無名主宰（The One），也是 Keithiuy 世家長期景仰崇拜的那一位絕對者。她是 Raen 孩童時期的傳奇，生活在她麾下工蜂群體所包圍的環境。她是狂熱的大夢，麾下無數的工蜂由於巢穴豐碩的幾丁質而熠熠發光。

空氣為之發聲蕩漾，遭到吞噬。

「你真是幼小呢。」母皇這麼說。Raen 不禁瑟縮，因為聲韻讓牆壁為之震動，也撼動了她自身的骨髓。

「你真是美麗。」Raen 回應，如此由衷感受。淚水從眼底墜落，她感受到驚歎與痛楚，同時體驗這兩種情愫。

她的回應讓母皇非常喜悅。感應聲音的觸鬚往前掃動，母皇將巨大的頭顱向前傾，尋求觸摸。甲殼或節肢狀的夾縫摟住 Raen，將她拉往懷裡。母皇以觸鬚舔舐 Raen 的淚水。

「這是鹽。」母皇這麼說。（236-7）

「您的好意我心領了。」她承認這是出於苦澀的發言。看到 Lian 的嘴角下垂，深知自己不該如此強硬拒絕，但 Raen 知道自己的本性就是如此倔傲。她注視眼前的長老，接著轉身離去，艱難地走向門口以及自己的自由。

她並未停止，也沒有回顧，更沒有真正流下欲滴的淚水。這回她的淚水很快就乾涸了。她知道從首都廳堂到 Beta 城的通關碼，什麼都不帶走，只有歸還的衣物與自己掌心上的身分印記。

孤自子然，Raen 就此離開水蛇星座首都星，再也不回首。（264）

我將前者閱讀為青春期酷兒遭逢絕對性愛歡愉的啟蒙銘刻。少年的痛楚與感動化為淚水，女皇舔吃 Raen 的淚水，象徵性地臨摹了跨物種的酷異情慾交換；「鹽」是白色體液的結晶，既是憂鬱的物質化身也是跨性別 T 的精子換喻 ❽。後者未墜已乾涸的淚水是遭致

封印的身體與歡愉的始初訣別，邁入青年期的後殖民酷兒身體即將開啓一連串憂患化外的行旅；這是青年 T 對於拉岡式的想像層（the imaginary）與自身無性別天眞（innocence）的告別式。倘若 Raen 的性（sexuality）是她見證自身廢墟性過往與境外時間之雙重象徵，旅程的關鍵在於遭遇到另一個處於極端相反位置的域外身體，也就是實驗室大量生產、壽限設定四十年的 azi 亞種人 Jim。被視爲「東西」與「物件」的 Jim 只有原始的驅動與感情，但沒有特定的主體意識，而這個沒有自我身分的身體在危機存亡的當下，藉由「吃下」（藉由催眠程式吸收）Raen 的記憶與過往而成爲某個獨特的特體。此段場景裸裎出 Jim 從無到有、從朦朧的想望到確切得到本體位置的過程，同樣可視爲「後殖民時間錯位差」破譯了原先的地理與歷史秩序，不但讓當事者跨換階級序列，也造就他性別／身分的位移與再定位。

他預備好機器，準備椅子，蓋上一條毛毯充當坐墊。最後，他準備的物件是自己：全身裸裎，將毛毯平整鋪好，如此當他昏迷的漫

---

❼ 關於 T 的哭泣與脆弱有別於常態性別的女性，劉亞蘭在分析周美玲與陳宏一酷兒電影的文章〈「做性感」以及後「做性感」：從《漂浪青春》與《花吃了那女孩》談 T 的身體美學〉講得很清楚，可與本段的論點彼此參照：「處於某種處境或結構，T 顯得脆弱，而更加散發出一種性的吸引力。這種『脆弱』不同於性別刻板印象裡加諸在女性身上的那種無力感，以及需要被照顧、被保護的脆弱。正好相反，T 的脆弱感正好顯現在他不想被人識破自己的脆弱，也就是說，在一種『要逞強』與『真脆弱』的對比情境下，T 的個體顯得非常獨特。」（見《電影欣賞》2010 年夏季號，Vol. 142）

❽ 此場景是 Raen 第一次流淚，也是她奠定日後長期漂泊的契機。我將此經驗解讀為後殖民情境的酷兒性慾通道──從身體流出且被女皇吸收的體液寓言化了兩個物種之間互相跨界的情態，而青春 T 的身體初次經歷性的狂喜（sexual bliss），並透過流淚來轉喻其酷兒式的射精狀態。

長時間就不會在皮膚留下擦痕。接著,他發現那瓶原先留在浴室的藥丸。他坐下來,藥丸卡在齒縫之間,插上接頭。最後他把毛毯蓋在自己身上,吞下藥丸,等待麻木感降臨。

我行將轉變。他這麼想,緊接著感到驚惶,因為他向來喜歡自己這個個體。但是,現在這舉動是自我謀殺。

他感受到迷濛昏眩,告別現在的自己,按下開關──輕輕地以雙臂交握身軀,往後仰靠,等待。機器開始運轉。

Jim 並非失去意識,而是充滿超額的意識。然而他並非意識到現實的周遭,而是被深層程式帶的內容攫取,震驚於湧入體內的異類(alienness)感觸。

態度,資訊,各種矛盾事物,不死者的心智結構,水蛇領域的創造者。他持續吸收這一切,直到身體在遙遠所在對心靈尖叫著,**危殆啊!**暫停之後,他繼續吸收,不斷吸收。(459)

對於 Jim 操作深層意識程式帶子以取得自我身分的歷程,瓊斯的論述強調這是性別與階級的雙重翻轉,也是作者在看似服膺文類規則的前提有意識操作的性別位序顛覆:「Jim 是一系列玩具男奴的其中之一。他是人造量產的最底層勞工,在他世界的萬物位階,他甚至比一把電動開罐頭器具更低下。在故事的尾聲,這個原來是一片白板(tabula rasa)的性玩物取得人類性,而且正是透過拷貝他主人 Raen 的記憶與知識而取得。藉由操作 Raen 的自我深層意識圖書館,Jim 從東西變成一個人:他得到主人的記憶,主人的教育歷程,主人看待萬事萬物的觀感。如此的性別逆轉是如此的令人激賞(唯獨她是上帝所遴選,而他竊取了她身為上帝的一部分!),我只能斷定,這樣的情節是出於刻意的戲謔設計。」(132)瓊斯相當準確地指出了 Jim 在使用深層意識程式帶所感受到的極樂銷魂,如同

齊傑克（Slavoj Žižek）在《自由的深淵》（*The Abyss Of Freedom: Ages Of The World*）形容的陰性極樂（feminine jouissance）——然而，值得留意的是，雀瑞描寫的陰性且沉浸享用極樂（意識轉換）的（擬）主體是 Jim，而非異性生殖模式想像的生理女性原型。更甚者，異己（神）的極樂終究成為 Jim 自身的極樂，而非齊傑克理論所描述的主客分離異性戀常模：

> 對於拉岡式的精神分析論述而言，證成異己之所以存在的憑據，就是**異己的極樂**（以基督教精神而言，就是神祕絕倫的神聖之愛）……要如何在原真的異己體內，穿越語言之境與她相逢，並非在我足以描繪她、知曉她的價值與夢幻等層次，而是當我終於逼視她處於至極慾樂的當下，邂逅她真正的存在。（25）

　　我大致上贊同以上的兩種論述，無論是瓊斯論證 Jim 透過擬仿吸收 Raen 的身分（記憶）而成為男體女同志，或是齊傑克認為男性主體窺視到神（終極客體）的極樂而證成自身的主體性，兩者都可以適切解讀 Jim 與 Raen 的性別模糊情慾形式。就我的分析取徑而言，Raen 與 Jim 並非「女主人」與「男奴隸」，而是相互改寫跨越對方階級性別物種位置的共謀搭檔。Jim 不只是複印了「女性主人」的身分認同，更經由吞噬服用 Raen 漂泊浪跡於常態時間／性別之外的生命篇章，成功改寫並製作自己獨特的位置，反轉了 azi 與貴族超人類的殖民關係，獲得自己的太古時間。他不再是一個什麼都不是的空白存在，而是一本寫滿跨階級跨物種跨性別的書，亦是從生理男性亞人的底層將自己翻譯為脫逸於線性時間之外的複合複寫生化體。取得身分（通關）印記的 Jim 同時是 Raen 的分身，皮繩愉虐性愛的執受方（submissive），跨性別的婆——如同他的主人 Raen。藉由數度

交會（交媾）太古母皇的超心智接合，這個飄泊流轉的後殖民跨性別貴族 T 終能轉化逆寫了自身的文化遺澤，成爲水蛇星系的後殖民時間化身與救贖者。

在本節的尾聲，我想再度以巴巴的「時間錯位差」來解釋貫穿此節的議題。特定社會情境的流離他者（此處挪用來泛指我在本論文處理的酷兒陽剛）不但撕裂了常態的進步性時間觀，並且拒絕黑格爾式的普遍辯證，不願意讓自己成爲總體性（univerality）的卑微弱小消音底層，用以成就辯證融合而成的先驗式全稱。也就是說，水蛇星的原住民、集體心智的不朽種族再現了巴巴所言的「負面性的模式」：它們看似太古洪荒、去時間性的「投射式過往」（projective past）融合於 Raen 斷裂又多重的族裔身分與邊緣性別。從她的畸零人類性／性別，我們看到了巴巴所言的「透過分化差異而顯現的人類屬性，並打開了時間錯位差性」（238）。在此，我想以某個論點來接合銜接這一節的後殖民時間性與下一節的後現代時空，以及這兩者分別締造出的邊緣陽性酷兒質地。亦即，雀瑞的非人類主體與他者時間熔接煉造爲後殖民式的斷裂主體，此主體的酷性別不但駁斥（僞）自由主義，而且騷亂了常態主體的普同「人」本位——此本位可分別從獅星人傳奇系列被弱勢化的孤立地球生理男性、或是《水蛇星座邊緣域》的第二種階層 beta「常態」人的描繪，清楚認識到其中含蓄表述的正典倫理觀。

是以，在這些將過去封藏於非進步性的酷兒身體操演之內，Raen 面對試圖打破後殖民時間「遲來一步」（belatedness）的母星探險隊，她展現出自己既是人類也是 Majat 刻印轉化肉身的「中介者」。身爲中介的後殖民他者，Raen 的性別與主體性一再受到太古（過時）時間性的沾染，亦即，經由一連串文化屬性相互背離且地理位置偏離中心的邊陲地理區域，主角與她的世界擺脫了進步的形上

學與歷史主義的自我合理化。藉由後殖民性的乖離後退式錯亂時間模式——呈現於 Majat 與其選民的永恆不死狀態，以及脫離主宰機構的 azi 以四十年壽限的定局——我們在雀瑞書寫的去人類中心（或用巴巴的話語來說，就是去大寫男性，un-Man）酷兒雜種身體窺見了被邊緣化、流離漂泊的酷兒肉身痕跡。這樣的身體位置逐漸變成一具「愛恨交織的現代性時間」化身，此化身讓連續性的時間狀態被拉扯斷裂，總是晚來一步或是早已存在，因此「他」扯裂了連續性歷史主義試圖撰寫的大寫、進步、西方直線時間觀的「Man」，從中萌生出形色的殖民瞬間與後殖民時刻。這些瞬間與時刻只能也必須存在於「矛盾且無從解決」的現代性時間，因而「展演自身為符號與歷史」（236-8）。

不過，殖民性的各種瞬間與後殖民性的錯位差時間觀，是否真如同巴巴所斷言，必須只能「發生於現代性與其分裂」，無法與後現代的複數身分政治及其關注的議題——諸如拼貼（pastiche）、斷碎性（fragmentization）、仿真物（simulacrum）——絕對不可相容？對我而言，尖酸游離、認定歷史就此終結（完成）的後現代主義腔調無法處理酷兒陽剛與後殖民時間所蒸騰散發的邊緣漂泊狀態；但透過晚近科幻論述對奇觀的政治化，連同 1980 年代中期成為耀眼次文類的塞薄叛客文體，「仿真」的酷兒陽性及多重情慾社群成為邊陲政治的代表符號。這些刻意浸潤於「假造、偽仿」的奇觀性時空部分性焊接後現代碎裂主體的基進特質，同時（不完全地）抹殺了歷史前進與連續性的齒輪。在耦合性的條件與位置，此類的後現代酷兒陽剛科幻書寫反而可能與巴巴——或更早期的法農（Frantz Fanon）——論及的後殖民物質境遇互通聲息，寫出自身的斷裂少數文化，其能動性足以「開啟擾動性的時間錯位差性，騷亂並打破現代主義的進步迷思，並讓飄離流亡者與後殖民情境得以再現。」（240）

引用書目

劉亞蘭。〈「做性感」以及後「做性感」：從《漂浪青春》與《花吃了那女孩》談 T 的身體美學〉。《電影欣賞》28 卷 3 期 （4-6 月），Vol. 143。34-7，2010。

Bhabha, Homi K. *The Location of Culture*. London: Routledge, 1994.

Cherryh, C. J. *The Faded Sun: Kesrith*. New York: DAW Books, 1978.

--. *The Faded Sun: Shon'jir*. New York: DAW Books, 1979.

--. *The Faded Sun: Kutath*. New York: DAW Books, 1980.

--. *Serpent's Reach*. New York: DAW Books, 1980.

--. *The Pride of Chanur*. New York: DAW Books, 1982.

--. *Chanur's Venture*. New York: DAW Books, 1985.

--. *The Kif Strike Back*. New York: DAW Books, 1991.

--. *Chanur's Homecoming*. New York: DAW Books, 1991.

--. *Chanur's Legacy*. New York: DAW Books, 1993.

Clute, John & Peter Nicholis (ed.). *The Encyclopedia of Science Fiction*. New York: St. Martin's Griffin, 1993.

Fanon, Frantz. *Black Skin, White Mask*. New York: Grove Weidenfield, 1967

Hall, Radclyffe. *The Well of Loneliness*. New York: Anchor, 1990.

Jones, Gwyneth. *Deconstructing the Starships: Science, Fiction and Reality*. Liverpool: Liverpool University Press, 1998.

Parry, Amie. *Interventions into Modernist Cultures: Poetry from Beyond the Empty Screen*. Duke University Press, 2007.

Wolmark, Jenny. *Aliens and Others: Science Fiction, Feminism, and Postmodernism*. Iowa: University of Iowa Press, 1994.

Žižek, Slavoj. *The Indivisible Remainder: An Essay on Schelling and Related Matters*. London; New York: Verso, 1996.

-- （& F.W.J. von Schelling）. *The Abyss of Freedom - Ages of the World*. Ann Arbor: University of Michigan Press, 1997.

「女身男人」的多向度稜鏡 ❶
拉思的平行宇宙（跨）性別追索與解構

The Multiple-Faceted Len of Queer Gender Extrapolation and Gender Deconstruction in Joanna Russ' Science Fiction Writings

摘要

本論文就英語系統知名科幻小說家拉思（Joanna Russ）的性別科幻書寫探討多重面向的酷兒性別與情慾，其論證核心在於爬梳與辯證主要的兩重脈絡。首先，這些雌性陽剛人物與跨性別酷兒角色改造且重寫（re-write）了英文科幻文類的性別常模；在這些文本構築的歷程，他們持續性、愈發豐富的現身逐漸讓「傳統」的生理男性想像逐漸失去優勢與主宰地位。再者，藉由非正典（non-normative）的文本意識與所處社群各自配備的人物原型、文化想像、政治企圖，我們看到1960年代以降的女性主義與酷兒性別意識既打造出跨性別陽剛的一方天地，強烈支配著跨性別陽剛再現的資源，決定何謂性別跨越的臨界點與「合格性」。

於是，拉思操演不同的書寫結構與意識形態，殊途同歸地體現女性主義與女同志政治希冀達成的典範挪移（paradigm shifting）與政治文化改革。這些脫胎於正典性別政治，而後強烈改寫正典性別的酷兒性別包括多種

---

❶ 我想特地說明，題目所指的「女身男人」是比喻在作者筆下不只一部作品中出現、不從且打擊常態性別的酷兒女性集合體，而非專指其著作《女身男人》（*The Female Man*）。

形態，例如與神魔戰鬥的孤高劍客、拉子烏托邦星球使者、反男權的 T 科學家、生存於女同志社群的跨性男體，以及 T ／婆王國所塑造的救世君王等。在拉思活躍寫作的「新浪潮」世代與其書寫主體性運作的情境，「女人認同（複數）女人」的性別政治保持主導性、教養且促使這些科幻／奇幻酷兒陽剛形態的構成。反過來，這些彰顯跨性別圖誌（transgender topography）的人物與文化政治亦會與孕育他們的性別政治對話，從事多重維度的合作、交涉與拉鋸戰役。

關鍵字

拉思，女身男人，新浪潮科幻，女性主義科幻，第二波女性主義，第三波女性主義，性別解構，跨性別 T，酷兒性別，複數陽剛

Abstract

This paper concentrates on exploring multiple dimensions of queer genders and sexualities presented in Joanna Russ' science fiction writing. My core arguments will be articulating and making correspondences with its genealogy and contextualization both within and without contemporary queer studies and sf discourse. These characters by Russ embed rich non-normative gender expressions and female masculinity; they disrupt and re-write the status-quo of gender representations in English science fiction realm. By constructing these textual worlds and anti-normalized characters, stories and novels by Russ continue to come out as striking examples to wrestle with gender and social norms supported by straight white male authors and plead for innovative and transgender analysis outside the regular domain of old-guard heterosexual feminism. By investigating socio-cultural-sexual dynamics of Russ' writings, we also extrapolate cultural and political agendas existing around New Wave science fiction and gender politics since 1960's, in which gender imaginations of feminist science fiction both forge habitation for barely recognized queer masculinity in speculative fiction and determine resources and ideological authenticity about what should qualify queer SF performance.

Thus, my elaboration on transgender masculinity in Russ' writing will argue for her strategies and tactics to build on paradigm shifting of female characters and social formations in SF venue. These embodiments are born to feminist SF since the beginning of New Wave movement and their rich diversity and resplendent incarnations transform normative gender politics to which they are engendered. The dominant environment where Russ has been active as a queer novelist enrich multiple female-ness to the extent that it eventually brings out the genesis of queer masculine archetypes in science fiction and fantasy writing factory. Also importantly, these queer-gendered beings in Russ' universes form a transgender topography in which they preserve to collaborate, negotiate, and have dialogue with present conditions of gender politics and transgender lives.

Keywords

Joanna Russ, Female Man, New Wave science fiction, gender politics in SF, transgender butch, queer genders, multiple masculinities

前言

　　英美幻設小說（speculative fiction）的「新浪潮」（New Wave）世代與同名的法國電影《馮京馬涼》，形成跨領域跨國界的對照。事實上，這些興起於1960年代的歐陸藝術電影所掀起的激越不群風貌，與英美的科幻新生代不乏互相惺惺相惜之情，彼此挪用視野與母題。「新浪潮」這個辭彙原為法國實驗電影的流派，主力為高達（Jean-Luc Godard）、楚浮（Francois Truffaut）等人，其沿用的意義與後來的塞薄叛客重新脈絡化搖滾樂類型與社會次文化「叛客」（Punk）的途徑似有雷同。

　　此文體變革之所以會激發起二十世紀六零年代以來、長達二十年以上的英文科幻小說「基進逆襲」（radical counterattack），可說是對於冷戰時期歇斯底里右派恐慌症候群的回應與反擊，也是對上一代「黃金世代科幻」保守性別意識的漂亮翻身逆寫。當時的代表性作者如艾西莫夫（Issac Asimov）在《基地系列》（*Foundation Series*）呈現性別盲目、帝國主義侵略想像、對於各種族群理解與尊重，動輒以書中的白種右派沙文異性戀男人自己喉舌，把「不同的」（the different）動輒異己化、甚至鬼怪妖魔化——最顯著的例子莫過於在《基地與地球》（*Foundation and Earth*）將雌雄同體的雙性孩童粗暴詮釋為宇宙性災禍的化身，藉由偏見滿懷、毫不遮掩惡意的生理男主角呈現誅殺異己而後快的「正常人類」迷思。

　　直到花孩兒（嬉皮）的世代蒞臨，集結許多醞釀久時的性別、情慾、族裔身分政治力量，「新浪潮」從崛起到興盛時期，撐起英美幻設文學的半邊天。它反對早先作品（如黃金世代的男性作家群）強調殖民化的外在地域擴張，反其道而行，指向幽微迷宮所在的肉身／心靈內視界，強調內在微型宇宙本身的推演（extrapolation），接軌

了現代主義文學艱澀繁複的書寫形式與各種非制式異性戀模式的心理情慾（psycho-sexual）再現模型。新浪潮的興昂不啻敲碎了之前被保守僵化的右派傳承、白種異性戀男性爲唯一主體想像所包圍的科幻文壇❷。若以編年紀元體來考據此流派的正式崛起時段，當以同陣營的英國科奇幻作家摩爾庫克（Michael Moorcock）在1964年接下《新異諸世界》（*New Worlds*）這本雜誌的主編重任爲起點，從此領航出二十世紀後半的科幻勢力換血大典。

熟稔英美幻設小說史的資深讀者與研究者可能信手拈來以下幾位閃亮不墜的經典作家，就知道此世代（陣營）堪差與前衛文學「頹敗的一代」（Beat Generation）強烈的叛離能量相提並論，它如何以迷人狂狷的風姿影響接踵而至的女性主義科幻小說（feminist science/speculative fiction）、塞薄叛客（Cyberpunk）、乃至跨界於科幻與奇幻之間的「科技魔幻」（Science Fantasy）。首先是以犀利動搖性與性別迷思的《黑暗的左手》（*The Left Hand of Darkness*, 1969）、探討

---

❷ 雖說是一場「革命」，但新浪潮注入科幻的是主流文學已發展成熟的技法和諷喻，向主流取經的同時也反饋了科幻的想法與觀念。整個流派的基本主張：「科幻應視爲文學」就是最好的註腳。伴隨1960年代的反文化、反禁忌宗教自由、性解放、迷幻、愛與和平等等思潮，「新浪潮」作家挑戰類型科幻傳統的樂觀主義，將戰線拉到近未來，針對當時英美社會、政治現狀進行批判，同時反求諸己，探索人類主體的內在世界。當時尚未「後現代」，但這些作品的內容已經相當程度地具備後現代文本的特定形式。大部分「新浪潮」作家都檢視了科幻的現實科學面向，更有批判意識者則針對族群、性別與情慾的暴力與壓迫提出反逆之音，精彩斐然的作品甚多。此類作品不從主流科技想像，不時遭到以真科學之名的聲音汙名化。這場傳統與革新的交戰實際上並沒有持續很久，硬科幻仍保有一定的地位（只是地盤不若之前那樣穩固）；而「新浪潮」也日漸為科幻迷所接受，票選屢得雨果、星雲等主要獎項。此流派造成的旋風讓當年的賴瑞・尼文（Larry Niven）獲得「硬科幻的最後希望」封號，足見科幻族群對這些作家作品的接受度甚佳。

左派無政府生態的《無資產者》（*The Dispossessed*, 1974，中文譯本書名爲《一無所有》，繆思出版），以及奇幻不朽經典《地海組曲》（*Earthsea Series*）登上新一代大師王座的娥蘇拉・勒瑰恩（Ursula Le Guin）。在她的幾部科幻經典作品之中，勒瑰恩戮力剖析（以及拆解）僞裝成「自然命定」的族群與性別假設。然而，若要提及酷兒科幻書寫的先鋒大將，莫過於拉思（Joanna Russ）與狄鑷尼（Samuel R. Delany）這兩位小說家兼評論家。

爬梳拉思（Joanna Russ）與狄鑷尼的書寫譜系而言，拉思的筆下不乏充滿魄力的陽剛戰士，例如活躍於多元四重宇宙的《女身男人》（*The Female Man*）的主人翁之一 Janet，奇幻浪遊系列《艾力克鷥冒險譚》（*The Adventures of Alyx*, 1976）的狡點旁門左道 T 主角 Alyx。狄鑷尼則以遠未來的超星際共和聯邦與怪誕入侵者爲背景，在長篇小說《巴別塔17號》（*Babel 17*, 1966）以靈性飄逸但精神受創的女性詩人爲主角，突破征服者的解碼過程儼然是詩人駕馭後設語言的美妙寓言，並且以言說（詩，敘述人稱，後設語言）的力量馴服了激烈改造肉身、性別與情慾顯得怪誕歧異的男性「馴服者」（submissive）；此書不但擺脫了拯救世界的英雄必是肌肉怪力男的陳腔濫調，更把戰場從光劍雷射槍的老舊招數譯改爲具有超異魔力的語言符號戰爭。在1969年與1970年分別獲得星雲獎與雨果獎的中篇小說〈時間是一串珍貴的半寶石螺旋鏈〉（"Time Considered As A Helix of Semi-Precious Stones", 1968），狄鑷尼以慧點迷人、刁鑽古怪的筆觸書寫未來世界的種種彩虹顏色，例如隨時更換姓名、身分證，但總是保持同樣名字縮寫的雙性戀盜賊、耽溺於皮繩愉虐性愛的天才歌手、身兼硬 T 與性虐待上位者（top）的酷兒警探，這些風光亮眼的人物與故事都是「性異端的詩篇」。這兩名酷異小說家／評論家（同時亦是學術研究者）❸ 道盡了幻設小說框架所能伸展發揮

的性／別秀異風光，相當成功地將黃金世代以來對於「異性戀白種男人類等同於敘述中心」的侷促與自然化設定拆裂開來。此外，新浪潮世代的代表作者尚有杰拉尼茲（Roger Zelazny），他揉合印度神話、超人類神魔進行光暗大對決（Armageddon）等元素為基本素材的《光幻之王》（*Lord of Light*, 1967），呈現出何謂擲地有聲的「科技奇幻小說」（Science Fantasy）。書寫命題／文體與晚近後人類科幻銜接血脈關連的作家如貝拉特（J. G. Ballard）也是新浪潮的主要成員：就他的幾部代表作如《殘暴肢解展覽》（*The Atrocity Exhibition*, 1970）、《車禍耽溺》（*Crash.* 1973）、《無遠弗屆之夢幻公司》（*The Unlimited Dream Company*, 1979）而言，貝拉特的文體骨幹基調在在與當前的後（末）人類靈視共鳴激盪，諸如陰暗頹圮的都會風景，以有機生物軀殼為基礎，接合數位纜線、內植人工半肉身組件、機械金屬器物零件等拼貼裝置，從而造就「血肉機械複合體」（cyborg）的奇詭身體風光。

本論文的焦點在於探討檢視新浪潮世代的主力酷兒作家拉思與其酷兒陽剛再現，分析文本包括聲譽斐然的中篇力作〈時移事往〉（"When It Changed", 1972）與《女身男人》所（無意間）羅織出的酷

---

❸ 除了創作，拉思與長年知交且同為新浪潮酷兒作家代表的狄鐳尼，不約而同選擇長期在學術界專事研究。英美幻設小說作家常常身兼評論家，但甚少在學術機構任職；拉思曾經對訪問者表示，這是她身為早在1960年代就坦然出櫃的科奇幻作家而言、比較得以施展手腳的生存位置。或許，由此說法我們可以設想，雖然經過「性的全面解放」，縱使拉思與狄鐳尼都是風華亮眼、得到（科幻與主流文壇）認證的經典作家，身為某些性別情慾位置的書寫代言者，還是比其他位置更難以處於正面的生存境遇。關於此點，請參見《橫越受創的銀河：當代美國科幻作家訪問錄》（*Across the Wounded Galaxies: Interviews with Contemporary American Science Fiction Writers*）。

兒性別人物。對於拉思筆下的女同志女性主義社群想像，我想分別從基進女同志位置與酷兒跨性別的雙重取徑來檢驗並從事再閱讀：何以此女性生理性別的烏托邦社群想像能夠跨越傳統的性別想像差異、營造出跨越性別界線的硬 T 與陽剛人物？再者，雖然營造出成功的酷兒陽剛人物，作者卻必須以曖昧不明的含蓄委婉力量將他們隱身於普遍的女同志女性主義連續體？正如同拉思認為，遭致白種男性聲音遮蓋的「女性」是不被看到的「女身（男）人」，我的論證核心在於處於特定脈絡與地景的陽性跨性別主體是遭到常態性別與情慾框架雙重隱形的邊界性「男（非）人」（a non-man in authentic sex-gender binary system）。由於主導力量與反抗力量被無意識的不約而同轉化為合縱連橫的互助狀態，此類狀態晦澀、地位遭壓迫的酷兒陽性主體，經常被異性戀體系與同志正典言說加乘的效應與位置分派（positioning）消音，強行重新安置（re-located）於「女（好）人」（a good female-human）的尷尬性別規格。

第一節、喬安納・拉思：新浪潮科幻的女性主義與酷兒書性別書寫

　　科幻小說研究者拉法笈（Sarah Lefanu）在其著作《居於世界機器的夾縫：女性主義與科幻小說》（*In the Chinks of the World Machine: Feminism and Science Fiction*）清楚論述，拉思足以「稱得上最重要的女性科幻小說作家，但卻不盡然是最被廣泛閱讀。」（173）此說法道出一九六零年代以來性別科幻陣營的掙扎與角力：對比於得到讀者群支持、性別再現相對較為溫和者（如安・麥卡芙瑞 Anne McCaffrey 或汪達・麥茵特瑞 Vonda N. McIntyre），或是得到主流文學加持（如娥蘇拉・勒瑰恩），拉思的位置由於她毫不妥協的戰鬥個性與性別

辯證，而讓科幻評論家與讀者群坐立難安。對於自許性別友善的常態生理異性戀男性而言，無法接受或甚至感到尷尬之所在，正是由於拉思「最重要的貢獻不只是（性別）烏托邦的創造，更要緊的是她對於**常態性別的解構**，瓦解了陽剛與陰柔的二元分配。（拉思的作品）如同克粒斯諦娃（Julia Kristeva）所言，類似第三階段的女性主義，拒絕形上的陽剛與陰柔二重對立編派。」（175，黑體為我的強調）簡言之，拉思科幻書寫的險惡（viciousness）不在於所謂的女同志分離主義，更在於她挑釁且不從常態性別對待身體、性、性別展現的布署與配置。不啻為讓合法正典（legitimate and normative）的二元性別結構得以分崩離析。

〈時移事往〉可視為新浪潮與女性主義科幻敘述的成功初陣重頭戲。它同時獲得1972年的星雲獎最佳短篇小說獎，入圍1973年的雨果獎最佳短篇小說決選，並在新浪潮最核心主力作者方能躋身的第一線合集《再度綻現的危險視野》（*Again, Dangerous Visions*, 1972）嶄頭露角。拉思以敘事者 Janet Evason 的第一人稱，悠然但玄機十足地帶出「咫尺天涯」（Whileaway）這個全體居民由生理女性組成的性別理想星球。它經過漫長到足以遺忘生理男性與刻板男性特質的歲月，這個完全改觀的星球再度遭遇重返殖民星的直性別男性太空人。雙方以扦格躁動、惴惴不安的態度進行酷兒化性別主體（我）與常態異性戀生殖系統（他們）的「第一度接觸」（first contact）。拉思在這篇故事翻寫了許多既成的性別成見與情慾想像，而且不光是對（外部）的直心態男性霸權之批判嘲諷，也滲透改寫了二十世紀以來的女性烏托邦書寫之異性戀中心。

首先，科幻敘事（或廣義的幻設文學）公式預設的「第一度接觸」，通常是「我」（男性，白種人，中產階級，異性戀，常態情慾認同）與（許多形色繽紛的）「她們」（陰性，非白種非人或亞人，非異性

戀，被窺淫醜化的情慾客體）的全然不對等交手。（參考 John Clute, Peter Nicholis (ed.). *The Encyclopedia of Science Fiction*。）拉思筆下的「我」同時翻寫了生理性別與情慾身分的刻板認定，但奇妙地保留了此類敘述者特有的「普遍性」（對於我之為「我」的身分與主體性毫無自我反思與質疑）與性別成規所斷定的陽性（phallic）❹ 氣質。倘若是性別保守的讀者，或許完全無法想像這個「我」全然有別於一般已經進駐（擁有）婚姻家庭結構的生理男性。敘述者首先提及「我的妻子」與「我們的孩子，其中一個是她的，兩個是我的。……其中最年長的孩子夢想著愛情與戰爭的歡愉，奔馳到海洋的懷抱，熱愛狩獵。」❺Janet 描述自身情慾與家庭狀況的語氣平和愉快，彷彿一位呵護妻兒、樂天度日的優良好公民——事實上的確如此，只除了她與妻兒都是生理女性，但實踐著「保守」性別思維難以想像的性與性別！

隨著敘述逐漸披露，我們不但從其中段落之間讀出 Janet 並非生理男性，同時感受到她與「妻子」的性別差異。「由於那場瘟疫大爆發，我們失去了半數的人口。」藉由敘述者不慍不火的口氣與外來者的疑惑質問，終於讓讀者察覺到此處的半數人口都是生理男性：「天啓大瘟疫」是生理性別特定的傳染病，所有的男性人口因此覆亡殆盡。對於貿然來訪卻處處與在地性別文化傾軋衝突的地球男人，「咫尺天涯」的主導聲音可以用愛德蓮恩・瑞琦（Adrienne Rich）形容的「女同志連續體」（lesbian continuum）來形容，意即「咫尺天涯」的主導性文化再現了瑞琦所主張、對於強迫異性戀機制（compulsory heterosexuality）的（強勢）抗衡聲音。❻ 再者，拉思描繪的此星球主導文化，足以對常規地球男性所認定的天生、本質性異性戀系統提出充分的反詰。如同瑞琦認為女性必然認同女性，「咫尺天涯」的成員幾乎沒有例外地都是女同志，而且順暢自在地從事各種主體性的連結，形成親子、愛人、摯友、師徒、對手等等多樣化關係。然而，

拉思寫出的星球（社群）之女同志質地卻呈現出「女同志連續體」所無法容納、可能也無法同意的特質：性別差異與多元所導致的強烈情慾與浪漫愛，因而讓我們更清楚明白地看到「女同志連續體」或類似論述將女性主義（女性視為整體無差別的集合）優先放置於女同志（情慾操演）之上的強烈企圖。身為毫無歧視壓迫意識、陽剛素質強烈的主角 Janet，過度充盈著瑞琦等基進女性主義論者所無法承認或收編的 T 特質，她與妻子 Katy 代表了「咫尺天涯」的 T ／婆配對關係。Janet 是某些性別情慾社群立即可辨認的陽剛酷兒類型：強健高大帥氣，性情爽快開朗，對於來訪（入侵）的生理男性訪客之好奇心大於厭惡敵視，同時（最重要的是）非常愛戀敬畏妻子。Katy 則是悍

---

❹ 這樣的陽性氣質與傳統的陽具中心（phallogocentrism）有著相當的差異與齟齬。這樣說不光是因為 Janet 的陽剛來自於她的 T 身體，更由於在她自身的主體形構過程，咫尺天涯星並未由主導政府／文化機構塑造編派出對立面的異己或卑屈身分（abject identity），也沒有層級分明的階級排序。是以，即便 Janet 的陽剛樣態同樣是建構與意識形態的產物，但這產物並非藉由貶抑另種性別（氣質）而成立的虛空主體性。

❺ 由於本文直接讀取網路全文（見參考書目），故無法列出頁數，若懷疑我的引用，請逕自就引用書目列舉的網址原文進行檢查。

❻ 「女同志連續體」是瑞琦在《強迫性異性戀與女同性戀存在》（"Compulsory Heterosexuality and Lesbian Existence"）這篇論文所提及的性別政治理論。在本篇文章中，瑞琦論證異性戀是一種強制性的政治機構，為的是保障正典男性的肉身、經濟、情緒層面都能夠通暢無阻地取得並接近女性。瑞琦認為女性應該將自身投資於別的女性，而非位男性作嫁。同時，本文的主要貢獻在於連接女性主義與女同志兩種性／別框架，其論點爬梳了女同志（情慾結構）可為女性主義的延續體。很清楚地，拉思與瑞琦在看待女性主義、女同志，乃至於何謂「女性」的定義與再現都有不小差異。在拉思筆下，女性的定義顯然廣闊許多，陽剛女性並不受到女性化氣質的規訓，而女同志情慾更不盡然是由於受到性別二分壓迫所導致的政治性選擇。

婆（tough femme）的活生生模樣，傲氣十足，潑辣且在情慾伴侶關係層面充滿主控性，對於來訪的不知趣生理男感到厭惡至極，甚至會疾呼「就把他們給全數燒光處決吧！」

本篇故事充滿複雜多角的性別張力，不單指向可預期的外部（地球白種異性戀男性），也因此為強調去性化的女性主義科幻提供了新的性別／慾望視野。在〈時移事往〉讓拉思成為第一線科幻名家之後，我們從這個時間點依稀可追溯勾繪出一條拒絕單一性別與去性化藍圖的女同性戀烏托邦（或甚至反烏托邦）作品，諸如查納斯（Suzy McKee Charnas）的霍德非思（*Holdfast*）系列，包括《走向世界的盡頭》（*Walk to the End of the World*, 1974））、《母域》（*Motherlines*, 1978））、《復讎神》（*The Furies*, 1994）、《征服者之子》（*The Conqueror's Child*, 1999））、林（Elizabeth A. Lynn）的《北方少女》（*The Northern Girl*, 1980），葛利孚（Nicola Griffith）的《鸚鵡螺化石》（*Ammonite*, 1993））、帕克（Severna Park）的《先知掌印》（*Hand of Prophecy*, 1998）等。除了啟發這些發衍生成酷兒「非女性」主體的後代創作，〈時移事往〉與《女身男人》不知覺間也檢驗並批判早期美國女性主義小說家套用性別烏托邦母題的代表作，例如吉爾曼（Charlotte Perkins Gilman）的《她鄉》（*Herland*, 1915）。正如同丁乃非在〈貓兒噤聲的媽媽國：《她鄉》的白種女性禁慾想像〉所論證，本書是某種排除性別情慾國族種族異己的（單一性）女性建國誌，其嚴厲宰制的程度不僅是針對人類公民，就連寄宿於這個國度的貓兒都不容許叫春（表現自身的情慾）：「這篇小說在我讀來，一片女性建國的異象中驚心的文化、種族、性的階級偏見及歷史烙印。也就是說，女性建國的『女性』到底是依何時何地，哪些社會、經濟、種族、性慾望條件的性別想像而來，非常重要。……線索隱藏在對貓的管理裡。就是說，很奇怪，或者說是可以預料得到的，

（端看一個人是否來自這樣一種文化與時間、空間：會由一種特定的動物聯想到一種特定的性別，）這竟是一塊只有貓而沒有狗的地方，『國家內沒有野獸，連被馴服的也很少。』」（324, 332）。

此番充滿強烈偏見與白種無性女性中心的視野如此絕對，以致於讓她鄉居民馴服調教誤闖男性的姿態成爲某種「變態」的快感，驅逐性侵害犯罪的執法更像是發洩性驅力（libidinal drive）的獵殺。即使透過酷異讀法來模擬歪斜其中最被正面化的男性訪客范戴克與她鄉成員之間的情慾關係，可能被另類性別脈絡化爲「同志酷異地把這一對不怎麼像主流男人的他和不符合傳統女人標準的『她鄉』女子，分別想成是偏向『姊妹』的男同志，或是居下位的 bottom 和俗稱爲 T（或是 butch）的女同志。」（朱偉誠〈繼續酷異，歪讀《她鄉》〉，358）的另類性愛解碼，《她鄉》完全無法閃避自身滿溢而出的種族、膚色、性格法西斯主義——例如對於「壞品質」的女孩訴諸「社會責任」，使得她自我犧牲以抑制生殖，帶走那些太具自我權利意識（「不成比例的自大性格」）者的小孩，使得那些小孩不致於複製她脫軌的母親「不成比例的自大性格」，並要求這些異端（不合格）份子不得生產壞基因後代，鼓舞爲國家的和諧安定犧牲自我的大義❼。

---

❼ 丁乃非從 1910 年代問世的《她鄉》之亞利安與講究「乾淨」意識形態串聯至文章書寫時（1997 年的台灣）女性主義性別政治鬥爭情景，例如「身處當時台北的女性主義和婦女運動的氛圍。小說的偏見處處驗證了台北女性主義和婦女運動當時的一些結構和歷史盲點。在小說中，這種偏見可以見諸敘事結構、情節布局，也存在於小說敘事的留白與字裡行間。⋯⋯必須將《她鄉》的宏觀異象與台灣現實環節中女性主義陣營和論述的轉型發展連結起來閱讀。」（324-5）不由得讓我聯想到在書寫與翻譯酷兒幻設作品、尤其牽涉到邊緣陽剛身分的此時，動輒受到的某些挑釁與指控，有些來自於廣義的同志學術界，有些來自於堅守生理異性戀正典男性特權的聲音。

更重要的是，她鄉（被合法承認的）只有「法西斯主義邏輯，一模一樣，乾淨、秩序、文明的歐洲她鄉」的生殖與情誼，任何兩個人（生理女性）之間都被作者抹殺了擁有情慾的可能性，因此很安全地規避了同性戀與酷兒性別的「陰影」。以這些層面視之，年長〈時移事往〉六十年的《她鄉》的確是「咫尺天涯」只間隔咫尺但恍若天涯的對立鄰居 ❽。

如同吳爾瑪珂（Jenny Wolmark）在《異形與她者》（*Aliens and Others*）的評論，拉思的書寫不但滿載女性主義與酷兒理論征戰（常態）科幻書寫的衝突與花火，更值得仔細驗證的是拉思以自己的「去中心化敘述」與實驗性的前衛知識書寫，經營出反致敬白種異性戀男性「大師」的經典，「探究參差不齊且毫不和諧質地的書寫愉悅，此番愉悅特別展現於文類成規與酷性別拉鋸齟齬的緊張時刻。」（21）拉思的雙聲道如同雙頭蛇分別往頭尾兩端咬噬，女性主義科幻的利齒充分奚落正典白種男性中心的「道」（logos），酷兒性別與情慾的唇舌則扭曲反映且重新酷寫了無性無慾且正典化生殖主控的女性烏托邦，例如前述的《她鄉》。此外，在她的長篇力作《女身男人》，更是幽默慧點地運用斷簡殘篇式的（多重）主體複數陳述、後現代小說的碎形意識流、片段分裂但相互對視呼應的情節與人物，企圖掙脫出拉思在其論文〈科幻小說的性戰爭〉（"Amor Vincit Foeminam: The Battle of Sexes in Science Fiction"）稱呼的「過時緊身衣」：

女性主義科幻挑戰了女性人物的慾望屈從於傳統科幻文類的男性優位與其慾念。如同拉思在某一篇文章批判傳統男性科幻作者，認為這些作者的書寫不嘗想要展示「某個漫長的證據，顯示出對於女人而言，異性戀情慾比女同性戀情慾所能給予的肉體愉悅來得強烈。於是，他們不但將女性約束於（自我認定的）性愛愉悅，同時也把她鄉

在某個男人與男性主導的整體性意識形態之內。」（51）

為了要反對此等女性慾望屈從模式，薩眞（Pamela Sargent）在《驚奇女性》（*Women of Wonder*）這本合集的序言表示，女性主義科幻的敘述策略「要為女性提供她們在未來發展的可能場景。」（48）這些策略證成了拉思所言的情況，亦即「科幻小說、或是更普遍的幻設書寫之困難處在於要如何擺脫那些傳統性的預先假設，縱使它們不過是一些過時的緊身衣。」（Jenny Wolmark, 22）❾

第二節、跨越常態二元性別的複數酷兒性／別

接下來，本論文將進一步探究的是《女身男人》這部一體四化的酷兒／拉子／女性主義科幻後現代書寫，檢視它以各種諧擬（parody）與反諷的筆觸分別帶出四個 J 的四種性別。首先，Jeannine Dadier 代表著（被迫）正常化憂鬱異性戀女性性（heterosexual feminine sexuality），似乎最符合作者公式化身的 Joanna 是女性主義學者的學術中性（無性別感），從〈時移事往〉舞台再度出場的 Janet Evason Belin 是來自異星酷兒烏托邦的帥 T 性別，意欲毀滅地

---

❽ 拉思對於《她鄉》的批判也呼應以上的論點。在她的科幻評論文集《你從未見識過的國度》（*The Country You Have Never Seen*），拉思準確地指出《她鄉》與自己作品在性別、情慾與種族立場的大相逕庭：「《她鄉》可不是完美的作品。舉例而言，不同於較近期的女性主義表親，本書作者是個公開的種族歧視者。在吉爾曼的其餘作品，種族歧視色彩更嚴重，而在本書，主要表現於白種孤立主義的背景，如此的設定讓她的『她鄉』成為『純種亞利安』之域……再者，不同於近代的性別科幻親族，本書描繪的是一個沒有情慾的世界……吉爾曼斷然強調，人類的健康與快樂都是由於『猙獰且不自然的』縱慾而遭到摧殘。」（153）

球全體男人類的 Jael Reasoner，堪稱詭譎地橫跨於致命女性（femme fatale）與跨性男（trans-man）認同之間的「負面雙重」「跨」性別。此書交相橫亙的支線與性別演練如何在四個人物（分身）之間窮究這些緊身衣的效應，以及非女性認同的酷兒性別主體如何與自身及同伴的「未來發展的可能性場景」對話。

《女身男人》所沿用的後現代小說技術讓它擺脫了常態的科幻架構與其中埋伏的性別常模。出版於新浪潮科幻與性別書寫皆五光十色的1975年，從此時酷兒書寫與跨性別聲音逐漸鮮烈的視點回顧，此書除了以熱烈怒罵與冰冷嘲諷交互使用的數種語言格局來解構生物性別與性別模塑（gender formation）之間本來就不對等且無法重疊的溝渠，其中最具張力的成分在於它不只簡單地供出「性別從未天然本質」的事實，更是運用各種高度人工美學的書寫技藝來玩弄、支解，繼而（變質地）重組這個命題。敘述的軸線看似紊亂但精密互動，摻雜滲透了碎形的意識流與共時性（simultaneity），既非古往今來的直線（男性，直性別）時間模式，亦非（異性戀）女性主義完全有別於直線系統的環狀時間（陰性，母系系統）。《女身男人》的時間模式如同跨越性別常態的幾種多出（excess）時間流域，以不連貫、枝節蔓生的形式入侵既有的時空模型與物質宇宙。

本書的情節大綱以遍布於四重平行宇宙的各種蛛絲馬跡，刻描出四個主角化身的（至少）四種（不只是女性的）性別，以名字第一個字母都是 J 的四組「我」分別登台擔綱第一人稱敘述者。故事的網羅不只看往「現實的未來」，更是屢屢回眸凝視敗壞、反進步、但充滿變異可能性的歷史性過往。如同班雅明（Walter Benjamin）在〈關於歷史哲學的論文〉（"Theses on the Philosophy of History"）敘述的「歷史天使」形容，四個 J（尤其是擔綱雙重跨越性質的 Jael）交錯往返，弔詭地並存於可想像的未來與終究可能改寫反轉的過往。（同

❾ 我個人在政治層面非常不同意，但認為值得細讀文本思索的某個性別成見，在於拉思對於「女性連續體」的護衛與支持終止於生理女性，並不連結到女性化樣態的跨（變）性主體，例如陰柔男同性戀，扮裝皇后，男跨女變性者等等。在她的筆下，這些類型必須是男謀父權的同路共謀者，以 Jael 所描述的「男域」（Manland）為例，這些跨性女並非自主性、節慶式地張揚自己華艷的跨性別陰性，而是男權體制的犧牲品與可悲的共犯。對我而言，拉思在某個時期對於跨性女性（MtF）的無法同意可能部分性來自於她難以承認自己筆下人物的跨性別酷兒陽剛，這些對於「假女人」的鄙視成為某種難以吞嚥，必須吐出來的活生生否拒（disavowal）。對於拉思在《女身男人》充滿偏見但無法自已地厭惡男跨女酷兒性別，我依稀看到《寂寞之井》（A Well of Loneliness）的主角、陽剛跨性別 T 主角史帝芬（Stephen）對於娘娘腔男同將自己視為同類的強烈反感與逃避。舉例而言，我們從 Jael 帶領另外三個 J 遊歷陰慘可怕的「男域」，見識到被迫改造換性的假仙侍妾以「比任何真實女性更陰毒」的姿態，Jael 本身的跨換性別經驗與認同更強化她厭惡這些與自己相反的「性倒錯」（invert）：

> 這次是個穿著粉紅色雪紡紗晚禮服的半改造女。這個人類形體的手套高達他的肩頭，整個人是一座踩著高跟鞋、毫無相關性的碑塔；這是一個具備過度正確曲線的漂亮女孩，裹著一條上下搖擺、招搖無比的粉紅色長圍巾。到底是在哪樣的店面，會製作出這種長長一串的假鑽石耳環？這些鄉愁與戀物癖的物體，只有這些半改造女會穿戴的玩意（而且，除非她們很有錢。），這些物體是由博物館的古物拷貝而成，對於全體成年人類的七分之六百分比而言，這些東西既無用，又引不起她們的興趣。
> 這就是此形體造就的異象，穿著一層層的華服，縐褶花邊處處、絲帶與鈕釦無所不在羽毛四散，宛如一棵堂皇修飾的聖誕樹。他就像是扮演安娜·卡列妮納的嘉賓，全身無不精美裝潢。他的綠眼睛機伶地眯了起來。這是個有智能的形體，或這動作只來自於沉重的假睫毛？或者，這樣的沉重性來自於總是必須被上、總是得裝腔暈眩、昏倒、忍受、希冀、受苦、等候，或甚至只當個這樣的形骸？在男域的某處，必然存在祕密地底的女性化組織，教授她們如何從事一舉一動。即使面對她們同胞的汙蔑譏嘲，以及螢暴的輕侮，即使在夜間宵禁之後、如果她們獨自在街頭，就可能會遭受集體強暴的威脅，她們必須要從屬（每個改造女都一樣）於某個真男人。縱使如此，她們還是不知為何學了古典的女性戰慄、緩慢的眨眼，從指尖到唇邊的惹人憐愛姿態。我認為這些特質必然存在於她們體內的血液，但這是誰的血液？（171-2）

本體的）四人重複疲憊地協商、爭執、評議，在本文與框內子故事當中重述自身（與別的自我）之種種歷程痕跡，拒絕一勞永逸的（直線時間與直男性設想的二元性別）進化。這些反「進步」（如全球化、性別正確、正典同志前進力量）的痕跡複寫於班雅明的歷史天使姿勢：

　　由畫家克利（Klee）命名為《新天使》（*Angelus Novus*）的畫作，那位天使似乎將從它持續沉思的事物拖曳而去。它的眼神瞪視，嘴唇張開，羽翼伸展開來；這是你會畫出的歷史天使圖。天使的面容朝向過往。我們看到的是一連串的事件，然而它看到的是純粹單一的大劫，將斷垣殘瓦不斷堆疊在腳邊。天使想要停駐，喚活死者，弭合遭到粉碎之物。然而，風暴從天堂吹起，暴烈的風攫住天使的羽翼，使得它的翅膀無法收攏。風暴將無可抗拒的天使吹向它背對的未來，它眼前的殘骸往天際高升，我們稱呼這風暴為「進化」（progress）。（257-8）

　　更值得注意的是，《女身男人》的說故事技巧毫無畏懼地違背了科幻文類的「行規」：處理平行宇宙多重自我不可在同一瞬時空典相逢，即便不幸遭遇對方，也必須儘速閃避。此技術不言而喻地說明了某種中心化生理男性主體想像的（普遍主體）「我」：乾淨、絕對、純粹、單面向。分裂或斷碎或複數化的自我不可以相互交流，以避免同一個主體（自我）佔據一個以上的位置。然而，這四個 J 與彼此纏繞交融的時間軌跡，正是成就了拉思想要轉喻的敘述意圖──自我（性別）從來總是不可能純粹且「單一」，此 J 既是自己也（可能）共時性地佔有且跨越彼 J 的身分位置，既是「女性」，也是「（抗拒大敘述的）、女身男人」，也是跨越數種性別分野的「非人」。藉由錯綜歪斜、去中心化的時間（線）與四個「我」的多重聲道交織並

現，這些扭曲的「她」與「他」分別轉譯為作者意圖再現的四種身分認同與性別歡愉／憂鬱。

身為保守美國中產階級乖順成員之一的 Jeannine，是個被家庭壓力逼婚的圖書館員，她的世界由於三個平行宇宙的「另己」（altered ego）而掀起軒然大波。倘若我們就巴特勒（Judith Butler）的理論來閱讀 Jeannine，在她時而欽羨異質性別（例如 T 好漢模樣的 Janet）時而沉浸於女性自戀（feminine narcissism）的擺盪，從中可攫取到直性別形構與憂鬱（匱乏）的關連 ❿。如同巴特勒在《權力的心象生命》（*The Psychic Life of Power*）描述扮裝皇后的憂鬱篇章所言，對於異宇宙遭受男權壓迫的跨性女特別有共鳴的 Jeannine，就是個將自己裝置為乖巧守本分白種中產階級好女孩的「扮裝皇后」：

在扮裝表演之內有某種未被哀悼的失落（而我確定的是，這種普遍話說法不能夠被普世化），或許那是某種遭到拒絕的失落，而且在表演的性別認同之類得到收編包容，某個人一再重複扮演其性別理想與此理想性無法取得安身立命所在的基進狀態。這種搬演既非男性對於陰性的重佔領域，亦非女性對於陽性的「欽羨」，也非性別的本質人造性。它所表示的是性別表演寓言化了某種無法哀悼的失落，

---

❿ 從以下這段兩個 J 的互動，可以清楚看出 Jeannine 的異性戀自戀與失落。相形比較之下，Janet 的陽剛氣味正如同作者透過特定語碼傳遞的訊息，她如同某種天真洋溢的少年（大號的小男童軍），毫不在意同時被強迫異性戀機制與女性性別內化的儀容規範。

「卡爾就在那邊，」Jeannine 高姿態地說：「我不能就這樣走到那邊去。」她舉起手指，像是揮動扇子一般。她比 Janet 顯得更青春漂亮，這點讓她感到沾沾自喜。Janet Evason 看起來像是個大號的小男童軍，頂著一頭凌亂舞動的頭髮。（47）

寓言化了憂鬱無法收編的幻想；就在憂鬱之內，某個客體得以幻異地（phantasmatically）被收入其中，彰顯（主體）拒絕讓它離開的某種方式。（24）

我們可以透過 Jeannine 座落的位置（強迫自己扮演某種「理想陰性」）來設想巴特勒看待性別認同爲「反覆表演」導致的卑屈與厭煩。若以同樣的論述脈絡來對照豁達樂天、帥氣煥發且充滿（陽性）隱士風情的 Janet，她生命的完滿（未受到壓迫與侷限的性別建構、熱愛生命且情慾充沛、遊走於 T ／婆戀與跨代戀的多重情慾關係）依然伴隨不時浮現的、狀似無明普遍的惆悵。此時若對照海澀・愛（Heather Love）所閱讀到的巴特勒（諸）性別憂鬱起源，或許可以理解，即使是充分得到情慾資源與主體性的個體，即使外於常態性別範本且未曾受到打壓，仍然依稀感受到某種身分建構時隱隱恍恍的割離與悲傷。Janet 與 Lar（Laura）的跨代酷兒戀愛，以懸殊的年齡差距、經驗分歧與同類相惜情意，印證且重述了這種性別構成（尤其是酷兒性別）時必然浮現的「失落之佚失」：

是否有某種不可被思索、不可被主宰擁有或悲悼哀慟的失落，它造就了主體形成的可能性處境？這種失落是否就是黑格爾命名的「失落之佚失」（the loss of the loss）？是否有某種哀悼的渴望——同等而言，也就是某種無能力哀慟的質地——促使某人從未能夠去愛，也就是某種在「存在處境」（the conditions of existence）之內橫遭斷佚的愛？這樣的失落並非只是失去某個特定所愛客體，或是一組所愛客體，失去的是（主體能夠實踐）愛的可能性：失去了愛的能力，這種失落也就是從未結束的哀慟，奠基了主體自身的基礎。（235）

對於 Janet 與她造訪「這個」地球時期所遭遇的衣櫃小酷兒〔本名 Laura，自稱 Lar（拉爾）〕之間的愛情解讀，本論文認為此結構並非是年長 T 與青春婆（或）不分的搭配，而是年長 T 與年幼 T 惺惺相惜又哀愁甜蜜的愛情——雖然 Janet 在此之前的情人（泰半都是咫尺天涯星的居民）都是明顯的婆。Janet 與 Lar 的關係可以讀成 T 叔叔（uncle T）與野少年（tomboy）的跨代「同性／酷兒」戀，而拉爾的樣貌行止活出了一個「叛逆不羈、不甘願自己僅只是一個性徵未成熟的普通青少女」的青春酷兒樣本——在此，我借用赫勃思坦描述龐克搖滾酷兒電影《時代廣場》（*Time Square*, 1980）主角 Nicky 的觀察，詳細論證可參照此章節〈T 模 T 樣：初步引介電影的 T 眾相〉（"Looking Butch -- A Rough Guide to Butches on Film"）。生長於這個現實（宇宙）20 世紀 60 年代的拉爾，認同成吉思汗，是一個外於男孩與女孩兩種正常交際圈的怪胎；這個屢屢被同儕奚落為「陰莖欽羨」的酷性別小孩，大膽宣稱自己「不是個女孩，是個天才。」此外，若按照拉思勾繪的理想模式，咫尺天涯星應該是以不分性別為烏托邦的終極想像，但透過作者描繪 Janet 的形容樣貌、舉手投足之間，具有雷達敏感度的讀者應該看得出她強烈的跨性別 T 質感 ❶。從 Lar 與 Janet 的互動與情慾模式，我們可以感受到赫勃思坦在〈氣味相投：酷兒時間性與次文化生活〉（"What's That Smell?: Queer

❶ 雖說拉思筆下的陽剛人物其酷兒性別質感鮮明，但作者勾勒的性別政治與主體差異營造出某種我稱為女性主義 T（feminist butch）的類型。類似的人物描繪在拉思的奇幻小說《艾力克鶯冒險譚》也豐富飽滿，拉法笈分析主角艾力克鶯「不光是男性英雄人物的生理女性翻版，她的性別鮮活建構於差異性的框架。拉思容許她的主角擁有屬於自身的自覺知識，並熔接於這些冒險當中，打造出情慾政治的真正質感。艾力克鶯與女性和男性的關係，在在呈現出強烈且微妙的質地。」(36)

Temporalities and Subcultural Lives"）描述的「跨代、跨性別、非生物
血緣的父子情慾與傳承」：

　　「我愛你，我愛你！」拉爾說著，真涅搖著她，可是拉爾──不
願意被當成是個孩子──狂烈地將伊媧子的頭弄回椅子上，並且親吻
她的嘴唇。我的老天哪！

　　真涅把拉爾拉起來，把她安置在地板上，在這孩子的歇斯底里當
中一直摟抱著她。她摩挲著拉爾的耳垂，把自己的鞋子甩掉；拉爾終
於鎮定下來，以遙控器把電視機關上，因為電視螢幕上的那個演員正
在說著，要讓那個最女孩樣的「小老鼠區域」給消毒潔淨。電視機陷
入一片死寂。

　　「從未如此──別這樣，我不能──離開我吧！」拉爾號啕大
哭。哭一哭倒是也好。真涅以公事公辦的態度解開她的襯衫鈕子、腰
帶、藍色牛仔褲，並且抓住她的臀部兩側。以理論而言，這是能夠讓
歇斯底里者最快速平靜下來的方式。

　　「喔！」羅拉・羅絲這麼喊，她感到無比震撼。這是她改變心意
的最佳時機。她的呼吸變得平靜許多，她冷靜下來，張開手臂環抱著
真涅，倚靠著對方。她嘆息著。

　　「我也想要擺脫這些天殺的衣服。」真涅這麼說，在語句的中
途，她的聲音帶有難以抑過的碎裂。

　　「你也愛我嗎？」

　　最親愛的人兒，我無法愛你，因為你實在太年少了。沒多久之
後，當你凝視著我，會看到我的肌膚乾枯死去。由於你比起任何咫尺
天涯人都更加具有浪漫情懷，到時你會覺得我很噁心。然而，在那一
刻到來之前，我會盡我所能對你隱瞞我有多麼喜愛你的這事實。還有
關於慾念的層次：我希望當我說我將要死去，你能聽懂我的意思。我

希望我們能前往一個較安全的地方，在那兒我們能夠舒適地死去；我可不希望當你的雙親進門時，看到我正在地毯上喘息翻滾。如果是在咫尺天涯，這就沒有關係；而且在你現在的年紀，不會有雙親來監督你。但是在這兒——根據我所知曉——事情就是她們看起來的模樣。

「你以如此奇異且迷人的方式，說出這些話來！」拉爾這麼說。她們上樓梯去，拉爾有些擔心她拖曳的褲子；她彎下去（形影框在門徑上）去揉搓自己的足踝。在一分鐘之內她將要大笑起來，在她的兩腿之間望向我們。她伸直身子，害羞地微笑起來。

「請告訴我，」她以嘶啞、艱難的低語這麼說，轉開她的視線。

「嗯，孩子？嗯，親愛的？」

「我們要怎麼做呢？」（71-2）

對於 Joanna（作者的學術界化身）❷ 而言，浪漫愛（無論是與哪一種性別）根本不存在。她認為這些理論世界所戮力經營的本體論失落（ontological loss）得以成立，乃是基於雙重且缺一不可的雙生守則——此等失落既是主體生成的要件，也是排除她身為「女性」的

---

❷ 關於拉思的性別身分，至今我沒有任何「合法」的證據來論證她具有跨性別陽剛認同，但某些蛛絲馬跡可顯現出，她對於自己被放在「女人」這個雨傘框架的不滿。例如，在《橫跨受創的銀河：訪談當代美國科幻小說作家》這本當代美國科幻小說健將訪談錄，訪問與對談者麥卡孚瑞（Larry McCaffery）以正面的語氣提及拉思與勒瑰恩這兩個作家：「基於你們兩人大相逕庭的政治立場，常把你們連起來談論，似乎顯得頗為反諷？」這位擅長銳利但不苦澀譏諷的性別天王以機智、自嘲（但不掩飾惱怒）的語氣回應：「才不反諷呢，生理女性就是會給放在『女人』這個不分的盒子，這是老生常談了。但我認為，這樣的連結讓我們兩者都感到頗為不快。」（208）本註解引用於我自己在《女身男人》中文版的導讀，〈《女身男人》導讀：「男人」無能再現的 Fe/male Man〉。

絕對條件。在她主導敘事的其中某篇章，Joanna 以精湛的論述語言講出先驗之「我」的普遍存在主義式焦慮崩潰光景，但必要條件是這個「我」首先必須是個（大敘述給予敘述特權的）「（男）人」。更矛盾且合理的是，身為生理女性學術研究者，Joanna 必須「先變成一個女人」（被性別成規約束想像的客體，座落於男性凝視），驚覺到粗暴宰制的二元系統無所不在，從覺悟的瞬間開始轉化乾坤，讓自己從「無性的生物，不是一個女人」的不分狀態「變成一個男人」。於是，Joanna 得以進駐特選殿堂的學術生涯就是性別重新治裝，以刀槍劍斧似的語言與操演讓自己肉身重製（置），從某個性別認同含糊的生理女性，成為理論盔甲重重操演身體與心象的英文系學院（男）人。以下這段描寫就是她道地無比且痛苦異常的象徵語言跨性別歷程：

> 男的鳥美妙鳴唱，女的鳥坐在巢中；還有（女的）狒狒讓別的（男）狒狒給扯成兩半；還有猩猩充滿了（男的）社會位階區分，這些知識經由（男的）學院教授書寫下來，連帶書寫它們（男）的社會位階，（男）讀者因此接受了（男女）物種的（男性）觀點。你可以知道，這堆到底是在搞什麼。在我的內心深處，我必然是個溫和之人，因為我甚至沒有想到以蟑螂或是女王蜂這些生物的例子來反擊，不過或許我只是對自己的哺乳類動物同門顯示忠誠心。你可能會夢想，想要自己成為一棵橡樹，一棵栗子樹，深沉根植於大地的雌雄同體生命。我才不要告訴你，我心中壅塞充溢的詩人與預言家究竟是哪些人！（155）

　　來自「女域」（Womanland）的 Jael 是四個 J 當中最奧祕叵測的個體。她是集結起四個平行次元「我」的幕後推手，劇烈改造了阨

尺天涯星的生態、造就出生理女性烏托邦的科學家。Jael 同時是刺客、魔法師、性改造者，擁有人造人形寵物、出入於男性扮格（male impersonation）與蛇蠍美女之間的極端性別光譜。Jael 的目的乍看是要剷除所有的生物男性，但拉思艱澀隱諱的暗示讓我們知道應該不只如此。與其是滅種式地殲滅生理男性人口，她更熱切的意圖是改造橫跨各宇宙的性別藩籬。在另外三個 J 遭遇 Jael 的出場畫面，她彷彿是個鬼氣森森的幽靈樣怪誕女子：

> 從天花板灑落湛亮的燈光，將她的輪廓映照得光影分明，呈現出她的灰髮、刻劃線條的面孔，鬼氣森森的笑容──因為她的牙齒似乎是一整條鐵色絲帶。接著她走向白色的牆面，變成一個女子形態的深坑，黑色薄紙板剪裁成的形象。她現出一抹歪曲、迷人的微笑，把手放向自己的嘴邊，不知道是把什麼東西套進去或是把什麼給拿出來。（158）

面對另外三人（三個自己的化身）的疑問，Jael 的回應在於性別建構與（恍惚不定的）本體之間充斥難以數罄的色慾綺念、神話性激情，以及窮凶極惡的基本教義主張，最後者的代表地盤、「男域」就是她不共戴天的敵方。我從這些訊息讀取到的 Jael 是個跨性前期的改造男，但以複雜的情緒敵視非生理女性的陰性踐演，如被強迫改造為女性身體的男域成員。如同波瑟（Jay Prosser）在《第二層肌膚》（*Second Skins: The Body Narratives of Transsexuality*）的論述，Jael 與《寂寞之井》的史帝芬可能在某些層面是（不同樣的）性別倒錯主體，但我認為這兩者的處境都很難以當前（健康）的跨性轉換手術來解決，因為他們最深刻的艱難處在於面對自己的「性別本體論」，而非社會的接納與否。從這條路徑開展來分析，Jael 充滿炫

技意味的倒錯鏡相場景（自戀式的女跨男扮演）並非是「某個性變態的瞬間——某個男性化女同志的變態慾望——而是性倒錯（sexual inversion）的具現。」（161）

Jael 看似冷靜理性，卻深藏著複雜晦暗且猖狂恣肆的世界重塑（world's re-building）激情：《女身男人》呈現的諸多性別與生態工程奇景都是 Jael 逡巡於各宇宙的成果。此外，她最強烈的性快感來自於宰殺男性或主導動亂，以及與所擁有的非人類、基因調配製作出的類男性性愛奴隸之間的逾越慾望——前者指涉及邊緣陽剛的驅動力，後者表達她深刻的狂怒（rage）情慾與生化賽柏格式的後人類身體（a cyborg-like post-human body）。雖然我不認為 Jael 的性別跨越與她充盈後人類色彩的身體性有必然關連，但在〈彷若虛構：情慾與科技的交會〉（'Something Like a Fiction': Speculative Intersections of Sexuality and Technology）這篇論文，作者 Veronica Hollinger 從電腦叛客、基因改造等切入面論述《女身男人》，尤其著眼於爬梳跨物種（後人類 Jael 與她的猩猩基因培養的擬男奴）情慾。於是，Jael 的陽剛肉身對照於男域的改造情婦與改造妻子，兩造形成不同的「怪物化」性別（物種）。此等科技與情慾的交媾想像，讓 Jael 的酷兒性別愈發張揚，以致於造就出任何常態性／別都無法認可辨識的異性戀形式……由是，（Jael）成為一個動物機體人，橫跨於有機肉身與機械生命之間。（153-55）

除了與擬人性愛奴隸從事「動物・機體・人」三重結構交纏的變態、非人、後人情慾與壞性別展演，本書另一段最驚人的跨性別酷兒展演，在於 Jael 化身為天界男性妖精王子，出使周遊某個「蠻荒世界」。對於敘述者而言，這些場景呈現出性別敗筆（錯誤的辨認），但我認為，最曖昧且充滿力量的生產性在於此「敗筆」竟引導

出酷兒性別的可能性與性別權力再分配 **⓭**。在這篇章，作者以交織著親暱、好奇、厭惡與眩惑的語氣，恣肆描寫兩名蠻族女性與男性分別以狀似正典、卻徹底顛覆常態性的位置愛上跨性別 Jael：

由於我的銀色頭髮、銀色雙眼，為了要讓我在這些野蠻人眼中顯得更外域異質而人工加深的膚色，我以妖精界王子的身分來到那個蠻荒地球，以這個頭銜住在一座陰濕的城堡。……某位蠻族女性愛上了我。在另一個人眼底看到此等奴化情意、感受到她置放在你身上的光環，並且從你自身的理智所知，這樣的順服委身常常讓男人誤以為這是對他們的仰慕，這真是無比可怕的事情。讓我取得合法性！她這麼哭嚎：讓我有個合法地位！讓我的地位提升！把我從其餘人等那邊救出來！（「我是他的妻子，」她會把那枚飽溢神思的指環在手指間轉來轉去。「我是他的妻子！」）所以呢，在諸宇宙的某個角落，我有個痴心守候的活寡婦。

這個男的並不知道真相，但我幾乎要把他給引誘上床：輕微碰觸手臂、肩膀、膝蓋，某種安靜的氛圍，某種眼底的神色──沒有任何粗鄙之舉，他並不認為是我這方的問題，他以為都是自己的遐思。我真喜歡這個部分。他剛開始的衝動當然是惱恨我、與我搏鬥，想要擺脫我──可是我什麼都沒有做啊，不是嗎？我沒有直逼追求他，不是嗎？他的心智是何等模樣？可悲可憫的一團困惑！我甚至更加友好，他變得更狂亂、更滿懷罪惡感，只要看到我就充滿憎惡，因為我讓他

⓭ 關於跨性別與酷兒倒錯等「失敗」所導致的奇異出口，酷兒憂鬱與幸福論述的角力，可參照 Jack Halberstam 的《身為敗筆的酷兒藝術》（*The Queer Art of Failure*, 2011），以及 Sara Ahmed 論證（非）幸福政治與反正典性別的《快樂許諾》（*The Promise of Happiness*, 2010）。

懷疑他自己的理智。最後，他終於對我提出挑戰，我把他打得落花流水，讓他成為我底下最忠實的一隻男犬。我把他惡整到那樣的地步，終於連我自己也無法忍受，必須對這隻生物解釋說，他以為是非自然的肉慾其實是宗教性的虔誠激情。當時他只想要倒在地上，親吻我的腳。（188-190）

結論

《女身男人》的開放性結局（四個 J 對著書本說出願景與期許）意味著故事綿延不絕，但這個開創先例、充滿文化價值的文本並非沒有遺憾。由於處於特定的時空位置與生產條件，文本與人物們的表態激烈但充滿挫敗，無法要（成為）什麼與不要（成為）什麼，除了期待生物二元性別結構因為這些建構而稍微崩解滑落。這些性別跨越與愉悅／憂鬱的片段化生涯與1970年代的新浪潮科幻同時耀眼，雖無法提供酷兒陽剛身體（與生命方式）明顯的出路與途徑，卻鑄造出一些迄今得以不斷被理論與實踐看見的複數化、非正典主體。若試圖對此疑惑提供某些出口，現今居於經典位置的《女身男人》或許必得往內在寰宇凝視酷異女（不女）身的永恆抑鬱，並持續與既有將至的酷兒科幻書寫對話與互文。

引用書目

丁乃非。〈貓兒噤聲的媽媽國：《她鄉》的白種女性禁慾想像〉，《性／別研究》nos. 3 & 4「酷兒理論與政治」專號。中壢：中央大學性／別研究室：324-343，1998。

丁乃非，劉人鵬。〈罔兩問景：含蓄美學與酷兒政略〉，《性／別研究》nos. 3 & 4「酷兒理論與政治」專號。中壢：中央大學性／別研究室：109-155，1998。

--。〈鱷魚皮、拉子餡、半人半馬邱妙津〉，《罔兩問景：酷兒閱讀攻略》。中壢：中央大學性別研究室，67-105，2007。

朱偉誠。〈繼續酷異，歪讀《她鄉》〉，《性／別研究》nos. 3 & 4「酷兒理論與政治」專號。中壢：中央大學性／別研究室：357-359，1998。

洪凌。（翻譯）《女身男人》。台北：繆思出版，2005。

--。〈《女身男人》導讀：「男人」無能再現的 Fe/male Man〉，《光幻諸次元註釋本》。台北：蓋亞出版，2012。

Asimov, Isaac. *Cosmic Critiques: How and Why Ten Science Fiction Stories Work.* Writers Digest Books, February 1990.

--. *Foundation and Earth.* New York: Spectra, 1986.

Benjamin, Walter. *Illuminations: Essays and Reflection.* ed. and intro. by Hannah Arendt. New York: Schocken Books, 1968.

Butler, Judith. Gender Trouble: *Feminism and the Subversion of Identity.* New York and London: Routledge, 1990.

--. *The Psychic Life of Power: Theories in Subjection.* Stanford: Stanford University Press, 1997.

Clute, John & Peter Nicholis (ed.). *The Encyclopedia of Science Fiction.* New York: St. Martin's Griffin, 1993.

Delany, Samuel R. *Babel 17.* New York: ACE Books, 1966.

--. *Silent Interviews: On Language, Race, sex, Science Fiction, and Some Comics: A Collection of Written Interviews.* Connecticut: Wesleyan University Press, 1995.

--. *Shorter Views: Queer Thoughts and the Politics of the Paraliterary*. Hanover, NH: University Press of New England, 1999.

Gordon, Joan, Wendy Gay Pearson, Veronica Hollinger (ed.). *Queer Universes: Sexualities in Science Fiction*. Liverpool:Liverpool University Press, 2008.

Halberstam, Judith. *Female Masculinity*. Durham, N.C.: Duke University Press, 1998.

--. "Looking Butch -- A Rough Guide to Butches on Film", in *In A Queer Time and Place: Transgender Bodies, Subcultural Lives*. New York: NY University Press, 2005.

--. *In A Queer Time and Place: Transgender Bodies, Subcultural Lives*. New York: NY University Press, 2005.

Hollinger, Veronica. " 'Something Like a Fiction': Speculative Intersections of Sexuality and Technology", in *Queer Universes: Sexualities in Science Fiction*, ed. by Wendy Gay Pearson, Veronica Hollinger and Joan Gordon. Liverpool:Liverpool University Press, 2008.

Larbalestier, Justine. *The Battle of the Sexes in Science Fiction*. Middletown, Connecticut: Wesleyan University Press, 2004.

Lefanu, Sarah. "The Reader as Subject: Joanna Russ.", in *In the Chinks of the World Machine: Feminism and Science Fiction*. Bloomington and Indianapolis: Indiana University Press, 1988.

--. *In the Chinks of the World Machine: Feminism and Science Fiction*. Bloomington and Indianapolis: Indiana University Press, 1988.

McCaffery, Larry (ed.). *Across the Wounded Galaxies: Interviews with Contemporary American Science Fiction Writers*. University of Illinois Press, 1991.

Pearson, Wendy Gay. "Toward A Queer Genealogy of SF", in *Queer Universes: Sexualities in Science Fiction*, ed. by Wendy Gay Pearson, Veronica Hollinger and Joan Gordon. Liverpool:Liverpool University Press, 2008.

Prosser, Jay. *Second Skins: The Body Narratives of Transsexuality*. New York: Columbia University Press, 1998.

Rich, Adrienne. "Compulsory Heterosexuality and Lesbian Existence", in *Blood, Bread, and Poetry: Selected Prose 1979-1985*. New York: W. W. Norton & Company, 1986.

Russ, Joanna. *The Female Man*. New York: Bantam Books, 1975.

--. "When It Changed", appeared in http://web.archive.org/web/20080514042130/ http://www.scifi.com/scifiction/classics/classics_archive/russ/russ1.html.

--. *The Adventures of Alyx*. New York: Bantam Books, 1976.

--. *Magic Mommas, Trembling Sisters, Puritans and Perverts: Essays on Sex and Pornography*. Crossing Press, 1985.

--. "Amor Vincit Foeminam: The Battle of Sexes in Science Fiction", in *To Write like a Woman: Essays in Feminism and Science Fiction*. Indiana University Press, 1986.

--. *To Write like a Woman: Essays in Feminism and Science Fiction*. Indiana University Press, 1986.

--. *The Country You Have Never Seen: Essays and Reviews*. Liverpool: Liverpool University Press, 2007.

Pamela Sargent. *Women of Wonder: : SF Stories by Women about Women*. Penguin Books Ltd, 1978.

Wolmark, Jenny. *Aliens and Others: Science Fiction, Feminism, and Postmodernism*. Iowa: University of Iowa Press, 1994.

亮燃時空的迷燈幻景
在彩虹遊戲箱庭攻略的太空牛仔與情色黑天使

Phantasmagoria in the Realm of "Burning Bright": Space Tomboys/Cowboys and Dark Erotic Beings in Queer Game Spatio-temporarity

　　在珊格爾（Kumkum Sangari）的文章〈可能性得以滋生的政治〉（"The Politics of the Possible"），作者發展出「時間性崩潰」（temporal breakdown）的理論模本，藉此區隔後殖民場所與西方中心霸權想像的線性時間結構，並套用於文學表達技術。珊格爾使用「文化共時性」（cultural simultaneity）來表陳「無休止漫長歷史所塑造的淤積物合體。此產物不但是各式各樣的吸收、交媾、融合的結果，更是漫長的衝突、矛盾、文化暴力所造成的產品。」（217）由上述的論點，此文章回應了巴巴（Homi Bhabha）所提及的（跨）文化翻譯界面與後殖民相關的性別／種族關係處境。

　　在此，我所論證的酷兒陽剛以複數形式對應不同脈絡的書寫，個中包含珊格爾與巴巴所論及、對於姿態輕浮滑溜文化相對主義的批判。即便（或說，正由於）本論文的範圍限定於英美幻設文學的傳承，我認為更應該仔細追索這些作品分別造就的跨國界／跨種族／跨族裔效應，連結至跨性別陽剛的再現譜系，並非將之平面化為科幻小說的（生理）性別議題。如同巴巴所言，我認為不同場域的幻設次文類分別造就且不斷重塑既成的「酷兒」與「陽剛」兩造關係。這

些關係生成且現身在於個別文本與多種次文類、書寫意識形態與普遍性想像的翻覆與顛倒。透過「跨國跨文化」的多皮層閱讀策略，我們可能讓文本與理論交互作用出的文化政治力量「翻譯出在地性與特定性，因而去中心，並且顛覆所謂的跨國際全球性。」（241）

　　約略從二十世紀90年代以來，這些較近期的酷兒幻設作品不再侷促於文類載體約定俗成的規矩。它們不但混成並雜配跨越次文類邊界的文體與書寫技術，對於歷史撰述譜系（historiography）的密切關注帶出了身體化（bodily）的酷異肉身意識與高度政治自覺。倘若嘗試力挽狂瀾的正典科幻敘述是珊格爾所言的「現代與後現代西方中心的同步性時間模型，也是當前不再受到好評的線性時間與進步論的終結產物。」（219），酷兒身體科奇幻作品無疑地挪用並大幅度改革先前專屬於「進步的」白種異性戀男性文體與技術，並勾勒出這些歷史的淤積物如何成就（以敢曝或奇幻的形式）出夢幻燦爛的邊緣陽剛美學，平行於那些透過異性戀正典公式（heteronormative formula）來架構陳述的常態性陽剛。以下，我將就1990年代酷兒幻設作品的跨性酷少（transboy dandy）❶ 形態來分析文化混種的身體政治、語言與網絡的酷兒化、視覺觸感與另類空間所締造的昇華慾望客體。本論文主要的分析文本是酷異科幻小說家史考特（Melissa Scott）的《亮燃之星》（*Burning Bright*）。

　　在璃歐的頭頂上方，天體圓幕的前端，偵測性的表層開始逐漸退去。起先是呈現出漩渦狀的超空間輪渦，再來是幾乎隱而不見的黑藍色線條，呈現出實體空間的深邃度。星體在上方爆發出光色，恆星們如塵土顆粒似地四處散逸，如同龐大的聚落，在黑夜環繞其上的銀河平原滾動，並與鏡相曲線交會。緊接著，原先遮蓋了太陽與星體們的護罩撤除，那熾亮的光色就連最燦爛的星體也為之淹沒其中。璃歐眨

了眨眼，深感目眩，然後轉開視線。

「倘若它們可以下定決心就好了，」卡綠思特喋喋不休。「你可能也感覺到了，奎恩。它們一直變化，膠囊還在浮動狀態；到它們能決定份量時，整艘船都無法平衡了。我敢打賭，這樣會損及我們的導航投映機制。」

「我不認為有什麼失衡之處，」璃歐說：「他維持得挺好，自從我們離開狄米塔以來，投映機制也沒出什麼大錯。你幹得挺好，米其。」

他看到卡綠思特的肩頭鬆懈下來，才知道這段時間以來他需要的就是安心的確認。他嘆口氣──他還算喜歡卡綠思特，更喜歡他的船，不過此人的不安全感甚是煩人。

「說到這，你安排了維修時間沒？」

「當然囉！」提到這點，卡綠思特的臉龐亮了起來。「維修甲板說它們可以把我們的船弄入氣體甲板，然後會立刻拆除投映機制。整個維修過程、包括重新測定刻度等事宜，大概要花上八個工作天，這還不壞吧？」

「當然不壞。」璃歐說。尤其是擱淺於亮燃之星，真是正合孤意。「我這陣子就到行星上去晃晃，」他的語氣保持刻意的隨意。「橫豎你這幾天並不需要我在船上。」

卡綠思特的眉頭皺起，隔了好半晌的工夫才說話。「你就是要去**戲局**，是吧？」

「沒錯，我是要去。」璃歐強自按捺住他的心底話。這裡可是亮

---

❶ 在此節為了搭配文本人物的性別形貌，我將跨性別 T 與「風流浪子」的這兩個字組合而成 transboy-dandy，中文化版本是「跨性別酷少」。此類型的風格特質恰好背反於「嚴肅認真」且並不涉及逾越性關係的 T 與跨性別男性。

燃之星，是全宇宙戲局的中心都城，充斥著最上等的俱樂部、最棒的玩家，各色知名人士在此生活與工作。要是我錯過這個機會，或許這輩子都不再有第二次契機了 ——

「**那不過是遊戲**，昆恩。」卡綠思特這麼說。

「那可是我最在行的**活動**之一。」他這麼反駁，然後咧嘴而笑。

（8-10，黑體字是我的強調）

主角昆恩・璃歐（Quinn Lioe）本業是星際領航員，但私心嚮往且技藝超卓的副業是全像光電「戲局」玩家與劇作家。史考特在本書設計的「戲局」接合了超空間網絡、古式桌上遊戲（TRPG）、角色扮演遊戲（RPG）等元素；空間的迷宮樣式與時間平面化（亦即共時性）是玩家與「戲局」這個母體矩陣熔接時的主體觀視。不同於1980年代以吉布森（William Gibson）為代表的白種男性去肉身迷思（disembodied immortal myth）❷，同樣沿用塞薄叛客（cyberpunk）為架構的《亮燃之星》類似史考特的代表作《麻煩與她的朋友們》（*Trouble and Her Friends*）、《陰影男》（*Shadow Man*），在塞薄叛客這個高度人工化、去（反）生殖的無限位元電化舞台搬演高度酷兒政治性的交鋒，尤其強調有機身體參與「戲局」的重要性。很顯然地，史考特吸納了許多有別於常態塞薄叛客書寫鮮少運用的場域外元素，交插組織出「戲局」的酷兒情愫（queer affect）。最明顯的跨性別感知在於玩家與廣邈矩陣接合的狀態，隨著自身的意識而「化入」（immersed）某個角色原型，此角色並無預先的人格特徵與強制性別，每個玩家的性別認同編織串連每一場「戲局」的性與情慾演出。至於「戲局」的腳本由劇作家從事前段設計，但走向、景況、乃至於本場結束時的故事狀態，則是涉入其中的玩家（角色）們所共同經營的結果。璃歐的戲局設計之所以被此文化商業活動重鎮「亮燃之星」

如此推崇，主要原因就是她的劇本能夠讓每個玩家發揮最殊異獨特的屬性（characteristics），打造出有別於平庸劇本（性別跨越或文類跨界性不足）的燦亮奇觀性（splendid spectacle）。

相形對照之下，以吉布森爲代表的白種異性戀男性作者在處理主體「涉浸」（jack-in）塞薄空間（cyberspace）的情境時，他絕對區分了「物」（身體，塞薄空間）與「我」的書寫策略和史考特的酷兒主角視角形成強烈對比。吉布森不遺餘力企圖排除身體（物質）、將肉身視爲廢物的政治無意識態度，明顯與狄鐳霓、艾珂（Kathy Acker）、艾芬格（George Alec Effinger）與史考特等酷兒幻設作家大相逕庭。後者視肉身爲有意識的存在，並能夠與電腦網絡對等互動，並採取高度關切族裔、種族、性別與情慾的政治立場。在吉布森的出道作《神經魔異浪漫譚》（*Neuromancer*, 1984），男主角 Case 對於身體的鄙視與他的政治冷感直指了白種男性叛客透過光幻位元宇宙、以插入自我（inserting one's ego）的方式追求精神不朽的超越性：

> 凱思今年二十四歲，在他二十二歲時他是趴地城最上等的異度

---

❷ 關於異性戀白種男性塞薄叛客作家缺乏政治自覺、理所當然佔據中心位置的問題性，可參照狄雷霓評論男性異性戀塞薄叛客作者不願意承認女性主義科幻的重大影響，不啻爲某種直男性的閹割恐懼。（見〈真正的母系前輩〉（"Some Real Mothers"），收錄於《沈默的訪問集》（*Silent Interviews*）, 164-85）同爲此陣營的作家且編選第一代塞薄叛客選集選集《鏡相》（*Mirrorshade: The Cyberpunk Anthology*, 1986）的史達林（Bruce Sterling）坦承，在他所編選的第一代塞薄科幻精選集當中，十位當中只有一位生理女性作家。此外，莫耶蘭（Tom Moylan）的論文〈一九八〇以降的科幻小說：烏托邦、反面烏托邦、電腦叛客及最新發展〉銳利點出主流塞薄叛客直男性的意識形態危機：「塞薄叛客走到現在的問題，最嚴重者不啻就是作者群曝露出來的白種男性中心，以及尼采式的超（男）人權力意欲。」

空間牛仔之一。他的師傅是電化位元界最棒的傳奇人物，麥考伊・波利與波比・昆恩。當時他總是保持幾乎永久性的腎上腺素高峰狀態，自恃年輕與專業能力超群，他把自己涉入異度空間碼頭，將離體神遊的精神位元魂魄安放在稱為「母式」的你情我願超真實幻境。他是竊賊，工作的雇主是一些更有錢的竊賊，提供他足以打破企業系統的閃亮光電城牆的高檔奇妙軟體程式，把那些密封的窗戶打開，進入豐饒的位元資訊領土。

他最大的失誤就是犯了決不該犯的行規，之前他發誓絕不破戒：他偷取自己雇主的資訊，占為己有，並且試圖把資訊從阿姆斯特丹的某個網絡柵欄偷渡出境。至今他還是搞不懂自己怎麼被逮到，但那已經無關緊要。當時他估算自己小命不保，已經有一死的覺悟，但那些人只是逕自微笑。

當然，金錢都可以拿走，那些逮到他的人這樣說。接下來他會很需要用錢，這些人微笑告訴他，因為呢，可以擔保的是從此他這一生都無法再工作了。

行刑者以某種戰時使用的俄國製真菌毒素注入他體內，徹底破壞他的神經系統。

被綁在曼非士旅館的一張床，他的天賦一微米接著一微米地燒毀。他經歷了三十小時的藥物幻覺。

對於以生活在異度空間、**去肉身化**高峰的凱思而言，這是無比的**墮落**。在他身為異度空間牛仔時常去的酒館，那兒的特選人種對純粹的皮肉之身抱持輕快的蔑視之意，**身體不過就是血肉與器官的組合嘛。就這樣，凱思落入了自體肉身的囚牢。**

（5-6，黑體為我的強調）

不同於《神經魔異浪漫譚》切分了精神（形）與肉身（影）的二分

優劣模式，「戲局」最重要的衍生效應之一是玩家（演員）與角色之間模糊多采的罔兩（影中之影）關係。角色不只是外於玩家的暫時性寄宿處，玩家透過建構琢磨並「上身」的角色歷程，部分體現了自己的肉身空間與酷性別感觸（queer gender sensibility）。倘若科幻讀者對於跨性別狀態曖昧難分的情景感到困惑，在閱讀本書時可領略到獨特的（跨）性別身體知識論 —— 史考特的「戲局」不但容許且必須讓參與的玩家透露出身體意識與主體位置，在「戲局」進行的每一步驟都讓常態時間與正典性（normative sex）無法不搖搖欲墜接近崩潰。也就是說，與常態設想相反，玩家織就的酷兒性別及其能動性推動了外於線性時間與三次元空間的歷史撰寫與圖像譜誌。

璃歐在「亮燃之星」的活動不光是身為休假領航員兼任戲局劇作家／玩家的旅遊，由於顯眼的酷性別吸引力，他遭遇了社群成員與星球在地托辣斯之間的政治角力鬥爭。在這其中，對於主角璃歐而言，最重要的三個對象分別是「戲局」所在、亦化身為跨時空神話迷宮的「亮燃之星」，璃歐有生以來最無法割捨的玩家與愛人、同為跨性別少年的羅剎（Roscha），以及身為「戲局」社群非正式領導者亦是高超劇作家的男同志倫桑（Ransome）。這三者成為主體（璃歐）在這個化身為「文化共時性」星球的三種酷兒景觀與愛戀 ——「戲局」的共時性跨文化地景是容許酷兒主體發展自身無限潛能的龐大壯麗迷境，並與邊緣陽剛的視覺感知（visual congition）相聯繫。俊美且充滿黑色電影古典反派主角魅力的羅剎，既是璃歐隸屬的酷兒陽剛性別同類，但似乎也是她尋覓久時的小慾望物（objet petit a）❸。從某些層面閱讀，羅剎等同於「戲局」近似海市蜃樓但活生生的陽剛性昇華客體 —— 璃歐對於羅剎的心醉與慾望模式改寫了古典精神分析所界定的昇華體（the sublime object）必然是陰性的命題，也形成相當罕見的酷兒情慾關係，亦即兩名跨性別酷少的「男同性戀」愛欲關

係。至於年長且遭到暗殺的倫桑，他與璃歐的關係亦師亦友且惺惺相惜，兩者同時是「戲局」最出色的創作者，亦可讀爲酷兒藝術家的兩代傳承情誼。

在巴庫曼（Scott Bukatman）的著作《重力物質／狀況》（*Matters of Gravity: Special Effects and Supermen in the 20th Century*），他提出科幻景觀的視覺性、尤其是光電特效的種種昇華特質。巴庫曼看待壯麗科幻景觀的非自然性與主體視覺干涉的論點同時挪用且修正了波黑雅（Jean Baudrillard）略嫌犬儒的後現代擬像與擬仿理論（postmodern simulation and simulcarum）。以下這段描述貼切地形容了史考特所描繪的「戲局」生態，對於個中的玩家、劇作家、網絡觀眾而言：「新科技與社會模態取代了觸覺而側重視覺，並將後者視爲不斷增生且複雜化的活生生現實知識來源……誠然，奇觀是某種『現實』的擬像，但是接收者並不會被這些幻覺所唬弄 —— 認可這些奇觀的意思，表示消費者至少理解這些遊戲的規則。很清楚地，某些涉入這些娛樂活動的愉悅來自於參與者的回應，視這些（光電景觀與活動）爲眞實。」（81）巴庫曼針對幾種經典科幻作品的雄渾風光（the sublime landscape），清楚區分了「昇華」座落於不同文本脈絡與主體感知系統的激烈差異模式。傳統對於「昇華」的理解不外於浪漫文學的模式，將昇華物視爲被壓抑的內容，並且透過它來上演正典異性戀公式的伊底帕斯劇場。至於較爲「傳統」的科幻電影，很不幸地將昇華（物）與直男性的侵略征服模式與空間殖民從事意識形態的高度聯繫，例如在《親密接觸》（*Close Encounter*），導演史匹柏（Stephen Spielberg）的弒親焦慮透過巨大星艦「母船」的外星人來體現，將它們視爲第三世界殖民前期想像的在地住民，非人獨眼的小妖怪。在《星際爭霸戰》（*Star Trek*）這部經典科幻片，集結所有刻板直男性元件的船長直接與「雌性」的神交配，營造出雄性幻想

的陽具中心主義視覺侵略。然而，巴庫曼也提出數種不同文學與文化理論家試圖轉化異性戀正典昇華的後殖民、性別非正典模式。以下，我的閱讀將就巴庫曼與布魯姆（Harold Bloom）提倡論證的兩種「主體—昇華（物）關係」來進一步揭露《亮燃之星》「戲局」搬演的奇觀空間與跨性別少年情慾。

　　巴藍汀以手勢打造出一個約略二十公分高的蛋狀物形象，可以輕鬆以手掌托住的重量與大小。「在這其中……有著各種畫面蘊藏在內，如同光幻投影迴圈的設計。它用以敘說，或更精確地說，用以暗示一個故事結構。你將以某一端的透鏡觀看故事蛋殼，它們非常精彩，我看過的那些充滿迷人的調性，你可以從這些光幻投映畫面編織出許多種故事的版本。」

　　他停頓了一下，聳聳肩頭。「我只是個樂手，我不太熟悉這種裝置的結構。」他的聲音蘊含著懊惱之意，彷彿想以更精確的字句來描述他所見過的此等官能體驗。

　　薩非恩接口說，方纔所有的惡意與戲謔之色皆不復存。

　　「那玩意真是驚為天人的裝置，至少絕大多數如此，我看過某個故事蛋殼，它看上去只是個平板黑色的金屬盒子，比平常的尺寸都還小，可以放在口袋裡攜帶。可當你凝視到它的內裡，彷彿你進入了

---

❸ 關於小慾望物的相關理論，我採用的界說是後拉岡精神分析學派（post-Lacanian psychoanalysus）的描述，例如齊傑克（Slavoj Žižek）將它視為推動慾望的原始（首先）驅動力，但早已失落於已經成形的主體內部。另一位精神分析理論家考普潔克（Joan Copjec）在《閱讀我的慾望》（*Read My Desire*）則是將小慾望物當作各種意識形態、文化霸權與抵抗文化、常態主體與邊緣主體所各自汲營追求但不可得的夢幻光露（phantasmagoria）。

五度位元的光幻殿堂，充斥著耀眼的金色光暉、精雕細琢的傢具、珠寶，以及天鵝絨製品，當你仔細看入其中，裡面有兩個人物穿梭於這些佈景內外。當你把蛋殼迴轉，你可以看到更多精彩的片段，但你無法真正知道那兩個人物在從事什麼活動 —— 可能是彼此調情，求愛，引誘，也可能是一個人物要逃開另一個的追逐。而且你絕對無法看到這整個故事的結局，無論你怎麼努力嘗試 ——」

　　他搖搖頭說：「那真是非常，呃，非常地官能異色，不只是單純的性感，更是曖昧繁複不可言喻。你根本無法舒適輕鬆地觀賞這枚故事蛋殼。」

　　「但我認為，倫桑**並不想讓觀者感到輕鬆舒適。**」

　　（104-5，黑體是我的強調）

　　如同巴庫曼的論述，讓觀者難以輕鬆舒適的另一種昇華性視覺效應之所以有別於傳統的男性想像昇華物，主要是它抹除了固定的目的論預設，無法得知如此絢爛奢華的「光幻殿堂」究竟是為了什麼而存在，更不知道它會變形成什麼東西❹。由於這種昇華結構消抹了穩定的歷史終結（劇情走向），因此不讓觀眾或玩家安穩居於某個固定的位置，「戲局」空間的曖昧不穩定性拒絕讓讀者與玩家取得「堅實牢靠的基底，藉由認知性的理解而提供解釋。」（108），甚至個中人／物之間的本體論位置也不時遭到擾動與斷裂。倫桑製造的微型戲局裝置就是要讓觀者「無法看到這整個故事的結局」，正如同毫無目的性但並非缺乏感知的戲局空間 —— 它並非動彈不得的巨大陰性空間，消極被動地等待玩家進入（插入），而是玩家必須與真實且活生生的「五度位元」空間形成互為主體的敘述結構，戲（故事）才可能在去除進步直線想像的去時間地域上演。

　　布魯姆則是將昇華物與智識本體（gnosis）從事類比，認為這兩

者都是某種超理性的客體，但並非去肉身的神祕經驗或是永恆的精神靈性狀態。對於布魯姆而言，昇華物與智識本體更類似主體自我經驗的變化歷程，也就是「踐演的知識」（performative knowledge）（107）。對於璃歐來說，羅剎既是他的戲局玩家同伴，酷性別同類，但羅剎的人格與屬性與璃歐形成對比之姿。「神怪黑天使」化身 ❺ 的羅剎毫不在意戲局之外的一切，就如同智識本體毫不在意自身核心之外的大千寰宇。恰好相反於羅剎，璃歐是個具有高度政治自覺的薩伊德式（Said-ian）流離知識主體 ❻，背負謎樣的境遇與輕微的厭世，具備高度洗鍊的浪子能耐，「雕塑般的美麗面容」與「中性如少男」的軀體充滿緊張感。璃歐抽離肉身、遊走光電宇宙的稟

---

❹ 巴庫曼對於《2001 年太空漫遊》（*2001, A Space Odyssey*, 1968）的光幻視覺論證，可類比「戲局」這個巍峨壯觀、但無法讓參與者一勞永逸地取得安全觀看（涉入）位置的空間奇景：

> 昇華物引發了它與權威之間的愛恨兩難關係，科技性的昇華物導致了愈發聯繫於「自然」的人類性與科技結構之「內裡空間」（anterior space）的衝突。倘若我們可以從昇華物回歸科幻映像的模式找出正面價值，那就是它締造出某種視覺不安定性的修辭，同時創造了某種與科技焦慮相關的新型主體位置。不同於《星際爭霸戰》，《2001 年太空漫遊》並未解釋昇華物的最終陷阱之所在，於是它不讓觀眾取得認知性體會的堅實牢靠基底……倘若科幻文類經常緊緊緊繫於理性主義道統，充滿創新的特攝奇觀提供了非理性的「踐演性知識」，並讓觀眾超逾理性，來到某個無限可能的空間。（108）

❺ 根據齊傑克的理論，小慾望物與昇華客體不乏座落於魔怪神奇的肉體之內，或許是猙獰如丹．西蒙斯（Dan Simmons）名作《太陽神星》（*Hyperion*）的荊棘王（Shrike）——身高三公尺，昆蟲複眼，類似人形的全身是荊棘刀俎纏繞的超金屬軀幹，別名為「痛苦王者」（Lord of Pain）。若按照此公式的廣義詮釋，羅剎的跨性別黑天使美感也可被視為「居於兩種死亡之間的中介層，亦即神怪物（Das Ding/The Thing）的地基。這些所在地充滿昇華極致的美與悚然的怪物……透過這個非歷史性的創痛核心，象徵網絡因此得以鮮明呈現。」」（Žižek，1989:135）。

賦類似《神經魔異浪漫譚》主角凱思的天賦，但作者並不落入禮讚形上去身體性的狀態，反而花費許多篇幅立體勾勒璃歐的身體自覺，他以酷異視線觀看眾生、且被各種性別與情慾取向視線觀看的血肉（visceral）情境。至於浪跡街頭、隨意自在的羅剎，其性格完全與璃歐截然相反。璃歐與羅剎的關係既是跨性別青年之間的同性情愛，也是戲局之內數種原型的追尋探索關係，例如法師與惡魔、俠客與精靈，探險者與黑天使。被羅剎所炫惑的璃歐將對方視為戲局內部空間夢幻迷蹤（phantasmatic）的慾望客體，但戲局之外，兩人的互為主體的多重「同志」關係複寫了跨性別 T 之間的兄弟深情。就在「踐演的知識」舞台 —— 霸權時間因此崩蝕的「戲局」 —— 隨著戲局與文本情節的演變，這兩者之間的多重情感與主客體關係形成同中有異的酷異伴侶結構，體驗各種經驗性的知識與知識化的性別跨越。此結構充斥活生生的知識與情慾結構，因此讓「昇華」的主客體分別從原先的傳統本體位置扭曲與變身。

　　「嗯，倫桑・安比達瑟想要些什麼呢？」

　　發問者是羅剎，他從人群抽拔而出的神采宛如流行電影的復仇黑天使。雖說他早該熟稔這樣的類型這樣的類型 —— 自己創作出不少這樣的角色型 —— 璃歐還是情不自禁被炫惑，驚嘆於眼前此人浪跡街頭的機警屌樣，精悍挺拔的帥氣身軀。

　　「他相當欣賞這場戲局。」威爾這麼說。（104）

　　「嗯哼。」那是阿非利卡的嗓音，就在他的手肘處冒出來。璃歐掉轉過頭，吃驚地看到羅剎令人為之驚豔的俊美面容，而非戲局阿非利卡的的面相標誌。羅剎自然地繼續講話，並沒有意識到對方的震撼，或是早就見多不怪。

　　「老闆可提供你合理的待遇？」他拿了杯梅索利，遞給璃歐，加

上一句：「先前看到你在喝這種酒。」

「謝了。」他接過高腳杯，酒液的色澤看起來相當熟稔，他帶著愉悅飲下。

「那麼，你會留在這裡囉？」羅刹問道。

璃歐抬了抬他的眉毛，可對方並不為所動，還是充滿好奇地注視他。「嗯，我們正在……交涉當中。」經過半晌，他遲疑地說出口。羅刹嘻笑起來，絲毫沒有任何禮貌性的難為情神情。

威爾不見人影，因柏軒也是不知道溜哪兒去了；瑪麗契正與某個好看的灰髮男子說話，對方試探性地把手攔在他的腰上。賀兒特站在某個豐饒體態的貴婦身邊，金色的花朵環繞裝飾他的黑色肌膚，緞帶纏繞他的頭髮。即使感受到璃歐的注視，貴婦還是自然地觸摸賀兒特的面頰，他身上的花朵在冷光下閃爍發亮。

他禮貌性地掉轉視線，可還是隱約有點吃味，真不想當那個在盛宴之後唯一沒床伴的傢伙。就在此時，羅刹的聲音在背後響起。

「如果你有興趣，我帶你去家不賴的夜間酒館。這場互動戲局真好樣，就當作我的回禮吧。」

璃歐興味盎然地凝視對方，思忖這是否雙重意味的邀約。要真是如此，他知道自己要怎麼做。毫無疑問，羅刹迷人無比，從工作服長褲、皮背心與襯衫的組合，透露出強悍性感的身體線條。更重要的是，他是個圈內人，一個跨宇網互動遊戲的高手，那是璃歐理解且深

---

❻ 我將璃歐闖蕩各星球且隨時保持高度自覺的智識特質與薩伊德（Edward Said）描述的流亡知識份子形象相互類比，尤其是兩者共享的特色，例如如敏銳的邊緣感知（marginal sensibility）、抵抗文化霸權（國族）的籠絡與收納，飽含政治關切但同時高度抽離等質地。這些質地形塑出域外智識主體「特異的人格屬性，寧可總是身處主流之外，無固定歸處，無特定家園，抵禦（各勢力的）收編。」（Edward Said, 2000: p. 373）

知的族類。突然間，他無比渴望這樣的熟稔感。

「如此慷慨的邀約」他說：「我真是感激不盡。」（108-110）

　　從上述的引用段落可看出璃歐與羅刹座落於幾種不同場景的相互關係，彼此攻守進退的玩法呈現出錯落不等的風貌。然而，我們也留意到作者並不操作政治正確的性別液化／流動（gender fluidity/flow）。無論這兩個人物如何改變戲局內外的際遇、經驗與身世，他們始終保持跨性別酷少的一致性，並以特定的基調（例如花俏多姿的男同性戀調情與性愛模式）經營彼此的情慾關係❼。無論羅刹是以戲局內的惡魔、戲局外的浪蕩花花少爺姿態現身，他都是某個遊戲人間酷兒陽剛的化身，其變動的幅員在於造型或細部人格的變化，而非自身的性別基礎。璃歐自始至終都深諳世情，保持高度警覺性的太空牛仔（space cowboy）個性；他的外型與質地在戲局內外或有微調，但他基本配備的數種人格型（persona）屬於同一種類，都是在重疊交錯的時空平面穿梭遊走、保有陽性藝術家的敏感與張力。關於 T 與跨性別陽剛主體之間的情慾，盧濱（Gayle Rubin）在〈孌童與國王：省思 T、性別與疆界〉（"Of Catamites and Kings: Reflections on Butch, Gender, and Boundaries"）以饒富洞察力的觀察指出，TT 戀或跨性別陽剛酷兒之間的愛慾模式與非正典男同性慾望形態的重疊處，他們演出了常態男性身體無法擁有的美學與性：

　　較諸 T 婆之間的性，TT 戀的愛慾較少被記錄，況且（正典）女同志並不盡然能夠理解他們的性。雖然 TT 戀並未非常罕見，但女同志社群保有相當稀少的典範例子。許多戀慕另一個 T 的 T 通常會從男同性戀文學與男同性愛行為模式來尋找彼此之間的意象與語言。TT 戀之間的情慾動能類似男同性愛模式，在許多不同的「男性」類型

之間發展出琳琅滿目的性愛關係。（472-3）

　　《亮燃之星》的大政治敘述衝突是由企圖「同化所有差異」的非人物種 hsai、鬆散串連各人類殖民星的共和聯邦、在地的政治角頭三方勢力傾軋拉鋸。代表反體制文化的「戲局」與其酷兒個性強烈分明的成員們可視爲抵抗的少數眾（a multitude of minorities）。當原先的精神領袖、男同志倫桑被在地的幕後政治黑手暗殺，他將自身未完成的故事創意送給璃歐，因爲對方「在戲局內外都是更高明的玩家。」這一幕儼然道出酷兒政治運動的世代交接，由性別陰柔的男同志將遺產與托付交給新一代的跨性別酷少；後者集結社群所打造的「新世代戲局」亦充滿鮮明的跨性別主體，並以敢曝昂然姿態面對強調「眞正的」對立體，亦即強調「眞實」而落入迫害與自恨模式的正典含蓄國家／資本體制。如同尼藍（Christopher Nealon）的論點，「眞正的」（體制或個人）總以壓迫自身與對方的形式來從事同化或打擊，到頭來，現實竭盡所能整肅而成的「眞正的什麼」只淪爲恨他者與自恨的修羅場：「（正典身分）總強調某種極端窄化的性倒錯故事，並將（跨性別的身體與配件）從主角的性抽空，這讓雙方都講回

---

❼ 同志正典（homo-normativity）社群看待跨性別向來充滿愛恨交織的態度，或許關鍵線索在於它無法忍可生理性別本身（bio-sex as such）並非僵固本然，而是與性別（此處特指社會文化建構的「性別」）同樣是建構養成之物。就較爲政治正確的同志正典場域言說看來，性別液化／流動的意義並非慶賀或鼓勵所有性界線的擾動與侵犯，而是在保障所謂「次性別」（sub-gender or secondary gender）——例如 T 與娘娘腔男同志——的身體自主權之餘，（相當自相矛盾地）力陳確認生理性別的不可交叉混疊或斷裂跨越。也就是說，跨性別酷少如此狂野激越、越界出軌的男同志性愛模式與陽剛身分表現顯然會對於同志正典政治造成相當程度的冒犯。

了慾望了殘暴底層。在那底處,異性正典慾望總是要所謂『真正的』什麼,而非活生生的實存;每一種要求都是全盤的肯定與收納,要不就是全然的毀壞。在此處,**恨(異己,酷兒)與(正典含蓄的)自恨並無差異**。」(166,黑體是我的強調)

　　從以下這段敘述,我們可以看出璃歐高度的政治自覺,以及羅剎逐漸從小惡魔青春酷兒成長的痕跡。戲局的新面貌不再是反映或再現那個「真正的」社會現實,毋寧說它本身就是更複雜的另種現實,遠比「真正的」複雜活絡、難以馴化的多重維度幻境真實:

　　璃歐同時對自己與羅剎說,聽到自身語氣的確認性與誘惑力。「再這樣下去,戲局會變得沈寂如死水,此時的場景敘述已經是過於可預期的陳腔濫調。我們都感受得到,已經是開啟新一代戲局的契機了。這就是這些場景……」他點點頭。「我們可以改造戲局的樣式,**讓它成為真實(real),而非現實(reality)的遙遠反映投射**。它可以成為自行變化的東西,重塑這些正在發生的情事。這是你所屬於的場景,明白嗎?在某個地方,戲局的確是重要的。」

　　羅剎注視著對方,不再皺眉,無所適從的模樣讓他突然間變得像個孩子。「我無法玩政治 ——」

　　「你可以的,在戲局之內,你當然可以。」璃歐微笑,突然間感到激烈的快樂,風暴遠遁。「我們兩者都能玩這些政治遊戲,再造劇本,讓它成為戲局內部整合的一部分,你無法再逃避它。於是,無論是玩家或觀眾,沒有誰可以對我們正在從事的戲局場景視而不見。這是我們需要進行的改造,讓戲局更**誠實**,讓它**成真**。」

　　「或許這是你想要的,」羅剎搖搖頭。「但我沒那麼行。」

　　「那麼,你就學著變成這麼行吧。」

　　他們之間出現微小的沈默,風聲淒厲呼嘯為對照組。接著,羅剎

甩甩頭，開懷大笑。「你說對啦，我怎可能不幹呢？！這是個要得的機會哪！」

（326，黑體是我的強調）

　　戲局內外的故事結局異曲同工：璃歐、羅剎與同伴玩家們協同小型網絡成員，以街頭奇襲的佈局化解了霸權機構試圖瓦解邊緣勢力的侵略情勢；璃歐繼承了男同志戲局劇作家的遺願與遺產，從此定居於「亮燃之星」。這個收尾深具說服力地回應了起初的直性別正典提問──「那不過是遊戲」的場域以它自身回應含蓄提問的行動性，竟能讓位居中央位置的霸權體系為之動搖，跨星政治版圖重劃。當然，塞薄叛客戲碼的浪跡酷少並非就此幸福安定地歸化入籍。就像是狄雷霆的觀察，塞薄叛客最讓文化霸權揣揣不安的特質，在於他們（酷少人物與故事脈絡）踐演出「非中產階級、對歷史感到不自在，非悲劇、非勵志性、非母性、非邁向幸福快樂……的作品文類。唯獨當它（電腦叛客）身為某種特殊的負面性──而且其負面殊性非得與過去的書寫傳統與當前的科幻脈絡相互抗詰──這才是『電腦叛客』所指涉的核心意義。」（33）

　　如此，活生生的跨性別「遊戲」玩家透過小格局的游擊戰術翻寫了看似毫無破綻的大歷史敘述。如珊格爾所言，這些微型歷史並不會停留在某個固定端點，它們持續抗拒西方中心國族想像的「終結現代主義與後現代主義的產物」，亦即冷漠無感地拼貼收編少數，意圖將之溶解統整的「同步性時間」（synchronic time）。璃歐的酷兒玩家社群與「戲局」故事搬演出酷異陽剛於宇宙邊際的身體干涉──它們在皮層內部與電化網絡親密交感，從中動搖鬆解的沈積岩找出豐富的沈澱遺跡，實踐戲局內外都必須視為「真實」且充滿動能的去中心碎形時間與廢墟地景。

引用書目

莫耶蘭（Tom Moylan）（劉思潔譯）。〈一九八〇以降的科幻小說：烏托邦、反面烏托邦、電腦叛客及最新發展〉。《中外文學》22卷12期。156-73，1994。

Bhabha, Homi K. *The Location of Culture*. London: Routledge, 1994.

Bradford, K. "Grease Cowboy Fever, or the Making of Johnny T". *In The Drag King Anthology*. New York and London: Harrington Park Press, 2002, 15-30.

Bukatman, Scott. *Terminal Identity: The Virtual Subject in Post-Modern Science Fiction*. Durham and London: Duke University Press, 1993.

--. *Matters of Gravity: Special Effects and Supermen in the 20th Century*. Duke University Press, 2003.

Copjec, Joan. Read My Desire: *Lacan against the Historicists*. Cambridge and London: MIT Press, 1994.

Delany, Samuel R. "Forum on Cyberpunk". In *Mississippi Review* (1988), ed. Larry McCaffery: 33.

--. *Silent Interviews: On Language, Race, sex, Science Fiction, and Some Comics: A Collection of Written Interviews*. Connecticut: Wesleyan University Press, 1995.

--. *Shorter Views: Queer Thoughts and the Politics of the Paraliterary*. Hanover, NH: University Press of New England, 1999.

Gibson, William. *Neuromancer*. New York, Ace Books, 1984.

Rubin, Gayle. "Thinking Sex: Notes on a Radical Theory of the Politics of Sexuality". In *Pleasure and Danger: Exploring Female Sexuality*, ed. By Carole Vance. Boston: Routledge, Kegan and Paul, 1984, 276-319

--. "Of Catamites and Kings: Reflctions on Butch, Gender, and Boundaries". in *The Persistent Desire: A Femme-Butch Reader*, ed. By Joan Nestle,. Boston: Alyson Books, 1992, 466-83.

Sangari, Kumkum. "The Politics of the Possible". in *The Nature and Context of Minority Discourse*. Ed. Abdul R. JanMohamed and David Lloyd. New York:

Oxford University Press, 1990, 216-45.

Scott, Melissa. *Burning Bright*. New York: Tom Doherty Assoc Llc: 1994.

--. *Trouble and Her Friends*. New York: Tom Doherty Assoc Llc: 1994.

--. *Shadow Man*. New York: Tom Doherty Assoc Llc: 1995.

Žižek, Slavoj. *The Sublime Object of Ideology*, London: Verso, 1989.

--. *The Metastases of Enjoyment: Six Essays on Woman and Causality*. London; New York: Verso, 1994.

--. *The Plague of Fantasies*. London and New York: Verso, 1997.

｛作品列表｝

短篇小說

《肢解異獸》，遠流出版，1995。（電子書，2020，汪達數位出版）

《異端吸血鬼列傳》，皇冠文化，1995。

《在玻璃懸崖上走索》，雅音出版，1997。

《復返於世界的盡頭》，麥田出版，2002。

《皮繩愉虐邦》（編著），城邦文化，2006。

《銀河滅》，蓋亞文化，2008。（電子書：蓋亞文化，2021）

《黑太陽賦格》，蓋亞文化，2013，本書同步出版日文翻譯版本

《年記1971：風靡宇宙的復刻版》，尖端出版，2020。

長篇小說

《末日玫瑰雨》，遠流出版，小說館，1997。
　　（電子書：蓋亞文化，2020）

《不見天日的向日葵》，成陽出版，2000。
　　（電子書：蓋亞文化，2020）

「宇宙奧狄賽」系列（電子書：蓋亞文化，2021）

　　‧《宇宙奧狄賽》，時報出版，1995。

　　‧《星石驛站》，成陽出版，Fantasy Beyond，2000。

　　‧《光之復讎》，成陽出版，Fantasy Beyond，2000。

· 《永劫銀河》，成陽出版，Fantasy Beyond，2000。
　　· 《歙粒無涯》，成陽出版，Fantasy Beyond，2001。
　　· 《上帝的永夜》，成陽出版，Fantasy Beyond，2001。
　　· 《魔鬼的破曉》，成陽出版，Fantasy Beyond，2002。
《混沌輪舞》，蓋亞文化，2016。

文學批評與文化論述

《弔詭書院：漫畫末世學》，尖端出版，1995。
《妖聲魔色：動漫畫誌異》，尖端出版，1996。
《魔鬼筆記》，萬象圖書，1996。
《酷異箚記：索朵瑪聖域》，萬象圖書，1997。
《倒掛在網路上的蝙蝠》，新新聞文化，1999。
《魔道御書房》，蓋亞文化，2005。
　　（電子書：蓋亞文化，2021）
《光幻諸次元註釋本》，蓋亞文化，2012。
　　（電子書：蓋亞文化，2021）
《想像不家庭：邁向一個批判的異托邦》（主編），蓋亞文化，2019。
《彷彿與共在：科幻、旁若、酷兒的文學與文化政治》，蓋亞文化，
　　2023。

國家圖書館出版品預行編目資料

彷彿與共在：科幻、旁若、酷兒的文學與文化政治 = Compossibility
of parallel universes : views on literary and cultural politics on
speculative fiction, paraliterary writings and queer theory/洪凌著. --
初版. -- 臺北市：蓋亞文化有限公司, 2023.09
　　面；　公分
　　ISBN 978-986-319-951-9(平裝)

1.CST: 文學評論 2.CST: 文集

812.07　　　　　　　　　　　　　　　112014763

文選 ES006

彷彿與共在
科幻、旁若、酷兒的文學與文化政治

Compossibility of Parallel Universes:
Views on Literary and Cultural Politics on Speculative Fiction,
Paraliterary Writings and Queer Theory

作　　者　洪凌
封面裝幀　莊謹銘
總 編 輯　沈育如
發 行 人　陳常智
出 版 社　蓋亞文化有限公司
　　　　　地址：台北市103大同區承德路二段75巷35號
　　　　　電話：02-2558-5438　　傳眞：02-2558-5439
　　　　　電子信箱：gaea@gaeabooks.com.tw
　　　　　投稿信箱：editor@gaeabooks.com.tw
　　　　　郵撥帳號 19769541　戶名：蓋亞文化有限公司
法律顧問　宇達經貿法律事務所
總 經 銷　聯合發行股份有限公司
　　　　　地址：新北市新店區寶橋路235巷6弄6號2樓
　　　　　電話：02-2917-8022　　傳眞：02-2915-6275
港澳地區　一代匯集
　　　　　地址：九龍旺角塘尾道64號龍駒企業大廈10樓B&D室
　　　　　電話：+852-2783-8102　　傳眞：+852-2396-0050
初版一刷　2023年09月
定　　價　新台幣420元
Published and printed in Taiwan

GAEA

GAEA

GAEA

GAEA